호남의 포로실기 문학

호남한문고전 연구총서 ④

호남의 포로실기 문학

김미선

景仁文化社

격 려 사

　우리 역사현실에서 임진왜란, 정유재란은 처음 경험하였을 정도로 전 국토가 유린당하였던 대전란이었다. 그 전쟁터는 우리나라였지만, 또한 일 본과 중국이 충돌한 최초의 동아시아 전쟁이었다. 그 결과 중국에서는 명 나라에서 청나라로 교체가 일어났고, 일본에서도 에도 막부가 성립되는 등 커다란 변화를 맞이하게 된다.

　문학은 현실에 대한 치열한 반영이라고 할 수 있다. 따라서 이러한 임 진왜란이라는 동아시아 전쟁에 대한 체험을 기록한 많은 작품들이 나타나 게 되었다. 우리나라에서는 『壬辰錄』이나 『崔陟傳』과 같은 소설들이나, 일본에서는 『朝鮮征伐記』 등과 같은 작품들이 만들어졌다. 이러한 서사적 인 작품 외에 漢詩를 비롯한 많은 詩歌 문학에 동아시아 전쟁의 상흔이 기록되고 있음은 물론이다.

　그런데 이러한 전쟁의 진행 과정 중에 맞이한 정유재란에서, 특히 호남 은 온 지역이 초토화되다시피 하였다. 전란 와중에 많은 사람들이 일본에 포로로 끌려갔다. 당시 일본에 잡혀 간 조선인이 약 10만여 명이나 되었 다 하니, 그 전쟁의 참혹함은 이루 말할 수 없었을 것이다. 물론 많은 문 인들도 직간접적으로 그 소용돌이에 휘말렸는데, 그 가운데서 일본으로 붙잡혀 간 여러 문인들이 문학적인 기록을 남기고 있다. 이른바 '포로실기'

라는 문학 작품군이다.

특히 일본에서의 포로 생활을 다룬 포로실기들이 모두 다 호남의 문인들에 의하여 창작되었다는 점은 매우 주목할 만하다. 말하자면 영광 거주 인물이었던 수은 강항의 『看羊錄』이나 나주 사람이었던 금계 노인의 『錦溪日記』, 함평 사람이었던 월봉 정희득의 『月峯海上錄』 등이 그러한 작품들이다. 여기에는 여러 가지 포로 체험이 기록되면서, 작자의 의식이 적극적으로 반영되었다. 그래서 이들 작품을 읽다보면 이역만리 포로 생활을 하면서 겪었던 작자들의 신산한 기억들이 문면 곳곳에 나타나 있다. 그리하여 읽는 사람으로 하여금 가슴을 찌릿하게 만들고 있다.

이러한 전쟁 기록물들은 사실의 기록이라는 차원에서, 또 작가의 내면 감성이 작품 속에 스며있다는 면에서도 좀 더 적극적으로 연구되어져야만 할 것이다. 그뿐 아니라 동아시아 공동의 경험을 다룬 문학 작품을 좀 더 연구하여야 한다는 시대적 요구에서도 그렇다. 다른 한편으로는 오늘날 중국과 일본 사이의 파도가 높아지는 것이 안타깝고 우려스럽기만 한데, 이러한 시점에서 동아시아 전쟁을 다룬 문학 작품을 연구한다는 의의도 있다. 이번에 저자에 의하여 이러한 의미 있는 작품들을 대상으로 박사학위논문이 쓰여지게 되어 매우 뜻있게 생각한다.

저자는 현재 전남대학교 호남한문고전연구실에서 호남 문집의 조사와 연구에도 수년 째 매진하고 있다. 연구실은 호남의 문집에 대한 전면적인 조사와 정리를 오랫동안 진행하고 있다. 머지않아 곧 호남지역 한문문집에 대한 전체적인 목록이 만들어지게 될 것이다. 저자의 이번 책에서 다룬 것처럼 호남의 문인들은 일반적으로 기록을 남기기를 좋아하였고, 또한 자신들의 삶에 대하여 많은 문학 작품들을 남김으로써, 호남을 고전문학의 풍부한 현장으로 만들고 있다.

또한 호남은 국내적으로 민주화 운동뿐만이 아니라, 대외적으로 외세의 침략에 가장 적극적으로 대항하였던 지역이다. 이러한 임란시의 기록들뿐만 아니라, 동학 운동을 비롯하여 한말 시기에 호남 의병들의 치열한 경험들도 오늘날 많은 한시, 일기 등으로 남아있다.

   이러한 전쟁 체험 작품에 대한 적극적인 연구를 통하여, 민족문학의 유장한 흐름을 발견하며, 나아가 이를 통하여 문학사의 내용들이 풍부하여지리라 믿는다. 저자의 임란 실기 문학 작품 연구서의 의미 있는 출간을 축하하면서, 앞으로 더욱더 호남 지역 많은 문인들의 삶을 기억하는, 문학적인 성과가 계속 이어지기를 바란다.

2013년 무등산의 가을이 깊어가는 때
전남대학교 국어국문학과 교수　김대현

서 문

17세기를 전후하여 이민족의 침입으로 말미암아 겪은 전란기를 흔히 조선조에 있어서 민족의 수난기라 일컫는다. 이민족의 침입에 따른 전란이란 바로 남쪽의 오랑캐라 여겼던 왜놈에 의한 임진왜란과 정유재란, 북쪽의 오랑캐라 여겼던 되놈에 의한 정묘호란과 병자호란 등을 가리킨다. 왜란 때는 명나라의 지원이 없었더라면 나라가 망했을 것이고, 호란 때는 난공불락의 천연요새지였던 강화도가 참혹하게 함락되었으며 임금이 삼전도에서 무릎 꿇어 엎디어 비는 치욕까지 겪었다. 이 잔혹한 침략 당시 수많은 조선인이 이민족의 포로가 되어 자신의 의지와는 상관없이 이국땅으로 끌려가 온갖 수모와 고초를 겪었는데, 병자호란 때는 60만의 백성이 끌려갔다고 한다. 그 被虜者의 일부가 고국으로 돌아오기까지 적국의 실태와 자신들의 간고한 생활상을 낱낱이 기록한 것을 이른바 捕虜實記라 한다.

그 가운데 임진왜란기의 포로실기로 현전하는 것은 姜沆(1567~1618)의 『看羊錄』, 魯認(1566~1622)의 『錦溪日記』, 鄭希得(1575~1640)의 『月峯海上錄』, 鄭慶得(1569~1630)의 『萬死錄』, 鄭好仁(1579~?)의 『丁酉避亂記』 등이다. 개인의 신변잡기적인 일기의 수준을 뛰어넘는 것으로, 조선 포로들의 실상을 상세히 술회하고 있다는 점에서 귀중한 문헌적 가치를 지닌 기록물이다. 또한 전쟁포로로서 억류생활을 하며 당시 일본의 정세와 풍속을 상세히 기록했다는 점에서 귀중한 사료가 되고 있다. 그리고 기록자들은 모두 호남의 문인으로 일본의 2차 침입이 있었던 정유년에 잡혀 가, 비슷한 시기에 고국으로 돌아온 특징이 있다. 崔溥(1454~1504)가 제주도에서 나주로 향하다가 폭풍을 만나 표류한 경험을 기록한 것이 『漂海錄』인데, 공교롭게 최부도 호남인이다.

　김미선 박사의 학위논문이 바로 「임진왜란기 해외체험 포로실기 연구」이다. 앞서 언급한 『간양록』, 『금계일기』, 『월봉해상록』 등 세 작품을 중심으로 서술 특성과 작자 의식을 살핀 것이다. 물론 『만사록』과 『정유피란기』도 언급했지만, 독립적인 장으로 살핀 것이 아니라 『월봉해상록』의 하위 내용으로서 상관관계를 살필 때만 언급하는 정도에 그쳤다. 이 논문은 각 작품의 '편찬배경 및 구성'을 살핀 뒤, '노정과 서술적 특성'을 파악하고 '작자 의식'을 규명하였다. 서술적 특징으로서 『간양록』에서는 '노정의 요약적 제시, 견문 체계적 기술', 『금계일기』에서는 '탈출 과정의 구체적 묘사, 催歸文과 중국인 문답', 『월봉해상록』에서는 '귀환의지의 격정적 토로, 국내 노정의 고통 기술' 등을 파악해 내었다. 그 원인으로 강항이 포로라고 하여 소극적으로만 있지 않고 일본을 적극적으로 탐색한 결과이며, 노인이 목숨을 걸고 중국으로 탈출했기 때문이며, 정희득이 본인의 감정에 치중하여 서술하였기 때문이라고 하였다. 또한 『간양록』에는 강항의 사환의식, 신하로서 나라를 위해 정보를 적극적으로 탐색하고 조선을 위한 계책을 제시하겠다는 사명감이 반영된 것으로, 『금계일기』에는 노인이 일본을 탈출한 뒤 생명의 위험에서 벗어나 유학의 본 고장인 중국을 경험하며 보인 유학자적 관심이 반영된 것으로, 『월봉해상록』에는 정희득이 자신을 가장 비극적인 사람으로 인식하고 개인적인 슬픔에 몰두함으로써 비극적인 개인으로서의 의식이 반영된 것으로 작자 의식을 살폈다. 특히, 내용적 특징 가운데서 동아시아에 관한 재인식을 살핀 것은 이 논문이 갖는 특장이 아닌가 한다. 포로실기의 동아시아 인식을 '일본 인식의 구체화', '대마도의 지정학적 상황 인식', '朝・中 관계의 확인과 극복'이라는 세 가지 특징으로 결론지었다. 이러한 연구성과는, 자신의 의지에 반하는 생활을 해야 했던 포로인들의 민족의식(적개심) 및 克倭 의지 등과 같은 정서에 주로 주목하는 연구 경향으로부터 벗어났다는 점에서 의의가 있는 것으로 평가된다. 그렇다고 해서 그러한 연구 경향이 홀시되어야 한다는 것은 아니다. 어찌되었든 이 논문은 연구시각을 해외체험이라는 관점으로 돌려서 작품을 대하고 작자 의식을 남달리 살피려 했던 것이라 하겠다.

나는 김미선 박사의 석사학위논문 심사 때도 심사 위원이었던 인연이 있다. 곧 「최부 '표해록'의 기행문학적 연구」이다. 그 당시, 표류기라는 문학양식의 특징에 부합하는 개념어를 주로 언급했던 기억이 있다. '체류'를 '억류'로, '귀국(귀환)'을 '송환'으로, '여정'을 '노정'으로 바꾸기를 권했던 것이다. 표류기는 자신의 의지대로 머물렀고 여행했던 것이 아니라, 자신의 의지와는 아무런 상관없이 피치 못할 상황에 직면했던 것임을 드러내야 했기 때문이었다. 이번 박사학위논문도 똑같은 상황이었지만 좀 더 유연한 연구시각으로 넉넉한 연구성과를 도출해낸 것이란 점에서 기쁘게 생각한다.

이번에 김미선 박사가 자신의 박사학위논문을 근간으로 하면서도, 임진왜란기 포로실기들이 앞서 언급한 것처럼 호남인들의 기록물이라는 점에 주목하여 새로 깁고 엮었으니, 바로 이 책이다. 『호남의 포로실기 문학』이라는 서명이 붙게 된 소이연일 게다. 이 책은 박사학위논문의 체재를 약간 변형하여 '호남 포로실기의 구성과 서술 특성', '호남 포로실기의 작자 의식' 등으로 나눔으로써 '호남'이라는 지역성을 앞세우고 있다. 물론 그럴 만한 근거야 없지 않지만, '호남'을 내세우려면 타 지역과의 변별성(글쓰기 방식, 사유특성 등)을 도모했으면 하는 아쉬움이 남는다. 그리고 이 책에서는 지도뿐만 아니라 각 작품집의 표지나 내용 사진을 넣어 시각적인 효과를 꾀하고 있다.

김미선 박사가 海圖를 펼쳐 들고 먼 항해를 위한 출범의 돛을 올린 지 꽤 된 것으로 안다. 學海는 영구적인 정박이야 허용치 않을망정 잠시의 정박이야 허용할지니, 이제 어렵게 헤쳐 온 긴 항해를 잠시 접고 정박의 닻을 내리기 바란다.

2013년 가을
전남대학교 국어국문학과 교수 신해진

책을 펴내면서

실기는 작자 본인의 직접적인 체험을 기록한 것이기에 사실적이며, 현장성을 가지고 있는 문학 장르이다. 당대 그 자리에 있었던 사람만이 알 수 있는 사실과 감정이 서술되어 있어 사실만을 기록한 역사기록에는 없는 감동을 지니며, 허구적인 상상문학과는 또 다른 문학적 가치를 갖는다. 필자는 대학원에 입학한 이후 이러한 실기, 그중 필자의 삶의 터전인 호남의 실기에 대해 깊은 애정을 갖고 연구를 진행하여 왔다.

표류하여 중국을 거쳐 조선으로 돌아오는 6개월 여의 과정을 일기체로 기록한 최부의 『표해록』을 연구대상으로 석사학위논문 「최부 '표해록'의 기행문학적 연구」를 발표하였고, 박사과정에 입학한 이후에는 1648년에 청나라 연행을 다녀온 매헌 이성의 일기인 『연행일기』를 연구하여 「매헌 이성의 '연행일기' 고찰」이라는 논문을 발표하는 등 호남의 실기를 연구하였다. 그리고 임진왜란이라는 비극적 상황 속에서 포로로서 해외체험 기록을 남긴 호남의 실기를 대상으로 박사학위논문 「임진왜란기 해외체험 포로실기 연구」를 발표하였다. 본 책은 바로 이 박사학위논문을 수정·재정리하고 구성을 달리한 것이다.

임진왜란기에 포로로 일본에 잡혀가 억류 생활 후 조선으로 돌아온 수천 명의 사람 중 해외체험 포로실기를 남긴 사람들이 있다. 호남의 문인인 강항, 노인, 정경득, 정희득, 정호인으로, 이들은 각각 임진왜란기 해외체험 포로실기『간양록』,『금계일기』,『만사록』,『월봉해상록』,『정유피란기』를 남겼다. 이 다섯 편의 실기는 현전하는 임진왜란기 해외체험 포로실기의 전체로, 모두 호남 문인이 남긴 것이다. 박사학위논문에서는 이 작품군의 '포로로서의 해외체험'에 집중하였다면, 본 책에서는 '호남의 실기'라는 점에 초점을 맞추고자 하였다.

본 연구는 임진왜란기 호남 포로실기 문학을 연구하여, 호남 포로실기의 구성과 서술 특성, 작자 의식, 내용적 특징 등을 망라하여 살피고 호남 포로실기의 의의를 찾는 데에 목적을 두었다. 그리고 구체적인 논의에 앞서 임진왜란기 호남문집에 대한 조사, 호남 임진왜란 문학작품에 대한 정리도 시행하였다. 호남의 포로실기는 임진왜란기 포로들의 해외체험을 생생하게 기록한 유일한 작품군으로 한국문학사에서 본격적인 실기문학을 보여주고 있다는 점에서 의의가 있었다. 또한 다양한 형식과 내용을 표출하며, 일본과 중국이 다루어져 문학 공간의 확장에 기여했다는 점에서도 의의가 있음을 밝힐 수 있었다.

10년의 시간 동안 가장 가까운 곳에서 지도해주시는 김대현 선생님, 학부 때부터 열정적으로 논문을 살펴봐주시고 응원해 주신 신해진 선생님, 부족한 논문을 심사하면서 여러 가지 큰 도움을 주셨던 이월영·최한선·한예원 선생님께 진심어린 감사의 마음을 전한다. 부족한 글인지라 심사하고 지도해주신 선생님들께 누가 되지 않을까하는 걱정이 있다. 하지만 이것이 끝이 아니기에 보답할 수 있는 시간이 충분히 있으리라 위로해 본다. 앞으로 호남의 실기문학을 연구하는 한편, 호남한문고전연구실에서 호남문집의 정리·연구를 지속하여 연구자로서 부끄럼 없는 연구 결과를 쌓아갈 것이다.

소논문 발표, 박사학위논문 심사와 제출, 그리고 이 책의 발간에 이르기까지 호남의 포로실기에 매달려 많은 시간을 보냈다. 연구를 진행하기 위해서는 가족의 도움이 절실하였다. 항상 물심양면으로 도와주신 시부모님

14

과 멀리서 응원해주신 친정부모님, 공부하는 아내 때문에 고생이 많았던 남편 그리고 예쁘게 자라고 있는 사랑하는 딸 지율이와 뱃 속의 아이에게도 사랑과 감사의 마음을 전한다. 마지막으로 본 연구가 책으로 세상에 나올 수 있게 해준 경인문화사에도 감사드린다.

2013년 가을, 호남한문고전연구실 일신당에서
김미선

목 차

제1장 임진왜란에 대응한 호남문학

1. 임진왜란기 호남문인과 문집

임진왜란은 1592년부터 1598년까지 7년간 치러진 전쟁으로, 조선에 엄청난 인적·물적 피해를 입혔다. 농지가 황폐화되고 문화재가 소실되었으며, 9~14만여 명에 이르는 사람들이 전쟁 포로로 타국으로 잡혀갔다.[1] 1592년 양력 5월의 전쟁에서 조선 측이 청야작전을 써서 농사를 포기하고 농민이 피란하였기 때문에 다음 해 계사년과 갑오년에는 극심한 흉년과 질병이 만연하여 죽어가는 사람이 길에 즐비하였던 참상이 벌어졌고, 한국 역사상 유례가 없는 사람 고기를 먹는 끔찍한 참상까지 일어났다.[2] 이러한 전쟁이라는 비극적인 체험을 겪은 사람들은 다양한 기록으로 본인들이 겪은 일을 남겼다. 사람들은 기록을 남김으로써 전쟁의 참혹함을 토로하였고, 훗날 후손들이 같은 비극적인 경험을 하지 않기 위한 대비책을 삼게 하고자 하였다.

문학에 있어서도 다양한 작품이 창작되어 민족이 겪은 비극적인 전쟁을 형상화하였다. 시조, 가사, 한시, 실기, 전, 소설, 설화 등 다양한 장르의 작품이 창작되었는데, 이 중 전쟁을 직접 경험한 사람들이 쓴 實記는 가장 생생하게 전쟁의 참상을 기록한 문학작품이다.[3] 작자 본인의 직접적인 전

---

1 민덕기, 「임진왜란 중의 납치된 조선인 문제」, 『임진왜란과 한일관계』, 경인문화사, 2005, 395쪽.
　포로의 정확한 수에 대해서는 학자들 사이에 이견이 있어서 일본 학자들은 2~3만을 추정하고, 한국 학자들은 5만, 10만, 10만 이상 등 다양하게 추정하고 있다. 필자는 민덕기의 견해를 따른다.
2 정구복, 「임진왜란의 역사적 성격과 의미」, 『임진왜란과 한일관계』, 경인문화사, 2005, 18쪽.
3 '實記'라는 용어는 조선조에 후대인들이 선조를 추모하는 책의 제목이나 고인의 사적을 기록할 때 사용하였는데, 이는 '사실의 기록'이라는 뜻으로 쓰인 것이다. 이 용어가 문학적 용어로 사용된 것은 소재영에 의해 시작되었으며, 이후 조동일, 황패강, 이채연, 장경남 등에 의해 연구가 이루어지고, 개념이 정립되었다. 기존의 연구성과를 바탕으로 개념을 정리한 장경남은 임진왜란 실기문학에 대해 '임진왜

쟁 체험을 기록한 것이기에 사실적이며, 현장성을 가지고 있다. 당대 그 자리에 있었던 사람만이 알 수 있는 사실과 극한 상황에서의 감정이 서술되어 있어 사실만을 기록한 역사기록에는 없는 감동을 지니며, 허구적인 상상문학과는 또 다른 문학적 가치를 갖는다.

본 연구는 임진왜란기 호남의 포로실기 문학을 연구하여, 호남 포로실기의 구성과 서술 특성, 작자 의식, 내용적 특징 등을 망라하여 살피고 호남 포로실기의 의의를 찾는 데에 목적이 있다.

그런데 임진왜란기 호남문학을 연구하기 위해서는 임진왜란기 호남문인의 문집에 대한 조사가 선행되어야 한다. 문집은 작자가 남긴 작품을 모은 것으로 문집 안에는 한시를 비롯하여, 시조, 서간문, 격문, 실기 등 다양한 글이 망라되어 있고, 행장, 묘갈명 같은 작자의 전기적 사실에 대한 기록도 실려 있다. 그렇기에 문집을 연구하면 당시 문학의 전체적인 면모를 볼 수가 있다. 그리하여 본 장에서는 호남의 포로실기를 연구하기에 앞서 임진왜란기 호남문집에 대한 조사를 시도하였다.

호남의 문집에 대하여서는 1990년대에 전북대학교 전라문화연구소가 전북 문집 약 600여 종을 조사하여 해제하였고[4], 전남대학교 인문과학연구소가 광주 문집 300여 종과 전남 문집 500여 종을 조사하여 해제하였다.[5] 이후 2000년대에 전남대학교 호남한문고전연구실에서 20세기 근·현

란을 체험한 작자가 자신이 직접 겪은 체험의 실상과 체험의 과정에서 느낀 정서를 記‧錄과 같은 형식을 이용해 기록‧표현하여 후대인을 경계하려는 의도로 쓰여진 비허구적인 문학'(「壬辰倭亂 實記文學 研究」, 숭실대학교 박사학위논문, 1997, 19쪽)이라고 정의하였다. 이는 임진왜란뿐만 아니라 다른 역사적 상황에서 작성된 모든 실기에 적용할 수 있는 것으로, 장경남의 견해에 전체적으로 동의하나 '후대인을 경계하려는 의도'는 필수 조건은 아니라고 본다. 본 논저에서 언급하는 '실기'는 모두 문학 용어로서 사용한 것이다.

4 전북대학교 전라문화연구소, 『全羅文化의 脈과 全北人物』, 대흥정판사, 1990.
5 전남대학교 인문과학연구소, 『光州圈文集解題』, 광주광역시, 1992.
　전남대학교 인문과학연구소, 『全南圈文集解題』Ⅰ‧Ⅱ, 금호문화, 1997.

대 호남 한문문집을 총 조사하여 1,000종에 달하는 20세기 근현대 호남 한문문집에 대한 해제집을 발간하였고,[6] 2,200여 종의 호남지역 한문문집 예비목록을 작성하였다.[7] 또한 1,470종의 호남 간행본 문집에 대한 해제집을 출간하였으며[8], 현재는 호남 한문문집이 3,000종에 이를 것이라 추정하고 이에 대한 지속적인 조사와 기초 DB구축을 진행하고 있다.[9] 본 논저에서는 이러한 연구 결과를 토대로 기타 관련 연구서[10]와 자료들을 통해 임진왜란기 호남문집을 조사하였다.

호남한문고전연구실의 기준과 같이 호남권에 생존하였거나 호남과 긴밀한 관련을 맺은 인물의 문집을 대상으로 하였으며, 世稿 등과 같이 여러 문집이 합본되었으나 개인별로 완결된 문집 형태를 갖춘 경우 개인의 문집으로 구분하였다. 세고 중 합편된 각 문집이 완결된 문집 형태를 갖추지 않은 경우는 세고를 하나의 문집으로 정리하였다.[11] 또한 임진왜란 전쟁 기간은 전쟁이 처음 발발한 1592년 4월부터 1598년 11월까지로, 호남문인 중 1592년 4월 이후 사망자, 1598년 연말 이전 출생자까지를 대상으로 하

---

6 전남대학교 호남한문고전연구실, 『20세기 호남 한문 문집 간명해제』, 경인문화사, 2007.
7 전남대학교 호남한문고전연구실, 『湖南地域 漢文文集 豫備目錄』, 한국학중앙연구원 2008년도 국학기초자료사업 '호남지역 한문문집 분류별 색인' 최종결과물, 2009.
8 전남대학교 호남한문고전연구실, 『호남지역 간행본 한문문집 간명해제』上·下, 전남대학교출판부, 2010.
9 김대현, 「호남기록문화유산 사업 성과와 한계, 발전 방안」, 지역문화교류호남재단 제8회 학술심포지움자료집, 2012.
10 임형택, 「壬辰·丁酉戰亂의 시적반영-호남 의병장 林懽의 '習靜遺稿'-」, 전남대학교 호남한문고전연구실 29차 학술발표회, 2006 ; 김대현·정지용, 「기록유산」, 『광주 충효동 성안마을 사람들의 삶과 앎』, 심미안, 2007 ; 정지용, 『17世紀 前期 無等山圈의 漢詩 研究』, 경인문화사, 2011 등.
11 전남대학교 호남한문고전연구실에서 간행한 『호남지역 간행본 한문문집 간명해제』上·下(전남대학교출판부, 2010)의 일러두기 참조.

였다. 전쟁 기간에 태어난 사람들은 어린 시절 전쟁을 겪었지만 부모들이 전쟁을 직접 체험하는 동안 태어났고, 전후의 어려운 상황을 경험하여 그들의 삶에 임진왜란은 깊은 영향을 미칠 수밖에 없었을 것이기 때문이다. 또한 임의로 나이를 한정하여 어느 년도에 태어난 사람까지 임진왜란기 문인이라고 한정하는 것은 주관적이므로, 전쟁 마지막 해인 1598년 출생자까지로 한정하였다. 그리하여 임진왜란기 호남문집을 조사한 결과 현재 총 231명, 226종의 문집을 확인하였다.

　본 조사는 문집을 조사, 정리한 문헌을 바탕으로 한 것이고 현재도 지속적으로 미발굴 문집을 조사하고 있기 때문에, 임진왜란기 호남문집을 완벽히 파악했다고는 할 수 없다. 하지만 지금까지 조사된 문집은 최대한 반영을 하였으므로 현재의 상황에서 임진왜란기 호남문집의 현황을 파악하는 최선의 결과라 할 수 있다.

　문집을 남긴 231명의 호남문인이 모두 중요하지만, 임진왜란기 호남문학을 연구하는 데 있어 더욱 의미 있는 인물은 전쟁 중 활동을 했던 인물이다. 의병, 관료 등으로 전쟁에 참여하였던 인물에게 전쟁은 삶의 중요한 부분을 차지하고, 문학작품에도 영향을 미쳤을 것이기 때문이다. 각 인물의 임진왜란 활동에 대한 개별적 조사를 진행하는 것은 시간적, 물리적으로 한계가 있다. 그리하여 호남인물의 임진왜란 활동을 망라하여 볼 수 있는 『湖南節義錄』에 수록된 인물을 대상으로 하여, 문집을 다시 조사하였다.

　『호남절의록』은 임진왜란, 李适의 난, 정묘호란, 병자호란, 李麟佐의 난에 활약했던 호남인물의 사적을 기록한 것으로, 고경명의 7대손인 高廷憲이 중심이 되어 1800년경에 만들어졌다. 총 5권 5책으로 구성되어 있고, 1,463명의 인물이 수록되어 있다. 이 중 임진왜란 인물을 기록한 「壬辰義蹟」은 권1상에서부터 권4상까지로, 의병장을 중심으로 하여 948명을 수록하고 있어 가장 많은 분량을 차지한다.[12] 그렇다면 이렇게 임진왜란 때 활약한 인물 중 문집을 남긴 인물은 얼마나 될까? 아래의 표는 『호남절의록』

「임진의적」에 수록된 호남인물 수와 그 중 문집이 있는 인물을 조사하여
정리한 것이다.

『호남절의록』「임진의적」에 수록된 호남인물 수

수록권	사실	인물 수	문집 있는 인물 수	문집 있는 인물명
권1상	충열공송천곡사실	4		
	충열공고제봉사실	62	8	**고경명**, 유팽로, 박광옥, 송제민, 고성후, 양사형, 김억일, 정준일
권1하	문열공창의사김건재사실	47	3	**김천일**, 홍천경, 정심
	무민황공사실	15		
	충의공최일휴사실	26	2	**최경회**, 구희
	효열공고준봉사실	16	1	김응정
	표의장심공사실	7		
	충의공장공사실	4		
	비의장민공사실	2		
	계의병장최공사실	5		
권2상	충용장김공사실	6	1	**김덕령**
	삼운의병장김오봉사실	13	3	**김제민**, 김흔, 김경수
	소모사이공사실	5		
	좌의병장임공사실	21	4	**임계영**, 문위세, 박근효,

---

12 『호남절의록』 수록 인물 수에 대해서는 노기춘의 논문(「'湖南節義錄'의 板本考」,
『호남절의록』, 경인문화사, 2010, 2~4쪽) 참조. 총 수록 인물 수에 대해서 노기춘
은 1,463명이라 하였고, 하태규는 그의 논문 「壬亂期에 있어서 全北人의 倡義活動
-'湖南節義錄'의 分析을 중심으로-」(『전라문화논총』3, 전북대학교 전라문화연구
소, 1989, 270쪽)에서 1,457명이라 하여 6명의 차이가 난다. 노기춘의 경우 김동수
가 『호남절의록』을 번역하면서 다른 판본을 비교하여 한쪽 판본에 누락된 인물을
모두 합한 것을 대상으로 하였기 때문에 노기춘이 파악한 수량을 따른다. 또한 본
논저에서 『호남절의록』은 전라남도임란사료편찬위원회가 영인한 원문(『湖南地方
壬辰倭亂史料集(湖南節義錄)』IV, 전라남도, 1990)과 김동수가 16종의 판본을 살핀
후 교감 · 역주한 번역문(『호남절의록』, 경인문화사, 2010)을 주요 자료로 하였다.

				정사제
	적개장도탄변공사실	9	2	**변사정**, 김여중
	죽천박공사실	5	1	박광전
	소의장습정임공사실	9	4	**임환**, 진경문, 오정남, 곽기수
	의곡장함재기공사실	17		
	독운사변공사실	1	1	**변이중**
권2하	일도순절제공사실	98	5	윤황, 채홍국, 김수해, 왕득인, 왕의성
	일도거의제공사실	155	14	정염, 정운룡, 김부흥, 김익복, 이주, 조경남, 나덕명, 김억추, 김홍원, 이준, 김성원, 정희맹, 염걸, 정건
권3상	문열공조중봉헌동순제공사실	18	1	김형진
	순찰사권공율참좌제공사실	39	1	신여량
	충무이공순신동순제공사실	145	8	정운, 정경달, 최희량, 나대용, 이덕일, 오익창, 정상, 진무성
	이병사복남동순제공사실	41	2	마응방, 황대중
	이수사억기동순제공사실	11		
권3하	대가호종제공사실	141	5	백진남, 고현, 조팽년, 김정, 고홍달
권4상	종묘호종임공사실	1		
	진전호종제공사실	6	2	윤길, 오희길
	이역전절	9	2	강항, 노인
	타도부록	10		
	소계	948	70	

「임진의적」 마지막 부분 〈他道附錄〉에 수록된 10명은 임진왜란 때 다른 지역에서 활약한 인물로 후손이 호남에 살아서 기록된 인물인지라, 『호남절의록』「임진의적」에 기록된 948명 중 호남인물은 총 938명이다. 그리고 문집이 있는 인물은 총 70명이다. 위의 표에서 밑줄을 긋고 진하게 하여 구분한 인물은 의병장으로 모두 9명이다. 총 19명의 의병장 중 9명의

문집이 확인된 것이다.

70명 중 父子가 모두 『호남절의록』에 수록되어 있고, 부자의 글이 한 문집으로 편찬되어 별도의 문집으로 구분할 수 없는 문집이 두 종 있다. 구례에서 활약한 왕득인·왕의성 부자의 문집 『藍田西崗兩世實記』와 부자가 함께 大駕를 호종한 고현·고홍달의 문집 『兩賢實記』가 바로 그것이다. 그리하여 『호남절의록』「임진의적」수록 인물 중 문집이 확인된 인물은 70명, 문집은 68종으로 표로 정리하면 아래와 같다. 편의상 인물명 가나다순으로 제시하였다.

『호남절의록』「임진의적」 수록 인물의 문집

연번	문집명	저자	생몰연도	연고지	비고
1	睡隱集	姜沆	1567~1618	영광	포로실기인 『看羊錄』이 문집에 실려 있음.
2	霽峰集	高敬命	1533~1592	광주	
3	竹村集	高成厚	1549~1602	광주	
4	兩賢實記	高晛 高弘達	1555~1629 1575~1644	부안	부자지간
5	寒碧先生文集	郭期壽	1549~1616	강진	
6	淸溪集	具喜	1552~1593	화순	
7	鰲川集	金景壽	1543~1631	장성	
8	金忠壯公遺事	金德齡	1568~1596	광주	
9	谿谷集	金復興	1546~1614	남원	
10	棲霞堂遺稿	金成遠	1525~1597	광주	
11	忠敬堂遺稿	金秀海	1523~1597	영광	『晉州金氏七賢世稿』(목활자본, 7권 1책)에 합철됨
12	晩休堂實記	金億鎰	1544~1604	부안	
13	顯武公實記	金億秋	1548~1618	강진	
14	軒軒軒先生文集	金汝重	1556~1603	장흥	

15	懈菴集	金應鼎	1527~1620	강진	
16	金陵公遺稿	金益福	1551~1599	남원	『扶寧金氏世稿』(석인본, 7권 2책)에 합철됨
17	南溪遺稿	金玟	1527~1613	장흥	『光山金氏世稿』(목활자본, 2권 1책)에 합철됨
18	鰲峯遺稿	金齊閔	1527~1599	정읍	
19	健齋文集	金千鎰	1537~1593	나주	
20	石泉實記	金亨進	1556~1592	영광	
21	海翁集	金弘遠	1571~1645	부안	
22	鶴山實記	金昕	1558~1629	정읍	
23	遯庵羅先生行蹟	羅大用	1556~1612	나주	
24	嘯浦錦岩錦峰三稿合部	羅德明 외	1551~1610	나주	羅德峻(1553~1604)과 羅德閏(1557~1621)도 임진왜란기 인물이나 『호남절의록』에는 기록되지 않음.
25	錦溪集	魯認	1566~1622	나주	포로실기인 『錦溪日記』가 별도로 전해짐.
26	龍菴集	馬應房	1524~1597	강진	
27	楓庵先生遺稿	文緯世	1534~1600	장흥	
28	懷齋遺集	朴光玉	1526~1593	장흥	
29	竹川先生文集	朴光前	1526~1597	보성	
30	晩圃集	朴根孝	1550~1607	보성	
31	松湖集	白振南	1564~1618	장흥	
32	桃灘先生集	邊士貞	1529~1596	남원	
33	望菴先生文集	邊以中	1546~1611	장성	
34	海狂集	宋齊民	1549~1602	광주	
35	鳳軒先生實記	申汝樑	1564~1604	고흥	
36	漁隱楊先生文集	楊士衡 외	1547~1599	순창	

37	退隱堂實記	廉傑	1545~1598	강진	
38	沙湖先生集	吳益昌	1557~1635	고창	
39	蓮江集	吳挺男	1566~1626	담양	
40	韜庵先生文集	吾希吉	1556~1625	고창	
41	藍田西崗兩世實記	王得仁 王義成	1556~1597 1574~1641	구례	부자지간
42	月坡集	柳彭老	1564~1592	곡성	
43	夢坡實記	尹趌	1564~1615	함평	
44	老坡實記	尹趛	1562~1597	함평	『三賢實記』(목활자본, 6권 2책)에 합철됨
45	漆室遺稿	李德一	1561~1622	함평	
46	寒村先生忠賢錄	李柱	1562~1594	완주	
47	歸來亭遺稿	李浚	1579~1645	강진	
48	三島實記	任啓英	1528~1597	보성	
49	習靜遺稿	林懽	1561~1608	나주	
50	誠敬齋集	丁鍵	1565~1628	영광	
51	盤谷集	丁景達	1542~1602	장흥	
52	五峰先生文集	鄭思悌	1556~1594	보성	
53	滄洲遺稿	鄭詳	1533~1609	나주	
54	逸軒遺稿	鄭諟	1520~1602	나주	
55	晚軒先生文集	丁焰	1524~1609	장수	
56	鄭忠壯公實記	鄭運	1543~1592	영암	
57	霞谷先生遺集	鄭雲龍	1542~1593	장성	
58	向北堂先生遺稿	鄭遴一	1547~1623	나주	
59	善養亭文集	丁希孟	1536~1596	영광	
60	山西集	趙慶男	1570~1641	장흥	
61	溪陰文集	趙彭年	1549~1612	강진	
62	剡湖集	陳景文	1538~?	나주	

63	松溪公實記	陳武晟	1566~1638	고흥	
64	野叟實記	蔡弘國	1534~1597	고창	
65	日休堂實記	崔慶會	1532~1593	화순	
66	逸翁文集	崔希亮	1560~1651	나주	
67	盤桓先生遺稿	洪千璟	1553~1624	나주	
68	兩蹇堂文集	黃大中	1551~1597	장흥	

『호남절의록』은 임진왜란 시기의 의병연구에 중요한 자료로 활용되고 있고, 본 논저에서도 임진왜란 활동을 볼 수 있는 주요 자료로 삼았다. 하지만 사료적 가치에 대해 몇 가지 고려해야 할 점이 있다. 이는 하태규, 김동수 등에 의해 제기되었는데, 하태규는 『호남절의록』이 지방사연구에 있어 매우 중요한 자료이지만 수록 인물이 양반 중심이며 특정 인물이나 가문에 집중된 점, 사건이나 인물에 대한 기록에 오류가 나타난 점 등의 한계점이 있음을 지적하였다.[13] 김동수는 『호남절의록』에서 다룬 인물들이 얼마나 누락 없이 수록되었는가에 의문점을 갖고 『남문창의록』, 『호남모의록』, 『정묘거의록』, 『병자창의록』, 『은봉창의록』 등과 대조하여 누락이 많음을 확인하여 추후 연구에 이런 면에 대한 고려가 필요하다고 하였다.[14] 226종에 달하는 임진왜란기 호남문인의 문집을 자료로 활용한다면, 위의 고려 사항들을 보완하는데에도 도움이 될 것이다.

2. 호남 임진왜란 문학작품과 해외체험 포로실기

전쟁문학은 넓은 의미로 전쟁을 제재로 한 문학이다. 이는 범위를 다시

---

13 하태규, 「壬亂期에 있어서 全北人의 倡義活動-'湖南節義錄'의 分析을 중심으로-」, 『전라문화논총』3, 전북대학교 전라문화연구소, 1989, 271~274쪽.
14 김동수, 「호남절의록의 사료가치 검토(1)」, 『역사학연구』44, 호남사학회, 2011.

줍혀서 실재했던 전쟁을 대상으로 전쟁 체험자에 의해 창작된 문학으로 한정할 수 있다. 전쟁 체험세대 이후의 사람에 의해 창작된 전쟁을 소재로 한 문학은 역사문학이 된다.15 역사문학에서는 한 사건이 역사적 의미를 획득하기 위해서는 일정한 기간이 경과되어야하지만, 전쟁문학에서는 체험이 중요한 요소이기 때문에 체험이나 감정 등이 시간에 구애됨이 없이 전쟁을 체험한 세대에 의하여 바로 창작된다는 명백한 경계선이 있다.

200여 년간의 태평성대를 보내다 임진왜란이라는 비극적인 전쟁을 겪은 사람들은 전쟁 중에, 그리고 전쟁이 끝난 후에 다양한 장르의 작품을 창작하였다. 시가로는 시조, 가사, 한시 등이 창작되었고, 산문으로는 실기, 전, 소설 등이 창작되었다. 글을 모르는 백성들은 임진왜란 중 특별한 인물들이나 사건을 이야기로 전하여 다양한 설화가 전해졌다.16 이 중 실기는 시간을 들여 조탁하지 않고, 체험을 직접적으로 형상화한 것이기 때문에 격정적인 상황 속에서 많은 작품이 창작되었다. 포로실기를 비롯하여 요직에 있던 관료의 임진왜란 기록인 柳成龍(1542~1607)의 『懲毖錄』, 임진왜란 7년간의 진중생활을 기록한 李舜臣(1545~1598)의 『亂中日記』, 유성룡의 아들인 柳袗(1582~1650)이 11세 때 피란생활을 했던 일을 한글로 기록한 『임진녹』 등은 대표적인 임진왜란 실기이다.

호남 지역은 李舜臣이 全羅左道水軍節度使로서 해전에서 활약했던 곳

---

15 이는 이동근(「임진왜란과 문학적 대응」, 『관악어문연구』20, 서울대학교 국어국문학과, 1995 ; 「壬亂戰爭文學'研究-文學에 反映된 應戰意識을 中心으로-」, 서울대학교 석사학위논문, 1983)의 견해를 따른 것이다. 오세영(「한국전쟁문학론 연구」, 『인문논총』28, 서울대학교 인문학연구원, 1992)은 실제 전쟁을 대상으로 쓰여진 문학이 아닌 것은 전쟁문학이 아니라는 주장에 대해 문학이 기본적으로 픽션의 산물이라는 점에서 설득력이 부족하다고 보고, 전쟁문학이 시대적 제한성을 갖는 개념이 아니라고 보았다. 하지만 이는 서구 중심, 현대 문학 중심의 개념으로 한반도, 고전 문학의 특수성에 따라 전쟁문학을 개념화한 이동근의 견해를 따른다.

16 설화는 시간이 지난 후에 글로 정착되었지만, 최초 발생은 임진왜란 체험자들에 의해 이루어졌기 때문에 전쟁체험자에 의해 창작된 전쟁문학 범주에 둘 수 있다.

이다. 이순신의 활약 등에 힘입어 1592년 침략 때는 큰 피해를 입지 않았지만, 高敬命, 金千鎰 등이 나라를 위해 의병으로 활약하다 전쟁 초기에 세상을 떠났다. 1597년 재침입 때는 호남이 일차적 목표가 되어 큰 피해를 입었고, 강항 등 호남인들이 대대적으로 포로로 잡혀 일본으로 끌려갔다.

16세기 호남은 宋純(1493~1583), 林億齡(1496~1568), 金麟厚(1510~1560), 鄭澈(1536~1593) 등 뛰어난 많은 문인들이 활약했던 지역이다. 이러한 문학적 분위기 속에서 성장하고, 문학적 능력을 갖추었던 호남문인들은 자신의 전쟁체험을 문학작품으로 형상화하였다. 그리고 의병, 포로 등으로 임진왜란을 체험했던 이들의 활약과 삶을 전해들은 백성들은 이야기를 입에서 입으로 전하였다.

임진왜란을 형상화한 호남 문학작품의 예

장르	작자/인물	작품(집)명	출전	인물 특징	연고지
시조	高敬命 (1533~1592)	〈靑蛇劍 두러매고…〉	『大東風雅』	의병장 전사	광주
	李德一 (1561~1622)	〈憂國家〉 28수	『漆室遺稿』	무관 의병조직	함평
	金德齡 (1567~1596)	〈春山曲〉	『金忠壯公遺事』	의병장 옥사	광주
한시	崔慶會 (1532~1593)	〈登樓口占〉	『日休堂實記』	의병장 자결	화순
	高敬命 (1533~1592)	〈枕上悵吟〉 외	『霽峰集』	의병장 전사	광주
	金千鎰 (1537~1593)	〈梁君布衣擧義將奔問 行在行過水原不勝嘉 歎詩以送之〉	『健齋文集』	의병장 자결	나주
	邊以中 (1546~1611)	〈聞天將收復兩京〉	『望菴先生文集』	의병장	장성
	林懽	〈負屍行〉, 〈無鼻者〉	『習靜遺稿』	의병장	나주

	(1561~1608)	외			
	魯認 (1566~1622)	〈壬辰赴倡義陣〉외	『錦溪集』	의병 포로	나주
	金德齡 (1567~1596)	〈軍中作〉	『金忠壯公遺事』	의병장 옥사	광주
설화	金千鎰 (1537~1593)	〈난리를 예견했던 김천일 장군의 부인〉	『溪西野談』	의병 자결	나주
	魯認 (1566~1622) 柳汝宏 (생몰년 미상)	〈魯認의 장쾌한 유람〉	『於于野譚』	포로	나주 전주
	金德齡 (1567~1596)	〈큰 공을 세우려다 모함에 빠져 죽은 김덕령〉, 〈老人의 훈계를 지키지 않아 끝내 화를 당한 김덕령〉	『東稗洛誦』	의병장 옥사	광주
실기	魯認 (1566~1622)	『錦溪日記』		포로	나주
	姜沆 (1567~1618)	『看羊錄』	『睡隱集』	포로	영광
	鄭慶得 (1569~1630)	『萬死錄』		포로	함평
	鄭希得 (1575~1638)	『月峯海上錄』		포로	함평
	鄭好仁 (1579~?)	『丁酉避亂記』		포로	함평

위의 표는 임진왜란을 형상화한 대표적인 호남 문학작품을 정리한 것이다. 호남문인으로 임진왜란을 직접 체험한 작자가 임진왜란을 제재로 창작한 작품을 대상으로 하였다. 가사, 소설, 전 작품은 전해지지 않지만, 의병·포로 등 전쟁 참여자의 다양한 작품을 확인할 수 있다.

임진왜란 호남시가 중 가사는 전해지지 않지만, 의병장과 무관으로 활약했던 이들의 시조가 세 편 남아있다. 임진왜란 시조는 위의 호남인물 세

명과 李陽元, 李舜臣, 白受繪 등 총 6명의 작품만이 알려져 있어, 단 세 편이지만 임진왜란 시조에서 중요한 위치를 차지하고 있다. 이 중 이덕일의 〈우국가〉는 전쟁 후 광해군의 혼정을 보고 지은 것이다. 하지만 임진왜란 때 무관으로 활약하고 의병을 조직하여 이순신을 도왔던 그의 행적, 임진왜란 당시 상황과 이후의 심회가 담겨 있는 내용 등을 고려하여 볼 때 임진왜란 시조라 할 수 있다. 또한 28수나 되어 내용적으로도 풍부하다.

임진왜란 초기 의병장으로 활약하다 작은아들 高因厚와 함께 전사한 고경명은 16세기 호남의 대표적인 문인으로, 임진왜란 시조와 함께 한시도 남겼다. 임환은 명문장가 白湖 林悌(1549~1587)의 동생으로 임진왜란 초기에는 김천일의 종사관으로 참전하고, 정유재란 때는 의병장으로 활약하였다. 임환은 의병장으로 『호남절의록』에 사실이 실려 있는데 그의 문집 『습정유고』는 필사본으로 세상에 알려지지 않다가 임형택에 의해 발굴되어 학계에 알려지고, 출판되었다.[17] 『습정유고』에는 전쟁을 경험한 시기의 한시가 많이 실려 있는데, 다음은 임진왜란 중 일본군이 조선인의 코를 베었던 일을 형상화한 시 〈無鼻者〉의 앞부분이다.

無鼻者誰家子　　코 없는 자, 누구 집 자식인고
掩面坐泣荒山隅　　산기슭에 홀로 앉아 얼굴 가리고 우네
賊刀尖利揮生風　　적병이 날카로운 칼 휘둘러 바람이 일자
一割二割千百傷　　하나 베이고 둘 베이고, 천백인의 코 달아났네[18]

이러한 한시를 통해 조선인의 코를 베어가는 임진왜란 당시의 상황을 직접 볼 수가 있고, 이러한 현실을 바라보는 의병장의 안타까운 마음을 읽

---

17 임형택은 2006년 5월 26일 전남대학교 호남한문고전연구실 29차 학술발표회에서 논문 「壬辰·丁酉戰亂의 시적반영-호남 의병장 林懽의 '習靜遺稿'-」를 발표하였고, 2006년 6월 앞서 발표한 논문을 수록하고 필사본 원문을 영인한 『습정유고』(민창사, 2006)를 간행하였다.

18 林懽, 『習靜遺稿』, 「第一」, 〈無鼻者〉

을 수가 있다. 의병으로 활약하다 포로로 해외체험을 한 노인의 경우에도 문집에 임진왜란 한시가 실려있다. 해외체험 중에 쓴 『금계일기』에도 한시가 실려 있긴 하지만, 문집에 실린 한시를 통해 의병으로 활동할 당시의 마음을 볼 수가 있다.

한시 작시를 생활화했던 당시의 상황과 임진왜란기 호남문인의 문집이 226종이나 되는 것을 볼 때, 임진왜란을 형상화한 호남문인의 한시는 매우 많을 것으로 생각된다. 위 표의 한시는 『호남절의록』에 임진왜란 의병장으로 기록된 인물과 포로 해외체험을 했던 인물의 문집에 있는 전쟁한시를 제시한 것이다. 임진왜란기 호남문집에서 임진왜란을 제재로 한 한시를 찾아 집대성하는 것은 직접 모든 작품을 읽고 판단해야 하므로 많은 시간이 요구되는 일이라, 본 논저에서는 위와 같이 일부만 제시하였다. 하지만 호남문학을 연구하는 데 있어서도, 전쟁문학을 연구하는데 있어서도 반드시 필요한 일로, 임진왜란을 겪었던 많은 호남문인의 임진왜란 한시에 대한 조사는 추후 이루어져야할 것이다.

설화는 장르의 특성상 작자를 알 수 없기 때문에 호남의 인물을 제재로 한 이야기를 대상으로 하였는데, 의병과 포로로서 해외체험을 한 인물을 제재로 하고 있음을 볼 수 있다. 김천일은 임진왜란이 일어나자 고경명 등과 함께 의병을 일으켜 활약하였고, 진주성을 지키다가 성이 함락되자 아들 金象乾과 함께 남강에 투신 자결하였다. 김덕령도 의병장으로 크게 활약하다가 李夢鶴의 반란에 연루되어 억울하게 옥에서 죽었다. 김천일과 관련하여서는 전쟁을 미리 준비하고 남편이 의병장이 될 수 있게 돕는 지혜로운 아내의 이야기가 전하고, 김덕령과 관련하여서는 임진왜란 때 크게 활약했으나 모함에 빠져 죽게 된 내용을 중심으로 전하고 있다. 『동패락송』에 장인어른의 원수를 갚는 김덕령의 설화도 실려 있지만, 이는 임진왜란과는 상관이 없는 이야기라 제외하였다. 마찬가지로 고경명과 관련하여서도 『어유야담』에 〈고경명과 徐益의 작시 경쟁〉, 〈고경명의 부활〉 등의 설화가 전하지만 임진왜란과 연관이 없어 제외하였다.

포로로 해외체험을 한 인물에 대해서는 노인의 해외체험 이야기가 전한다. 실제 노인은 중국인의 배를 타고 중국 복건성으로 바로 탈출하였지만, 설화에서는 南蠻인의 상선을 타고 남만국으로 갔다가 중국으로 가는 등 사실과는 다른 내용이 있다. 이렇게 사실과 다른 면도 있지만, 당시 포로로 해외체험을 한 이들의 이야기가 회자되고 있었음을 알 수 있다. 여기에는 유여굉도 등장인물로 나오는데, 유여굉은 정희득 일행과 함께 귀국한 인물로 『월봉해상록』에 한시도 전한다.

마지막으로 임진왜란을 형상화한 호남 문학작품 중 실기는 임진왜란기 호남문학에 있어서도, 임진왜란기 전체 실기 문학에 있어서도 중요한 의미를 갖는다. 임진왜란기 호남 실기는 모두 포로로서의 해외체험을 기술한 것으로, 총 다섯 편이 있다. 그런데 전국으로 확대하여 살펴보았을 때 임진왜란기 해외체험 포로실기로 현전하는 것은 위의 다섯 편이 전부로, 모두 호남문인의 작품이다. 포로체험을 기록한 실기로 위의 다섯 작품 외에 權斗文(1543~1617)의 『虎口錄』한 편이 있긴 하지만,[19] 조선만을 배경으로 하고 있고 기간도 짧다.

임진왜란 초기부터 일본은 전투부대와는 별도로 특수부대를 편성하여 조직적으로 조선의 문물을 약탈해갔다.[20] 6개의 부대는 圖書部, 工藝部, 捕虜部, 金屬部, 寶物部, 畜部로, 도서부는 조선의 전적류를 약탈하였고, 공예부는 자기류를 포함한 각종 공예품 및 木工·織工·陶工 등 工匠을 납치하였다. 포로부는 조선의 학자, 젊은 남녀 민간인을 납치했으며, 금속부는 조선의 兵器 및 금속예술품·금속활자를 약탈했다. 마지막으로 보물부는 金銀寶貨와 珍奇品을 약탈했고, 축부는 가축을 포획하여 갔다. 당시

---

19 권두문은 영주 출신으로 1592년 평창 군수로 왜적을 막다 포로가 되었다. 왜적을 막다가 포로가 되고, 포로로 잡혀있다 탈출해 귀향하는 과정이 1592년 8월 7일부터 9월 13일까지 36일간의 일기에 기록되어 있다.
20 문물 약탈과 관련하여서는 하우봉의 논문(「임란직후 조선문화가 일본에 끼친 영향」, 『임진왜란과 한일관계』, 경인문화사, 2005, 478~480쪽) 참조.

일본에 있었던 선교사 루이스 프로이스가 '조선 측의 사상자 수는 알 수 없으나 죽은 자와 포로가 된 자의 수는 일본 측과 비교할 수 없을 정도였다. 교토나 다른 지역으로 끌려간 자들을 제외하고 이곳 시모[下]에 있는 포로만 하더라도 그 수가 헤아릴 수 없을 정도로 많았다'[21]라고 기록하고 있을 정도였다. 이러한 인적·물적 자원의 조직적인 약탈로 일본은 조선의 선진문화를 대량 흡수하였고, 전쟁 이후 江戸時代의 문화 발전에 전기를 마련하였다. 임진왜란기에 9~14만의 사람들이 일본의 조직적인 약탈속에서 포로로 해외로 잡혀 갔는데, 이들의 체험을 대변해 주는 것은 바로 호남문인의 포로실기 다섯 편이 전부인 것이다.

지역에 상관없이 임진왜란 중 해외를 다녀 온 기록으로 통신사로 일본에 다녀 온 黃愼의 『日本往還記』(1596년), 告急使로 중국에 다녀온 權悏의 『燕行錄』(1597년)이 있다. 그러나 사신의 기록은 임진왜란만의 특수한 것이 아닌데다 전쟁의 직접 체험도 볼 수가 없다. 또한 전쟁이 끝난 후에 慶暹의 『海槎錄』(1607년), 吳允謙의 『東槎上日錄』(1617년), 李景稷의 『扶桑錄』(1617년), 姜弘重의 『東槎錄』(1624년), 金世濂의 『海槎錄』(1636년), 黃㦿의 『東槎錄』(1636년), 작자미상 『癸未東槎日記』(1643년) 등 통신사들이 남긴 기록을 통해서도 일본에 머무르는 포로들의 모습을 볼 수 있지만 이는 간접적이면서 단편적인 기록이다. 임진왜란 당시 포로들의 격정적인 해외체험은 호남문인의 포로실기를 통해서만 자세하게 볼 수 있다.

그런데 임진왜란기 호남의 포로실기 작자들은 왜 모두 일본의 재침입이 일어난 1597년 정유재란 때 잡혀간 것일까? 이는 임진왜란의 역사적 상황속에서 이해할 수 있다.[22] 1592년 4월 13일에 일본군이 부산에 침입하고 하루 만에 부산을 함락한 이후 5월 3일 한양을 함락한다. 그리고 전쟁이 일어난 지 3개월도 되지 않아 평양 이북과 전라도를 중심으로 한 조선 서

---

21 루이스 프로이스 저/정성화·양윤선 역, 『임진난의 기록』, 살림, 2008, 141쪽.
22 정유재란의 역사적 상황과 관련하여서는 최관의 저서(『일본과 임진왜란』, 고려대학교출판부, 2004, 111~123쪽) 참조.

부지역을 제외한 한양, 평양 등 조선의 주요 거점을 일본군이 장악하였다. 그러나 이후 의병이 일어나면서 일본군에 타격을 가했고, 특히 10월에 김시민이 진주성에서 전란 이래 최초의 대승을 거두어 진주 서쪽의 곡창지대인 전라도지역의 안전이 확보되었다. 또한 이순신의 연이은 승전과 명군의 참전으로 일본군은 더 이상 진격할 수 없었고, 명과 일본 사이에 강화교섭이 진행되면서 전쟁은 소강상태에 접어들었다. 1594년 이순신의 일본수군 공격을 제외하면 1597년 정유년의 재침까지 전투는 없었다. 그리고 결국 강화는 결렬되었다.

1597년 일본은 재침하면서 8월부터 본격적으로 충청·전라·경상도에 군사를 보내 치열한 전투가 반복되었고, 전라도의 남원성·전주성 등을 점령하였다. 임진년 침입 때 전화를 피했던 전라도 지역은 일본의 일차적 표적이 되어 그 피해는 어마어마했다. 당시 상황에 대해 군의관으로 종군하여 전라도에 있었던 일본 승려 慶念의 1597년 8월 6일 일기의 기록을 보면 '들도 산도 섬도 죄다 불 태우고, 사람을 쳐 죽인다. 그리고 산 사람은 금속 줄과 대나무 통으로 목을 묶어서 끌어간다. 어버이 되는 사람은 자식 걱정에 탄식하고, 자식은 부모를 찾아 헤매는 비참한 모습을 난생 처음 보게 되었다'[23]라고 쓰여 있어, 그 참혹한 상황을 짐작하게 한다.

강항, 노인, 정희득 등은 모두 정유재란 때 남원성이 함락된 이후에 일본군에 잡혀 일본으로 가게 되었다. 호남 지방에 대한 대대적인 침입이 있던 때에 조직적인 납치에 의해 일본을 체험하게 되는 것이다. 그리고 직접 포로로 일본을 체험하게 되는 이들의 기록을 통해 전쟁 초기에 잡혀 와서 일본에 머무르고 있던 포로들의 상황까지도 볼 수가 있다. 그리고 이들의 실기에는 생생한 포로체험은 물론 다양한 한시가 수록되어 있어 임진왜란 한시를 풍부하게 하였다.

---

23 케이넨 저/신용태 역, 『임진왜란 종군기』, 경서원, 1997, 61쪽.

해외체험 포로실기에 수록된 한시 작품의 예

작품(집)명	작자	출전	비고
〈昨夢瑤墀拜至尊…〉 외	魯認 (1566~1622)	『錦溪日記』	문집 『錦溪集』이 별도로 있음.
〈滄海茫茫月欲沈…〉 외	姜沆 (1567~1618)	『看羊錄』	문집 『睡隱集』에 『看羊錄』 이 수록됨.
〈未死餘生罪有餘…〉 외	鄭慶得 (1569~1630)	『月峯海上錄』	정희득의 형
〈聞賊兵長驅作避亂行〉 외	鄭希得 (1575~1638)	『月峯海上錄』	
〈輕檣曉發欲西之…〉 외	鄭好仁 (1579~?)	『丁酉避亂記』	정희득의 족질
〈故國回頭春已晚…〉 외	柳汝宏 (생몰년 미상)	『月峯海上錄』	전주 사람
〈故鄉千里向西天…〉 외	林得悌 (생몰년 미상)	『月峯海上錄』	나주 사람
〈籠來塵土影孤身…〉 외	鄭憎 (생몰년 미상)	『月峯海上錄』	함평 사람

　강항의 『간양록』에는 31수, 노인의 『금계일기』에는 34수, 정희득의 『월봉해상록』에는 460여 수에 달하는 한시가 실려 있다. 여기에서 말하는 한시는 작자 자신이 쓴 한시로, 본인의 작품 외에 『금계일기』에는 중국인의 한시가 실려 있고, 『월봉해상록』에는 일본에 머무르는 다른 조선인들의 한시가 실려 있다. 이 외 『만사록』과 『정유피란기』에서도 여러 한시 작품을 볼 수 있는데, 『월봉해상록』에 실려 있는 작품이 많다. 위의 표는 호남 포로실기에 수록된 한시의 예를 든 것으로, 포로체험 중에 작성된 것이기에 전쟁을 직접적인 주제로 한 것이 많고, 창작 시기까지 구체적으로 알 수 있다.

　노인의 경우 개인문집인 『금계집』에서도 임진왜란을 제재로 한 한시를 볼 수 있지만, 강항의 경우는 다르다. 강항의 문집인 『수은집』에 한시가

250여 수 전해지지만, 임진왜란과 직접적인 연관이 있는 작품은 거의 없다. 『간양록』에 수록된 한시가 있기에 강항 전쟁 한시를 볼 수 있는 것이다. 『월봉해상록』에는 정희득의 한시뿐 아니라 함께 일본을 체험했던 조선 문인의 한시도 실려 있어 임진왜란 한시의 작자 폭을 넓혔다. 유여광, 임득제, 정증은 각각 전주, 나주, 함평 사람으로 정희득과 일본에서 교유하고 함께 조선으로 돌아온 사람들이다. 모두 문인으로, 구체적인 생몰년도는 알 수 없지만 그들의 행적과 한시는 『월봉해상록』을 통해 볼 수 있다.

『호남절의록』의 권4상에는 〈異域全節〉이라 하여 임진왜란 때 이역에서 절조를 지킨 사람들의 기록이 있다. 여기에는 모두 9명의 행적이 기술되어 있는데, 이들은 모두 해외체험 포로실기를 남겼거나 다른 이의 포로실기에 기록되어 있는 인물이다. 이를 표로 나타내면 다음과 같다.

『호남절의록』 권4상 〈異域全節〉 수록 인물

인물	연고지	실기	중요 일행	비고
姜沆	영광	『看羊錄』	강항	
魯認	나주	『錦溪日記』	노인	
姜渙	영광		강항	강항의 형
鄭慶得	함평	『萬死錄』	정희득	정희득의 형
鄭希得	함평	『月峯海上錄』	정희득	
鄭好仁	함평	『丁酉避亂記』	정희득	정희득의 족질
鄭好禮	함평		정희득	정호인의 동생
柳澳	영광		정희득	정희득과 함께 귀환
柳汝宏	전주		정희득	정희득과 함께 귀환

인물의 순서는 〈이역전절〉에 수록된 순서를 따른 것으로, 이들은 강항 일행, 노인, 정희득 일행 세 부류로 나눌 수 있다.[24] 노인은 혼자서 포로로

---

24 정희득 일행의 경우 정경득이 연장자이지만 정희득이 일행을 대표하여 일본인들

잡힌 반면 강항과 정희득은 가족이 함께 피란을 떠났다가 잡혀 해외체험
의 전 노정을 가족과 함께 하였고, 정희득의 경우 다양한 조선인들과 교유
를 하고 함께 조선으로 돌아왔다. 그렇기에 이들의 실기에서는『호남절의
록』에 기록된 다른 인물의 모습도 확인할 수 있다. 강항의 형인 강환은 문
집이나 실기를 남기지 않았지만, 강항의『간양록』을 통해 탈출을 시도하
는 등 해외체험 당시의 삶을 조금이나마 확인할 수 있다. 정경득, 정희득,
정호인, 정호례는 같은 집안 사람으로 해외체험 전 과정을 함께 하였으며,
유오, 유여굉은 일본에서 정희득 일행을 만나 함께 귀환하였다. 그리하여
정희득, 정경득, 정호인의 실기에서 이들의 삶을 볼 수가 있다.『호남절의
록』의 〈이역전절〉에 수록된 인물은 모두 포로실기에서 삶을 확인할 수 있
는 인물들로, 호남의 포로실기가 중요한 역사 자료로서도 의의가 있음을
알 수 있다.

　본 연구의 대상이 되는 호남의 포로실기는 총 다섯 편으로, 姜沆의『看
羊錄』, 魯認의『錦溪日記』, 鄭慶得의『萬死錄』, 鄭希得의『月峯海上錄』,
鄭好仁의『丁酉避亂記』이다.[25] 그런데 이 중 정경득과 정희득은 형제이고,
정호인은 이들과 같은 집안 사람으로써 함께 피란을 떠났다가 일본군에
잡힌 후 일본 이송, 일본 억류, 귀환 등 전 노정을 같이 겪는다. 그렇기 때
문에 같은 경험을 했을 뿐만 아니라 그들의 실기에는 일치하는 내용이 많
다. 고국으로 돌아온 후에 시간적 여유가 있을 때 작품을 수정하여 완성한
것이라서 당시에 서로의 글을 참고하여 작성한 것으로 보인다. 그 중 대표
로 일본인과 필담을 하고, 가장 작문 능력이 뛰어나 많은 시를 남긴 정희
득의 작품을 참고했을 가능성이 높다.[26] 그렇기 때문에 정경득의『만사

　과 글을 주고받았다. 또한 정경득, 정호인의 실기가 내용이 가장 자세한 정희득의
　『월봉해상록』을 참조했을 가능성이 높아, 정희득을 일행의 중심인물로 보았다.
[25]『간양록』은『수은간양록』으로,『만사록』은『호산공만사록』으로,『월봉해상록』은
　『해상록』으로,『정유피란기』는『정유록』으로 명명되기도 한다. 필자는 학계에 통
　용되고 있는 명칭을 따르기로 한다.
[26] 세 작품의 유사성의 원인에 대하여 이채연은『壬辰倭亂 捕虜實記 硏究』(박이정,

록』, 정호인의『정유피란기』를 다른 실기와 같은 비중을 두고 분석하기에
는 문제가 있다.

　이러한 이유로 본장에서 임진왜란에 대응한 호남문학을 정리할 때는 다
섯 편의 작품을 모두 살폈으나, 이후 호남의 포로실기를 구체적으로 분석
할 때는 강항의『간양록』, 노인의『금계일기』, 정희득의『월봉해상록』세
편만을 대상으로 할 것이다. 단, 포로실기의 구성과 서술 특성을 살필 때에
『월봉해상록』과『만사록』·『정유피란기』의 상관관계를 정리할 것이다.

　『간양록』은 1658년에 간행된 것으로 ≪한국문집총간≫73에 영인된『수
은집』소재『간양록』을 기본 자료로 하였고,『금계일기』는 나주목향토문
화연구회에서 1999년에 출판하면서 행초서로 쓰인 초고본을 영인한 것을
기본 자료로 하였다.『금계집』은 1823년 간행된 것으로 ≪한국문집총간≫
71에 영인된 것을 주 자료로 하고, 1956년 간행본은 참조하였다.『월봉해
상록』은 1846년에 간행된 것으로 전남대학교 중앙도서관 소장본을 기본
자료로 하였다.[27]『만사록』,『정유피란기』는 함평군향토문화연구회·진주
정씨월봉공종중회에서 1986년에 각각 출판하면서 영인한 자료를 대상으로
하였다.『만사록』은 1902년에 간행된 것이고,『정유피란기』는 초고본이다.

　1995, 88~94쪽)에서 원저작자들이 책으로 엮는 과정에서 서로의 자료를 확인하는
　절차를 거치면서, 서로 누군가의 원 기록을 그대로 옮겼을 가능성을 가장 크게 보
　고 있으며 여러 가지 정황으로 미루어 정희득의『월봉해상록』을 모본으로 추측하
　였다. 필자도 이 견해에 동의한다.
27 국역은 세 작품 모두 민족문화추진회에서 간행한 ≪국역해행총재≫를 참조하였다.
　『간양록』(≪국역해행총재≫II, 민족문화추진회, 1974)은 신호열이 번역하였고,『금
　계일기』(≪국역해행총재≫IX, 민족문화추진회, 1977)는 김종오·이석호·조규용이
　번역하였으며,『월봉해상록』(≪국역해행총재≫VIII, 민족문화추진회, 1977)은 이상
　형·김달진이 번역하였다.

제2장 호남 포로실기의 구성과 서술 특성

1. 姜沆의 『看羊錄』

가. 편찬배경 및 구성

강항(1567~1618)의 자는 太初, 호는 睡隱이며 본관은 진주이다. 1593년에 문과에 급제한 후 공조좌랑, 형조좌랑을 지냈다. 1597년에 휴가를 얻어 고향 영광에 있던 중 일본의 재침입을 맞게 된다. 전쟁이 일어나자 그는 군량 운반을 돕고 여러 고을에 격서를 보내 의병을 모집하였다. 그러나 적의 기세가 더욱 거세어져 영광을 공격하자 강항은 가족, 친척과 함께 두 척의 배로 피란을 떠나게 된다. 뱃사공의 잘못으로 아버지의 배와 떨어지게 된 강항 일행은 아버지의 배를 찾다가 9월 23일에 왜적에게 잡힌다. 왜적에게 잡히는 과정에서 돌아가신 어머니와 형의 신주를 잃어버리고, 이후 바다 위에서 가족들의 죽음을 보게 되며, 강제로 헤어지게 된다.

그 후 강항은 일본의 대마도 등을 경유하여 伊豫州 大津城에 유치되었

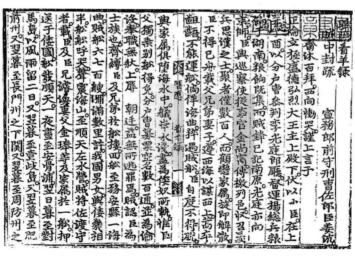

≪한국문집총간≫73에 영인된 『수은집』 소재 『간양록』

다. 후에 攝津州 大坂城으로, 다시 山城州 伏見城으로 이송된다. 억류되어 있는 동안 세 차례에 걸쳐 탈출을 시도하다 실패하여 죽을 고비를 넘기다가, 1600년 봄에 귀국을 승인받는다. 그리하여 1600년 4월 2일에 귀국길에 올라 5월 19일에 부산에 도착한다.

『간양록』은 이렇게 강항이 일본에 끌려갔다가 돌아오기까지의 체험을 기록한 것이다. 강항은 처음에 죄인이 타는 수레라는 뜻으로 『巾車錄』이라 이름하여, 본인을 죄인이라고 낮췄다.

> 이 글을 당초에 『巾車錄』이라 한 것은 바로 선생이 손수 題하신 것이다. 무릇 巾車라는 것은 실로 죄인이 타는 수레인데, 선생이 마침내 이를 취하여 책 이름으로 삼으신 것은 무슨 까닭이겠는가? 대개 선생님께서 겸손하여 죄인처럼 생각하신 것이다. 선생에게 있어서는 그 자처하심이 비록 이와 같을지라도 다른 사람에게 있어서는 옳지 못하거늘, 하물며 자제 문생으로서 이런 貶損의 명칭을 그대로 따르고 그 변통을 생각하지 않아서야 되겠는가? …… 그래서 이제야 여러 벗들과 더불어 소상하게 고쳐서 이름하기를 『看羊錄』이라 하여 선생의 操執을 표할 따름이며, 尙節・闡幽하여 그것을 발휘하는 것에 있어서는 다만 도덕이 있고 말 잘하는 군자를 기다린다.[1]

위의 尹舜擧가 쓴 발문을 통해 알 수 있듯이 강항이 『巾車錄』이라 이름한 것을, 후학들이 강항의 시와 권필의 시에 있는 蘇武의 고사를 인용한 '看羊'이라는 시어를 이용하여 『看羊錄』이라 칭하였고, 이후 이 명칭으로 불리우고 있다. 구성을 살펴보면 「賊中封疏」, 「賊中聞見錄」, 「告俘人檄」, 「詣承政院啓辭」, 「涉亂事迹」 등 다섯 편의 글로 이루어져 있다.

---

1 是書始名巾車錄, 乃先生手所題. 夫巾車固罪人之乘, 而先生遂取以爲名者何居. 蓋先生執謙卑罪罪人然也. 在先生所自處, 雖如此在, 他人則不可, 況子弟門生, 可因是損貶之稱, 而不思其變耶. …… 由是乃今得與諸盆, 消詳之改定名曰看羊錄, 以標先生操執而已, 至於尙節闡幽而發揮之, 則秪俟有道能言之君子云.-尹舜擧, 『看羊錄』, 「跋文」

먼저 선조에게 올린 疏인 「적중봉소」는 일본에 억류되어 있던 중에 작성한 것이다. 강항은 모두 3본을 만들어 한 본은 1598년에 金石福을 통해 보냈고, 김석복에게 보낸 것에 내용을 더하여 다른 한 본을 만들어 1599년에 중국인 王建功을 통해 보냈으며, 같은 내용을 辛挺南에게도 보냈다.[2] 이 중 왕건공을 통해 보낸 것이 조정에 주달되었는데, 이는 『선조실록』 선조 32년(1599) 4월 15일 기사에 실려 있다.

「적중봉소」에는 피란부터 잡혀서 일본으로 오기까지의 과정과 일본 생활이 요약적으로 제시되어 있고, 조선으로 돌아가 죄를 받겠다는 강항의 간절한 마음이 담겨 있다. 강항은 자신이 죄인이지만 일본에서 보고 들은 것을 바탕으로 계책을 제시하고자 하여, 〈倭國八道六十六州圖〉를 부기하고 일본에 대한 다양한 정보를 기록한다. 그리하여 「적중봉소」에는 일본의 역사, 지리, 전쟁에 참여한 군사 수 및 장군 이름, 일본의 군사제도, 일본인의 복장, 대마도에 대한 일본의 태도 등이 자세하게 설명되어 있다. 강항은 포로의 입장이었지만, 좌절하는 데 그치지 않고 적국 속에 있는 상황을 이용하여 일본을 탐색하려 한 것이다. 그의 이런 태도는 「적중봉소」뿐 아니라 『간양록』의 모든 글 속에 담겨 있다.

「적중문견록」은 제목에서 알 수 있듯 일본에서 보고 들은 것을 구체적

---

2 이상 봉소는 전후의 것이 모두 3본으로 무술년(1598)에 伊豫州에 있을 적에 김석복에게 봉부한 것이 1본이요, 기해년(1599)에 복견성에 있을 적에 왕건공에게 봉부한 것이 1본이요, 다시 써서 신정남에게 봉부한 것이 1본이다. 신정남의 것은 전달되지 못했고, 왕건공이 가지고 온 본이 유일하게 조정에 주달되었는데, 상께서 깊이 嘆賞한 나머지 소장을 비변사에 내렸다. 김석복은 신축년(1601) 가을이 되어서야 비로소 나오게 되어, 체찰사 李德馨에게 바쳤었는데, 이덕형이 "姜이 이미 살아 돌아왔으니, 이 소는 올릴 필요가 없다."하고 돌려 주었다 한다.(已上封疏前後凡三本, 戊戌在伊豫州時, 封付金石福者一本也, 己亥在伏見城時, 封付王建功者一本也, 更寫封付辛挺南者一本也. 辛挺南則不達, 王建功所賷本, 獨達于朝, 自上深加嘆賞, 疏下于備邊司. 金石福則至辛丑秋, 始得出來, 呈于體察使李德馨, 德馨曰, 姜已生還, 此疏不須上, 還付之云)-姜沆, 『看羊錄』, 「賊中封疏」

으로 기록한 것으로, 조선으로 돌아 온 후 곧바로 조정에 바친 글이다. 〈倭國百官圖〉, 〈倭國八道六十六州圖〉, 〈壬辰丁酉入寇諸將倭數〉 세 부분으로 이루어져 있는데, 이는 일본 승려 등에게 자료를 구하여 강항이 등초하여 주를 붙이고 설명을 더한 것이다. 〈왜국백관도〉에서 먼저 일본 제왕과 관직에 대해 간략히 설명한 후 〈왜국팔도육십육주도〉에서 일본의 8도 66주에 대해 구체적으로 설명하였다. 각 주의 관할 군, 땅의 특징, 오곡이 잘 나는지 여부, 지배자의 이름 등을 제시하고 있는데, 특히 대마도에 대해서는 조선과의 관련성 속에서 많은 설명을 하고 있다.

〈임진정유입구제장왜수〉는 여러 장수들에 대해 설명한 것이다. 「적중봉소」에는 군사 수 등을 제시하였고, 여기에서는 장수들의 성격, 업적, 장수들 간의 대립 등을 제시하였다. 특히 풍신수길에 대해서는 태어나서 죽을 때까지를 구체적으로 기록하고 있다. 태어날 때 손가락이 여섯이었다는 것에서부터 권력을 잡는 과정, 조선 침략 계획과 실천, 양자를 죽이는 과정, 그리고 죽고 나서의 상황까지 기술하고 있다. 그리고 이것에 그치는 것이 아니라 자신이 파악한 것을 바탕으로 다시 한번 계책을 제시하고 있다.

「고부인격」과 「예승정원계사」는 비교적 짧은 글이다. 「고부인격」은 포로들에게 당부하는 글로, 고사를 다수 인용하여 일본을 비판하고 임금의 은혜에 대해 강조한다. 또 포로로서 자신의 심정을 서술하며 포로들에게 힘을 모으라고 당부하고 있다. 「예승정원계사」는 부산에 도착하여 명으로 한양으로 바로 올라간 후, 일본의 사정을 묻기에 작성한 글이다. 여기에는 일본인과 나눴던 대화가 실린 후 일본의 풍속에 대해 설명하고 자신의 평가를 덧붙이고 있다. 百工 중 최우수재[天下一]를 내세우는 풍습, 복서에 대한 무지, 중국사람이 일본에 계속 머무르려 한 일, 일본의 궁실과 후원, 승려들의 생활과 신사, 교역을 좋아하는 성질, 특이한 날씨와 지진 등 일본을 체험했기 때문에 알 수 있는 것들을 서술하고 자신의 평가를 덧붙인다.

『간양록』에 일본을 탐색하고 계책을 제시하는 글만 있는 것은 아니다. 가장 문학성이 짙은 「섭란사적」은 체험을 일기체로 기술한 것이다. 피란 전의 상황부터 일본에서 억류가 끝나고 조선으로 오는 중의 마지막 경유지인 壹岐島를 출발할 때까지, 시간 순서대로 체험과 작자의 심리가 서술되어 있다. 또 당시에 썼던 시 31수가 삽입되어 있어 강항의 정서가 압축되어 표현되고 있다. 강항은 전쟁을 겪고, 살기 위해 피란을 떠났다가 일본으로 끌려가는 비극을 겪는다. 그리고 그 과정에서 아버지와 이별하고, 자식과 조카의 죽음을 보는 등 개인적이면서 비극적인 경험이 「섭란사적」에 나타나 있다.

강항은 「섭란사적」에 작자의 개인적인 경험을 담기도 했지만, 전체적으로 본인의 감정 서술을 적게 하였다. 이는 다른 해외체험 포로실기와 비교를 통해 확인할 수 있다. 강항은 개인적인 감정 서술보다는 일본을 탐색하여 앞으로 조선을 잘 다스릴 계책을 만드는 데 힘을 기울였다. 포로로서 타의에 의해 일본을 체험하게 되었지만, 체험이 체험으로 그치는 것이 아니라 미래에 대한 준비가 될 수 있도록 노력한 것이다.

나. 노정과 서술적 특성

호남의 포로실기는 공통된 서술 구조 '피란-피랍 및 일본 이송-일본 억류-귀환'의 구조를 가지고 있다.[3] 그런데 이렇게 큰 구조는 같지만, 작

---

3 장경남은 「壬辰倭亂 實記文學 硏究」(숭실대학교 박사학위논문, 1997, 90쪽)에서 '피란(방어)-피랍-포로 생활-탈출-고난-귀향'의 구조로 파악하였다. 여기에서는 '일본 이송'이 생략되었는데 중요한 노정이므로 '피랍 및 일본 이송'으로 구분하였고, '포로 생활'은 의미가 광범위 하여 '일본 억류'로 바꾸었다. 또한 '탈출-고난-귀향'은 모두 '귀환'의 과정이다. 더구나 '탈출'의 경우는 노인만 해당되고 다른 실기의 작자들은 일본의 승인 하에 귀환을 한 것이었다. 또한 강항의 경우 귀환 중의 고난이 거의 드러나지 않는다. 그렇기 때문에 '탈출-고난-귀향'은 모두 '귀환'으로 묶었다.

자별 노정의 특수성으로 인해 개별 작품만의 서술 구조와 개성적인 면을 가진다.

강항의 노정은 '피란-피랍 및 일본 이송-일본 억류-귀환'의 일반적인 구조를 따르고 있는데, '일본 억류' 중에 두 번의 이송을 겪는 특징을 가지고 있다. 강항은 세 사람 중 가장 긴 2년 반 가량의 시간을 일본에서 머무르고, 일본에서도 다른 곳으로 이송됨으로써 다양한 곳, 다양한 사람을 겪는다. 그 결과 강항의 해외체험은 일본 생활 중심으로 진행되고, 실기도 일본 생활을 중심으로 기술되었다.

강항의 『간양록』은 『금계일기』나 『월봉해상록』처럼 일기가 중심을 이루지 않는다. 일기체인 「섭란사적」이 있긴 하지만 이는 『간양록』을 이루는 다섯 편의 글 중 하나일 뿐이다. 일기 내용이 『금계일기』나 『월봉해상록』에 비해 매우 간략하며, 『간양록』의 「적중봉소」, 「적중문견록」에 비해서도 분량이 적다.

강항은 긴 시간 일본에 머무르면서 일본에 대한 정보를 탐색하는데 집중한다. 그에게는 시간적 여유가 있었기에 다양한 문체로 일본 생활에서 얻은 정보를 기술할 수 있었다. 그렇기에 노정은 요약적으로 제시하며, 일본 생활 중에 얻게 된 정보는 疏, 錄 등의 글로 체계적으로 기술하였다.

1) 노정의 요약적 제시

『간양록』을 이루는 다섯 편의 글 중 노정은 「적중봉소」, 「적중문견록」, 「섭란사적」을 통해 확인할 수 있다. 포로에게 당부하는 글인 「고부인격」과 서울에 올라간 직후 일본의 풍속 등에 대해 설명한 「예승정원계사」에는 노정과 관련한 기록이 없다.

'피란-피랍 및 일본 이송-일본 억류-귀환'의 과정 중에서 먼저 '피란-피랍 및 일본 이송'의 과정을 서술한 부분을 「적중봉소」에서 확인할 수 있다. 강항은 소의 첫 부분에서 피란 당시 상황을 설명하는데, 호남에서 군량 운반을 독려하고 의병을 모집하던 중 사람들이 해산되어 어쩔 수 없이 피란을 떠나게 된 상황을 간략히 언급한다. 이후 아버지·형·아우·처자 등 온 가족이 배를 타고 피란을 떠났다가 적의 배를 만나 바다로 뛰어드는 과정, 배에 결박되어 무안으로, 무안에서 다시 순천으로 가는 과정, 다시 순천에서 대마도를 거쳐 일본의 억류지인 伊豫州에 도착하기까지 노정을 서술한다. 아래의 글은 순천을 떠나 일본 억류지인 伊豫州 大津城에 도착할 때까지 과정을 「적중봉소」에 서술한 부분 전체이다.

> 그 배가 순천을 떠나 一晝夜 만에 安骨浦에 당도하였으며, 이튿날 저물 무렵에 對馬島에 당도하였는데 풍우를 만나 이틀간을 머물렀습니다. 또 이튿날 저물 무렵에 壹岐島에 당도하고, 또 이튿날 저물 무렵에 肥前州에 당도하고, 또 이튿날 저물 무렵에 長門州의 下關에 당도하고, 또 이튿날 저물 무렵에 周防州의 上關에 당도하였는데, 이른바 赤間關이라는 곳이었습니다. 또 이튿날 저물 무렵에 伊豫州의 大津縣에 당도하여 드디어 유치되었는데, 좌도란 자의 私邑 세 성 중에 대진이 그 하나였습니다.[4]

순천을 떠나 대마도, 일기도 등을 지나 일본의 대진성에 도착하기까지 노정이 시간순으로 제시되어 있는데, '이튿날 ○○에 도착하였다'는 식으로 간략하게 제시하는 것을 알 수 있다. 풍우를 만나 대마도에 이틀 머문 것 외에는 이동 중에 일어난 사건을 전혀 알 수가 없다.

강항의 노정에 있어서 가장 격정적이며 고통스러웠던 과정이 바로 '피란-피랍 및 일본 이송'이었다. 이 과정에서 강항은 가족들과 헤어지고, 자식과 조카의 죽음을 보게 되며, 9일을 굶는 등 고통을 겪기 때문이다. 「적중봉소」는 임금에게 올리는 疏이기 때문에 개인적인 고통 등을 서술하지 않고 노정만을 간략하게 제시하고, 신하의 입장에서 공명첩을 빠뜨린 일

---

4 船發順天, 一夜晝, 至安骨浦, 翌日暮, 至對馬島, 以風雨留二日. 又翌暮, 至壹岐島, 又翌暮, 至肥前州, 又翌暮, 至長門州之下關, 又翌暮, 至周防州之上關, 所謂赤間關者也. 又翌暮至伊豫州之大津縣留置焉, 佐渡者之私邑三城, 大津其一也. -姜沆, 『看羊錄』, 「賊中封疏」

등만을 언급한다. 하지만 개인적인 글인 「섭란사적」에서는 이 과정에서 겪는 일들을 「적중봉소」에 비해 구체적으로 서술한다. 아버지가 탄 배와 떨어져 아버지의 배를 찾기 위해 고민하는 과정, 왜적에게 잡힐 때 어린 아들과 딸을 모래 밭에 놓아 두었는데 조수에 밀려 떠내려가 죽은 일, 왜적들에 의해 끌려가던 중 왜적들이 형수·첩 등을 다른 배에 태워 헤어진 일, 조카가 바닷물을 마셔 병이나자 왜적이 바다에 빠뜨린 일 등이 「섭란사적」에는 기록되어 있다.

> 이튿날에 또 한 바다를 건너서 伊豫州의 長崎에 정박한 후 배를 버리고 육지로 올라갔는데, 굶주림과 피곤함이 너무 심하여 열 걸음에 아홉 번은 넘어졌다. 작은 딸이 나이가 여섯 살이어서 제 힘으로 걷지 못하므로 아내와 장모님이 번갈아서 업었다. 업고서 내 하나를 건너다가 물 속에 쓰러지자, 힘이 없어 일어나지 못하였다. 언덕 위에 있던 한 왜인이 눈물을 흘리며 붙잡아 일으키고 말하기를, "아! 너무도 심하다. 大閤이 이 사람들을 사로잡아다가 어디다 쓰려는가? 어찌 天道가 없을소냐?" 하고, 급히 자기 집으로 달려가서 서속밥과 차숭늉을 가지고 와서 우리 한 집 식구를 먹였다. 그제서야 귀와 눈이 들리고 보였으니, 왜노 가운데도 이와 같이 착한 사람이 있었다. 그들이 사람 죽이기를 좋아하는 것은 유달리 법령이 몰아넣은 것이다. 왜노들이 秀吉을 부르기를 大閤이라 하기 때문에 그렇게 말한 것이다. 10리쯤 가서 伊豫州 大津城에 이르러 유치되었는데, 두 형 및 장인어른의 가족과 한 집에 있게 되었으나 방만은 달랐다.[5]

위의 글은 앞서 인용한 「적중봉소」에서 '또 이튿날 저물 무렵에 伊豫州

---

5 翌日又渡一海, 泊伊豫州之長崎, 舍船登陸, 飢困已甚, 十步九顚. 小女年六歲不能自行, 與妻及妻母更負. 負渡一川, 頓臥水中, 無力不能起. 岸上有一倭人垂涕扶出曰, 噫其甚矣. 大閤俘致此人等, 將欲何用. 豈無天道哉. 急走其家, 取稷糠茶飮, 以饋吾一家, 耳目始有聞見, 倭奴中有至性如此. 其好死喜殺, 特法令驅之耳. 倭奴號秀吉, 爲大閤故云. 行可十里, 至伊豫州大津城留置, 與二兄及妻父家屬共一家異室. −姜沆, 『看羊錄』, 「涉亂事迹」

의 大津縣에 당도하여 드디어 유치되었는데, 좌도란 자의 私邑 세 성 중에 대진이 그 하나였습니다'라고 서술한 노정을 「섭란사적」에서 서술한 부분이다. 「적중봉소」에서는 간략하게 '당도하여 유치되었다'라고 간략하게 설명한 데 반해, 「섭란사적」에서는 열 걸음에 아홉 번은 넘어지는 고통스런 상황에서 작은 딸을 아내와 장모가 업고 가다 쓰러지고, 왜인이 눈물을 흘리며 도와주는 과정이 왜인의 말까지 같이 서술되어 있다. 또한 왜인에 대해 간략히 평가하고, 유치될 때 가족과 한집에 살게 된 것까지 설명하고 있다. 하지만 「적중봉소」보다 구체적인 일화를 제시하고 있긴 하지만, 여섯 살 난 딸과 관련한 애처로운 일에 대해서도 감정을 배제한 채 상황만을 서술하고 있다.

이처럼 공식적인 글인 「적중봉소」에서는 개인적인 상황을 배제한 채 노정을 요약적으로 서술했던 데 반해, 개인적인 글인 「섭란사적」에서는 구체적인 상황까지 서술하고 있는 것이다. 하지만 이는 疏, 錄 등 『간양록』의 다른 글과 비교했을 때 상대적으로 구체적인 것으로, 『금계일기』와 『월봉해상록』에 비해서는 감정을 배제한 간략한 서술이다. 그리고 「섭란사적」에서도 이렇게 노정을 구체적 상황까지 서술한 것은 '피란-피랍 및 일본 이송' 부분에서만 나타난다. 강항은 이후의 '일본 억류-귀환'의 노정을 요약적으로 간략하게 제시한다.

다음은 일본 억류 중 두 번의 이송에 대하여 서술한 부분이다. 이 노정도 「적중봉소」와 「섭란사적」에서 볼 수 있는데, 앞선 노정과 마찬가지로 「적중봉소」에는 매우 간략하게, 「섭란사적」에는 「적중봉소」보다는 자세하게 서술되어 있다.

① 왜적이 그 해(1598) 8월 8일에 신등을 옮기어 9월 11일에 大坂城에 당도하였는데, 적의 괴수 秀吉은 이미 7월 17일에 죽었습니다. 대판은 왜의 西京인데, 거기에 있은 지 수일 만에 또 신등을 伏見城으로 옮겼습니다. 복견성은 왜의 새 수도였습니다.[6]

② 대판에서 또 작은 배에 실려 伏見城으로 옮기는데, 밤에 배 안에서 자면서

절구시 한 수를 지어 답답한 심회를 풀었다. "노화에 배 닿자 달 한창 밝고 / 오경이라 모래 둑엔 자는 갈매기 놀란다 / 해 묵은 배는 내 집이 되고 / 머리 센 사공의 노 젓는 소리" 복건에 당도하자 적장은 우리 가족을 太倉의 빈 집에 데려다 두고서 늙은 왜인 市村으로 하여금 맡아 지키게 하였다.7

①은 「적중봉소」에서 일본 억류 중 伊豫州 大津城에서 攝津州 大坂城으로, 대판성에서 다시 山城州 伏見城으로 두 번의 이송을 서술한 부분이고, ②는 「섭란사적」에서 두 번의 이송 중 대판성에서 복견성으로 이송되는 노정을 서술한 부분이다. ②의 앞 부분에는 1598년 6월에 적장 좌도가 대진성에 온 후 강항 일행을 옮기라고 하여 배를 타게 되고, 그 과정에서 지은 시 네 수가 실려 있다.

이예주 대진성에서 섭진주 대판성까지의 이동이 약 한 달이 걸렸고, 대판성에서 수 일을 머물렀으며, 다시 섭진주 대판성에서 산성주 복견성까지 이동했으니 그 동안의 기간은 약 한 달 반 가량의 시간이라 할 수 있다. 섭진주 대판성에서 산성주 복견성까지 이동 기간은 나타나 있지 않지만, 이예주와 섭진주 사이에는 讚岐州, 淡路州 등 두 개의 주가 있으나 섭진주와 산성주는 바로 붙어 있고 지역 또한 넓지 않다.8 이예주에서 섭진주까지 한달 가량이 걸렸으니, 중간에 다른 상황이 있었더라도 대판성에서 복견성까지 이동은 길어야 약 10일 정도가 걸릴 것이라고 추측된다. 결국 한 달 반 가량의 시간 동안 여러 주의 경계를 지나는 노정이 위와 같

---

6 倭賊以其年八月初八日移臣等, 九月十一日至倭大坂城, 賊魁秀吉, 已以七月十七日死矣. 大坂者倭之西京也, 居數日又移臣等于伏見城. 伏見者, 倭之新京也. - 姜沆, 『看羊錄』, 「賊中封疏」

7 自大坂又載小舟, 移伏見城, 夜宿舟中, 以一絶遣悶. 舟着蘆花月正明, 五更沙岸宿鷗驚, 經年海舶爲吾室, 頭白篙工上棹聲. 至伏見, 賊將吾家屬, 安頓於空家太倉中, 令老倭市村者典守之. - 姜沆, 『看羊錄』, 「涉亂事迹」

8 189~190쪽 지도 참조.

이 간략하게 서술되고 있는 것이다.

『간양록』 전체에서 억류 중 이송에 대한 서술은 「적중봉소」와 「섭란사적」에서만 볼 수 있다. 조금 더 구체적인 「섭란사적」에서도 배를 타고, 시를 짓는 것이 노정의 전부로, 위에 인용한 부분 앞에도 꿈을 꾼 일화와 우리나라 병선을 본 일화만이 소개되었을 뿐이다. 이는 강항이 일본에 머무르는 동안 정보를 얻는 것을 중시하고, 일본 안에서의 이송은 중시하지 않았기 때문으로 이후 귀환의 과정까지도 요약적으로 제시하고 있다.

귀환은 일본 억류생활을 하던 내내 가장 바라던 일일 것이다. 꿈에도 그릴 만한 고국으로의 귀환 길을 강항은 매우 간략하게 제시하며, 귀환의 기쁨도 표현하지 않는다.

> 경자년(1600) 2월에 적장 좌도가 守倭를 불러 우리집에 대한 防守를 늦추라고 하니, 수왜는 곧 나가라고 말하였다. 그래서 바로 순수좌를 찾아가 보고서 돌아가기에 편리한 길을 알아보았다. 4월 초 2일에 왜경을 출발하여, 배를 타고는 절구 시 한 수를 지었다. "임의 은혜 적굴 속의 수인에게 미치어 / 이역을 떠난 돛은 보릿가을 가까워라 / 봉도는 아득아득 창해는 넓고 넓은데 / 충의를 가득 실은 외로운 저 배 한 척" 壹岐島에 이르러서 풍우 때문에 열흘 동안을 머무르고 산에 올라 하늘에 바람을 비는 제사를 지냈다. 이튿날 새벽에는 별과 달이 밝았고 風伯이 길을 인도했다. 때는 5월 5일이었다.9

위는 「섭란사적」에 귀환에 관련해 서술된 부분 전체이다. 나가라는 말을 듣고, 평소 친분이 있던 일본 승려 순수좌를 찾아가 돌아가는 길을 알아보고 일기도에 이르는 과정이 짧게 서술되어 있다. 이동 중에 지었다는 시에서조차도 기쁨의 감정 표현은 없다. 임금을 향하는 마음을 임의 은혜

---

9 庚子二月, 賊將佐渡, 招守倭使寬吾家防守, 守倭敎令卽出去. 乃往見舜首座, 求利涉之路. 四月初二日, 發倭京, 旣乘船賦一絶日, 聖恩遙及窖中囚, 絶城歸帆近麥秋. 蓬島渺茫滄海闊, 却將忠義滿孤舟. 行至壹岐島, 以風雨留一旬, 登山祭天以祈風. 翌曉月星明槪, 風伯指路. 時五月五日也.-姜沆, 『看羊錄』, 「涉亂事迹」

가 적굴에 있는 자신에게까지 미쳤다고 에둘러 표현하고, 넓은 바다에 충의를 가득 실은 외로운 배라고 하여 배를 타고 떠나는 자신의 모습을 대상화하여 표현했을 뿐이다.

앞에서 「섭란사적」이 노정을 「적중봉소」에 비해 자세하게 제시한 것을 봤는데, 귀환에 대해서는 「적중문견록」이 자세하다.

> 좌도란 자가 곧 신에게, 한 집안을 거느리고 문 밖으로 나가라 하므로, 신이 우리나라 士人들 중에 일찍이 약속을 맺었던 자를 수합하고, 또 왜인 집에 있는 뱃사공을 끌어내어, 전후에 얻었던 은전을 거두어 몰래 배 한 척과 배 안에서 먹을 양식을 사들였습니다. 타국의 사람이 홀로 천 리나 되는 호랑이 굴을 지나가자면 뜻밖에 예측하지 못할 걱정이 있을까 두려워서, 드디어 舜首座 및 廣通을 찾아가서 국경을 벗어나도록 힘을 빌려주기를 원한다고 했습니다. 그랬더니, 광통은 寺澤志摩守의 편지를 구하여 관문의 기찰에 대비하도록 해주었고, 순수좌는 또 뱃사공을 한 사람 내주어 수로를 일러 주게 하고는, 대마도에 당도하면 그 사공을 돌려보내라고 했습니다.[10]

위는 「적중문견록」의 마지막 즈음에 있는 귀환을 준비하는 과정에 대한 서술이다. 위의 글에 앞서 강항이 왜언으로 글을 써서 좌도에게 돌아가게 해 달라고 요청하고, 일본 승려가 강항의 편에서 좌도에게 권유하는 내용이 나와 있다. 이를 통해 「섭란사적」만 봐서는 알 수 없었던 귀환을 위해 글을 써서 요청하는 과정을 볼 수 있다.

「섭란사적」에서 '경자년(1600) 2월에 적장 좌도가 守倭를 불러 우리집에 대한 防守를 늦추라고 하니, 수왜는 곧 나가라고 말하였다. 그래서 바로 순수좌를 찾아가 보고서 돌아가기에 편리한 길을 알아보았다'라고만 서

---

10 佐渡者卽將臣一家, 出其門外, 臣收合我國士人之曾結約束者, 引出篙卒之在倭家者, 收前後所得銀錢, 潛買一船及船粮. 異國之人, 獨經虎穴千里, 恐有意外不測之患, 遂往見舜首座及廣通, 願借力出疆, 則廣通求寺澤志摩手書, 以備關市之譏察, 舜首座且許篙師一人, 以敎水路, 至對馬乃許其還. −姜沆, 『看羊錄』, 「賊中聞見錄」

술된 부분이 위와 같이 「적중문견록」에서는 보다 자세하게 나와 있다. 배와 양식을 사서 준비하는 과정과 순수좌와 광통이 뱃사공과 편지를 준비하여 도와주는 것을 알 수 있다. 또한 인용된 이후의 기록을 통해서는 '38명을 거느리고 배에 탔다'고 하여 귀환하는 인원 수와 '5월 19일'이라는 부산에 도착한 날짜, 대마도에서 격서를 쓴 일 등도 알 수가 있다. 이처럼 「적중문견록」의 귀환 부분 서술이 「섭란사적」보다는 자세하지만, 이 또한 노정을 간략하게 제시한 것이다. 2월부터 6월까지 4개월 가량의 노정이 짧은 글 속에 모두 담겨있기 때문이다.

강항은 2년 반 가량의 긴 기간을 일본에 머무르고 일본 안에서도 두 차례 다른 곳으로 이송되었다. 일본에서의 긴 억류와 다양한 곳의 경험을 통해 일본에 대한 많은 정보를 수집할 수 있었고, 『간양록』은 그 일본 억류기간 동안에 얻게 된 정보를 중심으로 기록되었다. 그리고 이와 반대로 중시하지 않았던 해외체험 노정은 간략하게 요약적으로만 제시되었다. 하지만 체험 노정을 간략하게 제시하면서도 가장 격정적이었던 '피란-피랍 및 일본 이송' 부분은 '일본 억류 중 두 번의 이송-귀환' 부분에 비해 좀 더 자세하게 서술하고 있었다. 또한 가장 바랐던 일이었을 '귀환'에 대해서는 기쁨의 감정 표현도 없이 간략하게 서술하여, 일본 생활 중에 얻게 된 정보 외에는 중요성을 부여하지 않은 강항의 태도를 확인할 수 있었다.

2) 疏, 錄 등으로 견문 체계적 기술

강항의 『간양록』은 疏, 錄, 檄文, 啓辭, 日記의 다섯 가지 문체의 글로 이루어져 있다. 일기만으로 이루어진 『금계일기』, 일기 위주로 쓰여진 『월봉해상록』과 구분 되는 특징으로, 강항은 이 중 疏와 錄인 「적중봉소」와 「적중문견록」에 가장 많은 분량과 정성을 쏟았다. 강항은 2년 반 가량의 긴 시간을 일본에 머무르면서, 두 번의 이송으로 다양한 사람을 만나 일본에 대한 많은 정보를 얻을 수 있었다. 특히 伏見城에서 만난 舜首座와 赤松廣通과의 교유를 통해 일본에 대한 지식을 많이 얻게 되었으며, 이

는『간양록』을 쓰는 데 있어서 큰 보탬이 되었다.[11] 강항은 '보고지향적
목적의식'[12] 속에서 억류 중의 견문을 「적중봉소」과 「적중문견록」에 체계
적으로 작성하였다.

정희득의 疏가 조선에 온 뒤에 작성된 것에 반해 강항의 「적중봉소」과
「적중문견록」은 일본에 있는 동안 작성된 것이다. 이는 「적중봉소」와 「적
중문견록」을 통해 확인할 수 있다.

① 왜국 팔도 이하로부터 여기까지는 바로 이예주에서 기록한 것으로, 무술
   년(1598)에 김석복에게 봉해서 부친 것임.[13]
② 적의 우두머리 풍신수길 이하로부터 여기까지는 전에 김석복에게 봉부한
   것까지 합쳐 바로 복견성에 있을 적에 기록한 것인데, 기해년(1599)에 왕
   건공에게 봉부하여 전달된 것임.[14]
③ 아아! 백 번 듣는 것이 한번 보는 것만 같지 못한 것입니다마는, 신의 전
   후 기록은 일찍이 모두 마음을 다해 생각한 것으로서, 눈으로 똑똑히 보
   았던 것을 피눈물로 함봉하여 귀중하게 여겨 잊지 못하던 것입니다. 마침
   중국 차관이 가게 됨으로 인하여 손수 2건을 만들어 그 하나는 중국 차관
   편에 부송하고, 하나는 우리나라 사람인 신정남 등의 편에 부송하였습니
   다. 이것은 혹 도중에 부침되는 일이 있을까 염려한 까닭입니다. 바라
   옵건대, 전하께서는 소신이 無狀하게 구차히 살아 있다고 하여 그 말까지
   버리지 말아 주시오면 宗社의 다행이며 신민의 다행이겠습니다.[15]

---

11 박균섭, 「看羊錄에 나타난 日本敎育文化의 斷片」, 『논문집』28, 청주교육대학교,
   1991, 5쪽.
12 이채연, 『壬辰倭亂 捕虜實記 硏究』, 박이정, 1995, 229쪽.
13 自倭國八道以下至此, 乃伊豫州所錄, 戊戌封付金石福者也.-姜沆, 『看羊錄』, 「賊中
   封疏」
14 自賊魁秀吉以下至此, 通前封付金石福者, 乃在伏見城時所錄, 己亥封付王建功以達者
   也.-姜沆, 『看羊錄』, 「賊中封疏」
15 嗚呼百聞不如一見, 臣之前後所錄, 未嘗不竭其心思, 繼以目擊, 緘對和血, 耿耿自奇.
   適因天朝差官之行, 手書二件, 以其一付天朝差官, 以其一付我國人辛挺南等. 恐其有
   中路浮沈故也. 伏願殿下, 勿以小臣之偸活無狀, 而並棄其言, 則宗社幸甚, 赤子幸

④ 賊中聞見錄으로부터 여기까지는 바로 경자년(1600) 귀국하던 날 봉진한 것이다.16

①과 ②는 「적중봉소」중 〈왜국팔도육십육주〉에 있는 註로, ①은 중간 부분에, ②는 끝부분에 들어있는 것이다. ③은 「적중봉소」의 마지막 본문이다. ①을 통해 첫 번째 억류 장소인 이예주에 있을 때 소를 작성하여, 1598년에 김석복을 통해 보낸 것을 알 수 있다. 그리고 ②와 ③을 통해 김석복에 보낸 것에 합하여 마지막 억류 장소인 복견성에 있는 동안 내용을 더 써서 1599년에 중국 차관 왕건공과 우리나라 사람 신정남 편에 보냈으며, 조정에는 중국 차관 왕건공을 통해 보낸 것이 전달되었음을 알 수 있다.

③에서 강항은 '신의 전후 기록은 일찍이 모두 마음을 다해 생각한 것으로서, 눈으로 똑똑히 보았던 것을 피눈물로 함봉하여 귀중하게 여겨 잊지 못하던 것입니다'라고 하여 자신이 직접 본 것을 귀중하게 여겼다. 그리고 그 직접 본 것을 서술하여 김석복에게 보내고, 이후에도 내용을 추가하여 왕건공과 신정남 두 사람에게 보낸 것은 그만큼 「적중봉소」가 반드시 조정에 전달되기를 바란 것이다. 이처럼 강항은 일본에 있는 동안의 견문을 글로 쓰고, 또 조정으로 보내기 위해 노력하였다.

④는 「적중문견록」의 끝에 있는 주의 내용이다. 「적중문견록」은 제목처럼 일본에 있는 동안 보고 들은 것을 구체적으로 기록한 것으로 분량도 『看羊錄』중에서 가장 많아, 오랜 시간 정성을 기울여 작성했음을 알 수 있다. 그런데 위에서 '귀국하던 날 봉진한 것'이라고 한 것을 통해, 귀국할 때 이미 글이 완성되어 있었다는 것을 알 수 있다. 곧 일본에 억류되어 있던 동안 글을 작성하여 조선으로 가지고 온 것이다.

강항은 일본에 머무르는 동안 일본의 승려 등과 교유를 하면서 정보를

甚. - 姜沆, 『看羊錄』, 「賊中封疏」

16 自賊中聞見錄至此, 乃庚子歸國日所封進者也. - 姜沆, 『看羊錄』, 「賊中聞見錄」

얻었다. 이는 다음의 기록을 통해 확인할 수 있다.

> ① 金山 出石寺의 중 好仁이란 사람이 있었는데, 자못 문자를 해독하였습니다. 신을 보고 슬프게 여겨 예우가 남보다 더했으며, 따라서 신에게 그 나라 題判(관청에서 백성이 올린 訴狀에 쓰는 판결)을 보여 주었는데, 方輿와 職官을 빠짐없이 다 기록한 것이기에 신이 곧 등사하였습니다. 또 좌도의 아비 白雲이 매우 상세한 그 나라 輿圖를 가지고 있다는 것을 듣고 통역을 시켜 모사해 내고, 다시 눈으로 본 현실의 형세를 우리나라의 방어책과 비교해 보았으며, 간혹 어리석은 신의 천에 하나나 맞을는지 모르는 생각을 가지고 조심스럽게 그 사이에 논하여 보기도 하였습니다.[17]
> ② 倭僧의 기록이 간혹 문리가 이루어지지 않는 데가 있으나, 본문에 의하지 아니하면 그 실상을 잃을까 염려되기 때문에 모두 舊本에 의해 등초하고, 諸州의 말미에 다시 새로 듣고 본 것을 부록하여 참고에 편리하게 하였음.[18]

①은 「적중봉소」의 본문 중에 있는 기록이며, ②는 「적중문견록」의 〈왜국팔도육십육주도〉 제목 바로 밑에 있는 주의 내용이다. ①을 보면 강항은 출석사의 중 호인을 통해 일본의 제판에 方輿와 職官이 기록된 것을 보고 등사하였으며, 좌도의 아비가 상세한 일본의 輿圖를 가지고 있다는 것을 알고 통역을 시켜 모사하였다. 『간양록』의 말미에 일본 전도가 실려 있는데, 이때 모사한 지도일 가능성이 크다.[19] ②를 보면 〈왜국팔도육십육주도〉는 일본 승려의 기록을 보고 작성한 것으로, 구본을 등초한 후에 강

---

17 有金山出石寺僧好仁者, 頗解文字. 見臣哀之, 禮貌有加, 因示臣以其國題判, 別方輿職官, 該錄無餘, 臣旋則謄寫. 又聞佐渡之父白雲, 有其國輿圖甚詳, 備人舌人模出, 復以目擊之形勢, 較我國防禦之長算, 而間以愚者之千慮, 竊議於其間. – 姜沆, 『看羊錄』, 「賊中封疏」

18 倭僧所錄, 或不成文理, 而不依本文, 則慮其失實, 故並依舊本謄錄, 而諸州之末更附新所聞見, 以便參考. – 姜沆, 『看羊錄』, 「賊中聞見錄」

19 189쪽 지도 참조.

항이 새로 듣고 본 것을 더하여 썼음을 알 수 있다. 이렇듯 강항은 일본인을 통해 얻게 된 자료를 등사하고 모사하여 정보를 얻고, 여기에 본인의 의견과 새로 얻은 정보를 더하여 「적중봉소」, 「적중문견록」 등을 작성한 것이다.

앞서 편찬배경 및 구성을 서술하는 과정에서 설명했듯이 「적중봉소」는 피란부터 잡혀서 일본으로 오기까지의 과정과 일본 생활을 요약적으로 제시하고 있으며, 〈왜국팔도육십육주도〉를 부기하고 일본에 대한 다양한 정보를 기록하고 있다. 「적중문견록」은 〈倭國百官圖〉, 〈倭國八道六十六州圖〉, 〈壬辰丁酉入寇諸將倭數〉 세 부분으로 이루어져 있는데, 〈왜국백관도〉에서 먼저 일본 제왕과 관직에 대해 간략히 설명한 후 〈왜국팔도육십육주도〉에서 일본의 8도 66주에 대해 구체적으로 설명하였고, 〈임진정유입구제장왜수〉에서는 여러 장수들에 대해 설명하였다. 서술된 견문을 표로 나타내면 다음과 같다.

「적중봉소」의 구성과 내용

구성	내용
본문20	- 피란 상황, 피랍과 일본 이송 / 일본 생활과 탈출 시도 - 제판 등사 및 여도 모사 과정 / 글을 쓰는 이유 - 죽지 않는 이유
倭國八道 六十六州圖	- 최초 일본 도읍 / 천황의 권위와 적괴의 악행 - 진시황 때 서복이 일본에 온 일 / 일본의 언문과 문자 - 홍법사 지도의 기록 / 일본이 조선보다 작다는 선입견 - 청정 등의 귀신 숭상 비판 / 전쟁에 참여한 일본의 지역 - 임진년, 정유년 전쟁에 참여한 군사 수 및 장군 이름 - 왜인 안국사, 태장로 / 일본 군사제도 설명 및 이점 - 조선 군사제도 설명 및 문제점 / 관리 등용책 및 상벌 계책 - 호남·영남 진 설치 계책 / 군사 훈련 및 군량 지킬 계책 - 조선 바닷가 가렴주구 및 계책 / 대마도의 숫수 - 왜 성읍의 장점 및 성읍 계책 / 바닷가 진보의 폐단 및 계책 - 호칭, 검 숭상, 힘 숭상 등 일본 풍속 / 조선 침범 원인

	- 두 적장의 사이가 안 좋음 / 일본의 농민
	- 일본의 군사 복장 / 항복한 왜인을 죽이는 문제점 및 계책
	- 수길의 죽음과 현재 일본 정세 / 일본에 대항하는 세 가지 계책
	- 포로 이엽의 일화 / 대마도에 대한 일본의 태도
	- 조선에 대한 일본 장수들의 태도

「적중문견록」의 구성과 내용

구성	내용
倭國百官圖	- 제왕 천자에 대한 간략 설명 - 관직 이름 나열 - 직무를 맡은 사람의 시대적 변화
倭國八道 六十六州圖	- 각 주에 대한 설명 - 畿內五國 : 山城, 太和, 河內, 和泉, 攝津 - 東海道十五國 : 伊賀, 伊勢, 志摩, 尾張, 參河, 遠江, 駿河, 伊豆, 甲斐, 相模, 武藏, 安房, 上總, 下總, 常陸 - 東山道八國 : 近江, 美濃, 飛彈, 信濃, 上野, 下野, 陸奧, 出羽 - 北陸道七國 : 若狹, 加賀, 越前, 越中, 越後, 能登, 佐渡 - 山陰道八國 : 丹波, 丹後, 但馬, 因幡, 伯耆, 出雲, 石見, 隱岐 - 山陽道八國 : 播摩, 美作, 備前, 備中, 備後, 安藝, 周防, 長門 - 南海道六國 : 紀伊, 淡路, 阿波, 讚岐, 伊豫, 土佐 - 西海道九國 : 筑前, 筑後, 豐前, 豐後, 肥前, 肥後, 日向, 大隅, 薩摩 - 壹岐, 對馬21

---

20 김경옥은 「수은 강항의 생애와 저술활동」(『도서문화』35, 목포대학교 도서문화연구소, 2010, 21쪽)에서 이 부분의 소제목을 〈齋沐百拜西向慟哭謹上言于〉라 하고 〈倭國八道六十六州圖〉와 같은 등급으로 보았다. 필자는 이 부분을 소제목 없는 본문으로 보고 〈倭國八道六十六州圖〉는 부기한 것으로 파악하였다.

21 서해도 9국과 이어서 나오며 편집 체재 상 구분이 없어 서해도 9국 중 하나로도 보인다. 하지만 일기와 대마를 포함하면 11개국이 되며, 일기에 대한 설명에 '이 주와 대마도를 2島라 한다(此州與對馬曰二島)'는 기록으로 보아 별도로 구분하였다. 또한 이는 「적중봉소」 중 지도 뒤에 쓴 기록을 옮겨 놓은 것에 '일본이란 나라는 道가 8이고, 州가 66인데, 壹岐와 對馬는 그 속에 들어 있지 않다(日本爲國, 其道八, 其州六十六, 壹岐對馬則不與焉)'라는 기록을 통해 확인할 수 있다.

壬辰丁酉入 寇諸將倭數	– 장수별 설명 : 家康, 輝元, 前田肥前守, 景勝, 政宗, 佐竹, 最上, 筑前中納言 　金吾, 備前中納言豊秀家, 義弘 – 나머지 왜장 이름 – 풍신수길 관련 설명 : 출생, 전쟁 참여 일화, 수길의 성격, 궁실 짓는 과정, 　양자를 죽이는 과정, 코 무덤, 사후에 대한 대비 등 – 수길 사후 일본 상황 : 수길의 무덤, 장수들의 다툼, 가강 추대 등 – 죽기를 두려워 하지 않는 일본인의 특성 – 北을 중시하는 조선의 폐단 및 계책 – 왜승 순수좌 및 좌도와의 교유 – 귀국을 청하고 부산에 도착하기까지 과정

현재 「적중봉소」와 「적중문견록」에는 모두 〈왜국팔도육십육주도〉라는 제목의 글이 있지만 내용은 다르다. 그런데 강항이 처음 작성했을 때에는 「적중봉소」와 「적중문견록」에 중복된 내용이 두 부분에 걸쳐 있었던 것으로 보인다.

① 아래 나와 있음. 이 지도가 거듭 나와 있는데, 아래 있는 것이 더 자상하므로 여기는 삭제하였음.[22]
② 위에 나와 있음. 장수의 수효가 거듭 나와 있는데, 위에 있는 것이 이미 자상하므로 여기에서는 삭제하였음.[23]

①은 「적중봉소」의 〈왜국팔도육십육주도〉 제목 바로 밑의 주이고, ②는 「적중문견록」의 〈임진정유입구제왜장수〉 제목 바로 밑의 주이다. ①에서는 아래의 것이 더 자상하므로 삭제하였다하여, 원래 「적중봉소」에 「적중문견록」과 같은 내용이 있었으나 후에 중복된 내용을 삭제했음을 알 수 있다. ②에서도 위에 있는 것이 자상하므로 삭제하였다하여, 원래 「적중문견록」에 「적중봉소」에 있는 장수의 수효에 대한 내용이 있었으나 후에 삭제했음을 알 수 있다. 조정에 진달한 글에는 중복되는 내용이 있었으나 후

---

22 見下. 此圖複出, 而在下者加詳, 故删諸此. –姜沆, 『看羊錄』, 「賊中封疏」
23 見上. 將數複出, 而在上者已詳, 故删諸此. –姜沆, 『看羊錄』, 「賊中聞見錄」

에 강항이나 후손에 의해 중복되는 내용이 편집된 것으로 보인다.[24]

최초로 쓰였을 때는 두 부분에 걸쳐 중복된 내용이 있었으나, 그 외에 두 글은 거의 다른 견문을 기술하고 있다. 풍신수길이나 대마도에 대해서는 반복되어 나오긴 했지만 「적중봉소」는 간략하며, 「적중문견록」은 매우 자세하다. 또 「적중봉소」는 견문한 내용을 토대로 조선의 제도를 비교하고 계책을 세운 것이 많으며, 「적중문견록」은 일본에 대한 것을 자세하게 기술한 것이 많다.

「적중봉소」에 나타난 견문의 한 예를 보면 다음과 같다.

> 弘法大師란 사람이 있는데, 讚岐 사람으로 일찍이 중국을 거쳐 인도에 들어가 불법을 다 배워 가지고 돌아오니, 나라 사람들이 산 부처[生佛]라 일렀습니다. 왜인들이 글자를 해독하지 못하므로 방언에 의하여 48자로 나누어 왜의 諺文을 만들었는데, 그 언문에 문자를 섞어 쓴 것은 흡사 우리나라의 이두와 같고, 문자를 섞지 않는 것은 우리나라 언문과 꼭 같습니다. 왜인의 글에 능하다는 사람도 단지 언문을 사용할 뿐, 문자에 대해서는 전연 알지 못하고, 오직 왜승만이 문자를 해득하는 사람이 많은데, 그 성정이 보통 왜인과는 사뭇 달라, 왜장의 행위를 비웃고 있습니다.[25]

위는 일본의 언문과 문자에 대한 설명이다. 일본의 언문에 문자를 섞은

---

24 이에 대해 임치균은 「'看羊錄' 연구-사실 제시와 체험의 형상화-」(『정신문화연구』 83, 한국학중앙연구원, 2001, 115쪽)에서 자신의 글이 임금에게 제대로 전달되었는지 알지 못하는 강항이 「적중문견록」을 통해 다시 한번 왜국의 정보를 진달하려고 하였기 때문에 생긴 결과로, 문인 제자들이 간행하면서 두 번 싣지 않고 합리적으로 조정한 것이라고 하였다. 전자에 대해서는 동의하지만, 후자에 대해서는 강항이 후에 수정했을 가능성도 배제할 수 없다.

25 有弘法大師者, 讚之人也, 歷中國入天竺, 學成佛法而歸, 國人謂之生佛. 以倭人不解文字, 依方言以四十八字, 分作倭諺, 其諺之雜用文字者酷似我國吏讀, 不雜文字者, 酷似我國諺文. 倭人之號爲能文者, 只用諺譯, 文字則不能知, 惟倭僧多解文字者, 性情與凡倭頗異, 姍笑將倭之所爲. -姜沆, 『看羊錄』, 「賊中封疏」

것은 우리나라 이두와 같고, 문자와 섞지 않은 것은 우리나라 언문과 같으
며, 일본 사람 중 승려만이 문자에 능한 사람이 많다고 하여 강항이 직접
보고 알게 된 것을 서술하고 있다. 이외에도 강항은 직접 만난 일본 승려
의안의 말과 일본의 지리로 보아 일본이 우리나라보다 크다고 설명한다.
또한 전투에 공이 있는 사람에게 상을 주는 제도와 전사자의 자제가 직을
잇는 제도, 격분하여 결투하여서 적을 죽이고 자결하는 사람을 높게 평가
하는 일본인의 모습을 설명한 후에는 임진왜란 당시 조선의 진도와 전라
우수영에서 전사한 일본 장수의 뒤를 누가 이었는지도 설명하여 당대 일
본에서 직접 얻은 정보를 서술한다.

이처럼 「적중봉소」는 강항이 당시 일본에서 직접 보고 들어서 알게 된
견문에 대해 서술하고 있는데, 서술은 비교적 간략하며 요약적이다. 이에
반해 「적중문견록」은 견문을 상세하게 기술하고 있다.

「적중문견록」 중 첫 번째 〈왜국백관도〉는 일본 천자에 대해 머리모양,
음식, 역사적인 내용까지 설명하였다. 하지만 밑의 관직에 대해서는 명칭
만 나열하였고, 前世에는 관함을 띤 사람이 직무를 맡았으나 중세 이후에
는 관이 이름만 있었고, 근세 이래에는 관명을 사람의 명칭으로 삼았다는
변화를 간략히 설명하는 것으로 글을 끝맺는다. 그러나 이후 〈왜국팔도육
십육주도〉와 〈임진정유입구제장왜수〉는 방대한 분량으로 견문을 자세히
싣고 있다.

먼저 〈왜국팔도육십육주도〉에서는 일본의 기내 5국, 동해도 15국, 동산
도 8국, 북륙도 7국, 산음도 8국, 남해도 6국, 서해도 9국 등 8도 66주 및
일기도와 대마도에 대해 각각 설명하고 있다.

備前【備州】上이다. 관할이 11개 군【小島·和氣·磐梨·邑久·赤坂·上道·御
野·兒島·小足·津高·釜島】이다. 사방이 사흘 남짓한 길이다. 남해의 따스
한 기운을 띠고 있어, 초목·오곡이 일찍 익으므로 貢上도 이르다. 利刀·銃
戟과 비단이 많다. 중간 크기이고, 上에 드는 나라이다.【備前 中納言 秀家가
받아 먹는데, 적괴의 수양딸 사위로서 閑山島에서 싸움을 독려하던 자임】[26]

위의 글은 〈왜국팔도육십육주도〉에서 州를 설명하고 있는 한 예로 산
양도 8국 중의 하나인 비전에 대한 설명 전문이다. 관할 군, 지역의 크기,
주요 산물, 등급 등이 기록되어 있고, '備前 中納言 秀家가 받아 먹는데,
적괴의 수양딸 사위로서 閑山島에서 싸움을 독려하던 자임'과 같이 말미에
강항이 일본에 있던 당시의 상황이 註로 실려 있다. 앞서 설명한 것처럼
〈왜국팔도육십육주도〉는 일본 승려의 기록을 등초하고, 다시 강항이 보고
들은 것을 덧붙인 것이다. 자료를 등초하여 정리하고 새로 들은 정보를 추
가하여 완성한 강항의 정성이 돋보이는 것으로 다른 65주 및 일기도, 대마
도에 대해서도 관할 군, 지역의 크기, 주요 산물, 역사적 상황 등이 실려
있고, 말미의 註에 당대의 상황을 설명하고 있다.

대부분 위에 인용된 것과 비슷한 분량인데 동해도 15국 중 駿河의 경우
에는 명 나라 태사 宋景濂의 시가 실려 있고, 동산도 8국의 陸奥의 경우에
는 혹자의 말을 실어 놓는 등 다른 주에 대한 설명보다 2~3배의 분량을
차지한다. 그리고 대마도의 경우에는 별도로 조선과의 관련성 속에서 가
장 자세하고 다양하게 설명하고 있다. 관할 군, '사방이 하룻길'이라는 지
역의 크기, '작고, 하에 드는 나라'라고 등급이 기록되어 있으며, '羽柴 對
馬守 義智가 받아 먹는다'라고 말미에 강항이 일본이 있던 당시의 상황이
註로 실려 있다. 다른 州에 대한 기록이라면 여기에서 기록이 끝나는데,
이후 대마도에 대한 설명이 구체적으로 나온다. 아래의 글은 대마도에 대
한 설명이 구체적으로 나오는 첫 부분이다.

羽柴라는 것은 秀吉의 本姓이다. 수길이 義智로 우리나라를 침략하는 鄕導를
삼았기 때문에 자기 성을 주어 그 공을 상준 것이다. 平調信은 의지의 家老
로서 왜인들이 陽川下野守라 칭하는데, 온 島를 차지하여 지키는 일을 주관

─────────

26 備前【備州】上. 管十一郡【小島和氣盤梨邑久赤坂上道御野兒島小足津高釜島】. 四方
三日餘程. 帶南海暖氣, 草木五穀先秋, 致賞早. 利刀銃戟帛多. 中上國也.【備前中納
言秀家食之, 賊魁之養女婿, 督戰於閑山者也】-姜沆, 『看羊錄』, 「賊中聞見錄」

한다. 玄蘇란 사람은 의지의 謀士인 중(僧)으로서 왜인들이 安國寺西堂【중의
官名임】이라 칭하는데, 우리나라와의 書啓 등의 일을 주관하고 있다. 그 邑을
芳津이라 칭하는데, 지세가 비록 좋기는 하지만 왜의 성곽과는 아주 다르다.
큰 산의 아래 큰 바다의 어구에 있어, 방어하고 수비할 만한 높은 성이나 깊
은 못이 없고, 사면이 모두 울창한 산 언덕이라, 급한 일이 있을 적에는 단지
도망가 숨기에 족할 따름이다.

동쪽으로 壹岐島와는 반드시 하루 종일 부는 바람을 만나야만 건널 수 있으
며, 남쪽으로 平戶島와는 일기도보다 약간 가까우나 풍랑이 더욱 사납고, 서
쪽으로 豐崎와는 육지로 가자면 이틀이 걸리고 배로 가면 순풍에는 하루가
걸리고 노질해 가면 이틀이 걸리며, 풍기에서 서쪽으로 우리나라 해면까지는
단지 한나절의 순풍이면 된다. 그 산세는 동서는 길고 남북은 짧으며, 그 토
질은 척박하여 논이라곤 한 이랑도 없으며, 蔬菜·牟麥을 모두 다 沙石 위에
심으므로 길이가 두어 치에 지나지 못한다.[27]

  대마도는 조선과 오랜 시간 교류가 있었던 곳으로, 조선에 대한 정보가
많아 임진왜란 때 향도로써 앞장섰던 지역이다. 그렇기 때문에 조선인에
게 있어 대마도는 매우 중요한 지역이었다. 강항은 일본에 있으면서 이러
한 대마도에 대한 정보를 많이 수집했을 것으로 보이며 그 결과가 위와
같이 글에 나타나고 있다. 위의 부분에서는 대마도주가 임진왜란의 향도
가 된 공으로 수길의 姓을 받은 일을 시작으로, 신하, 읍의 형세, 다른 지
역과의 거리, 토질 등을 설명하고 있다. 그리고 현소가 조선과의 서계를
주관하는 업무를 맡는다는 것과 대마도에서 풍기와의 거리, 다시 풍기에

---

27 羽柴者, 秀吉之本姓也. 秀吉以義智, 爲入寇我國之嚮導, 故賜其姓以賞其功. 平調信
  者, 義智之家老也, 倭人稱楊川下野守, 主一島居守之事. 玄蘇者, 義智之謀主僧也,
  倭人稱安國寺西堂【僧官名】, 主我國書啓等事. 其邑稱芳津, 形勢雖好, 而絶與倭城郭
  不同. 居大山之下大海之口, 無高城深池, 可以防守, 四面皆山坂岑蔚, 有急則只足以
  竄匿而已. 東距壹岐島, 必待盡日風可渡, 南距平戶島, 稍近於壹岐, 而風浪益惡, 西
  距豐崎, 陸行則二日, 船則順風一日, 櫓行二日, 自豐崎西距我國海面, 只是半日風.
  其山東西長而南北短, 其土磽确, 水田無一畝, 蔬菜牟麥, 盡種之沙石之上, 長不滿數
  寸.-姜沆, 『看羊錄』, 「賊中聞見錄」

서 조선과의 거리를 설명하여 조선과의 관계 속에서 대마도를 서술한다. 이후 평소 조선과의 관시를 통해 생계를 유지하는 것과 조선 옷을 입고 남자들이 조선 언어를 이해하는 등의 대마도 현실도 서술한다.

이를 통해 대마도가 지리적으로 조선과 얼마나 가까운지를 실제로 알 수 있게 한다. 또 조선과의 무역을 통해 생계를 유지하고 조선의 언어를 익히는 등 대마도인들의 삶이 조선과 깊이 관련되어 있음을 알 수 있게 한다. 조선과 가깝지만 정보가 부족했던 대마도의 실재성을 확인하고, 대마도에 대한 구체적인 정보를 체계적으로 서술하여 훗날 대마도를 대하는 조선의 전략에 도움이 되게 한 것이다. 위에 인용한 부분은 대마도에 대한 설명의 일부로, 이후 위 글의 약 세 배의 분량에 걸쳐 대마도에 대한 정보 및 대비책 등을 서술한다. 강항은 그만큼 조선과 직접 관련된 것에 대해서는 정보를 수집하기 위해 노력하였고, 또 그 결과를 글로 정리한 것이다.

〈임진정유입구제장왜수〉는 임진왜란 때 조선에 침입했던 일본 장수들에 대해 설명한 글이다. 일본의 장수 家康, 輝元, 前田肥前守, 景勝, 政宗, 佐竹, 最上, 筑前中納言金吾, 備前中納言豊秀家, 義弘을 순서대로 설명한 후, 나머지 왜장의 이름을 나열하고 마지막으로 풍신수길에 대해 설명하고 있다. 가강은 풍신수길이 죽은 후 맹주로 추대된 인물로, 풍신수길이 죽은 상황에서 가장 중요한 인물이다. 일본이 다시 조선과 전쟁을 일으킬지 여부는 가강의 의지에 크게 달려 있기 때문이다.

家康이라는 사람은 關東의 大帥이다. 지금 內府藤原이라 칭하는데, 源義定의 11대 손이다. 의정이 일찍이 關白의 직을 맡았으므로 그 자손들이 관동에 대대로 사는데, 그의 식읍이 8주에 걸쳐 있다. 그 사람됨이 날쌔고 사나워 싸움을 잘하는 까닭에 온 나라 사람이 감히 그 서슬에 맞서지 못했다. …… 수길이 살아 있을 적부터 자못 군중의 환심을 샀는데, 급기야 수길을 대신하면서부터는 왜인들의 소망에 차지 못하였다.【수길은 城을 공격하여 적을 쳐부수다가도 적이 이미 항복하고 나면 즉시 원한을 잊어버리고 城池와 民社를 일체 침탈하지 않고, 더러는 다른 고을을 가져다가 도와주기도 하였다. 그러나 가강은 은연중에 은혜와 원한을 행사하여, 한번 서로 反目이 되는 날에는 반드시 死地에다 넣고서야 만다. 그러므로 모든 酋長들이 힘을 두려워하여 겉으로는 복종하지만 한 사람도 마음으로 복종하는 사람은 없었다고 한다)[28]

위의 글은 「적중문견록」〈임진정유입구제장왜수〉에서 가강에 대해 서술한 부분이다. 가강의 가계, 식읍, 성품이 간략하게 서술되어 있고, 생략된 부분에서는 풍신수길과 대립하였다가 싸움에서 패한 후 화친을 맺고 복종한 일, 지혜롭고 용맹스런 맏아들 대신 10세 밖에 되지 않은 둘째 아들을 후계자로 만들려는 당시의 상황, 2백 50석이라고 소문났지만 실제로 그 배나 될 것으로 추정되는 토지의 소산 등이 서술되어 있다. 이렇게 가강에 대한 다양한 정보를 담고 있지만, 가장 중요한 것은 가강에 대한 서술 마지막에 있는 註이다. 주에서 풍신수길은 적이 항복하면 원한을 잊지만, 가강은 반목이 되는 날에 반드시 상대편을 죽이고 말아 당시의 장수들이 마음으로 복종하는 사람이 없음을 설명하고 있다. 풍신수길이 죽은 것이 1598년이니 강항은 자신이 일본에 있던 당대의 최신 정보를 담고 있다.

새로운 일본 수장에 대한 최신 정보, 그것도 겉으로는 복종하지만 마음으로 복종하는 장수들이 없다는 정보는 이후 일본을 파악할 때 고려해야 할 중요한 한 부분을 제시하는 것이다. 가강이 현재는 일본의 수장이지만 강항의 註를 토대로 할 때, 이후 충분히 반란이 일어나고 일본이 다시 어

---

28 有曰家康者, 關東大帥也. 今稱內府藤原, 源義定十一世孫. 義定嘗任關白, 其子孫世居關東, 食邑連延八州. 其人勇悍善戰, 故擧國莫敢爭鋒. 及家康之身, 秀吉始代信長, 以家康據城不服, 秀吉親往攻之. 家康以精兵萬八千人, 逆戰於相模, 秀吉兵敗, 遂與連和, 家康亦釋怨歸服, 終身不失臣禮. 其長子三河守智勇, 勝於家康, 而家康愛其次子江戶中納言, 欲以爲嗣. 其小子曰壹岐守, 年甫十歲云. 家康之年, 時六十三. 土地所出, 二百五十萬石, 而實則倍之. 【田籍之上秀吉者, 雖曰二百五十萬石, 而其自先祖父及其身所加開墾者, 不在此數, 故曰倍之云】深沈寡言, 狀貌豐厚, 城府甚阻. 在秀吉生時, 頗得衆心, 及代秀吉, 始不厭倭望.【秀吉攻城破敵, 敵人旣服卽忘讎怨, 城池民社一不侵奪, 或以他邑附益之. 家康則暗行恩怨, 一與反目則必置之死地而後已. 故諸酋畏力面從, 而無一人心服者云】-姜沆, 『看羊錄』, 「賊中聞見錄」

지러워질 가능성이 있다. 풍신수길이 일본을 통일한 후 힘을 바깥으로 돌려 임진왜란을 일으켰듯이 가강 또한 나라가 안정되면 힘을 바깥으로 돌릴 수가 있는데, 나라 안에서 반란이 일어난다면 조선을 침략할 겨를이 없어지기 때문이다. 실제로 가강은 江戸幕府를 열고 초대 쇼군[將軍]이 되어 이후 250년간 일본은 평화를 유지하고, 조선을 침략하지 않았다. 하지만 강항의 정보는 당시 일본에 대해 모르는 조선 조정에 충분한 고려사항을 제공한 것이다.

일본의 장수에 대한 정보를 얻기 어려운 상황에서 강항은 일본에 억류되어 정보를 접할 수 있는 이점을 활용하여, 장수들에 대한 정보를 수집하고 위와 같이 체계적으로 정리하였다. 여러 장수 중 풍신수길은 일본을 평정하고, 임진왜란을 일으킨 장본인이다. 그렇기에 그 어느 장수보다 관심이 높을 수밖에 없다. 강항은 풍신수길에 대해서는 가강 등과 비교도 되지 않을 만큼 많은 정보를 기술하고 있다.

> 적괴 수길은 尾張州 中村鄕 사람이다. 嘉靖 병신년(1536)에 태어났는데, 얼굴이 못생기고 키도 작으며 형상은 원숭이와 같으므로, 드디어 원숭이라고 이름을 하였다.【낳자 오른손이 여섯 손가락이었다. 장성하여 말하기를, '남들은 모두 손가락이 다섯인데, 여섯 손가락을 어디다 쓸 것인가'하며, 스스로 칼로 잘라 버렸다】아비의 집이 본래 빈한하여 어떤 농가의 더부살이가 되어 꼴도 베고 나무도 베는 것으로 생활하였었는데, 장년기가 되자 스스로 분발하여 전 關白 信長의 종이 되었으나 별로 특이한 일이 없었다. 關東으로 도망해 달아나 수년 동안 있다가 다시 돌아와 자수하니, 신장이 그 죄를 용서하고 예전대로 하여 주었다.
>
> 수길이 작심하고 奉公하여, 바람이 부나 비가 오나, 밤이나 낮이나 할 일을 그만두지 아니하였다. 신장이 매번 뭇 종들을 시켜 시중의 물건을 사오게 하면, 반드시 중한 값을 달라 하며, 값이 조금만 맞지 않으면 사오지 못했는데, 수길을 시키게 되면서는, 매번 싼 값으로써 중한 물건을 사오면서도 곧 갔다 바로 돌아오므로 신장이 대단히 기특히 여겼다.【실은 수길이 신장이 은혜롭게 대우해 주기를 노려, 매번 자기 돈으로 반절을 보탠 것인데, 뭇 종들이 그

사실을 알지 못한 것임】29

　위는 풍신수길에 대해 설명한 첫 부분이다. 태어났을 때 생김새부터 여섯 개의 손가락 중 하나를 직접 자른 일화, 어려운 생활 등이 서술되어 있고, 신장의 종이 되어 도망했다 돌아온 후 자신의 돈을 보태 귀한 물건을 사서 신장의 신임을 얻게 되는 과정이 구체적으로 서술되어 있다.30 이 글 이후에는 혼자 몸으로 적군에 들어갔다 나오는 등 전쟁에 참여하는 과정, 중국 사람이 중국 사람을 밀고하자 밀고한 자를 혼낸 일화, 궁실을 짓는 과정, 양자를 죽이는 과정 등 풍신수길에 대한 다양한 내용을 서술한다.
　풍신수길은 이미 죽었기 때문에 이제 조선에 어떠한 영향을 끼칠 수가 없다. 하지만 200년이 넘게 평화롭던 조선을 전쟁의 소용돌이에 빠지게 한 不俱戴天의 원수로서 조선인이면 누구나 그에 대해 관심을 가질 것이다. 조선의 가장 높은 임금부터 천한 노비에 이르기까지, 모두가 궁금해할 풍신수길에 대해 강항은 자신이 일본에서 알게 된 정보를 자세하게 서술한 것이다.
　풍신수길의 삶보다 더 중요한 것은 풍신수길 사후의 일본 상황이다. 풍신수길에 대한 설명은 조선인들이 알고자 하는 욕구를 충족시키는 것이지만, 일본 상황은 조선의 재침 가능성 등과 관련하여 현실적으로 알아야할

29　賊魁秀吉, 尾張州中村鄕人也. 生於嘉靖丙申, 貌寢身短, 狀如猿猴, 遂以爲小字.【生而右手有六指. 及長曰, 人皆五指, 六指何用, 自以刀截去之】父家素貧賤, 爲農家傭, 芻草以爲生, 壯歲自奮發, 爲前關白信長奴隷, 未有以見奇. 亡走關東居數年, 又來自首, 信長赦其罪, 使復其舊. 秀吉刻己奉公, 不廢風雨晝夜. 信長每令衆僕, 貿易市中物, 必索重價, 價稍不稱, 不能貿還, 及使秀吉, 輒以賤價市重物, 旋往旋返, 信長大奇.【其實則秀吉覘信長恩遇, 輒以己貨加一半, 而衆僕不識也】─姜沆, 『看羊錄』, 「賊中聞見錄」

30　풍신수길이 키가 작고 추악한 용모로 한쪽 손이 육손이였다는 것은 당시 일본에 있던 선교사 루이스 프로이스의 기록과도 일치한다.(국립진주박물관 편/오만·장원철 역,『프로이스의 '일본사'를 통해 다시 보는 임진왜란과 도요토미 히데요시』, 부키, 2003, 11쪽)

사항이기 때문이다. 강항은 풍신수길에 대한 것뿐만 아니라 풍신수길 사후의 일본 상황에 대해서도 서술한다.

> 무술년 섣달 보름 뒤에 청정은 甲斐守와 함께 먼저 왜경에 당도하였고 행장 및 의홍은 섣달 말일경에 왜경에 당도했습니다.【청정이 먼저 와서 행장이 나약하고 겁 많은 것을 비웃었는데, 행장이 와서는 또 선언하기를, '청정이 조선의 왕자를 대우하지 아니하였고 진영을 불태우고 갑자기 물러나서 화친이 거의 이루어질 무렵에 무너뜨리고 말았다. 나는 島津과 함께 중국 質正官을 영솔하고 조용히 뒤에 떨어져 왔으니, 내가 겁이 많다 하겠느냐, 청정이 겁이 많다 하겠느냐' 하였습니다. 輝元 등은 화친이 이루어지지 아니한 것을 들어 허물을 청정에게 돌렸고, 청정을 옳다고 하는 자는 역시 행장이 우리나라에 대하여 일정하지 못했던 것을 허물로 삼아서 의론이 분분하자, 틈은 더욱 벌어져만 갔습니다】31

위의 글은 풍신수길 사후에 대해 설명한 부분의 일부이다. 풍신수길이 죽고 난 직후에는 내란이 일어나지 않고 안정되었으나, 이후 장수들 사이에 대립이 일어나기 시작하는 과정을 볼 수 있다. 장수들의 대립은 그들의 말까지 직접 인용하여 서술하고 있다. 이후 가강을 추대하여 맹주로 삼는 과정, 청정의 반란 모의 및 포기 과정, 비전 무리들이 가강을 시해하려 시도한 일, 가강이 수뢰의 어미를 아내로 맞이하려다 실패한 일 등을 서술하고 강항의 짧은 평가를 덧붙인다. 이러한 풍신수길 사후의 상황을 구체적으로 볼 수 있는 것은 강항이 당시 일본에 머물러 있었기 때문에 가능했던 것으로, 강항은 견문을 체계적으로 기술하여 추후 조선에 도움이 되게 하고자 하였다.

---

31 戊戌年臘月望後, 淸正與甲斐守, 先到倭京, 行長及義弘, 以臘月之末, 追到倭京.【淸正先至, 笑行長之儒怯, 行長旣到則又宣言曰, 淸正不待朝鮮王子, 焚營遽退, 使和議一事敗於垂成. 我與島津領唐質官, 從容殿後來, 我爲怯乎, 淸正爲怯乎. 輝元等以和事不成, 歸咎於淸正, 右淸正者, 亦以行長之貳於我國爲咎, 論議紛紜釁隙益深】-姜沆, 『看羊錄』, 「賊中聞見錄」

강항은 일본에 있는 동안 「적중봉소」와 「적중문견록」을 작성하여 견문을 체계적으로 기술하였다. 그리고 이 글에 담기지 않은 다른 견문이 「예승정원계사」에 담겨있다. 「예승정원계사」는 일본에 있을 때 작성한 것이 아니라, 부산에 도착하고 바로 한양으로 간 후 선조의 명에 의해 작성한 것이다.[32] 이미 「적중봉소」가 주달된 것은 알았을 것이고, 「적중문견록」을 부산에 도착하여 바로 올렸으니 「예승정원계사」에는 당연히 「적중봉소」와 「적중문견록」에 실리지 않은 견문을 담게 되었다. 그리고 「적중봉소」와 「적중문견록」에 실리지 않은 내용이라는 것은 그 글을 쓴 이후, 곧 귀국하는 과정에서 알게 된 새로운 견문과 이미 알고 있었으나 중요성이 적다고 생각했던 견문일 것이다. 전자에는 왜경을 떠나던 날 순수좌와 의사 이안이 강항에게 해 준 말과 대마도에서 만난 대마도주의 가로 평조신과의 대화가 해당되며 「예승정원계사」의 첫 부분에 실려 있다. 후자에는 天下一을 좋아하는 일본의 풍습, 일본의 궁실, 일본의 승려, 귀신 숭상 풍속, 등급이 없는 용어, 교역을 좋아하는 것, 일본의 특이한 날씨 등이 해당된다. 아래의 글은 후자의 한 예이다.

> 天竺 등의 나라는 왜노의 나라와 거리가 지극히 먼데도 왜노들의 내왕이 끊어지지 아니한다. 福建의 상선 및 南蠻·琉球·呂宋(지금의 필리핀 군도) 등의 상선은 의홍 및 龍藏寺가 주관하고, 우리나라 行船은 正成 및 義智가 주관한다. 나귀와 노새·낙타와 코끼리·공작·앵무가 해마다 끊어지지 않고 들어오는데, 가강 등이 으레 금·은과 창·검으로 중하게 보상하니, 이는 무익한 것으로써 유익한 것을 바꾸어 가는 것이기 때문에 그들이 또한 즐겁게 온

---

32 경자년(1600) 5월 19일에 부산에 돌아와 정박하였다는 사실을 아뢰자, 상이 命召하여 서울에 당도하니, 御賜酒를 差備門 밖에 내리시고 적중의 사정을 물으시었다. 또 이와 같이 계사하자, 명하여 말[馬]을 내어 돌아가서 老父를 뵙게 하였다. 때는 8월 초 1일이다.(庚子五月十九日, 回泊釜山事聞, 上命召至京, 降賜酒於差備門外, 問賊中事情. 又此啓辭, 命給馬歸見老父. 時八月初吉也)-姜沆, 『看羊錄』, 「詣承政院啓辭」

다. 왜의 시장에는 모두 중국 물건이나 오랑캐 물건일 따름이요, 그 나라의
소산으로는 금·은을 제외하면 별로 진귀하고 특이한 것이 없다고 한다.33

위는 「예승정원계사」에서 일본의 교역에 대해 설명한 부분으로, 조선과
직접적인 관계가 적은 것이라 할 수 있다. 일본의 교역을 설명하면서 '우
리나라 行船은 正成 및 義智가 주관한다'고 설명하고 있긴 하지만 이는 이
미 조선에서도 알고 있는 정보일 것이며 설명에서도 중요성을 부여하지
않고 있다. 이렇듯 일본에 머무르면서 이미 견문한 것이지만 중요하지 않
아 누락했던 것이 「예승정원계사」를 통해 다시 서술된 것이다. 그리고 이
「예승정원계사」에 서술된 내용 또한 일본에 오랜기간 머무르면서 보고 듣
고 정리한 것이기에 조선에 돌아온 직후 곧바로 서술이 가능했을 것이다.

일본 생활 위주의 노정에서 강항은 수집한 정보를 일본에 있는 동안
「적중봉소」와 「적중문견록」으로 체계적으로 기술하였다. 그리고 조선으
로 돌아오는 과정에서의 새로운 견문과 기존에 중요성이 적어 누락한 것
은 「예승정원계사」에 기술하였다. 이러한 다양한 문체로 체계적으로 견문
을 기술한 것은 강항의 노정을 바탕으로 이해할 수 있다.

2. 魯認의 『錦溪日記』

가. 편찬배경 및 구성

노인(1566~1622)의 자는 公識, 호는 錦溪, 본관은 함평이며 나주 사람

---

33 天竺等國, 距倭奴絶遠, 而倭奴往來不絶. 福建商船及南蠻琉球呂宋等商船, 則義弘及
龍藏寺句管, 我國行船, 則正成及義智句管. 驪騾駝象孔雀鸚鵡之來, 歲歲不絶, 而家
康等, 例以金銀槍劍重償之, 以無益換有益, 故彼亦樂來. 倭市中俱唐物蠻貨, 若其國
所産, 則除金銀外, 別無珍異云.-姜沆, 『看羊錄』, 「詣承政院啓辭」

이다. 17세에 진사에 급제하고, 향촌사족으로 성리학을 수학하던 노인은 1592년 임진왜란이 일어나자 의병을 일으켰다. 약 100여 명의 의병을 이끌고 權慄(1537~1599) 휘하에 들어가 전쟁에 참여하였다. 전쟁이 소강상태에 있을 때는 고향에서 부모님을 모시기도 하였지만, 지속적으로 권율을 도왔다. 권율과 함께 하동 진지에 있던 노인은 1597년 8월 10일 일본군이 남원으로 이동한다는 정보를 접한 권율의 명으로 지원군을 이끌고 남원성으로 갔다. 명의 지원군과 조선군이 일본군에 대항하여 대접전을 치렀으나 8월 15일에 남원성은 함락되었고, 노인은 권율에게 보고를 하기 위해 가다가 화살에 맞고 쓰러져 포로가 되었다.[34] 그 후 일본으로 잡혀가 伊豫州 浮穴에서 억류생활 중 한 차례 배를 타고 탈출하려다 실패한 후 和泉州 日根 지역으로 이송되었다. 화천주에서 만난 중국 차관 陳屛山과 李源澄의 도움을 받아 중국으로 가는 배편으로 탈출을 시도하여 1599년 3월 17일에 탈출에 성공하였다. 그리하여 중국 福建省으로 갔다가 귀국을 승인받고, 북경을 거쳐 1600년 1월에 한양으로 돌아왔다.[35] 이처럼 노인은 다른 작자들과는 다르게 중국을 경유하여 고국으로 돌아옴으로써, 체험 공간이 중국으로까지 확장되어 있다. 당시 전쟁에 한·중·일이 모두 참여하였으니 작자가 모든 임진왜란 관련 나라를 경험한 것이다.

현전하는 『금계일기』는 1599년 2월 21일부터 6월 27일까지, 4개월 7일간의 기록으로 앞과 뒤가 끊어진 채 필사본으로 전해지고 있다. 전해지는 것 전후로도 일기를 썼을 것으로 추측되나, 포로로 보낸 2년 5개월 가량의 경험 중 4개월 여의 일기만 전해져 완결되지 못한 점이 있다.[36] 그러나 남

---

34 임진왜란 때 의병활동과 관련하여서는 노기욱의 논문 「錦溪 魯認 研究」(조선대학교 석사학위논문, 2001, 7~11쪽), 「壬亂義兵將 魯認의 日·中遍歷과 對倭復讐策」(『한국인물사연구』2, 한국인물사연구소, 2004, 313~316쪽) 참조.

35 해외체험의 전 과정은 1823년에 간행된 『錦溪集』권3의 글 「壬辰赴義」, 「丁酉被俘」, 「蠻徼涉險」, 「倭窟探情」, 「和館結約」, 「華舟同濟」, 「漳府答問」, 「海防敍別」, 「興化歷覽」, 「福省呈謁」, 「臺池舒懷」, 「院堂升薦」, 「華東科制」, 「聖賢窮亨」에 순차적으로 요약되어 있는데, 『금계일기』를 바탕으로 요약한 것으로 추측된다.

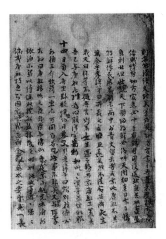

1999년 나주목향토문화연구회에서 영인한 『금계일기』

《한국문집총간》71에 영인된 『금계집』

---

36 이우경은 『한국의 일기문학』(집문당, 1995, 38쪽)에서 앞 부분이 없어져 포로 생
   활 당시의 기록은 없고 중국 배를 타고 중국을 거쳐 오는 탈출 과정이 거의 전부
   이므로 일종의 탈출기라고 보았다.

치될 때와 고국으로 돌아오는 상황은 『錦溪集』을 통해 파악할 수 있으며, 현전하는 부분에는 일본에서 탈출을 준비하는 과정부터 탈출 성공까지의 상황과 중국에서의 생활이 기록되어 있다. 강항과 정희득이 일본의 허락을 얻어 고국으로 돌아온 반면에 노인은 자신의 힘으로 몰래 탈출을 하였다. 그렇기 때문에 탈출을 준비해서 성공하기까지 격정적인 과정은 『금계일기』에서만 볼 수 있다. 현전하는 부분에 이 탈출 과정이 담겨 있으며, 다른 작품에는 없는 중국체험 부분이 담겨 있고 양적으로도 풍부하여, 현전하는 부분만으로도 충분한 가치가 있다. 현전하는 부분의 내용을 표로 나타내면 다음과 같다.

노정	기간	주요 내용
일본 억류	2월 21일~3월 16일	- 중국인 陳屛山과 李源澄 등과 탈출 준비
중국으로의 항해	3월 17일~3월 28일	- 3월 17일 항해 시작 - 3월 28일 중국 福建省 도착
중국 생활	3월 29일~6월 27일	- 중국인과의 교유 - '催歸文' 작성 - 5월 12일부터 兩賢祠書院의 강학 참여

김진규는 『금계일기』의 내용을 '일본 탈출-중국 도착의 고행담-양 좌영과 중국인의 호의-양현사 강학의 특전' 네 부분으로 나누었다.[37] 양현사서원 강학 참여부터는 중심 내용이 강학 참여 위주로 달라지지만 '노정'을 중심으로 구분하기 때문에 세 부분으로 나누었다.

탈출을 준비하면서 노인은 불안한 나날을 보낸다. 지난 해에 중국배가 돌아갈 때에 조선 사람 3명이 그 배를 통해 탈출을 하려다 한 사람이 죽었다는 것을 듣고 불안해 하고(1599년 3월 7일), 노인 등을 데려가기로 약속했던 중국 사람이 와서 데려가는 것이 어렵다고 하여 가슴을 치며 한탄

---

37 김진규, 「임란 포로 체험의 문학적 형상화 연구」, 동의대학교 석사학위논문, 1997, 14쪽.

하기도 한다(1599년 3월 9일). 그러다 노인은 거룻배를 타고 섬에 나가있다가 일본인들이 중국 배를 수색한 후 섬에서 배를 옮겨 타는 묘책을 찾아내고(1599년 3월 12일), 1599년 3월 17일에 탈출에 성공한다.

중국으로의 항해는 긴 포로생활을 끝내고 고국으로 돌아갈 수 있는 희망의 항해이다. 강항이나 정희득이 조선으로 돌아오는 과정을 짧게 서술한 데 비해, 노인은 중국으로의 항해를 구체적으로 서술하여 자신의 의지로 성공한 탈출 과정을 부각시킨다.

중국에 도착한 3월 28일부터 현전하는 6월 27일까지는 모두 중국에서의 생활을 기록한 것이다. 중국에 도착한 후 노인은 여러 중국 사람들과 교유를 하게 되고 그들의 부탁으로 시를 지어 준다. 그리고 글 재주를 인정받아 5월 12일부터 兩賢祠書院의 강학에 참여하며 여러 수재(생원의 별칭)들과 교유를 한다. 안정된 생활 속에서 노인은 중국 사람들과의 문답, 주고 받은 시, 토론한 내용 등을 일기에 기록하고,[38] 중국의 풍경, 새로 접한 생물에 대해 서술하기도 한다. 다음은 중국의 '사탕풀'에 대해 서술한 부분이다.

> 비. 오후에 개기를 기다려서 떠났다. 좌우에는 長廊이 있고 길 옆은 모두 끝없이 넓은 들이었는데, 논이 아닌 곳에는 다 煮草를 심었다. 이것은 사탕풀[砂糖草]로서, 그 모양은 茶草(더부룩 난 풀)와 같은데 잎이 푸르다. 내가 물으니, 차관이 말하기를, "지난 가을에 심었다가 금년 여름 진액이 많아졌을 때 수확하여 삶아서 사탕을 만드는데, 대저 달이는 법은 진액을 받아 솥에 넣어 첫 번 달이면 烏糖이 되고, 두 번 달이면 炒糖이 되고, 세 번 달이면 氷糖이 됩니다"라고 하였다. 지금 좌우에서 농부가 이 풀을 수확하기 때문에 길 가는 사람도 다투어서 얻어먹는다. 그래서 나도 얻어먹어 보니, 맑은 진액이

---

[38] 현전하는 『금계일기』에는 노인의 시 34수와 중국인 황 수재가 차운한 시 1수가 실려 있다. 그런데 노인의 시 34수 중 3수는 마멸되어 글자 일부만 보여 전문을 알 수 없다. 또한 2수는 일기 본문 중이 아니라 후 표지로 보이는 끝장에 실려 있다.

줄줄 나며, 달기가 꿀과 같았다. 두 역을 지나 말을 교체하고 驛店에서 투숙하니, 지나온 길이 1백 70리라고 하였다.[39]

위는 4월 8일 일기의 전문으로, 이동 사항에 대해 간략히 서술한 것을 제외하고는 그날 일기를 '사탕풀'에 대한 이야기로 담고 있다. 중국에 도착하여 어느 정도 안심한 노인은 이처럼 새롭게 접한 중국의 '사탕풀'에 관심을 갖고, 생김새를 묘사하고 차관의 설명을 옮겨 적고 맛까지 표현하고 있는 것이다. 그러나 중국에서 여러 사람들과 교유를 하며 안정되게 지내는 듯하지만 고국을 빨리 가고자하는 마음이 간절했던 작자는 여러 차례 눈물을 흘리며 괴로워한다. 그리하여 빨리 돌아가게 해 달라고 부탁하는 글인 催歸文을 여러 차례 쓰게 되고 그 전문이 일기 속에 들어있다.

노인은 4차례 최귀문을 쓴 후 5월 10일에 가을이 되면 보내 주겠다는 확답을 받게 되었다. 귀국이 확정된 노인은 안정된 상태에서 강학에 참여하고 학자로서 중국의 학문, 제도 등에 관심을 갖는다. 노인의 이러한 관심은 중국인과의 문답을 통해 잘 드러난다.

임진왜란 중에 일본으로 포로로 잡혀가, 중국으로 탈출하고, 다시 중국에서 조선으로 돌아오는 노인의 경험은 전쟁에 참여한 삼국을 모두 경험한 것에 의의가 있다. 목숨을 걸고 탈출하는 과정과 중국에서의 생활을 기록하고, 최귀문이라는 독특한 형태의 글을 담고 있는 것은 『금계일기』가 갖는 중요한 가치라 하겠다.

---

39 雨. 午后待晴發行. 左右長廊, 道傍則皆一望無際之地, 而水田之外, 皆種煮草. 蓋煮草, 乃秒糖草也, 其狀洽如苯草而葉青. 問之則差官曰, 去秋種之, 今初夏眞液方盛時, 刈取煮之, 以爲秒糖, 夫煉法則取液盛釜, 初煮爲烏糖, 再煉爲秒糖, 三煉爲氷糖云. 此草時方左右田夫刈取, 故行人爭借唊之. 我亦借以唊之, 淸液淋漓, 甘如生蜜. 過二驛遞, 馬宿于驛店, 所經百七十里云. -魯認, 『錦溪日記』, 1599年 4月 8日.

나. 노정과 서술적 특성

노인은 일본에서 중국으로 탈출하고, 중국에서 다시 조선으로 돌아오기 때문에 '귀환'의 과정이 다시 새로운 노정으로 세분화된다. 곧 '중국으로 이동-중국 생활-조선으로 귀환'으로 세분화되는 것이다. 현전하는 『금계일기』에는 일본 억류의 마지막 약 한 달의 기간과 귀환 중 '중국으로의 이동-중국 생활' 부분이 실려 있다. 그렇기 때문에 다른 실기에는 없는 중국으로의 탈출 과정과 중국 생활이라는 『금계일기』만의 특수한 노정을 확인할 수 있다. 호남의 포로실기 중 탈출에 의한 '중국으로 이동'과 '중국 생활'은 노인만의 특수한 노정으로, 이 노정으로 인한 『금계일기』만의 서술적 특징을 갖는다.

강항, 정희득 등이 일본의 승인을 얻어 귀환을 한 데 반해, 노인은 중국인의 도움을 받아 일본인 몰래 목숨을 걸고 탈출하였다. 그의 탈출 과정은 가장 격정적인 과정이므로, 노인은 이 과정을 구체적으로 묘사한다. 중국에 도착한 이후 노인은 중국인들의 도움 속에 비교적 안정된 생활을 할 수 있었다. 하지만 중국의 승인을 얻어야 조선으로 돌아갈 수 있는데, 조선으로의 출발이 쉽게 결정되지 않는다. 그 과정에서 노인은 빨리 돌아가게 해 달라고 부탁하는 글인 '催歸文'을 쓰게 된다. 중국에서의 생활 중에는 중국인과의 교유 위주로 서술하며 감정 서술이 적었던 노인은 이 공식적인 글인 최귀문에 본인의 감정을 서술하는데, 특히 귀환의지를 강하게 드러낸다.

돌아가는 날이 확정되어 안정된 상태에서 강학에 참여하며, 중국인들과 교유하게 된 노인은 중국인과의 문답을 일기에 싣는다. 새로 접한 중국의 모습을 묘사하기도 하고, 서로 편하게 주고받는 대화도 실려 있긴 하지만, 많은 분량을 차지하는 것은 노인이 중국의 학문이나 제도 등에 대해 물은 것에 대한 중국인의 대답이다. 이를 통해 중국에 대한 노인의 관심을 알 수 있다.

1) 탈출 과정의 구체적 묘사

노인은 한 차례 배를 타고 탈출하려다 실패한 후 和泉州로 이송되었고, 화천주에서 만난 중국 차관 陳屛山과 李源澄의 도움을 받아 중국으로의 탈출을 시도한다. 현전하는 일기가 1599년 2월 21일부터 6월 27일까지인데, 이 중 전반부에 탈출 준비부터 성공, 중국으로의 항해와 중국 복건성의 항구 도착까지 전 과정이 실려 있다. 『금계일기』의 중요한 부분인 탈출 과정을 다음 표와 같이 정리할 수 있다.[40]

기간	과정
1599년 3월 1일~3월 16일	탈출 준비
1599년 3월 17일	탈출 성공, 항해 시작
1599년 3월 18일~3월 27일	중국으로의 항해
1599년 3월 28일	중국 복건성의 항구 闆에 도착

현전하는 일기 중 탈출과 관련해 처음 나온 것은 병으로 눈물을 흘리며 수로와 육로를 아울러 돌아가는 길이 억만 리라며 괴로워하는 노인에게 진병산이 이미 말한 바 木道에 대해서 절대로 의심하지 말라고 하는 3월 1일 일기이다.[41] 여기에서 이미 말한 木道라는 것은 함께 중국으로 떠나는

---

40 김미선, 「임진왜란 포로의 일본 체험 실기 고찰」, 『고시가연구』25, 한국고시가문학회, 2010, 37쪽.
41 맑음. □□부터 머물러 있기가 괴롭고 □□과 老瘧(이틀거리)이 서로 침공하여 원기가 날로 손상되므로 슬픈 눈물을 흘리며 신음하는데, 屛山이 와 보고 말하기를, "대장부로서 의지가 어찌 부녀자 같으시오?" 하매, 또 대답하기를, "곰곰이 생각하니 수로와 육로를 아울러 돌아갈 길은 억만 리이고, □□ 아픈데 여기에 □□하니, 눈물이 저절로 흐릅니다." 하니, 병산이 말하기를, "내가 유람은 못한 □□이나 이미 말한 바 木道에 대해서는 절대로 의심하지 마십시오." 하였다.(晴. 自二□苦留□風老瘧相侵, 元氣日敗, 悲墮吟呻, 屛山來見曰, 大丈夫何近於婦人. 又

일로 추측되며, 이미 전에 중국 배를 타고 함께 중국으로 가기로 논의가 되었던 것으로 보인다. 하지만 2월 21일부터 29일까지 일기에는 꿈 등의 작은 일들이 서술되어 있고 탈출에 대한 것은 나오지 않는다. 그래서 3월 1일부터를 탈출 준비 기간으로 보았다.

　3월 1일 이후부터 노인은 탈출 준비에 모든 신경을 쏟으며, 지속적으로 탈출을 준비하는 모습을 일기에 기록한다. 3월 1일부터 3월 16일까지 일기의 내용을 표로 나타내면 다음과 같다.

일자	중심 내용
3월 1일	- 아픈 상태에서 돌아갈 길을 걱정하는 노인과 이미 말한 것을 의심하지 말라는 陳屛山의 대화
3월 2일	- 배가 곧 뜰 것이라는 진병산의 말
3월 3일	- 뱃사람과 잔치
3월 4일	- 고국 돌아가는 꿈
3월 5일	- 진병산과 술 마심
3월 6일	- 진병산이 글씨 쓰는 것을 조심시킴
3월 7일	- 배를 탈 사람의 행장 배에 실음 - 진병산이 작년에 중국 배에 몰래 조선인을 싣고 가려다 실패한 일 이야기함
3월 8일	- 일본인이 뱃머리로 와서, 수색한 후에야 떠날 수 있다고 협박함
3월 9일	- 왜장이 배를 수색하면 함께 배를 타기 곤란하다는 진병산의 말
3월 10일	- 조선인과 함께 떠날 계획 - 조선사람 奇孝淳, 鄭東之 등을 만나 함께 탈출하자고 설득
3월 11일	- 기효순 등에게 은자를 주고 양식을 준비시킴
3월 12일	- 진병산 등에게 거룻배를 타고 먼저 나가있다가 수색이 끝난 후 합류할 계책 설명

答曰, 濟思並水陸萬萬里歸還之路, 而痛□□此淚自濟然, 屛山曰, 身□不游□□所訓木道, 則萬萬無疑矣)-魯認, 『錦溪日記』, 1599年 3月 1日.

3월 13일	- 기효순 등이 양식 구입 내용 설명 - 기효순 등에게 중국을 통해서 가는 계책과 중국으로 가는 이유 설명
3월 14일	- 기효순 등에게 물통 등 준비시킴 - 중국 배를 만나는 계책과 어긋나더라도 전라도로 바로 갈 계책 설명
3월 15일	- 진병산, 李源澄, 손님과 술을 마시며 문답을 함 - 손님이 함께 배를 타고 바다를 건너가면 福建省 軍門에서 마부와 말을 내어 북경으로 호송하여 주겠다고 약속
3월 16일	- 전날 만난 손님이 누구였는지 진병산, 이원징과 문답 - 손님에 대한 설명 : 복건성 군문에서 보낸 관리 林震號 - 중국인들에게 감사함 표시

위의 표를 보면 16일 중 고국으로 돌아가는 꿈에 대해 서술한 3월 4일 일기를 제외하고는 모두 탈출 준비와 관련한 일을 서술했음을 알 수 있다.[42] 3월 1~6일 노인은 두려움과 희망을 함께 가지며 탈출을 준비한다. 그런데 3월 7일 작년에 조선인을 배에 태웠다가 들킨 일을 듣게 되고 8일에는 일본인이 직접 와서 배를 수색하겠다고 협박하며, 9일에는 중국인으로부터 함께 가기 힘들다는 말을 듣게 된다. 이에 노인은 10일 조선인들과 함께 떠날 계획을 세우고 실제 조선인 기효순 등을 만나 설득한 후 11일에는 효순 등에게 은자를 주고 양식을 준비시키고, 12일에는 거룻배를 타고 섬에 미리 나가있다가 중국 배를 만날 계책을 진병산 등에게 설명한다. 이후 효순 등에게 물통 등을 준비시키고, 진병산 등과 탈출에 대해 이야기를 나눈다. 노인은 탈출 시간이 가까워오면서 온통 탈출에 집중하여 일기를 기록하고 있는 것이다.

① 맑음. 병산에게 "어느 날 배가 뜨느냐."고 물었다. 병산이 대답하기를, "오래지 않아 배를 띄울 것이나, 순풍을 만나야 하오. 그대는 너무 걱정하지 마시오." 하였다.[43]

---

42 3월 3일 뱃사람과의 잔치와 3월 5일 병산과 술을 마신 일도 크게 준비의 일환으로 볼 수 있다.

② 맑음. 병산은 글씨 쓰는 것을 금지하며 매양 남이 알까 두려워하니, 이는 실로 일을 꾀함에 조심하는 것이므로 더욱더 감격했다. 꿈에 부모와 처자를 보았다.[44]

①은 3월 2일자 일기의 전문이며, ②는 3월 6일자 일기의 전문이다. ①에는 언제 배가 뜨느냐고 묻자 오래지 않을 것이니 걱정하지 말라는 진병산의 대답이 실려 있고, ②에는 탈출의 계책 등을 남이 알까 두려워 글씨 쓰는 것을 금지하는 병산에게 감격함과 꿈에 가족을 본 내용이 실려 있다. 짧은 글이지만 두 일자 모두 탈출 준비와 관련한 것으로 그 날의 일기를 채우고 있어서, 노인이 탈출에 온 신경을 쓰고 있음과 그 긴장감을 알 수 있다.

일본인이 배를 수색한다는 것을 알고 탈출 시도를 못할 뻔했던 노인은, 다시 조선인들과 거룻배를 타고 섬에 미리 나가있다가 중국 배에 옮겨 타는 계책을 세운다. 중국인들도 이 계책을 칭찬하였고, 조선인 기효순 등에게 양식 등을 구입하게 준비시키지만 노인의 걱정은 그치지 않는다. 노인은 이러한 심리를 일기에 표현하고 있다.

비. 방에 들어가 앉았다 누웠다 하니, 의심과 두려움이 갑절이나 간절했다. 해가 저물녘에 또 효순 등을 불러들여 말하기를, "양식은 비록 갖췄다 해도 반드시 물통 세 개, 밥 지을 솥 한 개도 구해 얻어야 한다." 하였다. 대답하기를, "그 일은 어렵지 않습니다." 하기에 또 말하기를, "내가 진·이와 서로 약속하기를, 중국 배가 돛을 다는 밤에 나는 몰래 효순 등과 더불어 그 밤으로 거룻배를 타고 갯가로 먼저 와서 작은 섬을 의지해 대었다가, 왜놈이 배를 수색한 뒤 돛을 달 때를 기다리겠다고 하였다. 이와 같은 일은 빠르고도 치밀하게 해야 하는 것이고 혹 중국 배와 공교롭게도 어긋나면 그대로 순풍을

---

43 晴. 問于屛山日, 何日發船耶. 屛山答日, 發船不久, 當以順風. 儞不須愁悶也. –魯認, 『錦溪日記』, 1599年 3月 2日.

44 晴. 屛山禁止寫字, 每恐爲人所知, 是實謀事之愼, 尤增感激. 夢見雙親妻子也. –魯認, 『錦溪日記』, 1599年 3月 6日.

타고 곧바로 전라도의 물이 없는 요새처로 향하는 것이 제일 좋은 계책이
다." 하였다. 그러자 효순 등이 말하기를, "두 가지 계책이 다 기묘하니, 명령
에 따를 뿐이요 다시 지시하지 않아도 될 것입니다." 하였다.[45]

위의 글은 3월 14일자 일기의 전문으로 앉았다 누웠다를 반복하며 의심
과 두려움이 갑절이나 간절했다고 하는 노인의 심리를 볼 수 있다. 그리고
효순에게 물통 세 개, 솥 한 개 등을 준비하라고 하는 노인의 꼼꼼한 준비
태도와 중국 배를 타는 계책이 실패했을 때 거룻배로 전라도로 바로 가려
는 다음 계책까지 준비하고 있는 것을 대화를 통해 확인할 수 있다.[46] 이
처럼 노인은 본인의 심리 묘사와 함께 대화 등의 상황을 묘사하여 탈출
준비 상황까지 구체적으로 서술하고 있는 것이다. 이렇게 탈출을 준비하
던 노인은 3월 17일에 탈출을 시도한다.

나는 거룻배를 타고 연안을 몰래 떠나서 개펄 밖에 작은 섬을 의지해 대니
거리는 15리 남짓했다. 밤이 새도록 의심하고 두려워하였는데 해가 뜰 무렵
에 중국 배가 과연 갯가로 나와 돛을 반쯤 달고 차츰 작은 섬으로 가까이 오
는 것이었다. 나는 거룻배로 나가 맞이하며 뱃머리에 서서 손을 흔들며 임공
을 급히 부르니, 진·이가 바라보며 돛을 내리므로 나는 노를 재촉하며 나는
듯이 중국 배 곁으로 갔다. 진·이가 커다란 밧줄 두 끝을 내려뜨려 거룻배
의 앞뒤를 매게 하고, 또 새끼줄 하나를 내리므로 나는 먼저 붙들고 올라갔
다. 효순 등도 차례로 다 올라간 뒤에 거룻배도 중국 배에 싣고, 나를 보던
진·이는 서로 다투어 내 손을 잡고 말하기를, "그대의 목숨이 귀합니다." 하

45 雨. 入房坐臥, 疑懼倍切. 日暮, 又引孝淳等曰, 糧則雖備, 必水桶三介, 炊鼎一坐, 亦
可圖得. 答曰, 此事不難矣. 又曰, 我與陳李相約曰, 唐船掛帆之夜, 我潛與淳等, 當夜
乘小艇, 先來浦外, 依泊小島, 以待倭奴搜船後掛帆之時. 如此之事, 鼎鼎密密, 倘或
唐船巧違, 則因乘順風, 直向全羅無水之要處, 第一長計. 孝淳等曰, 兩策皆妙, 唯命
是從, 不須再教. -魯認, 『錦溪日記』, 1599年 3月 14日.
46 김미선, 「임진왜란 포로의 일본 체험 실기 고찰」, 『고시가연구』25, 한국고시가문
학회, 2010, 38쪽.

였다. 배를 같이 탄 사람이 모두 말하기를, "매우 귀합니다." 하며, 곧 백주한 잔을 주기에 나는 말하기를, "기쁜 기분이 가슴에 가득 차서 먹지 않아도 배가 부른 듯합니다." 하니, 좌우에서 모두 웃는다. 세찬 바람에 돛을 다니 빠르기가 나는 용과 같았다.[47]

위의 글은 3월 17일자 일기의 뒷부분이다. 일기의 앞부분에는 일본인들이 배를 수색하려고 하자 기효순 등에게 준비를 시키고, 임진혁과 다시 약속을 하는 내용과 중국인 진병산 등과 작별을 하는 내용이 나온다. 그리고 위에서와 같이 노인은 기효순 등과 거룻배를 타고 작은 섬으로 가고, 작은 섬에서 밤새도록 의심하고 두려워하다가 다가오는 중국 배를 맞이하여 배에 올라타고, 진병산 등과 손을 붙잡고 기뻐한다. 술잔을 들고 기뻐서 먹지 않아도 배가 부른 듯하다는 노인의 말과 나는 용과 같이 빠르다는 배의 움직임으로 서술을 끝맺어 행복한 탈출의 성공을 볼 수 있다.

이렇듯 노인의 탈출은 준비부터 격정적이었다. 노인은 이러한 탈출의 준비 과정부터 구체적으로 묘사하고 있으며, 11박 12일에 걸친 중국으로의 항해 또한 하루도 빼지 않고 기록하고 있다.[48] 강항과 정희득 등 다른

---

47 我乘小艇, 沿岸潛發, 依泊於浦外小島, 相距十五餘里. 達夜疑懼, 平明, 華舟果出浦外, 風帆半掛, 漸近小島. 我迎出小艇, 立于船頭, 揮手招招林公, 陳李望見下帆, 我促櫓如飛, 傍于華舟, 則陳李以大索二端垂下, 使結小艇頭尾, 又下一索, 我先攀登. 孝淳等亦次次皆登後, 小艇亦載于華船, 而視我與陳李爭執我手曰, 儞命貴矣. 一船皆曰, 貴哉貴哉. 卽饋白酒一盃, 我曰, 喜氣塡臆, 不食如飽. 左右皆笑. 帆掛長風, 疾如飛龍. -魯認, 『錦溪日記』, 1599年 3月 17日.

48 3월 20일자 일기는 없고, 3월 21~22일은 함께 묶여 기록되어 있으며, 3월 24일은 두 번 나온다. 보통 노인은 일기의 처음에 날씨를 기록하는데, 두 번의 3월 24일 일기 모두 '靑'이라고 날씨를 기록한 것으로 보아 새로운 날짜에 일기를 시작한 것으로 보인다. 3월 21~22일은 날씨가 나빠 고생했던 때로, 배 위에서 날씨마저 좋지 않아 날짜 등에 오류가 있었던 것으로 보인다. 24일 일기가 두 번이므로 20일자 일기가 없으나 총 일수로 파악하면 하루도 빼지 않고 일기를 쓴 것으로 볼 수 있다.

호남의 포로실기 작자들은 일본에서 조선으로 바로 갔기 때문에 여러 섬을 거쳐 이동하였고, 노인처럼 긴 기간 배에서만 머무르지 않았다. 정희득의 『월봉해상록』 1599년 6월 29일자 일기를 보면 '바람이 순하여 닭이 울자 배를 띄웠다. 어스름 저녁에 부산 앞 바다에 닿았다'[49]라는 기록이 있어 최종 정박지에서 하루 만에 부산에 도착했음을 알 수 있다. 또한 강항과 정희득 등은 일본인의 승인을 얻어 이동한 데 반해, 노인은 일본인 몰래 목숨을 걸고 탈출한 것이었으며, 더구나 조선이 아닌 중국으로 가는 것이었으므로 노인에게 항해는 중요한 일이었다.[50] 그렇기에 노인은 항해의 과정 또한 구체적으로 묘사하여 이 노정을 부각시킨다.

① 맑음. 바람기는 아주 순하여 배가 갑절이나 빨리 갔다. 배를 같이 탄 이가 모두 기뻐하여 말하기를, "이 바람이 쉬지 않으면 열흘 안에 건너갈 수 있다." 하였다. 기쁜 마음은 갑절이나 더했고 몸은 나는 신선과 같았다.[51]

② 동풍이 바닷물을 걷어 올리고 큰 비는 물 쏟듯 하며, 무서운 파도는 하늘에 맞닿아 맑았던 날씨가 캄캄해지고 눈덩이 같은 파도가 오르내리니, 배도 따라 떴다 잠겼다 한다. 구부려 파도 속을 바라보니, 깊은 골짜기에 임한 듯하고 뛰는 물결은 높이 솟아 배 위에 물이 가득했다. 그러나 배 다락과 갑판을 만든 제도가 우리나라 戰船과 비슷하여 가운데는 높고 가 쪽으로는 기울어졌다. 석회로 갑판 틈을 발라서 비가 내리고 물결이 올라온다 해도 저절로 흘러서 뱃전으로 내려가고, 곧바로 배 안으로는 들어오지 않는다. 그러나 배에 있는 사람들이 크게 두려워하니, 뱃사공이 말하기를, "가는 방향으로 부는 바람이니 조금도 두려워 마시오." 하였다.[52]

---

49 風順, 鷄鳴發船. 薄暮到泊釜山前洋. ―鄭希得, 『月峯海上錄』, 「海上日錄」, 1599年 6月 29日.

50 탈출 준비부터 중국으로의 항해 부분에 대해 김진규는 「임란 포로 체험의 문학적 형상화 연구」(동의대학교 석사학위논문, 1997, 26쪽)에서 '작품의 가장 긴장된 사건이며, 작가의 의도적인 소재 선택은 공포와 억눌린 감정은 물론, 희망까지도 교차하는 다기적 변화를 보인다'고 평가하고 있다.

51 晴. 風勢大順, 舟行倍疾. 一船皆喜曰, 此風不殘, 旬日之內可渡矣. 喜心倍劇, 身似飛仙.―魯認, 『錦溪日記』, 1599年 3月 19日.

①은 3월 19일자 일기의 전문이고, ②는 3월 21~22일 일기의 전문으로, 항해에 있어 가장 중요한 날씨와 관련한 기록이다. 20일자 일기가 없으니 연속된 기록이라 할 수 있는데, ①에는 바람이 순하여 배가 배나 빨리 가니 몸이 신선과 같았다는 기쁜 마음이 나와 있고, 이어진 ②에는 ①과는 반대로 날씨가 나빠져 힘들게 항해하는 과정이 나와 있다. 큰 비가 물 쏟듯 하고, 파도가 하늘에 맞닿아 날이 캄캄해지고, 눈덩이 같은 파도가 오르내리는 등 거친 날씨가 역동적으로 묘사되어 있다. 배에 물이 들어차지 않고, 가는 방향으로 부는 바람이라고 글을 끝맺긴 하지만 항해의 어려움이 잘 나타나 있다.

이틀 동안 날씨 때문에 괴로워하였으나 23일에는 바람이 순하고 파도가 고요해져 일행이 기뻐한다. 안정을 찾은 노인은 배 구조를 자세히 살펴보고 배 뒤 쪽 다락방에 관음보살을 모시고 있는 구조 및 아침 저녁으로 향을 피우고 기도하고 그 아래 靈龜(점치는 데에 쓰는 큰 거북)를 놓고 방향을 결정하는 풍습, 중국 돛의 모양 및 이동 방향, 배 안 방의 수와 물통 등을 묘사한다. 그리고 밤에 본 바다와 하늘이 한 빛이고 별만 보이는 풍경을 묘사한 후 시로 그 장면을 표현하기도 한다.

이후 멀미를 하고, 돛을 단 줄이 풀리기도 하는 등 작은 위기를 겪지만 배는 안정되게 중국으로 향한다. 그리고 중국에 가까워지면서 기쁜 마음을 표현하는 것을 아래의 글에서 볼 수 있다.

> ① 맑음. 큰 고래가 바닷물을 내뿜으니 공중에서 눈이 날리는 것 같았다. 뱃사람은 놀랄 듯 기뻐하며 말하기를, "배가 이미 건너왔습니다." 하니, "어떻게 아는가?" 하고 물었다. 대답하기를, "물속에 사는 동물은 물이 얕은

---

52 東風捲海, 大雨如注, 怒濤連天, 白日黑昏, 雪屋高下, 舟從浮沒. 俯見波心, 如臨洞壑, 超浪高聳, 波滿船上. 然樓板之制, 彷彿我國戰船, 而中高邊側, 以石炭塗于板隙, 雨雖下而波雖止, 自流下舷, 直不入船中矣. 然舟人則大懼, 篙工曰, 此風正順, 萬萬無疑矣. -魯認, 『錦溪日記』, 1599年 3月 21~22日.

바다 개펄에 있기를 좋아하고, 넓고 깊은 곳에 있기를 좋아하지 않습니다.
지금 고래가 물을 뿜는 것을 보면 반드시 물이 얕은 것으로 짐작되니, 이
것으로 압니다." 한다. 이윽고 한 젊은 사람이 배 안에서 나와 피리를 부
니, 온 뱃사람이 모두 즐겁게 듣는다. 나는 절구 한 수를 지었는데, 임차
관이 와 보고 말하기를, "句法이 淸妙하다." 하니, 온 뱃사람이 모두 보았
다. "큰 고래 뿜는 물 눈을 이루니 / 충천하는 금 기둥에 지는 햇빛 비꼈
어라 / □□하여 중국이 멀지 않은 것을 알았으니 / 뱃사람은 흥겨워 피
리를 부는구나"[53]

② 일찍 일어나서 보니 어선과 상선은 수없이 오가는데, 익새 모양을 그린
배, 또는 비단으로 돛을 단 배가 사이사이 섞여 있고, 퉁소와 피리, 북과
나팔 소리가 가끔 서로 어울려 들려온다. 태평하고 번화함은 비록 해상에
서 보더라도 알 만하였다.[54]

①은 3월 25일 일기의 전문이고, ②는 중국 복건성 항구에 도착하기 전
날인 3월 27일 일기의 전문이다. ①에서는 고래가 바닷물을 내뿜는 모습
이 눈이 날리는 것 같다고 묘사한 후, 뱃사람들이 배가 육지에 다가왔다고
설명한 말을 싣고 있다. 젊은 사람이 나와 피리를 불자 사람들이 즐겁게
듣고, 노인은 시로 기쁨을 표현한다. 시는 일기에 묘사한 내용을 다시 압
축하여 표현한 것인데, 먼저 고래가 뿜은 물의 눈 같은 모습과 석양의 빛
이 금빛으로 배에 반사되는 모습을 묘사한다. 이 아름다운 묘사만으로도
노인의 행복한 심리를 볼 수 있는데, 이후 중국이 멀지 않은 것을 알아 뱃
사람이 흥겨워 피리를 분다고 하여 노인 또한 흥겨워함을 알 수 있다. ②

---

53 晴. 長鯨噴海, 半空飛雪. 舟人驚喜曰, 船已渡矣. 我曰, 何以知耶. 答曰, 凡水族, 皆
喜在水淺海浦, 而不喜在蒼溟極深處. 今見鯨兒之噴, 想必水淺, 是以知也. 旣而, 有
一年少人, 自船中出□以風管, 一舟皆喜聞. 我遂作一絶, 林差官來見曰, 句法淸妙矣.
一舟皆見. 海波成雪長鯨噴, 金柱撑空落照斜. □□中華知不遠, 舟人乘興動淸筇.-
魯認, 『錦溪日記』, 1599年 3月 25日.

54 早起視之, 漁舟商舶, 去來無數, 而彩鷁錦帆, 間間相雜, 籬笙鼓角, 往往相和. 太平繁
華, 雖見海上, 亦可知矣.-魯認, 『錦溪日記』, 1599年 3月 27日.

에서는 중국 근해 바다의 모습을 묘사하고 있는데, 어선과 상선이 수없이 오가는 모습과 통소와 피리 소리 등을 묘사한 후, '태평하고 번화함은 비록 해상에서 보더라도 알 만하였다'라고 중국에 대해 평가하고 있다. 10일이 넘게 망망대해에 떠 있다가 여러 배들이 오가는 모습과 시끄러운 소리는 중국에 왔다는 안도감을 주기에 충분했을 것이다.

12일에 이르는 중국으로의 항해 부분은 날짜만 보면 현전하는 부분 중에서도 일부에 해당한다. 하지만 목숨을 걸고 탈출하여, 바다라는 제어 불가능한 곳을 경험하면서 희망을 향해 가는 노정이라서 의미가 깊다. 노인은 이 특별한 노정을 구체적으로 묘사하여 그 중요성을 부각시키며, 독자들은 탈출을 기뻐하고, 궂은 날씨에 괴로워하며, 다시 중국에 가까워짐에 행복해하는 항해의 전 과정을 노인의 시선에 따라 볼 수가 있다.

2) 催歸文과 중국인 문답

『금계일기』는 임진왜란 때 포로가 되어 해외를 체험한 것을 기록한 실기이지만, 중국으로 탈출을 했기 때문에 다른 네 편의 포로실기의 성격과 함께 崔溥의 『漂海錄』이 갖는 성격도 함께 가지고 있다. 현전하는 『금계일기』에 중국으로의 항해와 중국 생활이 기록되어 있는데, 최부의 『표해록』도 제주도에서 표류하여 중국으로의 항해 과정과 북경을 거쳐 조선으로 돌아오는 중국에서의 노정이 실려 있기 때문이다. 그렇기 때문에 중국 노정 부분에서는 중국인과 문답, 중국에 대한 묘사 등이 실려 있고, 두 작자 모두 빨리 조선으로 돌아가고 싶어 한다는 공통점이 있다. 하지만 최부가 빨리 귀환하고자 하는 욕망을 중국인과의 대화로 표현한 데 반해,[55] 노인은 공식적인 글인 최귀문을 통해 서술하고 있다. 최귀문은 호남의 포로실기 중 중국 노정을 거친 『금계일기』만의 특징인 동시에, 비슷한 중국체

---

55 김미선, 「최부 '표해록'의 기행문학적 연구」, 전남대학교 석사학위논문, 2006, 54~58쪽.

험을 기록한 최부의『표해록』에도 없는 개성인 것이다.

노인은 일본에서 출발하기 전에 복건성 군문의 관리 임진혁으로부터 복건성 군문에서 마부와 말을 내어 북경으로 호송하여 주겠다는 약속을 받았고(3월 15일), 중국에 도착한 첫날 복건성의 장관은 노인과의 필담 후 노인의 상황을 이해해 준다(3월 27일). 하지만 북경으로의 이동은 쉽게 결정되지 않고, 노인은 좌영의 건의에 의해 최귀문을 쓰게 된다.

현전하는『금계일기』에는 최귀문 4편을 비롯하여 총 8편의 글이 실려 있다. 작성한 글을 옮길 때 다음 줄에서 시작한 것과 그 첫 줄 위 'O'표시로 별도의 글임을 확인할 수 있는데, 8편의 글을 표로 정리하면 다음과 같다.

연번	일자	글의 종류	특징
1	1599년 4월 14일	최귀문	- 군문에 올린 글
2	1599년 4월 22일	최귀문	- 어사아문에 올린 글 - 사륙변려체로 작성
3	1599년 4월 26일	최귀문	- 군문에 모이는 여러 재상들에게 올린 글
4	1599년 5월 8일~9일	최귀문	- 군문에 모이는 여러 재상들에게 올린 글
5	1599년 5월 11일	감사의 글	- 서 포정사가 책과 은 2냥을 보내준 데 대한 감사의 글
6	1599년 5월 15일	감사의 글	- 서 포정사가 양현사서원에서 학문을 할 수 있게 한 데 대한 감사의 글
7	1599년 5월 25일	부탁의 글	- 서 종사의 명으로 쓴 강학 참석을 부탁하는 글로, 매우 짧음
8	1599년 6월 7일	감사의 글	- 서 종사가 의관과 약을 보내 병을 고쳐준 데 대한 감사의 글

위에서 서 포정사와 서 종사는 같은 인물인 徐匡嶽이다. 布政司는 한 省의 民政과 재정을 맡은 장관으로, 서광악은 당시 관직이 포정사였는데 그의 문인들이 宗師로 통칭하고 있었다. 이는 1599년 5월 12일 일기의 註

를 통해 알 수 있는데,56 노인은 일기에 포정사와 종사를 혼용하여 쓰고
있다.

최귀문은 제목 그대로 '귀국하기를 재촉하는 글'이다. 귀국을 허락받기
위해서 노인은 본인이 빨리 돌아가야 하는 이유를 글로 잘 드러내야 했다.
그렇기 때문에 이 최귀문에는 귀환의지가 강하게 드러난다.

대개 정유년 난리에 70세 된 늙은 부모와, 형제 5인과 아들 조카를 아울러서
20여 골육이 각기 林下에 □□□□ 왜적 수만 명이 와서 본 고을을 함락하
고 □□□□ 생각으로는 일시에 함께 죽고자 하였으나, □□□□ 붙들려
가서 적진에 갇혔습니다. 그 뒤로도 賊陣이 한 달을 머물면서 깊고 궁벽한
산골짜기를 나날이 수색하여 살육한 것이 많고 적음으로 공로의 경중을 분별
했으니 병들고 노쇠한 부모가 그 사이에서 어찌 해를 모면했을 리가 있겠습
니까? 비록 백 가지로 추측해 보아도 집안의 친척은 다 죽어 肝腦가 땅바닥
에 버려져 여우와 이리의 밥이 되었을 것이니, 가만히 생각하면 피눈물이 흐
르며 오장이 찢어지고 혼이 나가 미칠 것만 같아 세상이 깜깜합니다.
슬픈 한 생각은 다만 돌아가서 금년 겨울 눈이 내리기 전에 돌아가신 부모의
백골을 거두고 영혼을 불러 선영 아래에 장사지내고 싶을 뿐입니다. 더구나
왜적은 비록 도망갔다 하지만, 짐짓 후퇴한 것을 가지고 영구히 깨끗하게 씻
었다고는 할 수 없음에랴. 이에 □□□□ 일찍 고국에 돌아가 吳宮에 못을
파, 원수 갚을 계책을 미리 준비하고자 합니다. 엎드려 비옵건대, 합하께서는
특별히 일찍 돌아가도록 명하소서. 대저 마음에 원한이 맺힌 자는 그 슬픈
소리가 목석도 감동시킬 수 있는 것이며, 정에 감동된 자는 그 정성이 귀신에
게도 사무칠 수 있는 것입니다. 옛날 徐庶(촉한 영천 사람) □□□□ 만일
촉 나라 임금을 속였어도 잘못은 아니었습니다. 하물며 저는 슬프고 괴로운
정이 마음에 얽혀 있을 뿐 아니라 나라에 보답하고 원수를 갚으려는 성의도
사리에 맞고 급한 일입니다. 그렇다면 이 일이 다만 우리나라의 근심만이 아
니며, 실은 천자께서 7~8년간 우리나라를 위해 밤낮으로 근심하셨던 일입니
다.57

---

56 종사는 곧 서 포정의 문인들이 서 포정을 통칭하여 종사라 한 것임.(宗師乃徐布政
門人輩, 通稱徐布政曰宗師云)-魯認, 『錦溪日記』, 1599年 5月 12日.

위의 글은 4월 14일자 일기에 실린 첫 번째 최귀문의 일부이다. 위의 글에 앞선 도입부에서 '온 집안이 왜적의 칼날에 죽거나 이리저리 떠도는 그 참혹한 화를 입었으니 또한 천하의 한 가련한 신세'라고 자신을 표현하며, '마음 속 슬픈 회포'를 털어 놓는다고 하여 자신의 가여운 처지를 말한 후 위와 같이 정유년 전쟁 당시의 상황을 서술하고 있다. 70세 된 부모를 비롯한 20여 명의 가족이 일본군을 피하다 본인은 잡혔고, 그 뒤 일본군이 산골짜기를 수색하고 살육하였으니 부모님이 해를 당했을 것이라고 잡혔을 당시의 비극적인 상황을 설명하고, '피눈물이 흐르며 오장이 찢어지고 혼이 나가 미칠 것만 같아 세상이 깜깜하다'라고 본인의 아픈 마음을 처절하게 드러낸다.

그리고 이어서 자신이 반드시 돌아가야 하는 이유를 두 가지로 설명하고 있다. 첫째는 부모의 백골을 거두어 장사를 지내야 하기 때문이고, 둘째는 원수 갚을 계책을 준비해야 하기 때문이다. 노인은 '슬프고 괴로운 정이 마음에 얽혀 있다'고 하여 부모의 장사를 지내지 못한 개인의 슬픔을 이유로 대면서, 동시에 '나라에 보답하고 원수를 갚으려는 성의도 사리에 맞고 급한 일'이라 하여 국가적인 차원에서도 이유를 대고 있다. 또한 이 일이 조선만의 근심이 아니라 천자가 7~8년간 조선을 위해 밤낮으로 근심

---

57 蓋丁酉之亂, 七十雙親及兄弟五人子姪并二十餘骨肉, 各□林下□□□□□倭賊數萬來陷本縣, 而卽取搜山□□□□出, 思欲共死於一時, □□□□□□□亦□□□□□□□□□□擄去牢囚醜陣. 厥後賊陣, 因留一月, 窮山深谷, 日日搜覓, 以殺戮多少, 分功輕重, 病老其間, 豈有免害之理乎. 雖百爾推之, 一家之親, 皆死無餘, 而肝腦塗地, 狐狸有事, 潛思血泣, 五內崩摧, 魂喪如狂, 天日昏冥. 哀哀一念, 只在趣歸, 今冬雨雪之前, 亡親白骨收拾, 招魂埋葬於先塋之下也. 又況倭賊雖已退遁, 不可以姑退, 永謂之廓淸. 玆以□□□早回故國, 治吳雪恥之策, 欲圖預備也. 伏祝閣下, 特命早回. 夫怨於心者, 哀音可以應木石, 感於情者, 至誠可以通鬼神. 昔徐庶□□□□事若瞞蜀主, 不以爲非. 況某非徒哀疚之情, 亂於方寸, 報國復讐之誠, 理順而事急. 然則此事非獨弊邦之患, 實聖天子七八載東顧宵旰之憂也. –魯認, 『錦溪日記』, 1599年 4月 14日.

한 일이라고 하여, 조선에 파병했던 명나라와도 관련된 일이라고 말하고
있다. 그런데 일본에 원수를 갚을 계책을 마련한다는 것은 중국에 귀환의
이유를 대기 위해서 말로만 한 것이 아니다. 노인은 실제로 일본의 실정을
서술하여 서계를 올린다. 이는 노인이 한양에 도착하기 전에 조정에 도달
했으며, 『선조실록』 선조 32년(1599) 12월 25일 기사에 '前別提魯認書啓
獻十條'라는 제목으로 실려 있다.

중국에서 쓴 일기는 중국인들과의 교유, 중국의 모습 등을 중심으로 서
술되어 있어 전쟁 중의 포로로서 해외체험이라는 것이 부각되지 못하였
다. 그렇지만 최귀문에는 포로로 잡혀갔다가 도망 나온 본인의 처지, 전쟁
당시의 상황, 귀환에 대한 열망 등이 표현되어 임진왜란기 포로 해외체험
의 특수성이 드러난다. 그리고 본인의 처지를 하소연하고, 전쟁 당시의 상
황을 설명하는 것 등은 모두 귀환해야 함을 호소하기 위한 장치로, 최귀문
은 결국 귀환의지를 표현하는 데로 귀결된다고 할 수 있다. 김진규는 고발
정신과 복수의지가 최귀문과 같은 공식적인 글에서 표면화되고, 반대 급
부로 귀환의지라는 심리적 갈등과 용해되어 있다고 보았다.[58] 하지만 귀환
의지를 표현하기 위한 전제로 고발과 복수의지를 표현한 것으로 보아야
한다. 전쟁 상황을 고발한 것은 본인의 가련한 처지를 설명하기 위한 것이
고, 복수를 언급한 것 또한 귀환해야 하는 이유 중 하나로 설명한 것이기
때문이다.

4월 22일에 쓴 두 번째 최귀문은 사륙변려문으로 쓰여 졌다. 이는 좌영
이 사륙으로 쓰라고 추천했기 때문에 쓴 것으로, 문체의 특성상 시적으로
표현되어 있으며, 비유적인 표현이 많다.

> 엎드려 생각건대, 갇힌 학이 새장을 벗어나는 것은 仙境에서 옛집을 찾으려
> 는 것이며, 산골짜기 살던 새가 나무로 옮기는 것은 서울에 새 소식을 전하려

---

58 김진규, 「임란 포로 체험의 문학적 형상화 연구」, 동의대학교 석사학위논문, 1997,
　　17쪽.

는 것이다. 작은 웅덩이에 궁박한 고기도, 맑은 물을 간절히 생각하고, 죽게 된 늙은 토끼도, 반드시 고향 언덕을 향해 머리를 둔다. 동물에 있어서도 오히려 그러하거늘, 하물며 의식을 가진 사람이리요.[59]

위의 글은 4월 22일자(첫 번째)[60] 최귀문의 도입부로 첫 번째 최귀문과는 다르게 비유적으로 표현하고 있음을 첫 문단부터 확인할 수 있다. 노인은 자신이 고향으로 돌아가려 함을 새장에 갇힌 학이 옛집을 찾으려는 것에 비유하였고, 고국으로 돌아가 자신이 알고 있는 정보 등을 이용해 복수의 계책을 올리려는 것을 새가 나무로 옮겨 서울에 새 소식을 전하려는 것으로 비유하였다. 또한 작은 웅덩이의 궁박한 고기, 죽게 된 늙은 토끼에 자신을 빗대어서 자신의 처지를 하소연하고 있다.

이후에는 '다행히 동해를 건너 기쁘게도 중국에 들어왔다'고 하여 중국에 오게 된 것을 기쁜 일로 표현하면서 태평하고 교화된 중국을 칭찬한다. 이는 실제 중국의 모습을 그렇게 본 것도 있지만 이렇게 태평하고 교화된 중국이니 당연히 자신을 보내줄 것이라고 믿는다는 의미가 들어 있다. 이렇듯 첫 번째 최귀문에서 본인의 처지를 구체적으로 서술하고, 서글픈 감정을 직접적으로 표현하며, 돌려보내 달라고 적극적으로 호소한 데 반해 사륙변려문으로 쓴 두 번째 최귀문은 비유적으로 표현한 특징이 있다. 하지만 이 최귀문도 또한 모든 내용이 귀환해야 한다는 것으로 귀결된다.

이렇게 두 차례나 최귀문을 써서 올렸지만 노인은 귀환에 대해서는 대

---

59 伏以 羈鶴辭籠, 尋舊巢於仙境, 幽禽遷木, 望新音於帝鄉. 在涸窮鱗, 念尙切於淸水, 臨死老兔, 首必向於故丘. 在物猶然, 況於含識. −魯認, 『錦溪日記』, 1599年 4月 22日(첫 번째).

60 『금계일기』에는 4월 18~22일 일자의 일기가 두 번 나온다. 순서는 4월 18~20일이 묶여서 나온 후 4월 21일, 4월 22일, 다시 4월 18일, 4월 19일, 4월 20일, 4월 21일, 4월 22일 일기가 나온다. 이후 4월 23일 부터는 정상적으로 하루씩 기록되어 있다. 일기를 쓰는 과정에서 날짜에 오류가 생긴 것으로 보이며, 앞서 나온 일자에는 '첫 번째', 다시 나온 일자에는 '두 번째'라는 말을 넣어 구분하도록 하겠다.

답을 듣지 못하였다. 노인은 다시 재상들에게 최귀문을 써서 올려 자신을 귀환시키는 것을 도와달라고 하소연한다.

① 엎드려 생각건대, 내심에 번민하고 서러워하는 심정은 명철한 식견으로 이미 잘 아셨을 것입니다. 다시 번거롭게 호소를 하지 않으려 하였으나, 다만 두려운 것은 도태감께서 나를 보시는 것이 외방의 어리석은 오랑캐를 보는 것과 다르지 않아, 호송하기를 좋아하지 않는가 하는 겁니다. 弊邦은 비록 동방에 치우쳐 있는 藩國이지만, 삼대(하·은·주) 때부터 중화에 맞게 잘 변하여 왔기 때문에, 특히 기자를 봉하여 여덟 가지 정사로 교화시킨 뒤로 의관·문물·예악·법도가 찬란하게 아름다워졌습니다. 秦나라는 요동땅을 예속시켰고 漢나라는 군현을 봉했었는데, 옛부터 오늘에 이르기까지는 각기 국경을 나누어 스스로 백성을 교화하여 왔으나 맡은 직분을 공손히 이행하여, 대국을 성의로써 섬기매 제후에서도 으뜸을 독차지하여 참람히 작은 중화라는 이름을 얻은 지 오래어, 중국과 다를 것이 없습니다. 만일에 그렇지 않았다면, 오늘날 조선의 난리에 천자께서 어찌하여 꼭 동방을 밤낮으로 돌보시고 천하의 병력을 지체 없이 동원하여 왜적을 소탕하고 평정하는 데에 이렇게까지 노기를 벌컥 내었겠습니까?[61]

② 임신년간에 명나라 진사 劉應猉가 풍파에 표류하여 조선의 해변에 닿았을 때에 우리나라에서는 예의로써 대우하고 곧 관리를 내어 天朝께 호송하였습니다. 또 계미년간에는 東陽(중국 산동성 비현 서남쪽에 위치한 관양진을 말함)의 도부꾼 80여 명이 조선 해남현에 표류하였을 때에도, 모두 인부와 말을 내어 호송하기를 유 진사를 보낼 때와 같이 하였습니다. 또 정유년에는 漳州 海澄縣의 李源清 등 30여 명이 일본에서 복건성으로 돌아

---

61 伏以私悶哀情, 明鑑已燭. 更不須煩叫, 但恐都台鑑視某, 不別於外夷之蠢蠢, 不屑護送也. 弊邦雖偏在東藩, 自三代時, 善變於華, 故特封箕聖, 教之以八政而後, 衣冠文物, 禮樂法度, 燦然斐矣. 秦屬遼東, 漢封郡縣, 至自昔時, 各分疆域, 自爲聲教, 然恭修職分, 事大以誠, 獨居諸侯之首, 僭得小中華之名久矣, 而與諸夏無異也. 若或不然, 今日桑夷之亂, 聖天子何必東顧宵旰, 窮兵天下, 掃賊討平之怒, 至此其赫然乎. -魯認, 『錦溪日記』, 1599年 4月 26日.

오다 제주도에 표류하였을 때에도 우리나라는 호송하기를 역시 동양 사람을 보낼 때와 같이 했습니다. 비록 도부꾼이 표류하였을지라도 전쟁하는 경황 중에 보내는 예를 이와 같이 조심하고 후하게 했습니다. 하물며 저는 난중에 돌아다니며 귀환을 도모하다 부모의 나라에 도착한 자입니다. 천하에 제일인 중국의 도량으로 외로운 몸을 돌려보내는 것이 무슨 폐단이 있으며, 또 무슨 곤란한 일이 있겠습니까?62

위의 글은 4월 26일자 일기에 실린 최귀문의 일부이다. ①은 글의 도입부로 이미 두 번이나 최귀문을 올렸기 때문에 다시 글을 올리는 것에 대한 변명을 하고 있다. 이미 자신의 심정을 알았을 것이므로 번거롭게 호소하지 않으려 했으나 혹 '외방의 어리석은 오랑캐'를 보는 것과 다르지 않아 호송을 안 해주는 것이 아닌가 하고 걱정하고 있다. 그래서 노인은 ①에서 역사적인 상황을 들어 조선이 '작은 중화'라는 이름을 얻어 중국과 다름이 없음을 설명하고, 그 근거로 임진왜란에 천자가 병력을 동원한 것을 들고 있다.

②에서는 조선에 표류하였던 중국인을 돌려보낸 일 세 가지를 구체적으로 예를 들어 귀환의 당위성을 역설하는데, 첫째는 임신년(1572)에 진사 유응기를 돌려보낸 것이고, 둘째는 계미년(1583)에 도부꾼 80여 명을 돌려보낸 것이며, 셋째는 정유년(1597)에 이원청 등 30여 명을 돌려보낸 것이다.63 한낱 도부꾼에 불과한 사람을 돌려보내기도 하고, 또 전쟁 중에도 돌려보내 주기를 조선이 후하게 하였다는 것을 들어 자신도 돌려보내야

---

62 壬申年間, 大明進士劉應猉, 漂風到泊朝鮮海濱, 我國待之以禮, 卽差官護送天朝. 又癸未年間, 東陽行商八十餘, 漂泊朝鮮海南縣, 皆夫馬護送, 亦如劉進士之還. 又丁酉年, 漳州海澄縣李源淸等三十餘, 自日本回來福建時, 漂泊濟州, 我國護送, 亦如東陽人之還. 雖漂泊行商, 在干戈搶攘之日, 回還之禮, 如是其謹厚. 況某流亂謀還, 得到父母之國者乎. 以中華天下之器, 回送隻身, 有何弊端, 而又何有疑難之端乎.−魯認, 『錦溪日記』, 1599年 4月 26日.

63 노인이 이원청을 직접 만난 일이 4월 1일자 일기에 실려 있다.

하며, 자신은 더구나 전쟁 중에 돌아다니는 자이기에 더 보내줘야 한다고 주장하고 있다. 또한 천하 제일인 중국의 도량으로 외로운 몸을 돌려보내는 것이 무슨 문제가 있겠냐고 반문하고 있다.

이처럼 노인은 세 번째 최귀문에서는 앞선 최귀문에서 말하지 않았던 귀환의 당위성을 조선이 오랑캐가 아닌 작은 중화의 나라라는 것과 조선이 표류한 중국인들을 후하게 호송해 준 것처럼 전쟁 중에 떠도는 자신을 조선으로 보내줘야 한다는 것으로 설명하고 있다. 노인의 귀환의지는 매우 강한 것으로, 최귀문을 쓸 때마다 다른 근거로 귀환해야 함을 호소하고 있다.

네 번째이자 마지막 최귀문은 5월 8~9일을 묶어서 쓴 일기에 기록된 것이다. 세 번째 최귀문을 올리고 10여 일이 지났으나 여전히 귀환의 일이 정해지지 않자 다시 글을 올린 것이다.

제가 주야로 슬피 우는 것은 서리나 눈이 내리기 전에 돌아가 돌아가신 어버이의 백골을 풀숲 속에서 찾아내지 못할까 걱정스럽기 때문입니다. 조선은 요동땅과 접하여 산악이 높고 험준하므로, 10월부터 눈의 높이가 석 자나 되어, 3월에야 개통이 됩니다. 만약 눈이 내린 뒤라면 비록 고향에 도착하더라도, 부모님께서 화를 당한 곳을 확실히 알 수가 있겠습니까? 염습도 못한데다가, 또 원통한 혼으로 하여금 닥쳐오는 겨울의 눈 내리는 속에서 서러워하시게 하는 것입니다. 슬픈 생각이 이에 미치니, 저도 모르게 목이 메고 기력이 다합니다. 비록 마음이 무너지는 아픔이 있더라도, 만약에 변고를 만난 형세가 이와 같지 않았다면, 높은 위엄을 모독함이 어찌 감히 이런 지경에까지 이르렀겠습니까?[64]

----

64 大槩某日夜哀泣者, 恐未趂歸於霜雪之前, 尋見亡親白骨於草莽之間也已. 朝鮮接遼, 山岳高峻, 自十月雪高三尺而三月始開. 若雪下之後, 雖到故鄕, 的知父母被害塗地之處乎. 未得收襲, 又使冤魂, 慘慘於來冬雨雪之□. 哀念及此, 不覺哽塞氣盡也. 雖有崩心之痛, 倘非遭變之勢如是, 則冒瀆尊威, 何敢至此哉. -魯認, 『錦溪日記』, 1599年 5月 8~9日.

위의 글은 5월 8~9일 최귀문의 일부이다. 이미 여러 가지 이유로 귀환을 호소했던 노인으로서는 다시 글을 쓰는 것이 쉽지 않았을 것이다. 노인은 위의 인용된 부분에 앞서 다시 글을 올리는 이유를 설명하는 데에 최귀문의 절반 가까운 분량을 할애한다. 노인은 도태감이 자신의 처지를 안다면 풀어 줄 것인데 자신이 도태감을 감격시키지 못했고, 도태감이 자신의 형세를 알기 어려워서 보내 주지 못하는 것이라고 말하여, 도태감이 자신의 형세를 모르기 때문에 알리기 위해 글을 쓴다고 설명한다. 그리고 위에서 보듯이 자신이 돌아가야 하는 이유를 부모님의 유골을 찾아 장사를 지내야 하는 한 가지로 이야기하고 있는데, 감정에 간절히 호소하고 있다. 눈이 내린 뒤라면 고향에 가도 부모님께서 화를 당한 곳을 알 수 없으며, 부모님의 혼을 눈 속에서 서럽게 하는 것이라고 하면서 '슬픈 생각이 이에 미치니, 목이 메고 기진함을 깨달을 수가 없다'라고 자신의 슬픔을 직접 호소하고 있다.

『금계집』의 「행장」을 보면 '부모는 다행히 흉봉을 면하여 무술년(1598) 정월에 천수를 다하고 돌아가셨다. 선생은 묘에 막을 치고 추복을 하였다'[65]라고 기록되어 있다. 이를 통해 노인의 부모님이 왜적에 의해 죽지 않았고, 다른 가족들에 의해 장례도 치러졌음을 알 수 있다. 하지만 해외를 떠돌던 노인으로서는 이러한 상황을 모르기 때문에 괴로워할 수밖에 없었다.

이 글을 올리고 난 후 5월 10일에 노인은 군문으로부터 여름철에는 빗물이 넘쳐 보내줄 수가 없으므로, 가을이 되어 장마가 갠 후에 보내준다는 확답을 받게 된다. 돌아갈 때를 확답을 받게 된 후 노인은 최귀문을 쓰지 않고, 양현사서원에서 강학에 집중하면서 안정된 생활을 한다. 빨리 돌아가지 못하는 것은 괴로웠을 것이지만, 가을이 되면 갈 수 있다는 확정이 있기 때문에 노인은 안심할 수 있었던 것이다.

---

65 父母幸免兇鋒, 壽終於戊戌正月矣, 先生廬墓追服.-李敎源, 『錦溪集』卷4, 「行狀」

노인은 이렇게 군문에 올리는 최귀문 외에 1599년 7월에 神宗皇帝께
「催歸原情疏」를 올렸다.[66] 이 글도 그 동안의 최귀문과 비슷한 내용으로
귀환의 이유로 왜적의 실정을 조정에 고하여 원수 갚을 준비를 하는 것과
부모님의 백골을 거두는 것을 들고 있다. 황제는 '그대의 충은 文天祥과
같고, 그대의 절의는 蘇武와 같다'[67]고 치하하고 귀국을 허락한다. 이때의
일기는 멸실되었지만, 『錦溪集』에 「催歸原情疏」와 「催歸原情疏後」가 실
려 있어 당시의 疏 전문과 소를 올린 후의 상황을 알 수 있다.

최귀문이 아닌 기록에서도 귀환에 대한 마음이 표현된 것을 몇 가지 볼
수 있다.[68] 그런데 노인의 귀환에 대한 마음이 표현된 것은 매우 적다.

① 큰 비. 돌아갈 마음이 갑절이나 간절했다. 낮 꿈에는 임금과 부모형제를
   보았다.[69]

② 꿈을 꾸었는데 □□□□ 평일과 같았다. 깨어나니 눈물이 나므로, 드디어
   두 절구를 읊었다. "망향 시름에 나그네 살쩍 어느새 희었는가 / 한 밤 쓸
   쓸히 고향 생각 간절하네 / 깨어보니 분명 고향 꿈인데 / 못 견딜 슬픔에

---

66 金成愛는 「錦溪集 해제」(『표점영인 한국문집총간 해제』3, 민족문화추진회, 1999,
   29쪽)에서 「催歸原情疏」를 4월에 올렸다고 하였는데, 『錦溪集』에 실린 「최귀원정
   소」는 7월에 올린 것으로 보인다. 『금계일기』에 4월에 실린 세 최귀문이 「최귀원
   정소」와 내용이 다른 점, 1956년 간행된 『금계집』의 「최귀원정소」 註에 '기해년
   (1599) 7월에 신종황제께 올리다(上神宗皇帝○己亥七月)'라고 기록된 점 등을 통
   해 확인할 수 있다. 1956년 간행된 『금계집』 연보 1599년 4월 15일자에 '최귀원정
   소를 군문에 올렸다(催歸原情疏로軍門)'는 기록이 있는데, 이는 『금계일기』 4월
   14일 일기에 기록된 첫 번째 최귀문을 말하는 것이다. 곧 김성애가 해제에서 언급
   한 「최귀원정소」는 4월 14일자 최귀문을 다음날 올린 것으로, 『錦溪集』에 실려
   있는 1599년 7월 「최귀원정소」와는 다른 것이다.
67 爾忠如祥, 爾節如武. -『錦溪集』卷4, 「催歸原情疏後」
68 4월 20일(두 번째), 4월 27일 일기에서 최귀문을 올리고 난 후 중국인과 최귀문
   관련 이야기를 하는 중 노인이 다시 하소연하는 부분이 있는데, 이는 최귀문과의
   관련성 속에서 귀환의지를 보여준 것이다.
69 大雨. 歸心倍切. 晝夢中, 見君親兄弟也. -魯認, 『錦溪日記』, 1599年 4月 25日.

눈물만 절로 난다"[70]
③ 昨夢瑤墀拜至尊 간밤 꿈 옥뜰에 뵈온 임금님
  覺來感淚枕成痕 깨어 오매 느낀 눈물 베갯머리 적시네
  主辱家亡不戴天 임금은 욕받고 나라 망하니 한 하늘 일 수 없는 원수
  快雪腥塵一時盡 시원히 설욕하고 나라 찾으리[71]

①은 4월 25일 일기의 전문으로, '돌아갈 마음이 갑절이나 간절했다'라는 짧은 글로 귀환의 간절함을 표현했을 뿐이다. '꿈에 임금과 부모형제를 보았다'라는 기록으로 고국과 가족을 그리워함을 추측할 수 있지만, 이는 심리를 간접적으로 추측만 할 수 있을 뿐 노인의 감정, 의지 등이 직접 드러난 것은 아니다. 꿈에 대해서는 『금계일기』의 처음부터 지속적으로 나오는데, 노인은 대부분의 꿈에 대해 '꿈에 ○○을 보았다'라고 간략하게 언급한다. 정희득의 『월봉해상록』에도 꿈에 대한 언급이 많은데 정희득은 꿈의 내용을 구체적으로 말하고 꿈에서 깬 후 눈물을 흘리는 본인의 서글픈 감정까지 직접 표현하여 노인과는 전혀 다른 면모를 보인다.

②는 5월 6일자 일기의 마지막 부분이고, ③은 5월 7일자 일기의 전체이다. ②에서 '두 절구를 읊었다'라고 하고선 절구 한 편만 싣고 있는데, ③은 두 번째 절구를 다음 날 일기에 적은 것이다. 5월 6일자 일기의 앞부분은 손님과 여지를 사서 먹으면서, 여지의 모양과 맛, 이점 등을 설명하는 데 할애되어 있다. 여지에 대한 부분만 봐서는 노인이 전쟁 중에 두 나라를 떠돌면서 고국으로 돌아가기를 간절히 소망한다는 것을 알 수가 없다. 꿈에서 깨어 눈물이 났다는 것과 시를 통해서 볼 수 있을 뿐이다. 두 편의 시는 모두 꿈과 관련한 것으로 첫 번째 시는 고향 생각과 서글픈 마음을, 두 번째 시는 임금에 대한 생각과 복수의 마음을 담고 있어, 노인의 심정을 간접적으로 볼 수 있다.

---

70 夢見, □□□□□□如平日. 覺來涕泣. 遂成二絶曰, 思歸客鬢何時白, 三夜蕭蕭楚
   雨寒. 記得分明故國夢, 不堪悲淚自潸潸. -魯認, 『錦溪日記』, 1599年 5月 6日.
71 魯認, 『錦溪日記』, 1599年 5月 7日.

  마지막 최귀문을 제출하고 5월 10일에 가을에 보내줄 것이라는 확답을 받은 이후에는 위의 인용문과 같은 기록도 볼 수 없다. 노인의 귀환에 대한 마음이 언급된 것은 본인이 병을 앓을 때에 와서야 볼 수 있는데, 한 달이 지난 6월 6일과 7일의 기록에서이다. 노인은 6월 4일부터 무릎 아래가 크게 부어 앓았으며, 병이 많이 좋아진 6월 6일 일기에 병이 차도를 보이자 기뻐서 고향을 돌아가고 싶은 마음이 간절함을 서술하여 귀환에 대한 언급을 하였다. 다음 날인 6월 7일에는 의원과 약을 보내준 서종악에게 감사의 글을 쓰면서 어버이를 잃고 적의 소굴에서 3년을 머물다가 중국에서 피눈물로 고국에 돌아가기를 재촉하는 자신의 상황에 병이 나는 것은 당연한 일이라고 하면서, 말에 채찍질하여 돌아가는 것만이 마음의 병을 고칠 수 있다고 말하여 귀환에 대한 소망을 표현한다. 병으로 인해 마음이 약해진 상태에서 귀환의 의지가 표현된 것이다.

  이렇듯 『금계일기』에는 귀환에 대한 의지가 최귀문을 중심으로 표현된다. 최귀문 외의 부분에서도 귀환의지가 표현되긴 하지만, 병을 앓았을 때를 제외하면 극히 일부이며 또 간접적으로 표현되어 있다. 최귀문에서는 전쟁 당시 상황, 자신의 처지, 돌아가야 하는 이유(일본에 대한 계책과 부모의 유골 수습 등), 보내줘야 하는 당위성(작은 중화인 조선과 기존에 표류된 중국인을 호송하여준 것 등) 등을 서술하고 보내 달라고 눈물로 호소하여 적극적이면서도 처절하게 귀환의지를 표출한다.

  중국 노정에서 최귀문을 통한 귀환의지 표출 외에 두드러진 서술 특성은 중국인과의 문답 제시이다. 노인은 중국에 있는 동안 다양한 중국 사람들을 만나게 되고, 『금계일기』에는 중국인과의 교유가 기록되어 있다. 그리고 이들과의 교유에서는 서로에 대한 호감을 볼 수 있다. 같은 유학을 공부하고 유교적인 교양을 간직한 이들은 서로에 대해 호감을 갖고 교유를 한다.

  중국인과의 교유의 시작은 진병산과 이원징을 만나 중국으로의 탈출을 준비하는 것이라 할 수 있다. 노인은 이 중국인들의 도움으로 억류지인 일본에서 탈출할 수 있었는데, 진병산과 이원징, 그리고 이들의 소개로 만난 임진혁은 일본군에게 들키면 어려워지는 상황에서도 노인을 자신들의 배에 태워 탈출시켜 준다.

탈출을 함께 했던 진병산 등과 이별한 후 노인은 다양한 중국 사람들과 만나게 된다. 노인이 일본에서 중국으로 탈출한 것은 개인적으로 몰래 이루어진 일이었지만, 중국에서 조선으로 오는 것은 중국 조정의 승인을 받아 공식적으로 이루어져야 했다. 노인은 중국에서 중국 관리의 도움아래 지내며 조선으로의 귀환이 승인되기를 기다려야 했고, 그 과정에서 중국 관리 및 중국의 수재들과 교유를 한다. 그러다 보니 중국 생활을 기록한 『금계일기』에는 이들과의 문답이 중심적으로 기록되어 있다. 더구나 유학의 본고장인 중국에서 강학에 참여하게 되면서, 학문이나 중국 제도 등에 대해 묻고 그들의 대답을 싣거나, 경학과 관련하여 토론하는 경우도 많아진다. 아래의 글은 중국 관리와의 교유가 나타난 한 예이다.

> 호 좌영이 雁使를 보내 나를 부르므로 나도 二人轎를 구해서 타고 그의 관아로 갔다. 장군이 대청에서 내려와 맞이하여 예의로써 서로 대하고, 차를 권한 뒤에 곧 술을 가져오라 명하여 수작하는데, 곁에 있던 아객 세 사람이 글로써 보이기를, "귀국의 풍교와 혼인하고 장사하는 예의를 듣기 원합니다." 하였다. 대답하기를, "우리나라의 온갖 교화는 箕子 八政의 교화에 따르되 관례와 혼례·상례 등의 제도는 다만 朱晦庵의 『가례』를 따릅니다." 하니, 좌우에서 감탄하며 다시 대접을 더 공손히 했다. 또 아객들이 모두 相을 보려고 하여, 나는 대략 본 대로 대답하고 말하기를, "무릇 상을 보는 것은, 다만 부귀·빈천과 壽夭를 볼 뿐이며, 그 신묘함이 符節이 합한 듯한 것인지는 알지 못하겠습니다." 하니, 그들은, "그 말이 신묘하다 할만 합니다." 하였다.[72]

---

72 呼坐營以鴈使招我, 我買二人轎, 進去其衙, 則將軍下堂迎來, 以禮相接三茶後, 卽命酒酬酢, 傍有衙客三人書示曰, 願聞貴國風教婚喪之禮也. 答曰, 我國凡風教, 一依箕聖八政之教, 而冠婚喪制, 則只遵朱晦庵家禮. 左右嘆之, 更加敬待. 又衙客等, 皆欲以其像相之, 我略以所見答之曰, 凡相人, 只辨富貴貧賤夭壽而已, 不知其神妙如合符節耳. 彼客曰, 此言可謂神矣. -魯認, 『錦溪日記』, 1599年 4月 11日(두 번째).

　1599년 3월 28일에 중국 복건성에 도착한 후 첫 번째 4월 11일에 노인은 楊洪震, 呼鶴來 두 좌영을 처음 만나게 된다. 좌영은 조선의 종사관과 같은 직책으로, 두 좌영은 노인에게 시를 청하고 노인의 시를 칭찬하며 호의를 보인다. 이후 노인은 양홍진의 관아에 가서 머무르게 되고, 양홍진과는 양현사서원으로 간 5월 12일 이후에도 교유를 한다.

　위의 글은 처음 양홍진의 관아에 가 하루를 묵은 후, 다음 날 호학래의 초청으로 그의 관아에 갔을 때의 일을 기록한 것의 일부이다. 먼저 장군이 대청에 내려와 맞이하고 예의로 대하며 차를 권하는 등 당시 동아시아에서 공통적으로 행해지는 賓禮를 확인할 수 있다. 말이 통하지 않는 이들은 필담을 하는데, 중국인들은 조선의 풍교와 婚禮, 喪禮 등의 제도에 대해 묻는다. 이에 노인은 기자의 교화와 『주자가례』의 제도를 따른다고 간략하면서도 단호하게 대답한다. 노인의 단호한 대답과 좌우에서 감탄하였다는 기록을 통해 조선이 유교의 전통을 따른다는 노인의 자부심을 볼 수가 있으며, 전통적 유교의 예를 숭상하는 중국인과 조선인의 공통적 인식을 볼 수 있다. 노인이 相을 봐 주고, 관상에 대해 나누는 간략한 문답을 통해서도 관상에 대한 양국의 공통적인 관심을 알 수 있다.

　이후에는 화분에 있는 춘백을 보고, 호학래의 청에 의해 노인이 시를 짓는데, 좌우에서 감탄하고 호학래는 정서하기를 부탁하여 이 시를 벽에 붙일 만큼 긍정적인 반응을 보인다. 그리고 白金 등을 노자로 주자 노인이 사양하므로 이를 門子를 시켜 노인이 머무르는 양홍진의 아문까지 딸려 보내기까지 한다. 이렇듯 노인과 교유하게 된 중국 관리와 관리의 손님들은 노인에 대해 호감을 갖고 대접을 한다. 다음은 가장 친밀하게 교유했던 좌영 양홍진과의 문답이다.

　　내가 답하기를 "소인의 마음과 일을 장군이 아니면 누가 알아주고 사랑해 주시겠습니까? 오늘날 학궁으로 추천하여 들어간 것은 모두가 장군의 덕택입니다." 하니, 장군이 고개를 흔들면서, "각 아문에 바친 글을 본 여러 재상들이 탄복했습니다. 그때 지은 글은 모두 족하가 지었으니, 내가 추천한 것이 무슨 도움이 있었겠습니까?" 하였다. 나는 써서 보이기를, "처음부터 나를 보시고, 알아주시고 사랑해 주신 분은 누구시고, 나를 대접해 주신 분은 누구시며, 安撫해 주신 분은 누구시고, 글을 바치라고 지휘해 주신 분은 누구십니까? 장군의 은혜는 태산이 가벼울 지경입니다. 원컨대, 장군께서는 시종일관 은덕을 베풀어 주십시오." 하니, 장군이 말하기를, "내가 사랑하고 대접하는 것은 모두가 그대가 지니고 있는 재주 때문입니다. 그대가 지니고 있는 것이 어찌 나에게 관계가 되겠습니까?" 하였다.[73]

위는 5월 18일 일기의 일부분으로 양현사서원에 머무르던 노인이 양홍진의 편지를 받고 양홍진을 찾아가 나누는 문답의 일부이다. 양현사서원은 武夷山에 있는 朱子書院, 곧 武夷書院이다.[74] 『금계일기』에는 '무이서원'이라는 글이 없지만, 노인에 대한 다른 글에서 무이서원으로 기록하고 있는 것을 통해 알 수 있다. 한 예로 許筠(1569~1618)은 1601년 轉運判官에 제수되어 漕運 감독을 위해 전라도 지방을 기행한 일을 「漕官紀行」이라는 글로 기록하였다. 이 글의 1601년 9월 20일자에 나주에서 노인을 만나 함께 잠을 잔 일을 기록하고 있는데, 여기에 노인이 무이서원에 머물렀다고 기록하고 있다. 노인을 직접 만나 이야기를 나눈 일을 기록한 것이기 때문에 신빙성이 높다.[75] 이외에도 『금계집』의 여러 기록에서 '무이서원'

---

73 我答曰, 鄙人心事, 倘非將軍, 誰能知愛. 今日薦入學宮, 皆將軍之賜也. 將軍掉頭曰, 各衙呈文, 諸相嘆之. 此時做文, 皆足下做之, 不佞之薦, 何預於其間哉. 我示曰, 自初見我, 知愛者誰, 待我者誰, 安撫者誰, 指揮呈文者誰歟. 將軍恩德泰山輕矣. 願我將軍, 終始一德. 將軍曰, 不佞之愛待, 皆由儞實抱之才. 儞之所抱, 豈干於我哉. -魯認, 『錦溪日記』, 1599年 5月 18日.
74 무이산은 주자학의 온상으로, 주자는 71년 생애 중 50년 가까이를 무이에서 보냈다. 주자는 무이산에 무이정사를 세우고, 이곳에서 『易學啓蒙』, 『孝經刊誤』 등을 지었다. 무이산은 주자 사후에도 숱한 인물들이 찾아와 주자학을 이었으며, 1518년 무이정사를 중수하고서 '무이서원'이라고 편액을 걸었다.(홍원식, 「주자학의 요람, 福建 武夷書院」, 『오늘의 동양사상』12, 예문 동양사연구원, 2005, 22~25쪽)
75 저녁에 魯認과 함께 묵었다. 노인은 나주 사람이다. 정유년(1597)에 왜적에게 붙

명칭을 확인할 수 있다.[76] 본 논저에서는 노인이 『금계일기』에 쓴 명칭을
따라 '양현사서원'이라고 칭하였다.

인용된 부분에 앞서 양홍진이 강회에 참석할 수 있는 것은 쉽지 않은
일로 노인이 참석하도록 추천받은 일이 다행이라고 하자, 위와 같이 노인
은 양홍진의 덕분이라고 말한다. 그러자 양홍진은 재상들이 탄복할 정도
로 노인의 글이 뛰어났기 때문이라고 하고 노인은 자신을 알아봐주고 대
접해 준 양홍진의 은혜 때문이라고 거듭 말한다. 양홍진도 다시 노인의 재
주 때문이라고 노인을 추켜 세운다. 이들의 문답은 이처럼 서로에 대한 칭
찬과 감사로 일관되어 있어, 서로에 대한 깊은 호감을 볼 수 있다. 이외에
도 5월 5일의 일기 전체에 명절의 예물을 받지 않는 양홍진의 청렴성과
사람들의 양홍진에 대한 칭찬을 기술하는 등 양홍진에 대해서는 누구보다
깊은 호감을 보인다.

중국 생활 중 중국인과의 문답이 위와 같이 간략하게 제시된 것만은 아
니다. 고국으로 돌아가는 일이 확정되지 않아 최귀문을 쓰며 괴로워하던
노인은 1599년 5월 10일에 가을이 되어 장마가 갠 후에 보내준다는 확답
을 받게 되고, 서종악의 배려로 5월 12일에 양현사서원에 들어가게 된다.
이후 그는 학문, 중국의 제도 등에 관해 적극적으로 묻고 그에 대한 대답

잡혀 西海道에 이르렀을 때 몰래 중국배에 타고 福州(복건성)에 도착하여 撫院 金
學曾에게 호소하니 학증은 돈을 후하게 주어 武夷書院에 있게 하였다. 서원의 여
러 학생들도 모두 그를 잘 돌보아 주었다.(夕與魯認同宿. 認, 州人也. 丁酉, 被賊
擒至西海道, 潛附唐舶, 達于福州, 訴于撫院金學曾, 曾厚給銀幣, 安頓于武夷書院.
諸生俱善視之)-許筠,『惺所覆瓿稿』卷18,「漕官紀行」

76 閩中에 들어가, 무이서원의 여러 유생들과 『대학』止修의 도를 강론하였다.(入閩
中, 與武夷書院諸生, 講論大學止修之道)-李亨達,『錦溪集』卷5 附錄,「李參判撰」
무이서원에 들어가매 원장 및 여러 유생들이 윗자리를 비워두고 읍양의 예를 갖추
었다. 程朱의 학과『綱目』,『春秋』, 禮經, 詩書, 百家語를 강토함에 공(노인)이 講解
에 능통하지 않음이 없었다.(因入于武夷書院, 院長及諸生, 虛上座揖讓, 講討程朱之
學及綱目春秋禮經詩書百家語, 公無不講解融貫)-『錦溪集』卷7 附錄,「湖南節義錄」

을 자세하게 기술한다. 다음은 양현사서원에 있으면서 수재 謝兆申과『心
經』에 대해 문답한 것을 기록한 것이다.

　　맑음. 일찍 사 수재의 방으로 가서『心經』배우기를 청하니, 대답하기를,
　　"『심경』은 다만 人心과 道心의 구분을 규명한 것이라, 그『심경』의 주가 되
　　는 말은 오로지 敬이란 한 글자에 달려 있습니다. 대체로 敬이란, '主一無適'
　　하여야 항상 깨닫는 법이요, 하나의 物도 그 안에 포용되지 아니함이 없습니
　　다. 그러므로 성현의 철두철미한 공은 모두가 敬에 있을 뿐입니다. 만약에 경
　　으로써 조종하는 것을 마음의 공으로 삼지 않는다면, 어지럽고 흔들려서 마
　　치 우레가 발하는 것과 같아 그 방향을 알 수가 없는 것입니다. 족하가 일찍
　　이 본국에 있을 때, 이미 평소에 師友와 講明하였을 것이니,『심경』은 다시
　　강을 하지 않아도 잘 알 것입니다. 또 '吾道一以貫之'에서 一이란 精一의 一
　　자니, 다만 人과 道의 사이를 분별하여 敬으로써 조종할 뿐입니다." 하였다.
　　내가 대답하기를, "공부로 말하면, 精一은 곧 誠意·正心·修身이며, 그 中은
　　곧 지극히 선한 데 이르는 것이며 본성의 전체는 혼연해서 至善에는 본디 過
　　不及의 차가 없는 것이라고 생각되는데, 이와 같은지 아닌지를 모르겠습니
　　다." 하니, 사 수재가 대답하기를, "족하는 이미 心學의 본체에 밝으니, 절충
　　하여 비유하면 대체로 그럴 것입니다." 하였다.[77]

　　노인은 여러 수재들과 교유하였는데, 일기에 가장 많이 등장하는 수재
는 謝兆申과 倪士和이다. 이들은 노인과 교유가 깊어 노인이 조선으로 돌
아갈 때 山海關까지 배웅을 하기도 했다. 일기에는 '사 수재', '예 수재'라
고 기록한 경우가 많다.

---

77 晴. 早去謝秀才房中, 請學心經, 則答曰, 心經只究人心道心之分, 而經之主意, 則只是
　　一箇敬字. 蓋敬者, 主一無適, 而常惺惺法, 無一物不得容其中. 故聖賢徹上徹下之功,
　　都在敬而已. 若不以敬操之爲心上之功, 則紛華波動, 發如奔霆, 莫知其鄕矣. 足下曾
　　在本國, 旣與師友, 講明有素, 則心經不須再講而明矣. 且吾道一以貫之, 則蓋一者, 乃
　　精一之一字, 只分人與道之間, 以敬操之而已矣. 我答曰, 以工夫論之, 精一乃誠正修,
　　而厥中乃止至善, 本性之全體渾然, 至善本無過不及之差, 未知如斯否. 秀才曰, 足下
　　已明心學之體, 折衷比喩, 大都則然矣.-魯認,『錦溪日記』, 1599年 5月 23日.

위는 5월 23일 일기의 전문으로, 『심경』에 대한 문답만으로 그날의 일기를 채우고 있다.[78] 조선 학자들이 애독했던 『심경』을 노인도 당연히 공부하였을 것이고, 직접 중국의 학자를 만나게 되자 이에 대해 문답을 한 것이다. 노인이 '精一은 곧 誠意 · 正心 · 修身이며, 그 中은 곧 지극히 선한 데 그치는 것이며 본성의 전체는 혼연해서 지선에는 본디 過不及의 차가 없는 것'이라 하여 『심경』과 관련하여 본인의 의견을 제시하고, 사조신이 이미 심학의 본체에 밝다고 평한 것을 통해 노인의 학문이 깊음을 알 수 있다.

이외에도 노인은 예사화에게 초학자가 간절하게 공부할 것을 묻고(5월 12일), 서종악이 주장하는 도학에 대해 물으며(5월 14일), 『대학』의 경문에 대해 예사화에게 묻고(5월 26일), 『공자가어』의 권이 조선과 다른 것에 대해 묻고(5월 27일), 예사화와 유학의 경세제민에 대해 토론하는(6월 3일) 등 학문적인 것에 대한 문답으로 그날의 일기 전체를 채우는 것이 많다. 또한 과거 제도(6월 2일), 서원(6월 9일), 세법(6월 11 · 12 · 13일), 군사 제도(6월 14일), 상례(6월 20일) 등 중국의 여러 가지 제도에도 관심을 가지며, 적극적으로 제도에 대해 묻고, 대답을 일기에 자세하게 기록한다.

중국인들의 자세한 대답이 일기에 기록될 수 있었던 것은 말이 통하지 않아 필담을 했기 때문에 가능했을 것이다. 말로 대화를 한다면 시간이 지나 일기로 기록할 때 구체적으로 기억하지 못할 것들이 많다. 하지만 필담은 종이와 붓을 통해, 문답한 내용이 오늘날의 녹음기처럼 고정되어 남아

---

78 『심경』은 중국 南宋대 학자 眞德秀(1178~1235)가 四書三經과 『禮記』 및 周敦頤, 程子, 范浚, 朱子의 心學에 관계된 글을 발췌하고 그 아래 宋代 諸賢들의 관련 학설을 註로 붙여 총 37장으로 편찬한 책이다. 『심경』은 조선전기에 우리나라에 전래되어, 조선의 학자들 사이에서 널리 읽혔는데, 기존의 『심경』에 宋, 元대 학자들의 설을 '附註'의 형태로 추가하여 간행한 책인 『心經附註』는 退溪 李滉(1501~1570)이 극히 중시하여 말년에는 이를 중심으로 제자들에게 강론하기도 하였다. (정일균, 「다산 정약용의 '心經'론-'心經密驗'을 중심으로-」, 『사회와역사』73, 한국사회사학회, 2007, 338~339쪽)

있다. 이를 활용하여 관심있는 대답을 일기에 옮겨 적어 구체적인 사항까지 기록이 가능했을 것이다. 그리하여 『금계일기』는 중국인과 문답하는 부분이 자세하고 내용이 풍부하다. 일본 억류 중 탈출을 준비하는 부분 및 탈출 과정과 비교해도 그러하고, 같은 일기체인 『간양록』의 「섭란사적」과 『월봉해상록』의 「해상일록」과 비교해도 가장 풍부한 양을 지니고 있다.

3. 鄭希得의 『月峯海上錄』

가. 편찬배경 및 구성

정희득(1575~1640)의 자는 子吉, 호는 月峯이며 본관은 진주이다. 함평 사람으로, 1597년 일본의 침략 때 가족과 친척이 함께 뱃길로 피란을 떠났다가 1597년 9월 27일에 왜적에게 잡혔다. 잡힐 때, 어머니와 형수, 아내와 누이동생이 바다에 빠져 자결하였는데 정희득 형제 등은 묶여있는 상태라 아무것도 할 수가 없었다. 함께 잡혔던 아버지와 두 아이는 왜적이 놓아 보내 주고, 정희득은 형 鄭慶得, 집안 사람인 鄭好仁 형제 등과 함께 일본 阿波州 德島城으로 압송되었다. 이후 1598년 11월 22일에 덕도성을 출발하여 귀국길에 올라 12월 22일에 대마도에 도착한다. 그러나 대마도 주의 허락을 받지 못해 6개월 가량을 억류당한 끝에 1599년 6월 17일에 대마도를 출발하여 6월 29일에 부산에 도착하고, 고향인 함평에는 7월 20일에 도착했다.

『월봉해상록』은 정희득의 일본체험 전체를 기록한 실기로 원래는 『萬死錄』이라 이름하였던 것을 후손 鄭德休가 『海上錄』이라고 이름을 바꾸었다. 『월봉해상록』 권2의 시 제목 〈이 日記 한 편을 萬死錄이라 이름하고 一絶을 짓다(名此日記一篇曰萬死錄仍記一絶)〉와 鄭德休의 발문을 통해 이를 확인할 수 있다.[79] 실기를 쓰는 과정과 이유는 정희득의 自序를 통해 확인할 수 있다.

슬프다, 내 정유년(1597) 피란하던 당초부터 기해년(1599) 환국하던 날까지 대강 적은 일록이 있다. 그 동안에 喪亡으로 비통하던 일과 뱃길의 위험하던 일, 구류 생활의 신고와 원수 왜놈의 정상이며, 지금까지 구차하게 살아온 치욕과 생환하여 感愴하던 심회를 모조리 기록하지 못하여, 한 가지를 들추고 만 가지를 빠뜨렸다. 그런데 저들 가운데 중으로서 長老란 자와 언어가 이미 통하지 못하매, 심중에 말하고 싶은 것은 반드시 韻語로 엮어야만 피차간 의사를 통할 수가 있었다. 그러므로 記述에 능치 못함을 괘념치 않고 무릇 이 목에 접한 것은 모조리 기록하여 시처럼 엮었다.

계축년(1613) 여름에 내가 상중에 있으면서, 우연히 행담 안에 간직했던 『萬死錄』을 들추어 보고서 이렇게 編次하여 자손에게 물려준다. 후일에 펼쳐 보는 자 어찌 감창한 회포가 없을 것인가. 모름지기 이 기록을 보존한다면 다행이겠다.[80]

---

79 아, 이것은 曾王考께서 왜국에 계실 때 기록한 바로서 『萬死錄』이라 이름했던 것이다. …… 마침 계묘년(1723) 여름에 내가 묘갈을 개조하여 다시 세우는 일 때문에 오랫동안 金山의 산지기 마을에 묵고 있는데, 재종형 萬徽씨가 나에게 이르기를, '이 기록은 마땅히 遺訓을 좇아 후손에게 전해서, 때때로 받들어 읽게 해야겠는데, 종이가 더러워서 민망스러우니 한 벌 베껴두는 일을 자네가 힘써 하게' 하기에, 내 삼가 받들어 살펴보니 책 거죽은 헐고 때 묻어 옛 모습이 전연 없고, 제목도 희미하여 거의 글자 모양이 없어졌다. 드디어 푸른 색갈로 종이를 붙여 거죽을 만들고, 제목을 '海上錄'이라 썼다.(嗚呼, 此曾王考在異國時所錄, 而以萬死爲名者也. …… 歲癸卯夏, 余以墓碣改造重豎之役, 久留金山山直村, 再從氏萬徽氏謂余曰, 此錄當一遵遺意, 傳示後裔, 而時時奉閱, 紙傷可悶, 一通騰出之役, 君其勉之. 余謹受而奉覽, 則衣紙弊汗, 舊色全無, 題目依微, 幾失字樣. 遂以靑色付紙, 作衣加之, 題曰海上錄)-鄭德休, 『月峯海上錄』, 「跋」

80 噫, 余自丁酉避亂之初, 至己亥還國之日, 略有日錄, 而其間喪亡之悲痛, 舟楫之危險, 拘蟄之辛苦, 讎賊之情形, 至今苟存之恥, 生還感愴之懷, 不能彈記而掛一漏萬. 然而彼中僧爲長老者, 言語旣不通, 則情抱發之言語者, 必托之韻語, 然后彼此之意可通也. 故不揆陋拙, 凡有接於耳目者, 悉記而詩之. 癸丑夏余在憂中, 偶閱篋笥中所藏萬死錄, 玆庸編修以遺子孫. 後之披覽者其能無感愴之懷也耶. 須護此錄幸甚.-鄭希得, 『月峯

전남대학교 중앙도서관 소장 『월봉해상록』

위의 자서를 보면 정희득은 일본에 있을 때 대강 글을 적었으며, 일본
승려들과 언어가 통하지 못하여 시를 많이 지을 수밖에 없었다. 그리고 일
본에 있으면서 썼던 글은 약 14년이 지난 1613년에 새롭게 편차하였다.
또 자손에게 물려주고, 이 기록을 보존하기를 바란다는 말을 통해 정희득
이 자손들에게 『월봉해상록』을 읽히고자 했음도 알 수 있다.

『월봉해상록』은 2권 1책으로 구성되어 있으며, 疏, 風土記, 日錄, 詩가
실려 있다. 소는 「自賊倭中還泊釜山日封疏」와 「陳賀疏」 두 편으로 「진하
소」는 인조반정 후에 폐모와 관련하여 올린 것이므로 본 해외체험과 관련
하여 논할 것은 아니다. 「자적왜중환박부산일봉소」는 일본에서 부산에 도
착한 후 조정에 올리기 위해 쓴 상소문으로 작자가 납치되었을 때부터 고
국으로 돌아오기까지의 상황을 요약하고, 일본의 정세 등을 서술한 것이
다. 그런데 이 상소문은 조정에 주달되었다는 기록이 실록에 없으며, 강항
의 상소문과 비슷한 내용도 몇 차례 서술된다.81 풍토기는 「附日本總圖」

海上錄』, 「自序」
81 부산에 도착한 날인 1599년 6월 29일 일기에 장계의 초본을 작성했다는 기록과

라는 제목으로 실려 있으며 일본의 지리, 역사, 풍속 등에 대해 서술되어
있다.

「자적왜중환박부산일봉소」와 「부일본총도」의 내용은 강항의 「적중봉
소」와 「적중문견록」에 나온 것과 비슷한 것이 많다. 강항의 「적중봉소」가
1598년에 김석복에게 전하고, 이후 1599년에 왕건공에게 보낸 것이 조정
에 전해진 것으로 보아 강항의 것은 정희득의 것보다 먼저 작성되었고, 조
정에까지 주달되었으므로 사람들에게 많이 알려졌을 것이다. 또한 정희득
의 소는 부산에서 쓴 것이 후에 고향에 있으면서 강항의 것을 참고하여
고쳤을 것이라 생각된다. 분량 면에 있어서도 강항의 것이 자세하며, 정희
득의 글은 요약을 한 듯이 보인다. 이는 풍토기에 있어서도 마찬가지로 이
또한 강항의 것을 많이 참조했을 것으로 추측된다.[82] 제장들의 식읍에 대
한 기록으로 『간양록』에는 각 주의 지리·기후·특산물·경제정도 등의
다양한 기록을 볼 수 있지만 『정유피란기』와 『만사록』 그리고 『월봉해상
록』에는 66주가 누구의 식읍인가에 대하여만 기록되어있다. 소와 풍토기
부분에서는 참조해서 작성한 듯 보이지만 일록과 시에서는 정희득만의 개
성이 잘 드러난다.

『월봉해상록』에서 중요한 문학작품은 일록과 시로, 필자가 특히 중시하
는 것은 일기 형식으로 기록된 실기인 「海上日錄」이다. 분량적인 면에서
도 풍부하고, 체험과 정서가 잘 드러나 있기 때문이다. 시가 따로 있기 때
문에 「해상일록」에는 몇 편의 시를 제외한 모든 기록이 산문으로, 그날그
날의 체험이 감정을 위주로 서술되어 있다.

「해상일록」은 피란을 떠나던 날인 1597년 8월 12일부터 고향에 돌아와

1599년 7월 1일 일기에 함께 조선에 온 일행인 林子敬이 장계의 초본을 서울로
가지고 갔다는 기록이 있지만 현전하는 것이 같은 것인지 알 수 없다. 추후 수정
했을 가능성이 높다.
82 김명엽, 「'丁酉避亂記'를 통해서 본 鄭好仁의 被虜生活과 日本認識」, 전북대학교
석사학위논문, 2007, 23쪽.

장모님을 뵙고 아이를 만나던 날인 1599년 7월 28일까지 기록되어 있다.[83] 앞서 살폈듯이 『간양록』에는 피란을 떠나는 과정이 요약되어 있고, 『금계일기』는 앞과 뒤가 전해지지 않은 채 4개월 여의 기록만 남아 있다. 이에 반해 「해상일록」은 피란을 떠나는 날부터 날짜별로 기록되어 있어 피란의 시작부터 볼 수가 있다.

> 왜적이 두 번째 내침한다는 소식을 듣고 호남의 인심이 흉흉하여, 산으로 갈까 바다로 갈까 두 가지 의논이 있었으나 갈피를 잡지 못하였다. 나는 곧 어버이를 모시고 식구들을 거느리고, 지고 메고 하여 길을 떠났다. 우리는 길에서 녹초가 되어 늙고 약한 이들이 엎어지고 넘어지니, 심신을 가눌 길 없어 어디로 가야할지를 몰랐다. 되돌아 西海를 향하며, 창황한 중에 절구 한 수를 지었다.[84]

위는 「해상일록」의 첫 기록인, 1597년 8월 12일 일기의 전문이다. 왜적이 다시 침입한다는 소식을 듣고, 산으로 갈지 바다로 갈지 고민하는 과정과 피란 길의 괴로움이 담겨 있다. 결국 서해로 향한 정희득 일행은 8월 19일에 배를 수리하고, 9월 15일에 배에 오른다. 이렇듯 「해상일록」을 통

---

83 「해상일록」은 기간으로 보면 만 2년에 가까운 기간 동안의 기록이지만 매일 매일의 일기가 기록된 것은 아니다. 월별로 기록된 일자를 보면 아래의 표와 같다.

연	1597년					1598년				
월	8월	9월	10월	11월	12월	1월	2월	3월	4월	5월
일자	2일	8일	8일	4일	13일	11일	22일	23일	5일	7일
연	1598년						1599년			
월	6월	7월	8월	9월	10월	11월	12월	1월	2월	3월
일자	17일	5일	12일	4일	6일	19일	24일	14일	12일	6일
연	1599년				
월	윤3월	4월	5월	6월	7월
일자	9일	4일	6일	20일	22일

84 聞賊倭再寇, 湖南人心洶懼, 將有登山浮海二議而未決. 余乃奉親挈眷, 擔負而發行. 躓躓路上, 老弱顚仆, 心神靡定, 莫知所從. 轉向西海, 蒼黃之中, 仍成一絶.-鄭希得, 『月峯海上錄』, 「海上日錄」, 1597年 8月 12日.

해 배를 타기 전의 과정도 볼 수가 있다.

노인이 혼자서 육지에서 잡힌 반면, 정희득과 강항은 가족과 친척들이 모여 뱃길로 피란을 떠나 온 일행이 왜적에게 잡힌다. 정희득도 강항과 마찬가지로 바다에서 가족의 죽음을 보게 된다. 특히 1597년 9월 27일 왜선을 만난 후 어머니와 형수, 아내와 누이동생이 바다에 몸을 던져 죽었고, 묶여 있었던 정희득은 그 모습을 지켜볼 수밖에 없었다. 그리고 이틀 후인 29일에 다시 왜적이 아버지와 아이들을 외딴 바닷가에 내려 놓는 것을 지켜보아야 했다. 이렇게 가족의 죽음과 이별은 정희득에게 큰 아픔이 되었고, 이런 아픈 감정을 숨기지 않고 일기에 기록한다. 강항과 노인도 아픈 마음을 표현하기는 하지만, 감정 표현이 일부인 데 반해 정희득은 많은 부분을 감정을 솔직하게 표현하는 데 할애한다.

이렇게 슬퍼하던 정희득은 귀국을 허락받고, 덕도성을 출발하여 귀국길에 오르게 된다. 하지만 귀국길은 결코 쉽지 않았다. 배를 타고 대마도를 가는 과정도 어려웠으며, 힘들게 대마도에 도착해서는 6개월 가량을 억류당한 채 고국을 그리워해야 했다. 마침내 정희득 일행은 1599년 6월 17일에 대마도를 출발하여 6월 29일에 부산에 도착한다. 그리고 고향인 함평에는 7월 20일에 도착하는데,「해상일록」에는 부산에 도착한 후 조선에서의 노정도 담겨있다. 그리고 일기는 장모님 댁에 있는 둘째 아이를 만나게 되는 7월 28일의 기록을 마지막으로 끝을 맺는다.

시는 오언절구, 배율, 장편, 칠언절구, 배율, 장편 등 정희득의 시 460여 수가 실려 있다.[85] 해외체험 동안의 심정을 표현한 시가 대부분으로, 금계 노인 및 함께 생활했던 형 정경득, 동료들과의 차운시도 실려 있으며, 일본인에게 준 시도 실려 있다. 일기에 기록된 일이 시로 표현되어 있어 어

---

85 장미경은 「壬亂 被虜者의 捕虜體驗 漢詩硏究-鄭希得을 중심으로-」(『한문교육연구』20, 한국한문교육학회, 2003, 270쪽)에서 시작품을 490여 수라고 하였는데, 이는 정희득의 시뿐만 아니라 정경득 등『월봉해상록』에 실린 다른 사람의 시를 포함한 숫자로 보인다.

느 날의 일이 시로 표현 된 건지 확인할 수 있는 경우가 많은데, 원래는 일기와 시를 함께 썼으나 후에 편집했을 가능성이 크다.

예컨대 〈가정의 집에서 천하여지도를 보고【2수】(家政家見天下輿地圖【二首】)〉는 1598년 3월 13일, 〈조모님의 기신(祖母忌辰有感)〉은 1598년 3월 23일, 〈가정이 떡과 비파 열매를 보내오다(家政送餅及枇杷實)〉는 1598년 5월 13일 일기에서 관련된 일을 확인할 수 있다. 기타 가족의 생일에 대한 시, 노비들을 만난 일을 표현한 시, 귀환하는 노정을 표현한 시 등도 마찬가지이다.

정희득도 강항, 노인과 마찬가지로 일본에 포로로 다녀오게 되고 『월봉해상록』에 그 과정이 담겨 있다. 정희득은 슬퍼하고 우는 등 본인의 감정을 솔직하게 표현하고 있어, 다른 작품과 다른 특성을 지닌다. 또한 『월봉해상록』에는 피란을 떠나는 날부터 고향에 돌아오기까지의 전 과정이 담겨 있어, 해외체험과 관련한 전체 노정을 볼 수가 있다는 점에서도 가치가 있다.

나. 노정과 서술적 특성

정희득은 호남의 포로실기 작자 세 사람 중 억류된 시기가 가장 짧다. 1597년 9월 27일에 왜적에게 잡혀 일본으로 이송되어 덕도성에 억류되었다가 귀국을 승인받고 1598년 11월 22일에 출발하였으니, 1년 남짓의 시간을 일본에 억류된 것이다. 이렇게 비교적 짧은 시간에 억류지에서 풀려났으나, 귀환하는 과정에서 정희득 일행은 많은 고난을 겪게 된다.

'피란-피랍 및 일본 이송-일본 억류-귀환'의 과정 중 '귀환' 부분이 강항의 『간양록』에 짧게 서술된 데 반해, 귀환 중 많은 고난을 겪었던 정희득의 『월봉해상록』에는 귀환의 전 과정이 구체적으로 나타나 있다. '덕도성에서 대마도까지의 이동-대마도 억류-대마도에서 부산까지의 항해-부산에서 함평까지의 육로 이동' 과정이 「해상일록」에 실려 있어 귀환의 전

과정을 볼 수가 있다. 이 귀환 과정의 중요 사건을 표로 나타내면 다음과
같다.

일자	사건
1598년 11월 3일	가정에게 글로 귀국을 요청함
1598년 11월 22일	배로 덕도성을 출발함
1598년 12월 22일	대마도 상륙(대마도 도착은 12월 21일)
1599년 6월 17일	대마도 출발
1599년 6월 29일	부산 도착
1599년 7월 20일	함평 집에 도착
1599년 7월 28일	장모 댁에서 아이를 데려옴(일기의 마지막 기록)

「해상일록」은 1597년 8월 12일부터 1599년 7월 28일까지 2년 가까운
기간의 일기를 담고 있는데, 이 중 윤3월을 포함하여 9개월 가량의 일기가
귀환 과정에 대한 기록이다. 이를 통해서 정희득의 노정에서 귀환 과정이
갖는 비중과 특수성을 알 수 있다.

특히 많은 어려움 속에서 대마도에 도착하였지만, 대마도주가 자리를
비우고 있어 6개월 가량의 시간을 대마도에 억류당하게 되는데, 고국을
가까이 두고도 가지 못하는 고통은 매우 큰 것이었다.[86] 덕도성에 억류되
었던 동안에도 정희득은 고국을 그리워하고 조선에 있을 아버지와 아이들
을 생각하며 우는 등 슬픈 감정을 감추지 않았다. 그의 감정 토로는 귀환
하지 못하는 현실 때문으로, 애타게 귀환을 열망했던 정희득은 꿈에 그리
던 귀환길에 대마도에 재억류되고 만다. 그렇기 때문에 대마도에 있는 동

---

86 강항의 경우 귀국 당시 대마도에 머문 것 같지만 얼마나 있었는지는 명확하지 않
  다. 하지만 4월 2일 京都를 출발하여 壹岐에서 열흘 간 머문 후 5월 19일 부산에
  도착한 것으로 보아, 그리 오랜 기간 머무르지 않았을 것이다.(방기철, 「睡隱 姜沆
  의 일본인식」, 『한국사상과문화』57, 한국사상문화학회, 2011, 190쪽)

안 귀환의지를 더욱 격정적으로 토로하게 되며, 대마도의 일본인에게 쓴 시·문을 통해 고통을 표출하기도 한다.

또한 겨우 승인을 얻어 중국 사신과 함께 대마도를 출발하지만 대마도에서 부산으로 가는 노정에도 어려움을 겪게 되고, 부산에서 고향인 함평으로 가는 길 또한 결코 쉽지 않았다. 정희득의 실기에는 이 고향으로 가기까지의 과정도 서술되어 있어 당대에 어렵게 조선으로 돌아온 해외체험 포로들이 고국에서 또다시 겪었던 고통까지도 볼 수가 있다.

1) 귀환의지의 격정적 토로

전쟁 중에 적국에 포로로 잡혀가는 것은 매우 비극적인 일이다. 더구나 그 과정에서 가족들의 죽음을 보게 된다면 더욱 그러하다. 1597년 9월 15일에 배를 타고 온 가족이 피란길에 올랐던 정희득 일행은 9월 27일에 왜적을 만나 잡히게 된다. 왜적에게 잡힐 때 정희득의 어머니와 아내 등은 주저하지 않고 바다에 몸을 던졌다. 아내는 정희득에게 아버지를 모시고 꼭 생환하라고 당부하고 자결하는데, 이때 만삭의 몸이었다. 정희득은 묶여 있는 상태라 눈 앞에서 어머니와 아내 등이 죽는 모습을 지켜볼 수밖에 없었으니 그 고통은 정말 간장이 찢어지는 듯 했을 것이다. 그리고 아버지를 모시고 꼭 생환하라는 아내의 마지막 당부는 정희득에게 무슨일이 있어도 이루어야 할 일이었을 것이다. 하지만 아버지와 다섯 살, 세 살의 어린 두 아이는 29일에 왜적들이 바닷가에 놓아 보내 헤어지게 된다.

자식으로서 부모에게 효도를 다하여 봉양하고, 가장으로서 아내와 자식을 보살펴야 하는 것은 인간으로서 반드시 해야 할 덕목이었다. 전쟁이라는 불가항력적인 상황에서 어머니와 아내는 세상을 떠났지만, 정희득은 살아계신 아버지를 봉양하고 어린 자식들을 돌봐야 했다. 고국으로 돌아가 아버지를 봉양하는 것은, 일본에서 고달픈 억류생활을 하는 동안에도, 귀환 과정에서 배가 뒤집힐 뻔하고, 대마도에서 재억류되는 등 고난을 겪는 과정에서도 정희득이 죽지 않고 사는 원동력이 된다.

강항도 정희득처럼 해외체험 도중 가족과 이별하였다. 피란 중 아버지의 배와 멀어져 이별하였고, 어린 자식들의 죽음을 지켜봐야 했다. 하지만 강항은 효를 실행하지 못한 가족의 구성원으로서보다, 신하의 의무를 다하지 못한 조정의 관료로서 해외체험 노정 동안 나라를 위한 정보 수집 등을 위해 노력한다. 그러나 관료의 위치에 있지 않은 자연인이자, 누구보다 가족을 중시하였던 정희득은 해외체험 노정 동안 간절히 귀환을 희망하며, 실현되지 못하는 귀환에 극도의 슬픔을 느낀다.

강항, 노인, 정희득은 모두 정유재란 때 남원성이 함락된 후 일본으로 잡혀가 해외체험 시작 시기는 비슷하다. 아래의 표는 세 사람 노정의 주요 일자를 표기한 것으로, 귀환 시기와 과정의 차이를 확인할 수 있다.

노정\인물	강항	노인	정희득
피랍일	1597년 9월 23일	1597년 8월	1597년 9월 27일
일본 본토 출발	1600년 4월 2일	1599년 3월 17일	1598년 11월 22일
조선 도착	1600년 5월 19일 (부산)	1600년 1월 (한양)	1599년 6월 29일 (부산)
특징	일본 억류 중 두 번의 이송	중국으로 탈출하여 중국 경유 후 귀환	귀환 중 대마도 재억류

강항은 1600년 4월에 귀환길에 오르고, 노인은 1599년 3월에 중국으로 탈출하며, 정희득은 1598년 11월에 귀환길에 오른다. 정희득의 경우 다시 대마도에 억류되어 1599년 6월에 부산으로 돌아오지만, 세 사람 중 가장 짧은 일본 본토 억류를 경험하고, 고국으로 돌아오는 시기도 가장 빠르다. 하지만 정희득은 그 누구보다 간절하고, 또 일관되게 귀환의지를 표출한다.

밤이라는 시간은 고요함과 어두움을 동반하여 사람을 감상적으로 만든다. 낮의 활기가 사라진 밤에 사람들은 생각이 많아지게 되는데, 비극에 처한 사람은 이때 더한 슬픔을 느끼게 된다. 정희득 또한 밤 시간에 더욱 고통스러워하며 고향과 가족을 그리워한다.

① 밤에 꿈을 꾸었다. 滄海 만릿길을 밟아서 건너가니, 고향집 꽃과 나무가
　그대로 있어 평일에 보던 바와 같았다. 깨자마자 일어나 앉아 서쪽을 바
　라보니 슬프기만 하다.[87]

② 꿈에 奇兒를 보고, 서글피 일어나 앉았다. 가엾다, 제 아버지라고 부를 사
　람 없거늘, 어디서 또 어머니라고 불러 볼 것인가. 그 외로움을 생각하니,
　흐르는 눈물을 금치 못하겠다.[88]

③ 網羅難絆枕邊魂　　고향 그리는 넋 그물로도 얽어매기 어려워
　渡海穿雲繞故園　　바다 건너 구름 넘어 고향 간 꿈
　如何添得今宵漏　　어떻게 하면 오늘 이 밤 좀더 길게 하여
　訴盡胸中無限冤　　가슴 속 무한한 한 모두 호소해 볼꼬

　三夜飛雲繞夢深　　한밤 꿈에 구름만 짙으니
　覺來冤淚自沾衿　　원망스런 눈물이 절로 옷깃 적시네
　孤魂一片應奔月　　한 조각 외로운 혼아 달로 달려라
　須照天涯未死心　　하늘 끝에 죽지 못하는 마음을 비춰 주고파[89]

　①~②는 각각 그날 일기의 전문이다. 비교적 짧은 글인데, 모두 밤에
꿈을 꾼 일을 기록하고 있다. ①에서는 꿈에 고향을 다녀온 후 서글퍼하
고, ②에서는 꿈에 큰 아이를 본 후 부모 없이 외롭게 있을 아이를 생각하
고 눈물을 흘리고 있다. 고향을 가고, 고국에 있는 아이를 만나는 꿈은 고
향에 돌아가고자 하는 정희득의 간절한 염원이 꿈속에서나마 실현된 것이
다. 그러나 이것은 꿈일 뿐, 실제로 실현되기 어렵기에 정희득은 꿈에서
깬 후 슬퍼하며, 눈물을 흘린다.

---

87 夜夢. 踏過滄海萬里, 家鄕花樹, 依然若平日所見. 覺來起坐, 西望悽然.－鄭希得, 『月
　峯海上錄』, 「海上日錄」, 1598年 2月 22日.
88 夜夢見奇兒, 怊然起坐. 憐渠無父可呼, 何處又喚孃也. 思其子子, 不禁淚注.－鄭希得,
　『月峯海上錄』, 「海上日錄」, 1598年 6月 23日.
89 鄭希得, 『月峯海上錄』, 「卷二」, 〈夢覺記懷【二首】〉

③의 시 또한 꿈에 관한 것으로, 제1수에서는 고향 가는 꿈을 꾸고 어떻게 하면 이 밤을 더 길게 할 수 있을까 하소연하고 있다. 현실에서는 고향에 돌아가지 못하고 일본에 억류된 상태이기에 꿈 속에서나마 오래도록 고향에 있고 싶은 것이다. 제2수에서는 반대로 꿈에 고향을 가지 못하고 구름만 짙어 원망스런 눈물을 흘리고 있다. 정희득은 고향 가는 꿈을 꾸었을 때도 현실로는 귀환이 이루어지지 않음에 슬퍼하고, 고향 가는 꿈을 꾸지 못했을 때는 꿈에서조차 귀환이 이루어질 수 없음에 더욱 서러워한다. 귀환할 수 없음에 이토록 서글퍼한다는 것은, 돌려서 생각하면 결코 포기할 수 없는 귀환에 대한 의지를 간절히 표출한 것이라 할 수 있다.

조선과 일본은 바다를 사이에 두고 있다. 바다는 배와 날씨의 도움이 있어야만 건너갈 수 있기 때문에 귀환의 큰 장애물이다. 무엇보다 조선으로의 귀환은 바다를 통하지 않고는 이루어질 수 없다. 정희득은 억류기간 동안 여러 차례 산에 올라 조선이 있는 서쪽의 바다를 바라보며 고국으로 돌아가지 못하는 슬픔을 토로한다.

① 홀로 산꼭대기에 올라 서쪽을 바라보고 통곡했다. 널찍한 바다는 하늘에 닿았는데 이 몸은 좁쌀인 듯하구나.[90]

② 地盡滄溟闊　　땅이 끝난 곳에 바다가 넓고
　　天窮島嶼孤　　하늘이 다한 곳에 섬이 외롭다
　　臨風一痛哭　　바람 향해 한번 통곡하고는
　　悵望海西隅　　바다 서쪽 처량히 바라보네

　　思君一掬淚　　그대를 생각하는 한 줄기 눈물
　　爲灑寒江渚　　차가운 강가에 뿌려 보노라
　　滔滔流不窮　　도도히 흘러 쉬지 않나니
　　應向七山去　　아마도 칠산으로 향해 가리라[91]

90　獨上絶頂, 西望痛哭. 滄海連天, 此身如栗.-鄭希得, 『月峯海上錄』,「海上日錄」, 1597年 12月 19日.

①은 1597년 12월 19일 일기의 전문이다. 일본에서 억류생활을 하면서도 활동이 비교적 자유로웠던 정희득은 혼자서나 형님과 함께, 또는 동료들과 함께 산에 오른다. 산이라는 높은 곳에 오르면 더 멀리 볼 수 있기 때문에 고국을 조금이라도 볼 수 있지 않을까 하는 마음 때문일 것이다. 하지만 넓은 바다는 하늘과 맞닿아 있어 그 광활한 넓이만 알려줄 뿐, 그 너머는 볼 수가 없다. 정희득은 바다 너머 고국이 그리워 서쪽 바다를 보고 통곡하지만, 바다는 넓고 자기 자신은 좁쌀만큼 작아 바다를 건너는 게 얼마나 어려운 것인지를 다시 한번 느끼고 슬퍼한다.

②의 시 제1수에서는 하늘과 맞닿은 넓은 바다가 고국 가는 길을 막고 있는 좌절감과 바다 서쪽 보이지 않는 고국을 그리워하는 마음을 읽을 수 있다. 또한 바다 위 외로운 섬은 정희득의 외로운 마음을 대변하고 있다. 제2수에서는 바다와 관련하여 고국이 아닌 아내를 떠올리고 있다. 여기에서 '그대[君]'는 임금이 아니라 아내로 생각되는데, 정희득이 흘린 눈물이 '칠산으로 향해 가리라'는 것에서 알 수 있다. 칠산 앞바다는 정희득의 어머니와 아내 등이 바다에 빠져 자결한 곳이기 때문이다. 자신의 눈물이 강에서 칠산으로 향해 가는 것은 아내를 그리워함을 의미한다. 그리고 바다를 따라 고국으로 가고자 하는 마음을 대변한 것이다. 해외체험의 시작이자 비극의 원점으로 돌아가고자 하는 것이다.

정희득은 일본에서 일상 생활을 하며 보게 되는 거의 모든 것들에서 슬픔을 느낀다. 꽃을 보아도 새를 보아도 그는 고국을 떠올리고 자신의 불쌍한 처지를 생각한다. 귀환하지 못하는 이상, 그는 결코 이 슬픔에서 벗어날 수 없는 것이다.

① 우연히 시장에 갔다가, 조롱 안에 든 외로운 새를 보았다. 그 조롱으로 둘러 간힌 정상이 바로 내 몸과 같다. 몇 마디 슬피 우는 소리를 들으니 하늘 끝에서 돌아가지 못하는 사람의 슬픈 회포가 갑절이나 간절했다.[92]

---

91 鄭希得, 『月峯海上錄』, 「卷二」, 〈西望痛哭【二首】〉

② 雙飛棲鳥集深枝　쌍쌍이 날다 쉬는 새 무성한 가지에 모이어
　雄逐其子母哺雛　수놈은 그 아들 따르고 어미는 새끼에 모이 먹인다
　可以人而不如鳥　사람으로서 저 새보다 못해서 되겠는가
　煢煢孤影向何之　근심스러운 외로운 그림자 어디로 갈꼬[93]

　정희득은 우연히 매화가 핀 것을 보고 고국에 있을 때 매화를 심었던 일을 떠올리고 힘들어 하기도 하고, 조선에서 잡혀 온 駿馬를 보고는 준마가 주인을 그리는 마음이 자신의 마음과 같을 것이라고 하며 우러러 나오는 심회를 이루 말할 수 없다고 한다. 이렇듯 정희득은 작은 미물에게도 자신의 불쌍한 처지를 동일시하고, 조금이라도 고향과 관계된 것을 보면 과거를 떠올리고 마음 아파한다.

　날개를 펼치고 비상하는 새는 자유의 상징이기도 하다. 억류되어 있는 정희득에게 자유로운 새의 날개짓은 부러움의 대상일 것이다. 그런데 새 또한 정희득처럼 자유롭지 못한 경우가 있다. ①에서 정희득은 조롱 안에 든 새를 자신의 처지와 동일시하며 슬퍼한다.[94] 이때 정희득은 '하늘 끝에서 돌아가지 못하는 사람'이라 하여 자신이 느끼는 고국과의 거리가 얼마나 먼 가를 드러내고, 슬픈 회포가 배가 된다 하여 꼭 돌아가고 싶은 마음을 드러낸다. ②의 시에서는 조롱 속에 홀로 갇혀 있는 새와 반대로 자유롭게 날아다니며 가족과 함께 있는 새가 등장한다. 조롱에 든 새를 자신과 동일시했던 정희득은, 암수가 쌍쌍이 날며 새끼들을 챙기는 모습을 보고는 자신의 처지가 새만도 못함을 하소연한다. 이미 아내가 세상을 떠났으니 쌍쌍이 함께 하는 것은 이룰 수 없지만, 고향으로 돌아가 자식을 돌보고자 하는 아버지의 간절한 마음이 반영되어 있다.

92　偶到市邊, 見籠中孤鳥. 其籠裏羈繫之狀, 正類吾身. 聞數聲悲啼, 天涯未歸之人, 悽懷倍切.-鄭希得, 『月峯海上錄』, 「海上日錄」, 1598年 2月 15日.

93　鄭希得, 『月峯海上錄』, 「卷二」, 〈見雙鳥有感〉

94　조롱 안의 새와 관련해서는 〈歎籠雉〉, 〈見籠中孤鳥有感【三首】〉과 같은 시가 권2에 실려 있다.

일본에서 계절이 바뀌고 해가 바뀐다는 것은 억류생활이 길어지고 아버지를 보지 못한 시간이 길어진다는 것을 의미한다. 또 시간이 흐를수록 돌아가지 못한다는 사실에 초조함이 늘어가기 마련이다. 시간의 흐름을 깨닫게 될 때, 정희득은 더욱 귀환하지 못하는 현실을 슬퍼한다.

① 햅쌀을 보고 문득 객지의 세월 가는 것에 놀랐다. 고향 생각 갑절이나 더하고, 비감한 눈물이 가슴속을 적셨다.[95]

② 每逢佳節倍多情　아름다운 철 올 때마다 고향 생각 더해
　忍折菖蒲泛酒舡　창포 꺾어 술잔에 띄워 보네
　一盃奠罷千行淚　한잔 술로 제사 마치니 나는 건 눈물
　都入薫風作雨聲　흡사 여름날 비 듣는 소리네

　門巷家家五色旗　거리거리 집집마다 오색 깃발
　腰間木劍有雄雌　허리에 찬 나무칼도 자웅이 있네
　但看隔水爭投石　물가엔 다투어 돌 던짐만 보일 뿐
　不見鞦韆百尺絲　그네 뛰는 모습은 볼 수가 없네

　處處蒿人懸屋角　곳곳마다 쑥대 사람을 집모퉁이에 달았고
　家家角黍薦時薪　집집마다 각서를 신물로 조상께 드린다
　莫言今日是端午　오늘이 단옷날이라 말하지 말라
　客裏不堪逢令辰　객지에서 명절 만남 못내 괴로워[96]

③ 家政이 부채를 보내 왔다. 문득 생각하니 고향에도 쇠를 녹이는 더위가 있을 텐데, 늙으신 아버지의 잠자리는 누가 있어 시중들까? 자식이 있어 불효할 바엔 죽는 것만 못함이 이미 오래다 싶어 울고 또 울었다.[97]

---

95 見新米, 却驚天涯歲月. 鄕情倍增, 感淚沾臆.-鄭希得, 『月峯海上錄』, 「海上日錄」, 1598年 6月 15日.

96 鄭希得, 『月峯海上錄』, 「卷二」, 〈端陽日奠罷有感【三首】〉

97 家政送扇. 却憶故園流金之日, 老親扇枕, 有誰主之. 有子不孝, 不如死久矣, 痛泣痛泣.-鄭希得, 『月峯海上錄』, 「海上日錄」, 1598年 6月 27日.

　정희득은 노비가 쑥을 뜯어오자 봄이 왔음에 놀라고 슬퍼하며, 참외를 먹다가 시절이 바뀌고 햇과일이 익었음에 놀라 친구들과 서로 손을 잡고 눈물을 흘리기도 한다. 위의 ①에서는 햅쌀을 보고 세월 가는 것에 놀라 고향을 갑절이나 더 생각한다. 쑥, 햅쌀, 참외 등 계절이 바뀌면서 나오는 모든 것에 시절의 흐름을 느끼며 슬퍼하는 정희득에게 명절을 맞는 것도 당연히 슬픈 일일 것이다. 더구나 명절은 시간의 흐름을 알게 할 뿐 아니라 가족들이 모여 보냈을 과거를 떠올리게 하니 더욱 슬픈 날이 아닐 수 없다. ②는 단옷날의 아픈 마음을 표현한 시이다. 아름다운 철이 오니 고향 생각이 더하는데, 일본인들은 물가에서 다투어 돌을 던지고 그네를 뛰지 않아 풍속의 다름을 보게 된다. 조선과 일본이 같은 명절을 지내지만 풍속은 전혀 달라 타국에 있는 자신의 현실을 더욱 깨닫게 했을 것이다. 그리하여 '오늘 단옷날이라 말하지 말라'고 하며, 조선에 있을 때는 행복했던 명절을 '객지에서 만나니 못내 괴롭다'고 하여 일본에서 명절을 맞는 슬픔을 표현한다. ③은 시간의 흐름을 깨닫고 슬퍼하는 것은 아니지만, 더운 여름날에 부채를 받고 아버지를 그리워하고 있다. 쇠를 녹이는 무더운 날씨에 늙으신 아버지 곁에는 봉양할 자식이 없다. 형수와 아내 등은 죽고, 정희득과 정경득은 살았지만 멀리 일본에 있기 때문이다. 살아있으면서도 효도를 실천할 수 없는 현실에 정희득은 죄책감을 느끼며, 다시 한번 귀환할 수 없는 현실의 슬픔을 토로하여 귀환의지를 드러낸다.

　이렇듯 일본의 아파주 덕도성에 억류되어 있던 1년여의 시간 동안 귀환만을 생각했던 정희득은, 1598년 11월 3일에 家政에게 글을 써서 놓아달라고 부탁을 한다. 풍신수길이 사망하고 일본군이 철수를 하는 상황이었기 때문에 글을 써서 자신들을 풀어달라고 부탁한 것이다. 정희득은 글에서 자신들이 나이 많고 쓸 곳이 없어서 붙잡아 둔 들 이익이 없다고 설득하고, 고향으로 돌아가 늙은 아버지를 뵙고 피란 중 왜적에 잡혔을 때 목숨을 끊은 어머니의 혼을 위로하고자 한다는 것으로 귀환의 이유를 든다. 그리고 글을 쓴 지 이틀 후인 11월 5일에 가정의 사자로부터 장차 놓아 보내줄 것이라는 것을 듣게 되고, 이후 11월 22일에 출발하게 된다.

그토록 바라던 귀환이 성사되었는데, 그들의 귀환은 시작부터 고통을 동반한다. 일본인의 승인을 받아 이루어진 귀국이지만 원하는 사람을 모두 데려갈 수는 없었다. 덕룡·여금·줏비 등 노비로 일본에서도 시중을 들었던 이들을 데려갈 수 없어 아프게 이별해야 했다. 또한 이미 출발한 후에 가정의 어미가 사람을 보내 조카인 應兒⁹⁸를 빼앗아 가는데, 정희득은 비는 것 말고는 아무것도 할 수 없었다. 이렇게 정희득은 귀환의 시작부터 이별의 고통을 보아야 했고, 대마도로 향하는 과정 또한 결코 쉽지 않았다. 배를 타고 바닷길을 가는 것이었기에 배가 침몰할 뻔하는 등 날씨에 의한 어려움도 있었고, 일본인 뱃사람들이 간절한 정희득 일행의 마음을 헤아려주지 않아 그들을 설득하는 데도 어려움을 겪었다. 애초에 부산까지 일행을 데리고 가기로 했던 뱃사람들은 일본군이 모두 철수한 것을 듣고는 일행을 일기도에 내려놓고 돌아가려고 하였다. 간청을 했지만 들어주지 않아 일행은 어쩔 수 없이 일기도에 머무르게 되는 등 부산은 커녕 대마도에 가는 것조차 결코 쉽지 않은 길이었다.

정희득 일행은 일기도에 8일 간 머무르다 12월 20일에 배를 사서 출발하여 21일에 대마도 성 아래에 닿고, 22일에 배에서 내려 대마도에 상륙한다. 그런데 어렵게 대마도에 닿자마자 듣는 소식 또한 결코 좋은 것이 아니었다. 대마도에서 만나는 사람들은 모두 '철병한 뒤로는 바다 건너기가 무척 어려워졌다'⁹⁹라고 하였다. 고국이 구름결에 어렴풋이 보일 만큼 가깝지만 건너기가 어렵다는 것이다. 또한 정희득은 대마도에서 '만나는 사람의 절반은 잡혀온 사람들'¹⁰⁰이라고 기록하였는데, 이는 많은 사람들

---

98 應兒는 큰 누이동생의 딸인 것으로 보인다. 1598년 3월 16일 일기에 큰 누이동생의 둘째 딸이 아홉 살인데 자신을 따라와 지내고 있다는 기록과 권2에 〈큰 누이동생 忌辰에 제사를 마치고 應兒에게 주다(長妹忌辰奠罷贈應兒)〉라는 제목의 시를 통해 추측할 수 있다.

99 皆曰撤兵之後, 渡海極難云.-鄭希得,『月峯海上錄』,「海上日錄」, 1598年 12月 21日.

이 일본에 포로로 잡혀왔음을 보여 주는 동시에 이렇게 조선에 가깝지만 조선인들이 고국으로 돌아가지 못하고 있다는 것을 의미하기도 한다. 그리고 귀국의 어려움은 현실로 다가왔다.

정희득 일행이 도착했을 당시 대마도주 義智와 家老인 平調信은 왜경에 가 있고, 참모인 玄蘇가 대마도에 있었다. 현소는 도주가 돌아오면 부산으로 보내줄 것이라고 하여, 도주가 돌아오기 전에는 결정을 내릴 수가 없다고 하였다. 정희득 일행은 어쩔 수 없이 대마도에 머무를 수밖에 없었고, 대마도에서의 생활은 덕도성보다 훨씬 힘들었다. 정희득 일행은 절에 갇혀 출입도 못하며 지내기도 하였고, 직접 쑥을 뜯는 등 일본 본토에서 하지 않았던 노동을 하기도 하였다.

6개월 가량 대마도에 억류되면서 정희득은 덕도성 억류와 마찬가지로 귀환하지 못하는 고통을 감추지 않고 표현한다.

> ① 회백·중겸과 함께 회포를 말하고 슬피 울었다. 내가 말하기를, "죽지 못한 여생이 또 새해를 맞았으니, 이날의 정경이 더욱 가엾구나." 하였다. 이날 잡혀 왔던 허다한 사람이 와서 보고는, 눈물을 머금고 안타까워하지 않는 이가 없었다.[101]
> ② 앉아서 가는 세월 생각하니, 뉘엿뉘엿 봄 한 철이 가려 한다. 바다 빛은 아득하여 돌아갈 길 막혔구나. 홀로 禪窓에 비껴 있으니 만 갈래 시름을 이길 수 없다.[102]
> ③ 여러 친구와 함께 절 앞 시냇가에 앉았다가 서쪽으로 고국을 바라보고 심회를 말하면서 실컷 울었다.[103]

---

100 逢人半是被擄人. -鄭希得, 『月峯海上錄』, 「海上日錄」, 1598年 12月 21日.

101 與晦伯, 仲謙論懷痛泣. 余曰, 未死餘生, 又逢新年, 此日情事, 尤爲罔極. 是日被擄許多人來見者, 莫不爲之含淚咨嗟. -鄭希得, 『月峯海上錄』, 「海上日錄」, 1599年 1月 1日.

102 坐念流年, 冉冉一春將盡. 海色茫茫, 歸路具阻. 獨倚禪窓, 不勝萬端愁緖. -鄭希得, 『月峯海上錄』, 「海上日錄」, 1599年 3月 26日.

103 與諸友坐寺前溪邊, 西望故國, 論懷痛哭. -鄭希得, 『月峯海上錄』, 「海上日錄」,

④ 종일토록 등신처럼 앉았으니, 객회가 갑절이나 더하다. 시절은 이미 늦은 봄, 녹음은 땅에 깔렸고 승방은 적적한데 두견새 소리만 처량하다. 서쪽으로 구름 낀 하늘을 바라보니, 두 줄 눈물이 좍 흘러 가눌 수가 없다.[104]

①은 1599년 1월 1일 일기의 일부이다. 전쟁 중 가족을 잃고 적국인 일본에까지 끌려 와 억류생활을 하다가 겨우 풀려나 고국으로 향했으나, 다시 대마도에 억류되어 새해를 맞이하는 심정은 어느 때보다 슬펐을 것이다. 이러한 슬픔을 ①의 정희득의 말을 통해 볼 수 있으며, 같은 처지의 사람들과 슬피 우는 모습을 통해 확인할 수 있다. ②~④는 모두 하루 일기의 전문이다. 봄이 가는 것을 보며 슬퍼하며, 친구들과 고국을 바라고 보고 울고, 종일 등신처럼 앉아 우는 등 슬픔을 표현하는 것으로 그날 일기의 전체를 채우고 있다.

이렇게 세월이 흐름을 깨닫고 슬퍼하고, 바다를 보고 슬퍼하는 것은 이전 일기에도 나왔던 것이다. 그런데 대마도 억류 동안은 귀환하지 못하는 슬픔이 배가 된다. 바다가 멀어서 가지 못하는 것이 아니라 가까운데도 가지 못하기 때문이다. 대마도에서 보는 바다는 넓디넓어 고국과의 단절을 가져오는 바다가 아니다. 서쪽으로 고국을 바라볼 만큼 가까운 거리로 하루, 이틀이면 자신들을 고국으로 데려가줄 수 있는 곳이다. ②에서 바다빛이 아득하다는 것은 실제적 거리가 아니라 건너기가 불가능한 상황적 거리를 드러낸 것이라 할 수 있다. 또한 ③과 ④에서 서쪽으로 고국을 바라보고, 서쪽으로 구름 낀 하늘을 바라보는 것은 서쪽 가까이 있는 고국을 그리는 것이다. 가까운데도 갈 수 없기에 그 고통은 더욱 큰 것이다.

대마도에 재억류되는 동안에는 이렇게 일기에 직접 서술한 것 외에 일본인에게 쓴 글과 시를 통해 억류의 고통과 귀환의지를 표출하는 특징이

1599年 閏3月 26日.

104 終日塊坐, 客懷倍切. 時序已屬殘春, 綠陰滿地, 僧舍寂寥, 鵑啼悽斷. 西望雲天, 不禁雙淚之汎瀾.-鄭希得, 『月峯海上錄』, 「海上日錄」, 1599年 閏3月 27日.

나타난다. 노인이 중국에서 승인을 얻어야 조선으로 돌아갈 수 있었던 것처럼 정희득도 대마도주의 승인을 얻어야만 배를 출항하여 조선으로 돌아갈 수 있었다. 노인이 최귀문으로 귀환의지를 표현했듯이 정희득도 일본인에게 쓴 글과 시를 통해 대마도 억류의 고통을 표출하고 돌려보내 달라고 사정을 한다. 그런데 노인이 중국인과 교유하면서 안정되게 지내다가 최귀문에서 전쟁 중 타국을 떠도는 고통과 귀환의지를 표현한 반면, 정희득은 일본 억류 중의 일기와 마찬가지로 일관되게 아픔을 표현하면서 동시에 일본인에게 쓴 글과 시를 통해 억류의 고통을 표출한다. 이때 일본인에게 쓴 글과 시는 최귀문같이 공식적이고 완결된 글은 아니며, 단지 언어가 통하지 않는 일본인에게 자신의 마음을 표현하는 수단이다. 이는 대마도 억류라는 특수한 노정 때문에 나타나는 것으로, 『월봉해상록』의 다른 노정에는 거의 없는 '대마도 억류' 노정에서만 보이는 특징이라 할 수 있다.

① 글을 써서 현소에게 보이기를, "우리들이 阿波에 있을 적에 老父를 생각하여 낮밤으로 울부짖고 하늘에 호소하였더니, 하늘도 감동하여 가만히 기회를 열어 주었소. 그리하여 한번 돌아가는 돛을 달고 이 섬에 와서 흰 구름 돌아보니, 다만 한 줄기 바다만이 가로막혀 있건만, 내 걸음 더디고 더뎌 홀쩍 날지 못하였소. 그런데 어찌 장에서 벗어난 새가 도리어 장 속에 갇힌 새가 될 줄 알았겠소? 원컨대 그대는 특히 애절한 심정을 짐작하여 빨리 돌아가게 해 주면 어떻겠소? 저번에 '보름 있으면 곧 배를 띄우게 될 것'이라는 기별이 있었거늘, 보름이 이미 지났어도 아직 결말이 없음은 무슨 까닭이오?" 하였다.[105]

② 雪涕徒沾臆　　눈물 씻으려면 한갓 가슴만 적시는데

---

[105] 書示玄蘇曰, 我等之在阿州, 思念老父, 晝夜呼泣訴天, 天亦爲之感動, 默想事機以致. 一掛還帆, 已抵此島, 回瞻白雲, 只隔一帶之海, 我行遲遲, 不能奮飛. 豈意脫籠之禽, 反作入籠之鳥乎. 願左右特念至情, 俾得遄還如何. 向有望後卽得解纜之示, 而望日已過, 尙無皂白何也. -鄭希得, 『月峯海上錄』, 「海上日錄」, 1599年 1月 17日.

家山不入眸	고향 산천은 눈에 보이지 않는다
離腸隨劍刃	떠난 마음 칼로 에는 듯한데
歸夢幻莊周	돌아가는 꿈 장주로 변하여라
九十春光盡	구십일 봄빛이 다 가는데
三千客路脩	삼천리 밖 나그네 길 멀기만 하다
自嘆還自笑	스스로 한탄하다 웃나니
誰怨又誰尤	누구를 원망하고 누구를 탓하랴[106]
③ 步月腸愈裂	달빛에 거니니 창자 더욱 찢어지고
看雲眼幾穿	구름 너머 고향 하늘 몇 번이나 바라보았던가
雁兒應啄啄	여러 애들은 응당 먹을 것을 다투겠고
鶴髮想鮮鮮	아버지 머리는 아마 희끗희끗해졌으리[107]

①은 1599년 1월 17일 일기에 쓰인 글이다. 정희득은 1598년 12월 28일에 대마도주의 참모인 승려 현소를 처음 만난 자리에서 정희득 일행을 억류했던 아파수가 어버이를 그리워하는 절박한 심정을 생각해서 보내 준 것으로 늙은 아버지를 돌아가 뵙기가 한 시각이 한 해 같다고 하며 선주에게 명해 보내 달라고 글로써 사정을 하였다. 하지만 정희득의 부탁은 받아들여지지 않았고, 1월 17일에 다시 아파수가 어버이를 생각하여 자신들을 놓아준 것을 이야기하면서, 고국을 가까이 두고도 가지 못하는 억류의 고통을 토로한다. 특히 '어찌 장에서 벗어난 새가 도리어 장 속에 갇힌 새가 될 줄 알았겠소?'라고 하여 억류에서 풀려나 희망을 가졌을 때 다시 갇히게 된 고통을 비유하고 있다. 하지만 이런 간절한 사정에도 현소는 대마도주가 돌아오면 날짜를 지연하지 않고 보내줄 것이라고 대답하고 보내주지 않는다.

2월 1일에도 현소에게 글을 써 배 띄울 기약이 없어 답답함을 견딜 수 없다고 괴로움을 토로하고, 도주가 언제 올지 알 수 없으므로 도주가 올

---

106 鄭希得, 『月峯海上錄』, 「卷二」, 〈書懷示玄蘇二十八韻〉
107 鄭希得, 『月峯海上錄』, 「卷二」, 〈對馬島贈主僧玄規〉

날을 기다려 떠나야 한다면 원통하고 억울하여 병이 될 것이라고까지 말
하여 귀환의지를 표출한다. 이후에도 대마도주는 돌아오지 않고 정희득
일행은 대마도에 머무를 수밖에 없어, 정희득은 다시 여러 차례 글을 쓰게
된다. 그리고 글뿐만 아니라 일본인에게 보내는 시로도 본인의 감정을 드
러낸다. 다음의 표는 『월봉해상록』의 권2에 있는 대마도에서 일본인에게
보낸 시를 정리한 것이다.

수신자	제목	형식
玄蘇	贈玄蘇	오언절구
	書懷示玄蘇二十八韻	오언장편
	寄玄蘇	칠언절구
玄規	對馬島贈主僧玄規	오언장편
	主僧玄規求詩贈之	칠언율시
	贈主僧玄規	칠언절구

②는 현소에게 쓴 시인 〈회포를 적어 현소에게 보이다 28운(書懷示玄蘇
二十八韻)〉의 일부이다. 위의 인용된 부분에 앞서 고국이 가까운데 가지
못해 머리가 하얗게 세고 있다고 대마도 억류의 고통을 표현한 후 위에서
와 같이 봄빛이 다 가는데 나그네 길 멀기만 하다고 한탄한다. 일본인의
마음을 움직이게 해야 하기 때문에 시에는 고통스런 마음이 잘 표현되면
서도, 일본을 원망하는 표현이 없다. '누구를 원망하고 누구를 탓하랴'라고
하여 아무도 원망하지 않고, 스스로 한탄할 뿐이다. 『월봉해상록』 권2에
는 현소에게 보낸 시가 〈贈玄蘇〉, 〈書懷示玄蘇二十八韻〉, 〈寄玄蘇〉 모두
세 편이 실려 있는데, 〈贈玄蘇〉는 오언절구, 〈寄玄蘇〉는 칠언절구로 장편
인 〈書懷示玄蘇二十八韻〉에 억류의 고통이 잘 나타나 있다.
　　대마도에 있는 동안 정희득은 현소뿐 아니라 머무르고 있던 절의 주승

인 玄規에게도 시를 써서 대마도 억류의 고통을 표현한다. 현규에게 쓴 시
도 위의 표에서 보듯이 〈對馬島贈主僧玄規〉, 〈主僧玄規求詩贈之〉, 〈贈主
僧玄規〉 세 편이 있는데, 〈主僧玄規求詩贈之〉는 칠언율시, 〈贈主僧玄規〉
는 칠언절구로 비교적 짧은 시이고 오언장편인 〈對馬島贈主僧玄規〉에 대
마도 억류의 고통이 잘 나타나 있다. ③은 〈대마도에서 주승 현규에게 주
다(對馬島贈主僧玄規)〉의 일부로, 창자가 찢어지는 듯한 고통을 느끼며 고
향을 그리워하는 마음과 아이들과 아버지를 그리는 마음을 볼 수 있다.

　그런데 대마도에서 현소와 현규에게 쓴 시는 정희득이 자발적으로 쓴
것이 아니라 이들의 요청에 의해 쓴 것이다. 1599년 2월 11일에 현규가
시로 심회를 써 달라고 하자 그 뜻이 현소 등에게 보여 빨리 송환케하려
는 것을 알고 정희득은 바로 시를 짓는다.[108] 1599년 윤3월 28일에는 현소
가 시를 요구하자 놓아 보내려는 상의를 위해 청한 것이므로 마지못해 시
를 짓는다.[109] 이를 보면 정희득이 빨리 돌아가기 위해 시를 쓴 것으로,
일본인들을 설득하기 위해 본인의 감정을 간절하게 표현했음을 알 수 있

---

108 主僧 현규가 시로써 심회를 써 달라고 했다. 이것은 그 뜻이 현소와 留鎭하는 代
官에게 보여서, 빨리 배를 내어 송환케 하려는 것이었다. 나는 시를 읊는 사람이
아니지만, 부득이 얼른 지어 보였다. 현소가 가져다 보고는 한참 만에 말하기를,
"참으로 굽히기도 어렵고 잡아둘 수도 없구나." 하였다.(主僧玄規請以詩句敍懷.
蓋其意欲以示玄蘇及留鎭代官, 使之速差船還送也. 余非吟詩之人, 不得已走成示之.
玄蘇取看良久日, 眞難屈而不可留)-鄭希得, 『月峯海上錄』, 「海上日錄」, 1599年 2
月 11日.

109 현소가 글을 써 보이기를, "마땅히 시로써 슬픈 회포를 엮어 보이면 좋겠소." 했
다. 대체로 왜인의 무리는 詩句를 중히 여겨, 인물을 고르는 때에도 모두 이것을
보고 하는데, 현소의 뜻은 調信과 康幸에게 말하여 놓아 보낼 길을 상의코자 해
서 청한 것이었다. 그래서 내가 마지못해 얼른 지어 보이니, 현소가 받아보고 말
하였다. "굽힐 수도 없고, 잡아둘 수도 없구나."(玄蘇書示日, 當以詩句敍悲懷示
之可也. 蓋倭徒以詩句爲重, 取舍人物, 皆視此爲之, 玄蘇之意, 欲言於調信及康幸,
相議放還之道, 有此請. 故余不得已走成示之, 玄蘇取見謂之日, 不可屈不可留也)-
鄭希得, 『月峯海上錄』, 「海上日錄」, 1599年 閏3月 28日.

다. 그 결과 현소는 시를 읽고 '굽힐 수도 잡아둘 수도 없다'라고 탄식한
다. 일기 부분에는 시가 나와 있지 않지만 위에서 인용한 시들이 이때 쓴
것으로 추측된다.

대마도에서 괴롭게 억류생활을 하며 대마도주가 오기를 기다리던 중
1599년 6월 3일 드디어 귀환할 수 있는 길이 열린다. 정희득은 6월 3일에
중국 사신의 배가 대마도에 도착했다는 소식과 이 배로 돌아갈 수 있을
것이라는 말을 듣게 된다. 그리고 6월 9일 드디어 중국인과 함께 보내 주
겠다는 확답을 받고, 정희득 일행은 중국 사신 河應朝·王洋 등과 함께
1599년 6월 17일 드디어 출항을 하여 대마도를 떠난다.

2) 국내 노정의 고통 기술

6개월 가량을 대마도에 억류되었던 정희득은 드디어 대마도를 출발하여
조선으로 향하게 되었다. 그런데 대마도에서 부산으로 가는 과정에서 또
다른 위기를 겪게 된다. 그리고 부산에 도착했다고 해서 모든 노정이 끝난
것이 아니다. 고향인 함평으로 가는 노정이 남아 있기 때문이다. 『월봉해
상록』에는 이렇게 일본에서 풀려나는 것에서 끝나는 것이 아니라 부산에
서 고향인 함평에 이르기까지 조선에서의 노정도 일기로 기술되어 있어
임진왜란기에 포로로 해외체험을 했던 사람들이 조선에서 겪었던 고통까
지도 보여 준다.

먼저 정희득 일행은 대마도에서 부산으로 향하던 중 뜻 밖의 어려움을
겪게 된다. 1599년 6월 17일에 출항을 하였는데, 출항한 지 3일 만인 6월
20일 일본인의 저지를 받게 된 것이다.

① 바람에 막혀 한 모퉁이에 머물러 있었다. 내일은 장차 바다를 건너려 하
는데, 왜놈 賀兵衛란 자가 星火같이 달려와 우리의 배를 저지시켰다.[110]

---

110 阻風留住一隅. 明將渡海, 而倭奴賀兵衛者, 星火馳來, 阻我歸船.-鄭希得, 『月峯海

② 배를 돌려 되돌아왔다.[111]

③ 배를 포구에 매었다. 그 까닭을 알 수 없기에 온 배안이 창황하여 눈물을 흘렸고, 중국인들도 모두 낯을 가리고 울었다. 왜인들이 河·汪 등 5인을 말에 태워 府中으로 돌아가니, 곧 平義智의 鎭이었다.[112]

④ 倭使가 또 와서 배 안에 있는 文牒을 모조리 수색해 가고, 이날 저녁 왜사가 또 와서 중원과 나를 불러 갔다. 형님도 따라갔다. 날이 어두워서야 부중에 도착했다.[113]

①~④는 6월 20일부터 23일까지 연속된 날 일기의 전문들이다. 짧은 일기이지만 ①~③에는 일본인 하병위가 나타나 갑작스레 배를 저지하여 배를 돌리고 포구에 배를 매는 과정이 나와 있는데, 이유를 알 수 없어 중국인들까지 모두 눈물을 흘리고 있다. 일본인들은 중국 사신들을 태워 데리고 가고, 6월 23일에는 배의 문첩을 모두 수색하고 정희득 일행 또한 데리고 간다. 이때의 사건은 일본에 있던 중국 사신 劉萬壽와 茅國科가 공을 다투어 생긴 일로, 6월 24일에 모두 배로 돌아오고, 25일에 다시 출발하여 어려움은 곧 끝나지만 겨우 대마도에서 출발하게 된 정희득 일행에게는 매우 큰 고통이었을 것이다. 이후 정희득 일행은 6월 26일과 28일 바람에 막혀 머무른 후 6월 29일에 부산에 도착한다.

① 바람이 순하여 닭이 울자 배를 띄웠다. 어스름 저녁에 부산 앞 바다에 닿으니, 첨사 李宗誠이 작은 배를 타고 나와 맞이하는데 金帶玉頂 차림으로 우리를 영접하여 주선하였다. 우리들은 귀신 지옥 캄캄한 밤중에 있은 지 3년이 되어 오늘에야 조관의 풍채를 보니 슬픔과 기쁨을 형언할 수 없었

上錄』, 「海上日錄」, 1599年 6月 20日.

111 回船而還.-鄭希得, 『月峯海上錄』, 「海上日錄」, 1599年 6月 21日.

112 繫船浦口. 莫知其由, 一船蒼黃垂涕, 華人等亦皆掩泣. 倭徒以河汪等五人, 騎馬還府中, 卽平義智之鎭也.-鄭希得, 『月峯海上錄』, 「海上日錄」, 1599年 6月 22日.

113 倭使又來, 盡搜船中文牒而去, 是夕倭使又來, 招仲源及我, 而舍兄亦隨之. 日昏到府中.-鄭希得, 『月峯海上錄』, 「海上日錄」, 1599年 6月 23日.

다. 종성이 우리 배를 끌어 부산진 앞 포구에 대었다. 하·왕 등 5인과 왜 노꾼(倭櫓) 9명은 중국 배에 옮겨 탔다. 그때 중국 군사는 부산 포구에 진 을 치고 있었으며, 선상의 장수는 곧 兪千摠이라 했다. 우리들은 배에서 내려 이종성의 鎭中에 있었는데, 接伴官 劉夢龍이 와서 보고 이내 데리고 가 그의 처소에서 잤다. 등불 밑에서 장계의 초본을 작성했다.[114]

② 林子敬이 이 장계의 초본을 가지고 바로 서울로 가고 중원과 자평도 따라 갔다. 우리 형제는 覲親하기가 급했지만 중국 장수와 이종성이 만류해서 가지 못하니, 심사가 답답했다.[115]

위의 글 ①은 부산에 도착한 날 일기의 전문이다. 강항이 부산에 도착 했다고만 서술한 데 반해, 정희득은 첨사 이종성이 금대옥정 차림으로 작 은 배를 타고 맞이하는 상황과 조관의 풍채를 보니 슬픔과 기쁨을 형언할 수 없다고 자신의 심리까지 표현하고 있다. 또한 접반관 유몽룡이 일행을 데리고 가 그의 처소에서 자고 장계의 초본을 작성하는 등 부산에 도착해 서의 상황을 볼 수 있다. 그리고 ②는 7월 1일 일기의 전문으로 빨리 고향 으로 가 아버지를 뵙고 싶으나 중국 장수와 이종성이 만류하여 가지 못하 는 상황이 나타나 있다.

임진왜란 때 일본인에게 잡혀 타국인 일본까지 이송되어 오랜 억류생활 을 하다가 조선으로 돌아온 사람은 6,300여 명에 불과하다. 9~14만여 명 이 잡혀 갔다고 추정할 때 이렇게 돌아온 극히 일부의 사람은 행운아라고 도 할 수 있다. 하지만 어렵게 조선으로 돌아온 사람들에 대한 대우는 좋

---

114 風順, 鷄鳴發船. 薄暮到泊釜山前洋, 僉使李宗誠乘小舸來迎, 見宗誠腰金頂玉, 延接 周旋之儀. 我等處在鬼域長夜之中者, 三載于玆, 而今日得覩漢官威儀, 悲喜難狀. 宗誠引我船到釜山鎭前浦口. 河汪等五人及櫓倭九名, 則移載于唐船. 時天兵列陣于 釜山浦口, 唐船將乃兪千摠云. 我等則下船在李宗誠鎭中, 接伴官劉夢龍來見, 仍帶 去而止宿其所焉. 燈下成啓草.-鄭希得, 『月峯海上錄』, 「海上日錄」, 1599年 6月 29日.

115 林子敬持此啓草, 直向京中, 仲源子平亦從之. 吾兄弟則急於歸覲, 而唐將及李宗誠 留之, 使不得行, 心事憫切.-鄭希得, 『月峯海上錄』, 「海上日錄」, 1599年 7月 1日.

지 못했다. 요네타니 히토시는 조선 사료에, 포로의 본국 귀환을 기록한 기사는 많지만 귀국 후의 대우 조치가 분명한 기사는 네 건(1600년, 1602 년, 1603년, 1604년)에 불과하며 대마도에서 파견한 사선으로 송환된 포로 들에게는 이러한 특전이 주어진 사례를 찾아볼 수 없다고 하였다.[116] 이후 사절들이 데리고 귀환한 경우는 더 심하여 1625년 3월 146명의 포로를 쇄 환해 온 사절이 부산에서 서울을 향해 출발할 때 사절의 말 앞을 가로막 고 엎어지며 포로들이 울부짖는데, 고국에 막상 오긴 했으나 의지할 곳도 없고 고향으로 향하는 길도 찾지 못하겠다는 울부짖음이었다.[117] 정희득은 전쟁이 끝난 직후인 1599년에 부산으로 돌아왔는데, 이때 돌아온 사람들 에게 양식, 말 등 어떠한 것도 제공되지 않아 자신의 힘으로 고향으로 이 동해야 했음을 일기를 통해 확인할 수 있다.

1599년 7월 3일 정희득의 형 정경득이 먼저 김해로 출발하고, 7월 4일 에 정희득도 부산에서 출발한다.

① 중겸과 호인을 남겨 두고, 나 혼자 떠나 김해로 향했다. 종일 혼자 걸으며 두 번이나 나룻배를 건너 아득히 풀밭을 지나니, 路上의 고초는 말할 수 가 없다. 밤 二更에 김해에 당도하여 잤다.[118]

② 자루에 쌀이 떨어져 길을 떠나지 못하고, 마을에 다니며 구걸하니, 舊穀은 이미 다 되었고 新穀은 아직 익지 않아, 종일 얻은 것이 매우 적었다.[119]

③ 새벽에 떠났다. 길이 묵어 풀이며 나무가 하늘에 닿았다. 종일을 가도 인 적을 볼 수 없고 길옆에는 白骨이 쌓여 있었다. 물어보니 우리 군사와 적

---

116 요네타니 히토시, 「사로잡힌 조선인들−전후 조선인 포로 송환에 대하여−」, 『임 진왜란 동아시아 삼국전쟁』, 휴머니스트, 2007, 105~107쪽.

117 민덕기, 「임진왜란에 납치된 조선인의 귀환과 잔류로의 길」, 『한일관계사연구』 20, 한일관계사학회, 2004, 139쪽.

118 留仲謙好仁而我獨發向金海. 終日踽踽, 再渡津船, 遠涉平蕪, 路上艱苦, 不可勝記. 夜二更, 得到金海留宿.−鄭希得, 『月峯海上錄』, 「海上日錄」, 1599年 7月 4日.

119 糧橐傾盡, 不能登途, 乞於村落, 而舊穀已盡, 新穀未登, 終日所得甚些.−鄭希得, 『月峯海上錄』, 「海上日錄」, 1599年 7月 5日.

병이 싸웠던 곳이라 했다. 昌原 마을에서 잤는데 마을 이름은 南山이라
했다.[120]

④ 大捷碑를 지나서, 雲峯 땅 조그만 산중의 마을에서 잤다. 비가 와서 하늘
은 매우 어둡고 호랑이가 낮에도 울고 다녀, 고생이 말할 수 없었다.[121]

⑤ 큰비가 내리고, 또 형님이 발을 다쳐 부득이 하루를 묵었다.[122]

7월 3일 부산을 출발하여 함평 도착 전날인 7월 19일까지의 일기는 다
른 노정의 일기에 비해 비교적 짧다. 하지만 단 하루도 빠짐없이 기록되어
있으며, 짧은 글 속에도 이동 중의 어려움을 잘 파악할 수 있다. 하루도
빠짐없이 기록했다는 것은 1597년 11월에 4일간, 1598년 4월과 1598년 7
월에 5일간, 1598년 9월에 4일간 등의 일기만 기록하고 있는 것과는 대조
적으로, 고향으로 향하는 하루하루가 모두 중요하고 고통스런 노정이었음
을 대변해 준다.

①은 1599년 7월 4일 일기의 전문으로 혼자 걸으며 두 번 나룻배를 건
너는 등 길 위에서의 고초를 볼 수 있으며, ②는 7월 5일 일기의 전문으로
쌀이 떨어져 구걸까지 하는 상황을 볼 수 있다. ③은 7월 7일 일기의 전문
으로 길이 묵어 풀과 나무가 하늘까지 닿고, 인적이 없고, 길 옆에 백골이
쌓여 있는 등 전쟁 후 피폐화된 조선의 모습을 확인할 수 있다. ④는 7월
14일 일기의 전문으로 비가 와서 하늘이 어둡고, 호랑이가 낮에도 우는 등
정희득의 고생스런 노정을 볼 수 있으며, ⑤는 7월 15일 일기의 전문으로
고생스런 노정 속에 형이 발을 다치는 상황까지 나와 있다. 7월 11일에는

---

120 曉發行. 道路荒蕪, 草樹連天. 終日行行, 不見人跡, 只有路傍白骨委積. 問之則我兵
與賊交兵之處云. 宿于昌原村, 村名南山云.-鄭希得, 『月峯海上錄』, 「海上日錄」,
1599年 7月 7日.

121 過大捷碑, 宿雲峯境, 山中小村, 而雨天漆黑, 虎豹晝號, 酸苦不可言.-鄭希得, 『月
峯海上錄』, 「海上日錄」, 1599年 7月 14日.

122 大雨, 且舍兄足傷, 不得已留住.-鄭希得, 『月峯海上錄』, 「海上日錄」, 1599年 7月
15日.

尹景珞이라는 사람이 대접을 해주고, 7월 16일에는 남원 부사가 쌀을 주는 등 도움을 받기도 한다. 하지만 대체적으로 정희득은 힘든 노정을 거쳐 고향인 함평으로 향하게 되고, 부산에서 출발한 지 18일째인 7월 20일에 함평의 집에 도착한다.

① 집에 도착했다. 부친은 성내에 가셨다가 밤에 돌아오셨다. 손을 잡고 통곡했다. 모친은 하나의 나무 신주일 뿐이었다. 모친과 형수·아내·누이동생의 海中의 변고를 되짚어 생각하니 망극하기 이를 데 없다. 하늘을 부르짖고 땅을 치니 오장이 무너지고 찢어지는 듯했다. 게다가 奇兒는 이미 나이 8세라, 옷을 부여잡고 호곡하니, 이날의 심회 형언할 수 없다. 遇兒는 草洞 처가에서 기르기 때문에 당장 서로 보지 못하니 더욱 애련했다. 집은 불탔고 골목은 바뀌어졌으며, 촌락은 빈 터를 이뤄, 사람들이 옛 모습이 아니었다. 슬펐지만 오직 돌아와 노부를 모시게 된 것이 이 세상의 다행이었다.[123]

② 草洞에 가서 장모님을 뵙고, 遇兒를 데리고 왔다. 나이 벌써 6세이다. 사람은 죽어도 흔적은 남았다. 지난 일 아득하여 애절한 심회 어찌 말로써 다 하리오.[124]

①은 고향 함평의 집에 도착하는 1599년 7월 20일 일기의 전문이다. 아버지의 손을 잡고 통곡하고 죽은 어머니와 아내 등을 생각하며 하늘을 부르짖는 모습에서 고생 끝에 아버지를 만난 기쁨보다 가족을 잃은 한에 괴로워하는 모습을 볼 수 있다. 또한 큰 아이를 보고 울고, 둘째 아이가 처

---

123 到家則父親入城夜還, 而握手痛哭. 母親一木主而已. 追思母親及嫂妻妹海中之變, 罔極罔極. 叫天扣地, 五內崩裂. 加以奇兒年已八歲, 牽衣呼哭, 此日懷抱, 不可形言. 遇兒養在草洞聘家, 故不卽相西, 尤可憐也. 家舍灰燼, 巷陌變易, 村落成墟, 人面非昔. 觸目悲酸, 而惟以歸侍老父, 爲此生之幸耳.－鄭希得, 『月峯海上錄』, 「海上日錄」, 1599年 7月 20日.

124 往拜草洞聘母, 帶遇兒而還. 年已六歲. 人亡跡在. 往事蒼茫, 傷慟之懷, 何可容說.－鄭希得, 『月峯海上錄』, 「海上日錄」, 1599年 7月 28日.

가에 있어서 보지 못한 것을 아쉬워하고 있는 등 가족에 대한 마음으로 이날 일기의 대부분을 채우고 있다. 하지만 마지막에는 집은 불탔고 골목은 바뀌어졌으며, 촌락은 빈 터를 이뤄, 사람들이 옛 모습이 아니라고 하여 전쟁 후 피폐해진 고향의 모습도 보여주고 있다. 정희득은 고향에 도착한 것으로 일기를 끝맺지 않고 처가에서 둘째 아이를 데리고 온 7월 28일 일기로 「해상일록」의 기록을 끝맺는다. ②가 「해상일록」에 기록된 마지막 날인 1599년 7월 28일 일기의 전문으로 장모님을 뵙고 둘째 아이를 데리고 온 일을 기록하고 '지난 일 아득하여 애절한 심회 어찌 말로써 다 하리오'라는 말로 일기를 끝마치고 있다.

임진왜란 때 일본으로 잡혀간 사람 중 조선으로 돌아온 사람은 일부에 불과하다. 9~14만으로 추정되는 사람 중 6,300여 명만이 돌아왔으니 돌아온 것 자체만으로 행복할 것이라 결론지을 수 있다. 하지만 힘들게 부산에 도착한 이들에게 국가는 대책을 세워주지 못했고, 그들은 자신의 힘으로 힘겹게 고향을 찾아가야 했다. 정희득은 부산에서 고향으로 향하는 힘든 노정을 하루도 빠짐없이 기록하여 조선에서의 어려움을 보여준다. 강항, 노인의 실기에는 없는 조선에 도착한 후의 노정까지 기술하여 임진왜란기 호남의 포로실기가 보여줄 수 있는 경험의 폭을 넓혔는데, 고향에 도착하고 자식을 만나는 것까지 기록하여 해외체험 노정의 진정한 마무리를 보여준다고 하겠다.

4. 『月峯海上錄』과 『萬死錄』·『丁酉避亂記』의 관계

임진왜란기 호남의 포로실기 문학은 총 다섯 편이다. 그런데 이 중 정경득의 『만사록』과 정호인의 『정유피란기』는 정희득의 『월봉해상록』과 긴밀한 상관관계를 맺고 있다는 특이점이 있다. 정희득은 형 정경득, 집안 사람 정호인과 해외체험 노정을 함께 하였고, 정경득과 정호인도 각각 해

1986년 함평군향토문화연구회 · 진주정씨월봉공종중회에서 영인한
『만사록』

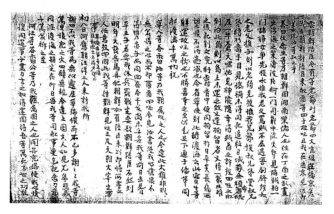

1986년 함평군향토문화연구회 · 진주정씨월봉공종중회에서 영인한
『정유피란기』

외체험 포로실기 『만사록』과 『정유피란기』를 남겼다. 그런데 그들의 실기에는 일치하는 내용이 많다. 세 사람의 실기에 모두 실려 있는 풍토기 부분은 강항의 글을 참조한 것으로 보이며, 일기 부분은 세 사람 중 대표로

일본인과 필담을 하고, 작문 능력이 뛰어나 많은 시를 남긴 정희득을 중심으로 하여 작성했을 가능성이 높다. 곧 정희득의 『월봉해상록』은 다른 두 실기 창작에 중요한 영향을 미치고 있는 것이다. 그리하여 본 장에서는 『月峯海上錄』과 『萬死錄』·『丁酉避亂記』의 상관관계만을 간략히 살펴보도록 하겠다.

정경득(1569~1630)의 자는 子賀, 호는 湖山이며 본관은 진주이다. 함평 사람으로 『월봉해상록』을 지은 정희득의 형이다. 정경득의 『만사록』은 모두 두 권으로 되어 있으며, 권1에는 「日錄」이 실려 있고 권2에는 「還故國日封疏」, 「陳賀疏」, 「日本風土記」가 실려 있으며, 이 외에도 후손들의 기록인 「禮曹完文」, 「哀八烈婦辭」, 「七山望祠壇記」가 실려 있다.

「일록」은 1597년 8월 12일 기록을 시작으로 하여, 1599년 7월 28일까지 기록되어 있는데, 이는 『월봉해상록』의 「해상일록」에 기록된 날과 시작과 끝이 같다. 「환고국일봉소」와 「진하소」는 동생 정희득과 함께 올리는 것으로 쓰여 있으며 정희득의 『월봉해상록』의 소와 거의 같다. 「일본풍토기」도 『월봉해상록』의 「부일본총도」과 거의 같은 내용이다.

정호인(1579~?)의 자는 榮伯, 호는 隱窩이며 본관은 진주이다. 임진왜란 때 18세의 나이로 집안 족숙인 정경득, 정희득 형제와 동생인 鄭好禮 등과 함께 일본에 잡혀 갔다가 함께 돌아왔다. 정호인의 『정유피란기』는 다섯 편의 실기 중 가장 늦게 세상에 알려졌다. 1973년 전라남도 문화재위원회 회의 석상에, 팔열정각의 도지정문화재 심의에 따른 참고자료로 『정유피란기』가 제출되어 처음 세상 밖으로 나왔으며, 전남대 박물관 조사팀에 의해 정호인의 친필본임이 밝혀졌다.

다섯 편의 실기 중 『금계일기』와 『정유피란기』만이 초고본이 전해지는데, 『금계일기』는 앞과 뒤가 끊어진 채 일부만 전해지고 있다. 곧 『정유피란기』만이 실기 전체가 초고본으로 전해지고 있는 것이다. 『정유피란기』는 1597년 8월 12일부터 1599년 7월 23일까지의 일을 일기로 기록한 것으로, 일기의 뒤에 「日本國地方六十六州乃八道六百三十九郡二島」라는 제목의 일본풍토기와 후손들이 康熙 20년(1681)에 쓴 「八烈婦女旌閭閣通文」
이 있다.

　이을호는 「정유피란기 해제」[125]에서 세 작품을 일자별로 비교·대조하
여 표로 제시하였으며, 『월봉해상록』과 『만사록』이 문체 字句의 선택마저
동일한 일자가 165일이 된다고 하였다. 또한 세 작품이 동일 문체로 된
것이 12일이라고 하였다. 그런데 세 작품이 같은 12일 외에도 『월봉해상
록』과 『만사록』이 같은 내용이고, 『정유피란기』에는 그 내용 중 일부만
들어 있는 것도 볼 수 있다.

> ① 家政聞我等逃出, 縛我等下船, 置于棘屋, 將盡殺之云. 德楊父子及子平兄弟
>   同時下船. 時被擄人男女在此者, 幾至千餘人矣, 會津林進士婢許弄介等亦在
>   此. 夜半與子平謀出而未遂.[126]-鄭希得, 『月峯海上錄』, 「海上日錄」, 1597
>   年 11月 23日.
> ② 家政聞我等逃出, 縛縷我等下船, 置于棘屋, 將盡殺之云. 德楊父子及子平兄
>   弟同時下船. 時被擄人男女在此者, 至千餘人矣, 而會津林進士婢許弄介等亦
>   在此. 夜半與子平謀出而未遂.[127]-鄭慶得, 『萬死錄』, 1597年 11月 23日.
> ③ 聞諸人逃出, 盡縛我等下船, 置于棘屋, 將盡殺云.[128]-鄭好仁, 『丁酉避亂

125　이을호, 「丁酉避亂記 解題」, 『호남문화연구』5, 전남대학교 호남문화연구소, 1974.
126　家政이 우리들이 도망하려던 것을 듣고, 우리들을 묶어 배에서 끌어내리고, 우리
　　안에 가둔 뒤에 장차 모조리 죽이려 한다고 하였다. 덕양 부자와 자평 형제도 함
　　께 내려졌다. 현재 포로된 남녀로 여기 있는 사람이 거의 천여 인이나 되는데,
　　會津 임 진사의 여종 許弄介도 여기 있었다. 밤중에 자평과 함께 빠져나가려 했
　　으나 이루지 못하였다.
127　家政이 우리들이 도망하려던 것을 듣고, 우리들을 묶어 배에서 끌어내리고, 우리
　　안에 가둔 뒤에 장차 모조리 죽이려 한다고 하였다. 덕양 부자와 자평 형제도 함
　　께 내려졌다. 현재 포로된 남녀로 여기 있는 사람이 거의 천여 인이나 되는데,
　　會津 임 진사의 여종 許弄介도 여기 있었다. 밤중에 자평과 함께 빠져나가려 했
　　으나 이루지 못하였다.
128　많은 사람들이 도망하려던 것을 듣고, 우리를 모두 묶어 배에서 끌어내리고, 우
　　리 안에 가둔 뒤에 장차 모조리 죽이려 한다고 하였다.

記』, 1597年 11月 23日.

④ 使德龍女今等, 採艾爲湯. 此二人在平昔, 親家所使, 而先入來此. 在珍海時, 奴僕已盡分離, 到此惟見此二人. 借於倭以代我薪水, <u>以供我朝夕</u>.[129]－鄭希得, 『月峯海上錄』, 「海上日錄」, 1598年 2月 10日.

⑤ 使德龍汝今等, 採艾作湯. 此二人在平昔, 家親所使, 而先入來此. 在珍海時, 奴僕已盡分離矣, 於此見此二**奴婢**. **故**借於倭以代我薪水<u>之役</u>.[130]－鄭慶得, 『萬死錄』, 1598年 2月 10日.

⑥ 德龍女今等, 採艾爲湯. 此二人在平昔, 族叔親家所使也 先入來在此 族叔借於倭以代薪水以供朝夕.[131]－鄭好仁, 『丁酉避亂記』, 1598年 2月 10日.

(밑줄은 『월봉해상록』과 『만사록』의 단어가 달라진 것, 짙은 색은 『월봉해상록』과 『만사록』 중 하나에는 들어있고 다른 하나에는 없는 것. 필자가 표시한 것임)

①, ②, ③은 1597년 11월 23일 일기의 전문으로, ①은 『월봉해상록』, ②는 『만사록』, ③은 『정유피란기』의 기록이다. 세 글 모두 도망하려던 것을 들켜 우리에 간힌 내용을 담고 있는데, ①에는 '幾'가, ②에는 '縷'가 추가로 들어있는 것 외에는 정희득과 정경득의 글이 같다. 또한 정호인의 기록은 정희득, 정경득 기록의 앞 부분이 같은 문구로 쓰여져 있다.

④, ⑤, ⑥은 1598년 2월 10일 일기의 전문으로 ④는 『월봉해상록』, ⑤

---

129 德龍과 女今을 시켜 쑥을 뜯다다 국을 끓이게 했다. 이 두 사람은 평일에 내 집에서 부리던 사람인데, 먼저 여기 들어와 있었다. 珍海에 있을 때 노복이 이미 다 헤어졌는데 여기에 와서 오직 이 두 사람을 보았다. 왜인에게서 빌려와 나를 대신해서 땔나무도 하고 물도 긷는 등, 나에게 조석끼니의 시중을 들었다.

130 德龍과 汝今을 시켜 쑥을 뜯다다 국을 끓이게 했다. 이 두 사람은 평일에 내 집에서 부리던 사람인데, 먼저 여기 들어와 있었다. 珍海에 있을 때 노복이 이미 다 헤어졌는데 여기에서 오직 이 두 노비를 보았다. 왜인에게서 빌려와 나를 대신해서 땔나무도 하고 물도 긷는 일을 하게 하였다.

131 德龍과 女今이 쑥을 뜯다다 국을 끓였다. 이 두 사람은 평일에 족숙의 집에서 부리던 사람인데, 먼저 들어와 여기에 있었다. 족숙이 왜인에게서 빌려와 대신해서 땔나무도 하고 물도 긷는 등, 조석끼니의 시중을 들게 했다.

는『만사록』, ⑥은『정유피란기』의 기록이다. 정희득, 정경득 집안에서 부리던 노비들이 일본에서도 그들의 시중을 들게 된 내용을 담고 있다. 이 글도 정희득과 정경득의 글은 몇 가지 단어를 제외하고는 같으며, 정호인은 중간이 조금 생략되어 있을 뿐 같은 내용을, 같은 문구로 담고 있다. 다만 정호인의 글에서는 '족숙' 집안의 이야기로 쓰고 있을 뿐이다.

위의 글들은 세 작품이 모두 같다는 12일간의 기록에 포함되지는 않았지만『월봉해상록』과『만사록』은 자구마저 거의 같고,『정유피란기』는 완전히 같지는 않지만 같은 내용을 요약해서 쓴 것임을 알 수 있다. 같은 경험을 했다 해도 이렇게 자구마저도 일치한 것은 누군가의 기록을 보고 썼거나, 함께 썼다는 것을 의미한다. 위의 글만 봐서는 정희득, 정경득의 글을 요약한 것이 정호인의 글인 것으로 보인다. 1598년 2월 10일의 일은 정희득 형제의 노비에 대한 것을 기록한 것이기 때문에 정호인이 정희득 형제 중 한 명의 글을 참고했을 것으로 추측할 수 있다.

그렇다면 정희득, 정경득은 함께 썼던 것일까, 아니면 한 명의 것을 참조하여 썼던 것일까? 만약 한 명의 것을 참조했다면 누구의 것이 먼저였을까? 현재 작성 과정에서 어떠한 일이 있었는지에 대한 기록이 없기 때문에, 선후 관계를 확정할 수는 없다. 다만 다음 몇 가지 기록을 통해, 실기 작성에 있어 정희득의 중요성을 확인할 수 있다.

① 乃亡妻生日也. 言念當時事, 碧海茫茫, 孤魂何托. 獨坐悄然, 不禁雙淚. 是夜夢中, 父親遘疾, 覺來流汗沾身. 不知親堂有何疾故, 而夢事如是耶. 愁緖萬端, 不可形言也.132-鄭希得, 『月峯海上錄』, 「海上日錄」, 1599年 1月 4日.

② 乃弟嫂生日也. 舍弟吞聲謂余日 言念當時事, 碧海茫茫, 孤魂何托. 獨坐悄然, 不禁悲淚. 是夜夢中, 父親遘疾, 覺來流汗沾身. 不知親堂有何疾故, 而夢事如

---

132 이날은 죽은 아내의 생일이다. 그때 일을 생각하니, 푸른 바다 아득한데 외로운 혼은 어디 있을꼬? 혼자 앉아 서글퍼 두 줄 눈물을 가누지 못하였다. 밤에 부친이 앓으시는 꿈을 꾸고 깨어보니, 온몸이 흠뻑 땀에 젖었다. 부친께서 무슨 병이 있으시기에 꿈결이 이러한지 알 수 없다. 시름이 만 갈래라 말로 표현할 수 없다.

　　是耶. 愁緒萬端, 不可形言也.[133]−鄭慶得,『萬死錄』, 1599年 1月 4日.
　　(밑줄은 ①과 ②의 단어가 달라진 것, 짙은 색은 ①에는 없고 ②에만 있는
　　것. 필자가 표시한 것임)
　③ 族叔夜夢中, 族祖及其小兒遘疾, 覺來流汗沾身云.[134]−鄭好仁,『丁酉避亂記』,
　　1599年 1月 4日.

　위의 글은 1599년 1월 4일의 일기 전문으로, ①은『월봉해상록』, ②는
『만사록』, ③은『정유피란기』의 기록이다. 이날은 정희득의 죽은 아내 생
일로, 죽은 아내를 생각하며 눈물을 흘리고, 아버지가 앓으시는 꿈을 꾸고
아버지께서 무슨 병에 걸리지나 않았는지 걱정하는 내용을 담고 있다. 그
리고 정경득은 일기의 첫 구절에 '乃亡妻生日也'를 '乃弟嫂生日也'로 '망처'
를 '제수'로 바꾸고, 이후 '舍弟吞聲謂余曰'을 넣어 동생이 자신에게 말해
줬다고 하여『월봉해상록』과 같은 내용을 담고 있다. 차이라면 '雙淚'를
'悲淚'로 바꿔 표현한 것 밖에 없다. 같은 날 정호인은 일기에 정희득의 그
날 일기 내용을 들은 것으로하여 간략하게 쓰고 있다. 모두 정희득이 겪은
일을 중심 주제로 하고 있어, 세 편의 실기에서 정희득의 중요성을 알 수
있다. 이는 1598년 6월 24일 일기를 통해서도 알 수 있다.

　① 得間日瘧, 意者瘧鬼嫌我之苟存, 欲我之速亡則幸矣. 揜面呻吟, 惟願速化.[135]

---

133 이날은 제수의 생일이다. 동생이 흐느끼며 나에게 말하였다. "그때 일을 생각하
　　니, 푸른 바다 아득한데 외로운 혼은 어디 있을까요? 혼자 앉아 서글퍼 슬픈 눈
　　물을 가누지 못하겠습니다. 밤에 부친이 앓으시는 꿈을 꾸고 깨어보니, 온몸이
　　흠뻑 땀에 젖었습니다. 부친께서 무슨 병이 있으시기에 꿈결이 이러한지 알 수
　　없습니다. 시름이 만 갈래라 말로 표현할 수 없습니다."
134 족숙이 밤에 그 아버지와 어린 아들이 병에 걸리는 꿈을 꾸고 깨어보니, 온몸이
　　흠뻑 땀에 젖었다고 하였다.
135 하루거리를 얻었다. 생각건대, 학질 귀신이 내 구차스레 살려는 것이 미워 나를
　　빨리 죽게 한다면 다행이다 싶었다. 낯을 가리고 끙끙 앓으며 오직 빨리 죽기만
　　바랐다.

　-鄭希得, 『月峯海上錄』, 「海上日錄」, 1598年 6月 24日.

② 憂愁中舍弟得間日瘧, 呻吟久日, 而求藥調病, 自此日始矣 戰痛情狀 熟能忍視.136-鄭慶得, 『萬死錄』, 1598年 6月 24日.

③ 族叔主患間日瘧, 呻楚中呼哭, 余亦扶救中哭呼.137-鄭好仁, 『丁酉避亂記』, 1598年 6月 24日.

　위의 글은 정희득이 하루거리에 걸려 아픈 날의 기록이다. 문구까지 같지는 않지만 세 일기에서 모두 정희득이 아픈 일을 기록하고 있다. 정희득이 세 실기에서 모두 핵심 인물이 되고 있는 것이다.

　위의 1598년 6월 24일 기록뿐만 아니라 일기 전체를 봤을 때 정희득이 정경득이나 정호인의 일을 기록한 것이 적은 반면, 정경득과 정호인은 정희득과 관련한 것을 지속적으로 기록하고 있다. 정경득과 정호인에게 있어 정희득은 일기의 주요 등장인물로 정경득의 일기에는 68회, 정호인의 일기에는 약 74회 등장하고 있으며, 정희득의 일만이 그날 기록의 전체를 채울 때가 많다.

　이에 반해 정희득은 일기에 정경득에 대해 19회 기록하고 있으며,138 정호인에 대해서는 단 5회 기록하고 있다.139 정경득에 대해 기록한 19회 중 5회는 부산에 도착한 이후의 기록140이고, 정호인에 대한 기록은 배를 타

---

136 근심 중에 동생이 하루거리를 얻어 여러 날을 신음하였는데 이날 처음으로 약을 구해 병을 간호하였다. 병과 싸우는 모습을 볼 수가 없었다.

137 족숙이 하루거리를 앓아서 신음하며 아픈 중에 소리 내어 슬피 우니, 나도 간호를 하면서 소리 내어 슬피 울었다.

138 정경득에 대한 기록은 1597년 9월 29일, 11월 22일, 11월 26일, 1598년 2월 9일, 2월 16일, 3월 14일, 7월 1일, 8월 21일, 11월 21일, 12월 16일, 12월 18일, 12월 22일, 1599년 윤3월 18일, 6월 23일, 7월 1일, 7월 3일, 7월 15일, 7월 17일, 7월 18일의 일기에 나온다.

139 정호인에 대한 기록은 1597년 9월 29일, 1598년 1월 22일, 11월 21일, 1599년 7월 3일, 7월 4일의 일기에 나온다.

140 7월 1일, 7월 3일, 7월 15일, 7월 17일, 7월 18일

고 이동할 때 2회,[141] 일본 도착 후 집을 확정할 때 1회[142]이고 나머지 2회
는 부산에 도착한 이후 이동할 때 상황을 언급한 것[143]이 전부이다. 이 5
일 중에서도 3일은 정경득에 대해서도 같이 언급한 날이다.[144] 그만큼 정
희득에게 정경득과 정호인, 그 중 정호인은 일기에 기록할 중요한 인물이
아니었던 것이다.

세 사람, 특히 정경득과 정희득은 친 형제이므로 함께 실기를 작성했을
가능성도 높다. 그리고 누군가의 기록을 참조해서 작성했을 가능성도 있
다. 현재 당시 상황을 확정할 수 없지만, 만약 누군가의 일기를 참조했다
면 그 핵심이 되는 일기는 정희득의 『월봉해상록』일 가능성이 높다. 문구
마저도 같은 일기의 내용, 일본인과의 필담을 주도하는 정희득의 모습, 정
희득의 일만으로 채운 기록의 지속적 등장 등은 그만큼 정희득의 중요성
을 부각시킨다.

또한 정희득은 정호인의 시를 단 1편 기록하고 있으며, 호인의 운을 따
라 지었다는 시 1편을 기록하고 있다. 하지만 정호인은 정희득의 시 30편
을 일기에 기록하였다. 특히 피란을 떠나는 중인 1597년 8월 12일, 9월 16
일, 9월 17일의 기록에 정희득이 쓴 시와 정호인이 이어서 쓴 시가 각 날
짜별로 1편씩 나오고, 9월 21일에는 정호인의 시가 먼저 나오고 정희득이
이어서 쓴 시가 나온다. 피란을 떠나는 정신없는 상황에서 일기를 쓰고,
정희득의 시를 베껴 쓸 시간이 없었다는 것을 감안하면 이는 후에 정리했
을 것으로 보이며 이때 정희득의 실기를 참조한 것이 아닌가 한다.

그리고 『만사록』의 경우 1902년에 최초로 간행되었기 때문에 후손들이
『월봉해상록』을 보고 수정, 가필했을 가능성도 매우 높다.[145] 또한 『만사

---

141 1597년 9월 29일, 1598년 11월 21일.
142 1598년 1월 22일
143 1599년 7월 3일, 7월 4일.
144 1597년 9월 29일, 1598년 11월 21일, 1599년 7월 3일.
145 『월봉해상록』은 1846년에 처음 간행되고, 1847년에 重刊되었다.

록』에는『정유피란기』와 겹치는 내용도 있다.『만사록』에는 호인 형제에
대한 기록이 18회에 걸쳐 나오는데, 이 중『월봉해상록』에는 없는 일자의
기록이 11회에 이르며,146 모두『정유피란기』에 구체적으로 실린 내용이
간략하게 실려 있다. 또한 1599년 6월 5일에는 호인의 어머니 생일이라고
기록되어 있는데,『월봉해상록』에는 전혀 다른 내용이 실려 있다. 1599년
2월 10일에는 호인이 오한이 일어난 내용과 동생 정희득이 슬퍼한 내용이
실려 있는데『정유피란기』와『월봉해상록』에 나온 내용이 모두 담겨 있
다. 이는『월봉해상록』에 비어 있는 일자의 일기를『정유피란기』를 보고
채워 넣었을 가능성도 배제할 수 없다.

『만사록』과『정유피란기』중 개성적인 부분이 더 부족한 것은『만사록』
이다. 정경득은 1598년 1월 6일, 1월 20일, 1월 21일, 1월 22일, 1월 27일,
1월 28일의 연속된 기록 중 1월 22일을 제외하고 모두 정희득 이야기를
기록하고 있다. 1월 27일에는 동생이 아버지 꿈을 꾼 내용을 담고 있으며,
1월 28일에는 '밤 꿈에 동생이 죽은 아내를 보고 슬픈 회포를 하소연했다
고 한다'147라는 내용만을 담고 있다. 이는 형이 동생을 사랑하는 마음이
깊어 동생에 대한 내용만을 담은 것일 수도 있다. 하지만 당사자인 정희득
의 실기가 있기 때문에 제삼자인 정경득 기록의 중요성이 감소되는 것은
어쩔 수가 없다.

정경득과 달리 같은 1598년 1월 27일에 정호인은 의승 장연이 시를 짓
자고 한 것을 거절한 내용, 1월 28일에는 동수좌가 와서 시를 짓자고 한
것을 거절한 내용을 기록하고 있어 정호인만의 일을 기록하고 있다. 또한
정호인의 일기에는 정희득, 정경득의 일기에서는 볼 수 없는 정호인 형제
만의 우애, 일본인의 시를 거절하는 모습, 글쓰는 것을 거절하여 굶주리는
모습, 정호인의 시 등이 담겨 있다.

---

146 1598년 3월 2일, 4월 4일, 5월 2일, 5월 9일, 7월 4일, 8월 15일, 9월 2일, 9월
　　6일, 9월 20일, 1599년 4월 2일, 4월 17일.
147 舍弟夢見其亡妻, 訴以哀懷云.－鄭慶得,『萬死錄』, 1598年 1月 28日.

　이렇듯 개성적인 부분이 전혀 없는 것은 아니지만 『만사록』과 『정유피란기』는 『월봉해상록』과 일치하는 내용이 많다. 일치하는 내용에 정희득이 중심 주제인 것이 많고, 정희득의 실기에 다른 두 사람에 대한 기록이 적은 점, 정희득이 작문 능력이 뛰어나 많은 한시를 남기고, 일본인과의 필담을 주도 한 점 등을 볼 때 『월봉해상록』의 중요성이 인정된다. 만약 누군가의 글을 참조했다면 그것은 정희득의 실기일 가능성이 높다. 또한 『만사록』은 간행 시기가 늦어 후손의 수정 가능성도 배제할 수 없다. 따라서 두 작품을 『간양록』, 『금계일기』, 『월봉해상록』과 같은 위치에 두기에는 무리가 있다.

제3장 호남 포로실기의 작자 의식

1. 『간양록』에 반영된 작자 의식

피랍되어 해외체험을 하게 된 당시 강항은 종사관으로 군량 운반을 돕고 의병을 모집하는 임무를 맡고 있었다. 그렇기에 그는 전쟁 중 포로로 적국을 체험하는 비극적인 상황 속에서도 개인적인 슬픔보다는 신하로서 임무를 완수하지 못하고 죽지도 못했다는 죄책감을 갖게 된다. 이는 「적중봉소」의 시작부분에서 왜적에게 잡히는 상황을 서술할 때 '分戶曹 곡식을 모집한 空名帖 수백 통이 모두 물 속에 침몰되었습니다. 직무 수행을 형편없이 하여 위로 조정을 욕되게 하였으니, 더욱 죄를 피할 길이 없습니다'1라고 죽을 뻔한 상황에서도 직책을 완수하지 못한 것을 설명하는 것에서 확인할 수 있다.

그리하여 강항은 일본에 있는 동안 신하로서 자신이 할 수 있는 일을 찾는다. 그것은 바로 적국인 일본을 적극적으로 탐색하여 일본에 대한 정보를 얻고, 이를 바탕으로 조선을 발전시키기 위한 계책을 제시하여 조정에 알리는 것이다. 강항이 체험하게 된 일본은 이웃 나라이며 전쟁의 원수이지만 조선에서는 일본에 대한 정보가 부족했다. 직접 적국을 체험하게 된 강항은 적국 탐색이라는 자신의 처지에서 할 수 있는 최대한의 일을 한 것이다. 이러한 강항의 仕宦의식은 일본에 오랫동안 머무르고, 일본 안에서 두 번 이송을 해 다양한 사람을 만나 정보를 얻을 수 있었던 노정과 맞물려 극대화를 이루었다. 그리하여 적극적으로 일본을 탐색한 결과는 「적중봉소」와 「적중문견록」에 가장 많이 드러나고 「예승정원계사」 등 다른 글에서도 조금씩 확인할 수 있다. 또 가장 개인적인 글인 「섭란사적」에서도 신하로서의 사명감은 관통하여 개인적인 비극은 감정의 표현도 없이 사건 위주로 간략하게 서술되었다.2 개인적인 슬픔보다는 국가를 위한 일

---

1 分戶曹募粟空名數百通, 並爲淪沒. 奉職無狀, 上辱朝廷, 益無所逃罪焉.-姜沆, 『看羊錄』, 「賊中封疏」

2 이에 대해 김동준은 「睡隱 姜沆의 삶과 시」(『한국한시작가연구』8, 한국한시학회,

을 중시했던 강항의 의식을 확인할 수 있는 부분이다.

강항은 조정에 올리는 「적중봉소」를 쓰면서 자신이 글을 쓰는 이유를 서술한다. 이는 임금에게 직접 설명한 것으로 작게는 「적중봉소」를 쓰는 이유이지만 크게는 『간양록』 전체의 창작 의도이기도 하다.

> 만 리 鯨海의 밖이고 구중 궁궐의 안인지라, 혹은 이 왜노들의 奸僞를 자세히 살피지 못하실 수 있을 것입니다. 전후 사신의 내왕에 있어서도 다만 가고 오기가 바쁠 뿐 아니라, 경계와 금제가 엄밀하여 얻은 것이 혹은 상세하게 구비되지 못할 수 있을 것이요, 사로잡혔다가 탈출한 사람들 또한 하천배의 무리로서 숙맥을 분간하지 못하는 자가 많아, 듣고 본 것이 혹은 정확하지 못할 것입니다. 이에 감히 체면을 무릅쓰고 기록하되, 왜승의 題判 가운데 왜의 諺書로 쓴 곳을 신이 직접 우리나라 諺書로 謄注하여, 諜人의 探問과 투항한 왜의 推問에 있어 편리하게 하였습니다. …… 중로에 차질이 없어 이 글이 睿鑑의 아래 도달된다면, 일본이란 나라가 비록 동떨어진 바다 밖에 있을지라도, 이 왜노들의 肝膽이 八彩의 앞에 환히 나타날 것이니, 갖은 방법으로 사기를 부리는 추한 놈들이지만, 반드시 만 리 밖을 환히 내다본다 하여 神으로 여기게 될 것이며, 국가의 방어하고 대응하는 경우에 있어서는 털끝만큼이나마 보익됨이 없지 아니할 것입니다.[3]

위의 글은 「적중봉소」의 처음 부분이다. 강항은 조정이 일본의 정보를

2003, 383쪽)에서 ''「섭란사적」은 강항의 관료적 소임에 따라 事後에 합리화된 문맥을 적지 않게 지니고 있다. 무엇보다 여기에는 국가와 관련된 범주에서의 개인(즉 관료로서의 개인)이 등장하여, 상대적으로 실존적 자아가 느끼는 다양한 충격과 내면적 갈등을 결여시키고 있다'라고 하였다.

3 萬里鯨海之外, 九重獸闥之上, 或未洞燭此奴之奸僞. 前後使蓋之出入, 不但往還恩遽, 戒禁嚴密, 所得或未詳備, 被擄脫歸之人, 又多氓隷之徒不分菽麥者, 所聞見或未端的. 玆敢冒昧陳錄, 倭僧題判中, 以倭諺書塡處, 臣卽以我國諺書謄註, 以便於諜人之探問, 降倭之推問. …… 無中路壅遏之患, 此書得徹于睿鑑之下, 則扶桑一域, 雖在絶海之表, 而此奴肝膽, 昭在八彩之前, 變詐百出之醜奴, 必以明見萬里爲神, 而防禦接對之際, 不無絲毫之神補矣. -姜沆, 『看羊錄』, 「賊中封疏」

제대로 얻지 못하는 이유를 첫째, '만 리 경해의 밖이고 구중 궁궐의 안'이라 하여 거리가 멀기 때문에, 둘째, 사신이 내왕해도 오고 가기가 바쁘고 경계와 금제가 엄밀하기 때문에, 셋째, 사로잡혔다가 탈출한 사람들이 하천배의 무리가 많아 듣고 본 것이 정확하지 않기 때문이라고 세 가지를 들고 있다. 강항의 상황은 이 세 가지를 모두 극복하여, 일본 속에서 여유롭게 일본을 살필 수 있으며, 제대로 판단하고 글로 쓸 수 있는 지식이 있는 양반이기 때문에 글을 쓴다는 것이다. 또한 강항은 자신의 글이 도착하면 일본이 멀더라도 환하게 알 것이므로 일본이 神으로 여길 것이며, 국가의 방어에도 조금이나마 도움이 될 것이라고 하여 국가에 도움이 되고자 이 글을 쓰고 있음을 말하고 있다.

이후 「적중봉소」를 끝마칠 때도 죄인으로서 자신의 처지와 관련하여 창작 의도를 다시 한번 말한다. 강항은 일본의 情狀이 눈 안에 들어 있으므로 이것을 알린 후에 처벌을 받아 구차하게 생활한 죄를 갚겠다고 하여, 나라의 죄인이지만 조금이나마 나라에 도움이 되고 벌을 받겠다고 자신의 의도를 서술한다.[4] 그리고 마지막에는 자신이 구차히 살았다고 하여 말까지 버리지는 말아달라며, 이 글이 정책에 도움이 될 것이라고 설명한다. 곧 강항은 신하로서 임무를 다하지 못하여 죄인이 된 처지이지만, 신하로서의 사명감을 잊지 않고 나라에 도움이 되고자 글을 쓴 것이다. 이러한 강항의 마음은 포로들에게 당부하는 글인 「고부인격」에서 '죽지 않은 것은 장차 할 일이 있기 때문이니, 의미 없이 죽는 것은 부끄러움을 씻는 것이 되지 못한다'라고 말한 것에도 볼 수 있다.[5] 그는 의미 없이 죽기보다

---

4 이와 관련하여 이채연은 『壬辰倭亂 捕虜實記 研究』(박이정, 1995, 231쪽)에서 '일본의 군제와 정세 등을 비롯해 그가 수집했던 모든 정보는 궁극적으로 일본에게 이기기 위한 자료의 수집이라는 의미도 있지만, 그 기저에는 스스로를 죄인된 몸이라 생각하고 이를 속죄하기 위한 방편의 하나로 시도된 것'이라고 보았다.

5 잠깐이나마 구차히 산 것이 어찌 鴻毛(가벼운 목숨)를 애석해 함에서랴! 8일 동안 먹지 않았으나 오히려 一息이 붙어 있음이 한스럽다. 그러나 죽지 않은 것은 장차 할 일이 있기 때문이니, 의미 없이 죽는 것은 부끄러움을 씻는 것이 되지 못한다.

는 신하로서 조정을 위한 일을 하고자 했던 것이다.

강항은 國史의 編年 및 역사서인『吾妻鏡』을 직접 얻어 보고, 일본 승려를 통해 수길이 지은『學問記』및 심유경과 문답한『書記』를 구해서 보는 등 직접 서적을 구해서 읽으며 정보를 탐색한다. 또한 「적중문견록」〈왜국팔도육십육주도〉에서 奧州에서 조선까지의 거리가 가깝다고 한 것을 기록하고 있는데 '말이 허황된 듯하나 우선 기록한다'고 하여 하나라도 놓치지 않으려고 한다. 그리고 복견성으로 이송된 후 일본의 허실을 탐지하기 위해 일부러 일본 승려와 접촉하여, 의사 意安理安과 승려 舜首座와의 교유를 통해 정보를 얻는다. 이렇듯 강항은 일부러 서적을 구해 정보를 얻고, 정보를 얻기 위해 적극적으로 일본인과 교유하며, 일본인들이 하는 말도 놓치지 않는다.

적극적으로 일본을 탐색한 결과는『간양록』에 체계적으로 정리되는데, 강항은 여기에서 멈추지 않고 탐색한 것을 바탕으로 하여 조선을 위한 계책을 제시한다. 강항은 사로잡혀 적의 소굴에서 구차하게 목숨을 부지하고 있는 처지로, 조정 정책의 득실을 논한다는 것이 참람한 일이라고 자신을 낮추었다. 하지만 옛사람에 屍諫한 사람이 있는 것처럼 국가에 조금이라도 이익될 수 있다면 죄인이라도 말을 해야 한다하여, 죄인의 처지이지만 국가에 조금이라도 이익이 되게 계책을 제시한다고 신하로서의 사명감을 보인다.

계책을 제시한 것 중 대표적인 것은 풍신수길이 죽은 후 아직 철수하지 않은 일본군을 어떻게 대처할 것인가에 대해 上·中·下 세 가지 계책을 제시한 것이다. 이 계책은 「적중봉소」에 실려 있는데, 上의 계책은 총 공격을 하여 한 척의 배도 돌아가지 못하게 하는 것으로, 이는 강항의 말이 아니라 포로되어 온 사람 중에 지모가 있는 사람들이 한 말을 인용한 것이다. 강항은 兵家의 일은 자신이 헤아릴 수 있는 것이 아니라고 하면서

(片時偸生, 豈容鴻毛之顧惜. 八日不食, 猶恨一息之尙存. 顧不死欲將以有爲, 而殺身未足以滅恥)-姜沆,『看羊錄』, 「告俘人檄」

다른 사람들의 말을 인용하여 계책의 설득력을 높였다. 中의 계책은 일본
군을 보내 주되 대마도까지 쫓아가 다시는 조선으로 향할 생각을 갖지 못
하게 하는 것이다. 강항은 中의 계책을 말하기에 앞서 일본인들의 상황이
자기 고을에 내분이 일고, 나아가도 소득이 없고 물러가도 의거할 곳이 없
을까 염려하여 급급히 철병하여 돌아가려는 것이 본심이라고 상황을 먼저
설명한 후 계책을 제시한다. 下의 계책은 일본과 화친하는 것으로 이때도
계책을 제시하기에 앞서 일본인들은 맹약을 소중히 여긴다고 먼저 설명을
하여 설득력을 높인다. 강항은 국가에 도움이 되고자 일본에 있는 상황에
서도 위와 같은 계책을 담고 있는 「적중봉소」를 작성하여 조선으로 보내
고자 하였다. 하지만 이 계책은 일본군의 철수가 끝난 후에야 조선에 도착
해 실제적인 효과는 거두지 못하였다. 하지만 이외의 다양한 계책은 앞으
로 조선을 다스리는데 충분한 도움이 될 만한 것이었다.

　강항은 조선을 위한 계책을 마련함에 있어 우선 일본인들의 정상을 통
촉해야 한다고 보았다.[6] 실제로 강항은 일본의 제도, 상황 등을 살피고 그
들의 장단점을 바탕으로 조선 제도의 단점을 파악하고 계책을 제시한다.
아무리 원수인 적국이지만 일본에도 배워야 할 점이 있다. 강항은 개인적
인 분노와 슬픔에 사로잡히지 않고 한 국가의 관료로서 다른 나라의 제도
를 객관적으로 파악하고 고국에 도움이 되는 계책을 제시하고자 하였다.
그리고 당시 전쟁 중인 상황이었으므로 강항의 계책은 전쟁, 일본과 관련
된 부분에 집중되었다.

　먼저 강항은 「적중봉소」에서 일본 군사제도의 이점을 살피고, 조선 군
사제도의 문제점을 파악한 후 이를 극복하기 위한 계책을 제시한다.

6　신이 왜노들의 형세를 관찰하건대, 우리나라를 위한 계책을 마련함에 있어 우선
　왜노들의 정상을 통촉하시와 操縱하고 伸縮하는 것을 알맞도록 해야 될 줄 아옵니
　다.(臣以倭奴之形勢觀之, 則爲我國之計, 不可不洞燭賊奴情狀, 爲操縱伸縮之宜)–姜
　沆, 『看羊錄』, 「賊中聞見錄」

① 食邑을 가진 사람이 또한 그 토지를 나누어 部曲의 공 있는 사람에게 지급하면, 부곡은 또 그 토지의 소출을 가지고 精銳하고 勇力있는 사람을 모아 양성합니다. 칼 쓰기를 배운 자, 砲를 잘 쏘는 자, 활을 잘 쏘는 자, 수영을 잘하는 자, 군법을 잘 아는 자, 달리기를 잘하는 자 등, 조금이라도 한 가지 기예가 있는 사람이면 모두 망라하여 받아들이므로, 큰 州의 守는 그 수효가 몇 만 명으로 계산되고 작은 주의 수는 몇 천 명으로 계산됩니다. 한번 공격전이 벌어지면 적괴는 여러 장수에게 명령하고, 여러 장수는 部曲에게 명령하고, 부곡은 家丁에게 명령하여 伍·兩이 군사를 거느리게 되어 있으므로, 精兵 健卒이 좌우에 있는 것만 하여도 남음이 있습니다. 그래서 그 농민은 1년 동안 농사에 전력하여 그 糧道를 공급합니다. 한 장수의 부하는 한 장수의 士卒이 되므로, 급작스럽게 징발하는 노고가 없고, 한 州의 창고는 한 주의 군량을 공급하므로 군량이 결핍될 염려가 없으니, 이는 비록 夷狄 부락의 상태이지만 그 部伍가 항상 일정하고 훈련이 되어 있기 때문에, 움직이기만 하면 공이 있는 것입니다.[7]

② 관하의 民丁 중에, 出身하여 관직이 없는 자 이하는 모두 그 수중에 맡겨 훈련을 시키고, 토지의 소출도 上供하는 田稅 이하는 모두 소속시켜 軍餉과 賞格으로 쓰게 하여 절대로 각 衙門에서 邊鎭의 士卒 및 倉積(창고에 저축된 곡식)을 침탈하지 못하게 하소서. 변장은 날마다 사졸을 훈련하고, 병기를 준비하고, 戰艦을 수리하고, 城隍을 수리하는 것으로 임무를 삼게 하소서. 일단 경계해야 할 긴급한 일이 있으면 守將이 직접 部曲을 거느리고 서로 응원하게 하면, 창고의 양곡이 남아돌고 장병들이 서로 親信하며 규모가 예정되고 권력이 손아귀에 있게 되어, 반드시 때를 당하여 窘迫하게 될 근심이 없을 것입니다.[8]

---

7 食土者又分其土, 以許部曲之有功者, 部曲又以其土之毛, 收養精銳勇力者. 學劍者, 放砲者, 引弓者, 善水者, 通曉軍法者, 急走者, 稍有一藝一能者, 並羅而致之, 大州之守則其數以累萬計, 小者以累千計. 一有攻戰, 則賊魁令諸帥, 諸帥令部曲, 部曲令家丁, 伍兩率旅, 精兵健卒, 取之左右而有餘. 其農民終歲緣南畝, 以給其粮道. 一將之部下, 爲一將之士卒, 而無倉卒徵發之勞, 州之倉庫, 給一州之軍餉, 而無兵粮匱乏之患, 是雖夷狄部落之常態, 其伍部定定, 訓鍊有素, 故動輒有功. -姜沆, 『看羊錄』, 「賊中封疏」

8 管下民丁, 自出身無官者以下, 悉委其手中訓鍊, 土地所出, 自上供田稅以下, 盡屬爲

①은 일본 군사제도의 이점에 대해 설명한 부분이다. 일본 군사제도는 칼, 포 등 한 가지 기예가 있는 사람이면 모두 받아들이므로 수효가 많다. 또 적괴에서 장수, 장수에서 부곡, 부곡에서 가정으로 전달하는 명령 체계가 잘 되어 있으며, 농민은 1년 동안 농사에만 전력하여 양식을 공급한다. 그렇기 때문에 급작스럽게 징발하는 노고가 없고, 군량이 결핍될 염려가 없다고 설명하고 있다. 이렇게 일본 군사제도의 이점 설명 후 일본과 반대인 조선의 문제점을 설명한다. 조선은 평소에 군사를 양성하지 않고 훈련받지 않은 농민을 전쟁터로 보냈으며, 장수에는 일정한 군졸이 없고, 또한 아문이 너무 많고 정령이 한결같지 않다. 강항은 이렇게 夷狄이지만 일본의 군사제도의 이점을 보고 조선의 문제점을 적나라하게 서술한 후 ②와 같이 계책을 제시한다.

②에서는 出身하여 관직이 없는 자 이하는 모두 훈련을 시키고 토지의 소출도 田稅 이하는 모두 군에 쓰게 하여 군사 수와 군량을 확보하는 방안을 제시하고 있으며, 평시에 전쟁에 대비할 수 있게 하고 있다. 이외에도 바닷가의 좋은 땅을 군공이 있는 변장에게 식읍으로 주고 유랑민으로 개간하게 하여 군인도 양성하고 軍餉도 확보하는 방안도 제시한다. 이렇게 군사를 양성하고 군량을 확보하라는 것은 누구나 제시할 수 있는 계책이라고도 할 수 있다. 하지만 직접 일본 제도와 조선 제도의 비교를 통해 제시함으로써 훨씬 설득력을 갖는다.

다음으로 강항은 일본의 성읍을 구체적으로 살피고 조선 성읍의 문제점과 계책을 제시한다. 임진왜란 중 조선의 성들이 힘없이 함락된 것을 본 강항은 일본의 성읍을 관심 있게 보았을 것이다. 강항은 먼저 일본 성읍의 위치, 기초, 창고, 문, 길, 담 등을 객관적으로 설명한다. 그리고 이렇게 만든 이유를 일본인에게 물어 일본인의 대답을 직접 인용한다. 獨山의 정상

軍餉賞格, 切勿使各衙門侵奪邊鎭士卒及倉積. 邊將日以訓士卒備器械修戰艦治城隍爲務. 一有警急, 則守將親率部曲, 以相應援, 則倉廩有餘, 將士相信, 規模豫定, 權力在手, 必無臨時窘迫之患矣. -姜沆, 『看羊錄』, 「賊中封疏」

에 세운 것은 쉽게 내려다볼 수 있게 한 것이고, 강해의 가에 세운 것은 한쪽만 방어하면 되기 때문이며, 문과 길을 하나를 낸 것은 방수가 분산되지 않게 한 것이라는 등의 일본인의 대답은 일본 성읍의 장점을 객관적으로 보여 준다. 그리고 일본과는 반대인 조선의 성읍을 설명한다.

강항은 조선 성읍을 설명할 때도 일본인들이 호남의 모든 성을 보고는 비웃었는데 담양의 금성과 나주의 금성에 대해서는 칭찬을 한 것을 통역에게서 직접 듣고 인용하여 자신의 설명에 근거를 댄다. 그리고 전쟁으로 호남과 영남의 성읍이 무너졌으니 이 시기를 이용하여 담양부를 금성산성으로 옮겨 설치하고, 근처 이민을 수합하여 성 안에 살게 하는 계책을 제시한다. 이때에는 '도로가 험하고 멀어 곡식을 내고 들이기가 불편하다'는 사람들의 불평을 예상하고 가까운 곳은 읍성에 납부하고 먼 데는 사창에 수납하는 해결책까지 같이 제시한다. 그리고 강항은 일본과의 대비는 하지 않지만 성읍과 연관하여 바닷가 진보에 대해서도 폐단을 지적한다.

이외에도 항복한 일본인을 처리하는 문제, 대마도에 대한 대처, 北을 중시하고 南을 경시하는 문제 등에 대해서도 계책을 제시한다. 강항의 기록에 의하면 당시 조선에서는 항복한 일본인들을 죽였는데, 이는 일본인들이 다시 일본으로 돌아갈 것이라는 생각 때문이었다. 강항은 일본 군사들이 어릴 때부터 부모 형제와 떨어져 살고 처자가 있더라도 얼굴 보기가 힘들어 향토나 가족에 대한 정이 없으며, 오직 먹고 입는 것만 따르므로 조선에서 잘 대해주면 조선에 복종할 것임을 설명한다. 그리고 조선을 樂國이라 말하고 진심으로 귀화하길 원하는 일본인의 모습을 통해 그 근거를 제시한다. 직접 본 일본인이 이러하므로 강항은 항복해 온 일본인들에게 衣食을 충분하게 주고 이들을 이용하여 더 많은 사람들을 귀순하게 하며, 전쟁 시 그들의 장점으로 그들의 장점을 치게 해야 한다고 설명한다. 더구나 일본인들이 조선의 남자들을 군에 충당하고 있으므로 우리도 이렇게 군사를 충당해야 한다고 계책을 제시한다.

대마도는 일본의 어떤 지역보다 조선과 깊은 관련이 있는 곳으로, 조선

과 지속적으로 사신을 보내 교류를 하였고 임진왜란이 발발할 당시 조선
에 대한 정보를 알고 있어 조선 침략에 중요한 역할을 했던 곳이다. 앞으
로도 조선은 대마도와의 관계를 끊을 수 없을 것이기 때문에 강항은 대마
도를 상대할 계책을 구체적으로 제시한다. 대마도 사신을 서울까지 올라
가지 못하게 할 것, 공납하는 기일과 선박의 척수를 미리 정할 것, 일본
본토에 조선을 침범할 음모가 있을 시 수시로 보고하도록 할 것 등 강항
의 계책은 향후 대마도를 상대하는데 큰 도움이 될 만한 것이다.

조선이 北을 중시하고 南을 경시한 폐단은 일본이 손 쉽게 조선 땅에
쳐들어 온 임진왜란을 통해 이미 증명되었다. 그렇기에 남을 중시해야 한
다는 주장은 누구나 할 수도 있을 것이다. 그렇지만 강항은 일본이 예전에
는 조선과 다름이 없었으나 關東將軍 賴朝가 전쟁을 일삼은 이래로 戰國
이 되고, 또 50년 전 南蠻의 배가 온 이후로 일본인이 포 쏘는 것을 배우
기 시작한 후 포를 잘 쏘고 전쟁을 잘 해서 예전의 일본이 아니라고 설명
한다. 더구나 우리나라의 방어는 옛날의 방어가 아니므로 근심이 백 배나
더한 것이라 하여 南을 중시해야 하는 이유를 일본에서 찾아 설득력 있게
제시한다.

강항은 관료의 신분으로 적국에 잡혀 있는 죄인된 처지였지만, 국가에
조금이라도 이익이 되려는 신하로서의 사명감 속에서 계책을 조정에 올리
려고 노력한다. 그는 2년 반 가량의 시간 동안 일본의 다양한 곳을 경험했
기 때문에 많은 정보를 얻을 수 있었고, 본인이 얻은 정보를 바탕으로 계
책을 제시할 수 있었다. 그리고 그의 계책은 일본에서 직접 얻은 정보를
근거로 하기 때문에 다른 어떤 이들의 말보다 설득력을 갖는다.

2. 『금계일기』에 반영된 작자 의식

노인은 중국인들의 도움 속에서 일본을 탈출하여 중국으로 향했고, 중

국에서 다양한 중국인들과 교유를 하게 된다. 중국을 '부모의 나라', '예의
의 본거지'라 표현하고,[9] 유교가 유입된 후 유교를 숭상하고 중국의 제도
와 문물을 본 받는 조선을 '小中華'라고 말하는 노인은 부모의 나라인 중
국에서, 중국인들의 도움 속에 안정된 생활을 할 수 있었다.[10] 전쟁 중에
포로로 일본에 잡혀가는 비극을 겪었으며 빨리 고향으로 돌아가 부모님의
시신을 수습해야 한다는 급한 마음을 가지고 있었지만, 전쟁의 위험과 일
본인의 억류에서 벗어나 유학의 본 고장인 중국을 경험하게 되면서『금계
일기』에는 노인의 유학자적 의식이 반영되어 있다.

　강항과 같은 관료의 입장이 아니었던 노인은 사환의식이나 죄책감이 크
지 않았으며, 정희득과 같이 개인적 슬픔에만 몰두하지도 않았다. 그는 유
학의 본 고장을 경험하면서, 중국의 학자들과 교유하고 강학에 참여하는
과정을 기록하고 학문에 대해 묻고 토론하며 중국의 제도에 대해서도 관
심을 갖는다. 이러한 부분만 봐서는 전쟁 포로로서 일본에 잡혀갔다가 고
국으로 돌아가는 중임을 알 수 없을 정도이다.

──────────

9 만일 여러분의 넓고 높은 사랑과 의리의 덕이 아니었다면, 어떻게 부모의 나라인
　중국에 왔겠습니까?(倘非僉君弘仁高義之德, 何敢到此中華父母之國哉)-魯認,『錦
　溪日記』, 1599年 4月 5日.
　목숨을 아껴 호랑이 굴속에서 살다가 예의의 본거지인 중국에 억지로 건너왔습니
　다.(偸生戴天於虎豹之窟, 强渡乎中華禮義根本之地)-魯認,『錦溪日記』, 1599年 4月
　14日.
10 엎드려 생각건대, 우리나라가 비록 동쪽 藩邦에 치우쳐 있으나 일단 箕子의 다스
　림이 있음으로부터 유교[吾道]가 동쪽으로 온 지 이미 오래되었습니다. 밝으신 임
　금과 성스러운 군주가 대대로 이어 내려오며 유교를 숭상하고 도를 중히 여기며,
　서로 文治를 숭상하여 왔습니다. 그러므로 공자 같은 스승이 없던 시대가 없었고,
　시를 가르치는 학교가 곳곳에 우뚝하였으며, 예악 법도와 의관 문물을 한결같이
　중국 제도를 준수하였으므로 참람되이 小中華의 이름을 얻은 것이 사실입니다.(伏
　以弊邦, 雖僻在東藩, 一自箕聖之治, 吾道東者久矣. 明君聖主, 繼世而作, 崇儒重道,
　相尙以文治. 故時中夫子, 無代無之, 而芝蘭之室, 在處巍然, 禮樂法度, 衣冠文物, 一
　遵華制, 僭得小中華之名, 亦素矣)-魯認,『錦溪日記』, 1599年 5月 15日.

　유교의 나라였던 조선의 선비가 유학자적 의식을 갖는 것은 당연한 일
이다. 강항과 정희득의 실기에서도 충효의 유학적 관념을 볼 수 있다. 하
지만 전쟁 포로로 해외체험 중에 유학자적 의식을 주된 작자 의식으로 실
기를 기록한 것은 중국체험이라는 특수성과 관료가 아니었던 상황과 맞물
린 『금계일기』만의 개성이라 할 수 있다.

　아래의 글은 양현사서원에 머무르게 된 이튿날에 수재들과 나누는 대화
로, 노인의 의식이 잘 나타나 있다.

　　일찍 일어나 의관을 정제하고 수재들의 방으로 가니, 수재들이 말하기를, "매
　　일 아침 모두 모여 서 종사의 影像에 배알하고 동서로 나뉘어 읍을 한 뒤에
　　각기 자기 방으로 물러나와 그날의 과업을 시작합니다. 노 선생께서도 이미
　　이곳에 머물게 되었으니, 우리들의 일을 따라 한결같이 이곳의 규칙을 따름
　　이 어떻겠습니까?" 하였다. 나는 대답하기를, "꼭 죽을 뻔하다가 살아나 이
　　중국에 도착하여 이러한 禮樂을 들으니 천만 다행입니다. 더욱이 외람되게
　　종사의 추천을 받아 여러분의 가르침을 받으니, 오직 不敏함을 두려워할 뿐
　　이니, 감히 가르침을 받들지 않겠습니까? 오직 선생들께서는 게으름이 없는
　　사랑[仁]을 더욱 돈독하게 하여 주십시오." 하였다.[11]

　위는 5월 13일 일기의 첫 부분으로, 12일에 양현사서원에 도착하여 하
룻밤을 묵은 후의 기록이다. 수재들이 자신들을 따라 이곳의 규칙을 따르
라고 하자 노인은 '중국에 도착하여 예악을 들으니 천만다행'이라고 하면
서, 가르침을 받들 것이니 게으름 없는 사랑을 돈독하게 해 달라고 요청하
고 있다. 노인은 살아서 고국으로 돌아갈 수 있는 것뿐만 아니라 '중국에
서 예악을 들을 수 있는 것'을 큰 다행으로 여기고 있으며 게으름 없이 가

11　早起整衣冠, 進拜秀才房, 則秀才曰, 每朝諸會, 參謁徐宗師影像, 而分東西壁參揖然
　　後, 各退房中, 以做課業. 魯先生已留院中, 隨吾儕事業, 一從院中會規否. 我答示曰,
　　萬死之餘, 到此中國聞此禮樂幸甚. 況叨承宗師之薦, 已聞諸賢之敎, 唯恐不敏, 敢不
　　承敎. 惟先生益篤不倦之仁也.−魯認, 『錦溪日記』, 1599年 5月 13日.

르쳐 달라고 요청하고 있는 것이다. 이는 강학에 참여할 수 있게 도와주는 중국인들의 호의에 대한 예의의 표현이라고 생각할 수도 있다. 하지만 고국으로 가는 것이 결정된 이후라는 점, 이후 강학 과정에 대해 구체적으로 기록하고 학문과 관련하여 적극적으로 묻는 점, 고국을 그리는 마음을 거의 표현하지 않는 점 등을 볼 때 노인의 본심이 반영된 것이라 할 수 있다.

이후 5월 15일에 서종악에게 쓴 편지에서도 이러한 노인의 유학자적 관심을 볼 수 있다. 서종악은 노인이 양현사서원의 강학에 참여할 수 있게 해 주고 유학의 의리를 토론한 자신의 저서 『閩中答問』 8권과 은 2냥 등을 노인에게 주었다. 그리하여 노인이 5월 11일에 감사 편지를 쓴 데 이어 다시 편지를 쓴 것이다. 이 편지에서 노인은 학문에 뜻이 있었으나 스승 困齋 鄭介淸 선생[12]이 죽은 후 스승이 없어 괴로웠으며, 전쟁 중에도 유학을 공부하였다 하여 항상 학문에 뜻을 두었으나 제대로 배울 수 없었던 안타까움을 표현했다. 그리고 죽을 고비를 겪은 후 중국으로 와서 서종악의 도움으로 강학에 참여하여 학문을 들으니 공자의 집안을 직접 보는 것과 같아 저녁에 죽어도 유감이 없다고 하여 중국에서 학문을 익히게 된 데 대한 기쁨을 드러낸다. 정개청(1529~1590)은 나주 출신으로, 禮學과 성리학에 깊은 관심을 기울여 당시 호남지방의 명유로 알려진 인물이다. 이러한 인물에게 유학을 공부했던 노인이, 스승이 돌아가신 후 학문적 갈

---

12 鄭介淸(1529~1590)의 자는 義伯, 호는 困齋, 본관은 固城이다. 나주 출신으로, 유년시에 보성군의 瀛州山寺에 들어가 10여 년간 성리학뿐 아니라 천문·지리·의약·卜筮 등을 강구하였다. 그 뒤 산에서 나와, 서울에서 朴淳 등과 종유하며 학문을 강구한 뒤, 만년에 전라도 무안의 海潭에 이주해 輪巖에 정사를 짓고 학문에 힘쓰며 후진을 양성하였다. 특히 禮學과 성리학에 깊은 관심을 기울여 당시 호남지방의 명유로 알려졌다. 관직생활은 46세에 북부참봉을 지낸 이후 55세에 나주훈도, 58세에 典牲署主簿, 그리고 60세 되던 해 곡성현감을 지냈다. 1590년 5월 정여립과 동모했다는 죄목으로 체포되어 평안도 위원으로 유배되었다가 다시 같은 해 6월 함경도 경원 阿山堡로 이배되고, 7월 그곳에서 죽었다.

중을 느끼다가 강학에 참여하면서 학문적 회열을 느꼈을 것임을 충분히
짐작할 수 있다.

노인의 유학자적 관심이 적극적 행동으로 드러난 것은 喪禮를 보고자
하여 직접 상갓집을 찾는 기록에서이다.

① 내가 따라가서 그 집에 다다르니, 상제가 齊衰服에 腰経과 首経을 두르고,
대지팡이를 짚고 짚신을 신고 堂中의 널 앞에 서서 통곡하는데, 여러 수
재도 나란히 서서 마주 곡하되 절은 하지 않는다. 대개 널은 옻칠을 해서
극히 아름다운데 북쪽 벽 밑에 놓여 있다. 또 초상을 널 앞에 세웠으며,
서쪽에는 붉은 銘旌을 세웠고 동쪽에는 枕席과 이부자리를 마련하여 놓았
다. 또 白紗帳으로 사면을 두르고 아침, 저녁으로 널을 掃除한다. 대개 이
상례는 순전히 晦菴의 『家禮』를 純用한 것인데, 다만 명정에 쓰기를 '顯
考行年七十三歲李公之柩'라 하였으니, 우리와는 크게 같지 않다. 이윽고
여러 수재가 인사하고 돌아가려 하니, 상제가 만류해서 차를 내고 식사를
대접하는데, 상제도 또한 채식으로 겸상을 하니, 이 또한 주자의 예는 아
니다.13

② 맑음. 저녁 무렵에 예 수재의 방에 나아가 예를 갖추어, "어제 상가의 예
가 『주자가례』와 비슷하면서도 서로 다르고, 銘旌은 크게 같지 않습니다.
초상에 상제가 손님과 겸상하는 것은 또 크게 『가례』에 어긋나는 것입니
다." 하였다. 여럿이 말하기를, "大江(揚子江) 남쪽에서는 혹 『주자가례』
를 순전히 따르기도 하고 혹 다르기도 하며, 강 북쪽에서는 순전히 쓰지
않으니, 대개 陸學(육상산의 학문)이 그것을 혼란케 했기 때문입니다." 하
였다.14

---

13 我隨到其家, 則喪者穿齊衰腰首経, 持竹杖履芒鞋, 立於堂中喪柩前痛哭, 而諸秀才亦
列立對哭而不拜. 蓋喪柩則用漆極美, 而置于北壁下. 又立影像於柩前, 而西邊立丹旌,
東邊設枕席衾褥. 又以白紗帳繞于四面, 朝夕掃柩. 蓋此喪禮, 純用晦庵家禮, 但銘旌
則書之曰, 顯考行年七十三歲李公之柩, 比則大不同也. 俄而, 諸秀才辭歸, 則喪人固
勸挽留, 薦茶而薦飯, 喪者亦以蔬菜對飯, 此亦非晦庵之禮. −魯認, 『錦溪日記』, 1599
年 6月 19日.
14 晴. 臨夕, 就倪秀才房曰, 昨日喪家之禮, 與晦庵家禮彷彿而相異, 銘旌大不同. 初喪

①은 6월 19일 일기의 일부분으로 상갓집에 가서 상례를 어떻게 치르는
지를 보고 묘사하고 있다. 이 상갓집에 가게 된 것도 여러 수재가 조문 가
는 것을 보고 儒家의 상례를 보고 싶다고 노인이 부탁하여 따라 간 것으
로, 유가의 상례를 보고 싶어하는 노인의 적극적인 관심을 알 수 있다. 노
인은 상제의 차림새, 널의 모양 등을 구체적으로 묘사하면서 주자의 예에
맞는지를 살핀다. 즉, 노인은 유학자의 입장에서 『주자가례』에 맞게 상이
치러지는지를 보고자 한 것이다. ②는 상갓집에 다녀 온 다음날인 6월 20
일 일기의 전문으로 어제 상가의 예 중 銘旌 등『주자가례』와 맞지 않는
것을 지적하고, 『주자가례』를 따르지 않는 것에 대한 사람들의 간단한 설
명을 싣고 있다.

『주자가례』에 의하면 빈객이 護喪(상례에 관한 일을 주선하고 보살피는
사람)의 인도로 들어가 靈座 앞에 이르면 곡을 하고 再拜 분향해야 한다.
이후 빈객은 再拜를 한 번 더 하고, 주인에게 答拜 하는 예가 두 번 더 있
다.[15] 그런데 위의 기록을 보면 '마주 곡하되 절은 하지 않는다'라고 하여
빈객이 절을 전혀 하지 않는 것을 볼 수 있다. 또한 銘旌에는 '某官某公之
柩'라고 하여 관직과 이름만이 쓰여야 하고, 관직이 없을 시 學生과 같이
살아 있을 때의 칭호를 써야 한다. 그런데 위에서는 관직이 들어갈 자리에
'顯考'라 하여 돌아가신 아버지라고 먼저 칭한 후 '行年七十三歲'라고 하는
나이를 가리키는 내용을 적고 있어, 『주자가례』의 예와는 크게 다르다. 마
지막으로 빈객이 靈座 앞에서 예를 다하고 나오면, 주인은 다시 곡하면서
들어가고 호상이 차와 탕을 대접한다. 그런데 위에서는 주인인 상제가 직
접 음식을 대접하고 함께 겸상까지 하니 『주자가례』에 크게 어긋난다고
비판하는 것이다.

───────────

與客對飯, 又大違禮矣. 諸等曰, 大江之南, 則或純用而或不同, 江北則純不用之, 蓋
陸學亂之矣. -魯認, 『錦溪日記』, 1599年 6月 20日.
15 『주자가례』의 상례와 관련하여서는 임민혁이 번역한 『주자가례-유교 공동체를
향한 주회의 설계-』(예문서원, 1999, 227~316쪽) 참조.

『주자가례』는 고려 말 성리학의 수용과 함께 도입되어, 이후 조선시대를 거치면서 조선의 유교문화를 형성하는데 중요한 역할을 담당하였다.[16] 『주자가례』를 익히며 중시했던 노인은 유가의 상례를 보기 위해 일부러 상갓집을 방문하였다. 그런데 『주자가례』가 만들어졌던 나라에서 내용과 어긋나게 상례를 치르는 것은 이해하기 힘든 일이었을 것이다. 노인은 상갓집을 다녀 온 다음 날 상례 중 『주자가례』에 어긋나는 것을 물어 기록하는 등 상례에 대해 적극적인 관심을 표명하고 있다.

소중화주의를 지향하는 노인이 중국의 학문과 제도에 대해 관심을 갖는 것은 당연한 일이다. 그러나 포로로 일본에 억류된 경험을 겪고 아직 고국으로 돌아가지 못한 상황에서 이렇게 중국 제도에 관심을 갖는 것은 유학자적 관심이 중심이 되지 않고는 생각할 수 없다. 유학의 본 고장을 경험하게 되는 노정에서 유학자적 관심이 발현된 것이다. 이는 강항이 관료로서 훗날의 대비를 위해 일본의 제도를 파악하는 것과는 대비되는 부분으로, 강항이 조선을 위한 계책을 마련하기 위해 일본 제도를 파악했다면 노인은 중국 제도에 대해 유학자적 관심을 가진 것이다. 노인의 『금계일기』 중 중국 노정 부분, 특히 양현사서원의 강학 참여 이후 부분에는 이러한 유학자적 의식이 잘 반영되어 있다.

3. 『월봉해상록』에 반영된 작자 의식

임진왜란 때 포로로서 일본에 억류생활을 하던 강항, 노인, 정희득 등은 모두 고국에 돌아오기를 간절히 바랐다. 강항은 세 차례나 탈출을 시도하였으나 실패하였고, 노인은 중국으로 탈출에 성공하였으며, 정희득도 탈출

---

16 이민주, 「'주자가례'의 조선 시행과정과 가례주석서에 대한 연구」, 『유교문화연구』 16, 성균관대학교 유교문화연구소, 2010, 39쪽.

기회를 엿보고 놓아 보내 주기를 애타게 요청했다. 그들이 간절히 고국으로 돌아가려 한 것은 같지만 돌아가야 하는 이유로 제시한 것은 조금씩 차이가 있다. 강항은 일본의 情狀이 눈 안에 들어 있으므로 이것을 알린 후에 처벌을 받아 죄를 갚겠다고 하여, 신하로서 나라에 도움이 되고자 하는 것이 가장 컸다. 노인은 최귀문에서 부모님의 시신을 수습하는 것과 왜적에게 복수할 계책을 마련하는 것을 가장 큰 귀국 이유로 들었다. 그런데 정희득은 일관되게 아버지를 뵙는 것만을 돌아가야 하는 이유로 들고 있다.

① 한번 죽으면 이 슬픔을 잊을 것이지만 부친의 '죽지 말고 돌아와 만나자' 하신 명령 때문에, 억지로 참고 살아야 했다.[17]
② 내 어찌 차마 이런 경우에서 시를 지으리오마는, 돌아가 부친을 뵈옵기는 오직 이 한 길이 있을 뿐이라 억지로 웃으며 잽싸게 지었다.[18]
③ 阿波守가 오직 어버이를 그리워하는 절박한 심정을 생각해서, 환국할 길을 터준 것이오.[19]
④ 이역에 잡혀 있으면서도 구차히 모진 목숨을 보전한 것은, 이미 노모는 여의었지만 다시 노부를 생각하여, 외로운 몰골이 서로 마주하여 피눈물로 날을 넘겼소. 매양 한번 생각하면 스스로 목숨을 끊고도 싶었지만 그래도 지금까지 참아온 것은, 모친은 죽었으니 이제 어쩔 수 없으나 부친이 고국에 있으니 만에 한번이라도 뵙기만 하면 죽어도 한이 없겠기에, 밤낮으로 하는 생각이 오직 도망해서 돌아가는 일뿐이었소.[20]

---

17 一死則可忘此痛, 而以父親勿死歸見之命, 隱忍苟生. −鄭希得, 『月峯海上錄』, 「海上日錄」, 1597年 10月 15日.
18 余豈忍作詩於此時, 而歸見父親, 只有此一路, 故强顏走成. −鄭希得, 『月峯海上錄』, 「海上日錄」, 1598年 2月 19日.
19 阿波守只爲戀親切迫之情, 使啓還國之行. −鄭希得, 『月峯海上錄』, 「海上日錄」, 1598年 12月 28日.
20 拘繫異域, 苟全頑命, 旣哭亡母, 又慕老父, 相對孤形, 血泣度日. 每一念至, 思欲自絶, 而猶至今隱忍者, 以爲母死則今不可及, 父在故國, 萬一得見, 則死亦無憾, 故晝夜思度. −鄭希得, 『月峯海上錄』, 「海上日錄」, 1599年 6月 4日.

'죽지 말고 돌아와 만나자'는 아버지의 명령 때문에 억지로 죽지 못하고 산다고 기록하고, 아버지를 뵙기 위해 억지로 시를 지으며, 阿波守가 자신을 보내 준 것도 어버이를 그리워하는 절박한 심정을 생각해서라고 말하고 있다. 정희득은 중국인에게 대마도에 억류된 자신들을 배에 태워 부산으로 데려가 달라고 하면서도 '아버지를 한번만 뵙는다면 죽어도 여한이 없다'고 하여 아버지를 뵙는 것만을 귀국의 이유로 들고 있다.

충과 효는 유교의 가장 중요한 관념으로 당대 조선의 선비라면 누구나 이 의식을 가지고 있었을 것이다. 그런데 정희득은 이 중 효에만 몰두하고 있었던 것이다. 효는 자신의 부모를 대상으로 한 것이기 때문에 각 개인에게 한정된 것이다. 해외체험 당시 관직에 있지 않았던 정희득은 조정에 대한 신하의 의무에서 벗어나 있었고, 조선 백성으로서 가졌을 충에 대한 의식에서도 어느 정도 거리를 두고 있었다. 그는 비극을 겪고 있는 자신에 몰두하였고, 그의 일기와 시에는 비극에 처한 개인으로서의 시선과 감상이 들어있다. 방기철은 '정희득은 현직 관료가 아니었던 만큼 일본에서의 생활 중 자신의 일상이 훨씬 중요한 비중을 차지했을 것이다', '그는 일본에서 자신이 보고 들은 바를 기록했고, 그 감상 역시 자신의 일상이 중심이 되었다'고 하였는데,[21] 그 '일상'이 비극에 처한 개인의 의식으로 점철되어 있는 것이다. 그리하여 『월봉해상록』에는 고국으로 돌아가지 못하는 고통과 슬픔을 토로하는 것이 주로 나타나고, 가족·동료에 대한 애정도 표출되어 있다.

임진왜란 당시 많은 조선인들이 가족과 이별하고 포로로 끌려가는 비극을 겪게 되는데, 정희득은 자신이 가장 큰 아픔을 겪었다고 자신의 고통을 극대화한다.

① 내가 말하기를, "아무려나 나처럼 부친은 살아 이별하고 모친은 죽어 이

---

21 방기철, 「睡隱 姜沆의 일본인식」, 『한국사상과문화』57, 한국사상문화학회, 2011, 104~105쪽.

별하였으며, 한 목숨이 아직도 살아 있어, 하늘을 부르짖는 가엾음만 하겠나?" 하였다.[22]

② 혼자서 빈 평상에 앉았다가 문득 낮잠을 잤다. 깨어 스스로 생각하니, 죽음의 殃禍와 命數의 궁함이, 예부터 지금까지 나 같은 사람은 없으리라 싶었다. 지금껏 살아온 것이 무척 모질기도 하다.[23]

③ 승냥이 굴에 붙여 사는 자 비록 많겠지만, 지극한 슬픔과 깊은 원한은 나 한 사람뿐일 것이오. 이제까지 구차히 살아왔으니, 죄가 천지에 가득하오.[24]

①은 1598년 2월 25일 일기의 일부로 담양 사람 이승상을 만났을 때, 이승상의 이야기를 듣고 한 정희득의 말이다. 이승상은 아내와 이별하고 어린 자식이 죽는 것을 보았으며 현재는 일본에서 외양간의 일을 하고 있었다. 이승상이 괴로움을 견디기 어렵다고 하자 정희득은 위와 같이 대답하였다. 어머니와 아내가 자결하고, 아버지·어린 자식과 이별한 정희득의 아픔도 매우 큰 것이지만 자식의 죽음을 직접 본 이승상보다 반드시 더하다고 우위에 둘 수는 없다. 더구나 이승상은 일본에서 외양간 일을 하고 있지만 정희득은 동수좌 등의 도움으로 일을 하지 않았고 노비들의 시중까지 받고 있었으며 친형 정경득과도 함께 지내고 있었다. 하지만 정희득은 자기가 더 비극에 처해 있다고 보았고, 이러한 의식은 1598년 5월 20일 일기의 전문인 ②에서 '예부터 지금까지 나 같은 사람은 없다'고 한 것에서도 볼 수 있다.

③은 1598년 8월 5일 일기의 일부로 포로로 일본 京都에 있던 나주 사람 임자경이 편지를 보내 사족으로 포로된 자가 많다고 하면서 이름을 알

---

22 余曰, 豈如吾生別父死別母, 一息猶存, 叫天罔極者乎.-鄭希得, 『月峯海上錄』, 「海上日錄」, 1598年 2月 25日.

23 獨坐空床, 忽然晝寢. 覺來自念喪亡之禍, 命道之窮, 自古及今, 無有如我之人. 至今生存, 頑忍甚矣.-鄭希得, 『月峯海上錄』, 「海上日錄」, 1598年 5月 20日.

24 寄生狼穴, 雖曰多人, 至痛深冤, 獨我一人. 至今苟存, 罪盈天地.-鄭希得,『月峯海上錄』, 「海上日錄」, 1598年 8月 5日.

려주자 그에 대해 답한 것이다. 정희득은 '승냥이 굴' 즉 일본에 포로 온 사람이 많지만 '지극한 슬픔과 깊은 원한은 나 한 사람뿐'이라 하여 자신을 가장 비극적인 사람으로 보고 있다. 그리하여 『월봉해상록』에는 이러한 의식이 반영되어, 개인적인 슬픔에 몰두하여 감정을 감추지 않고, 자신의 슬픔을 토로하는 것을 곳곳에서 볼 수 있게 된 것이다.

한 개인으로서 정희득은 피란 중에 세상을 떠난 어머니와 아내, 고국에 살아있지만 만나지 못하는 아버지와 자식에 대한 강한 그리움과 아픔을 끊임없이 드러낸다. 또한 함께 일본에 있는 동료들과 노비 등에게도 애정을 갖는다. 정희득은 임금에 대해서는 거의 언급을 하지 않는다. 「해상일록」에는 임금에 대한 기록이 10차례 있는데,[25] 이것도 대부분 '임금님과 어버이를 그리워함', '어머니를 잃은 슬픔과 임금님 그리워하는 마음' 등 자신의 감정을 표현할 때 간략히 언급한 것일 뿐이다. 임금에 대한 언급은 거의 없지만, 가족과 동료 등에게는 강한 애정을 드러내는 것을 통해 비극에 처한 한 개인이 가족과 주변 사람들에게 갖는 마음을 볼 수 있다.

① 작은 섬에서 묵었다. 밤에 어머니와 아내의 꿈을 꾸었다. 깨어나니 나도 모르게 왈칵 울음이 터졌다. 한번 죽어 이별한 뒤로, 밤마다 눈만 감으면 꿈이 되어 서로 만나니, 정말 생사 간 오가는 느낌이 깊은 줄을 알겠다.[26]
② 子平에게 나를 아껴 주는 인정을 치사했다. 대개 왜의 풍속이 청비탕으로 염병을 치료하는데 먹으면 반드시 효험을 보았다. 자평이 조석으로 죽을 끓이고 약을 달여 나를 구호했으니, 거의 죽다가 되살아난 것은 모두 자평의 힘이었다.[27]

---

25 1598년 2월 4일, 2월 26일, 3월 13일, 3월 21일, 9월 9일, 1599년 1월 9일, 2월 7일, 윤3월 29일, 4월 10일, 5월 1일.

26 留泊小島. 夜夢見母親及室人. 覺來不覺痛哭. 一自死別之後, 夜夜合眼則做夢相見, 固知幽明之感應深矣. -鄭希得, 『月峯海上錄』, 「海上日錄」, 1597年 10月 16日.

27 致謝子平愛我之情. 蓋倭俗以淸脾湯治染病, 服之則必得差效. 子平朝朝夜夜, 煎粥煮藥而救我, 幾死回生, 都是子平之力. -鄭希得, 『月峯海上錄』, 「海上日錄」, 1598年 1月 20日.

③ 蓬頭隻影彼伊誰　쑥대머리 외로운 그림자 저 누구인가
　知是幽閨舊侍兒　알겠거니 안방에서 옛날 부리던 아이인 것을
　相逢但問人何處　서로 만나 묻는 말 그 사람 어디 있나
　不忍言來淚却垂　차마 말 못하고 눈물만 흘리네
　心摧面改瘦峥嵘　마음 상하고 얼굴 변해 험상궂게 여위어
　相見惟應識舊聲　서로 만나 알아볼 건 옛날 음성뿐
　北窖腥膻丞相淚　북교의 더러운 비린내는 승상의 눈물이요
　順殿風雨綠荷情　순전의 바람과 비는 푸른 연의 마음이다
　爲言喪亂腸愈裂　난리를 이야기하매 오장 더욱 찢어지고
　欲問存亡語未成　존망을 물으려다 미처 말을 못 잇네
　今汝好歸須好在　너는 이제 잘 돌아가 부디 잘 있으라
　嗟吾方擬一捐生　슬프다 나는 이제 삶을 한번 버리려네[28]

　가족에 대한 애정은 다양한 상황 속에서 드러나는데, 정희득은 꿈에 가족을 보고 울고, 가족과 관련된 물건을 보면 아파하며, 가족의 생일과 기일에는 더욱 그리워한다. ①은 1597년 10월 16일 일기의 전문으로, 어머니와 아내가 자결한 지 20일 정도 지난 날의 일이다. 정희득은 어머니와 아내의 꿈을 꾸고 깨어나 자기도 모르게 울음을 터트리고 있어 그 슬픈 마음을 짐작할 수 있다. 또 밤마다 꿈이 되어 만난다는 것을 통해 어머니와 아내에 대한 애정을 알 수 있다. 정희득은 아버지, 어머니, 아내, 아이 등 가족을 만나는 꿈을 여러 차례 꾸고 일기에 기록하는데, 아버지를 가서 뵙는 꿈과 아내를 보는 꿈이 가장 많이 등장한다. 아버지를 가서 뵙는 것은 현실에서 꼭 이루고 싶은 귀환의 소망이 꿈으로 나타난 것이고, 아내를 보는 것은 현실에서 만날 수 없는 아내를 꿈에서라도 봤으면 하는 소망이 나타난 것이라 할 수 있다.

　가족과는 이별을 하였기에 그리움과 슬픔으로 애정을 표현한다면, 함께 일본에 있게 된 동료들에게는 같은 고통을 겪는 사람들이 갖는 끈끈한 동

28　鄭希得, 『月峯海上錄』, 「卷二」, 〈到一處遇禮陽〉

지애를 나타낸다. 정희득의 동료로 일기에 지속적으로 기록되는 인물은
다음과 같다.

순번	이름	자	일기에 처음 기록된 날	비고
1	鄭憎	子平	1597년 9월 22일	정희득의 족제
2	崔弘建	德陽	1597년 10월 13일	염병으로 일본에서 사망
3	柳澳	仲源	1597년 10월 13일	
4	柳汝宏	仲謙	1598년 3월 9일	전주 사람. 『어유야담』魯認의 해외 체험 이야기에 등장함.
5	朱顯男	晦伯	1598년 3월 12일	
6	林得悌	子敬	1598년 8월 5일	나주 사람. 편지로 교유하다 후에 만남.

　여섯 사람의 순서는 일기에 처음 기록된 날 순이며, 정희득은 일기에
대부분 이들의 字를 쓰고 있다. 자평은 함께 배를 타고 피란에 올랐던 족
제이고, 나머지는 일본으로 끌려 가던 중이나 일본에서 억류생활을 하던
중에 만났다. 일본 억류생활 중에도 일을 하지 않고 비교적 자유롭게 지낼
수 있었던 정희득은 이들과 떨어져 있을 때는 편지로 교유하고, 가까이 있
게 될 때는 자주 만나 이야기를 나누었다. 또한 이들은 함께 귀환을 준비
해서 염병으로 죽은 덕양을 제외한 나머지 다섯 사람과는 함께 귀환했다.
　위의 ②는 동지애의 한 단면을 보여 주는 기록으로, 족제인 자평이 아
픈 정희득을 극진히 간호해 주는 것을 볼 수 있다. 일본인들이 형제와 처
자를 갈라놓지 않기 때문에 정희득과 자평은 서로 헤어질 것이 두려워 항
상 일본인에게 형제라고 할 정도로 애정이 깊었다. 자평은 줄곧 정희득과
같은 방을 쓰다가 1598년 10월 1일에 근처 중원의 집으로 옮겨 가는데,
가까이 살며 계속 만날 수 있음에도 정희득은 서운해 한다.
　정희득은 해외체험 중에 양반들뿐만 아니라 집안에서 부리던 노비들도

만나게 된다. 그는 천한 노비들에게도 동료 양반들에게 보였던 애정을 보이는데, 노비들은 가족을 떠올리게 하여 더 애틋하기까지 한다. ③은 아내의 몸종 예양을 만난 일에 대해 쓴 시 〈어떤 곳에서 禮陽을 만나(到一處遇禮陽)〉이다. 정희득은 1597년 10월 3일에 전부터 처가에 있던 여종 예양을 만나 이 일을 일기에 기록하였는데, ③은 그 때의 일을 시로 표현한 것이다.[29] 예양은 '그 사람 어디 있나'하고 아내에 대해 묻고 정희득은 차마 말을 못하고 눈물만 흘린다. 왜적에게 잡혀 가는 고생 속에 여위어 목소리만 알아듣고, 난리를 이야기하매 마음이 찢어지고 말을 잇지 못하는 아픔이 절절히 드러난다.

죽은 아내가 부리던 몸종이었던 줄비는 정희득에게 편지를 보내는데, 줄비가 아내의 제상을 차려 놓고 울었다는 편지를 읽고 정희득도 눈물을 흘린다. 또 아버지가 부리던 德南에게는 부채에 편지를 써서 보내기도 한다. 이처럼 정희득은 노비라 하여 무시하지 않고 그들과 함께 눈물을 흘리며 아픈 마음을 나눈다.

정희득은 피란 중 어머니와 아내의 죽음을 보고, 아버지와 어린 아이들과 강제로 헤어졌는데 이런 가족에 대한 그리움과 슬픔을 지속적으로 표현한다. 강항 또한 피란 중 아버지와 헤어지고 자식의 죽음을 보았지만, 강항이 이들에 대한 감정 표현을 거의 하지 않고 나라를 위한 정보 수집에 집중한 반면 정희득은 가족에 대한 애정을 끊임없이 표현한 것이다. 꿈에 가족을 보고 울고, 관련된 물건을 보면 아파하며, 가족의 생일과 기일에는 더욱 그리워한다. 이는 강항이 사환의식을 가지고 실기를 기록한데 반해, 정희득은 가족과 헤어진 아픔을 겪는 비극적인 개인으로서의 의식을 중심에 두고 기록했기 때문이다. 또 정희득은 함께 비극을 겪는 동료들에게도 깊은 동지애를 갖고 그들과의 일을 기록하며, 신분이 낮은 노비들에게조차 애정을 보이고 천한 그들에게도 서글픈 자신의 감정을 보여 준

---

29 다른 노비와 관련하여도 〈逢公悅兄婢〉, 〈見小婢書有感〉, 〈遇婢子羞非〉 등의 시가 있다.

다. 주인, 양반으로서의 권위보다 같은 아픔을 겪는 한 개인으로서의 의식
이 드러난 것이다.

제4장 호남 포로실기의 내용적 특징

1. 포로체험의 곡진한 형상화

임진왜란 때 포로로 일본에 잡혀간 9~14만의 사람들이 전쟁 포로로서 엄청난 고통을 겪었을 것임은 충분히 짐작할 수 있다. 하지만 그들이 구체적으로 어떤 경험을 했으며 어떻게 살아갔는지는 알기 어렵다. 통신사들의 기록이나 포로들이 가족에게 보내는 편지 등을 통해 일본에 있는 포로들의 부분적인 모습을 볼 수 있을 뿐이다. 그런데 강항, 노인, 정희득 등은 자신들이 포로로서 일본에 억류되었던 직접적인 체험과 보거나 들은 다른 조선인 포로들의 상황을 실기로 남김으로써 임진왜란 포로의 비극을 구체적으로 볼 수 있게 한다. 더구나 이들 실기는 귀환의 과정까지 완결된 구성을 갖추고 있어 '피란-피랍 및 일본 이송-일본 억류-귀환'의 포로체험 전 과정을 확인할 수 있다.

호남의 포로실기에 대하여 이채연은 '조선 포로 전체의 생활상을 함축·대변하고 있는 공동 체험기의 의미를 띠고 있지만, 무엇보다도 한 개인의 포로체험을 기록한 사적 체험기로서의 의미를 강하게 지니고 있다'[1]고 하였다. 이들의 실기는 포로 해외체험이라는 공통적 체험의 대변이자, 사적 체험으로서 세 사람의 각각 다른 노정과 서술 방식, 서술 내용이 있기 때문에 임진왜란 포로체험의 다양한 면모를 볼 수 있는 것이다. 또한 작자 본인이 직접 포로로서 비극을 겪었기에 이들의 실기에는 그 어떤 작품보다 임진왜란 포로의 비극이 곡진하게 형상화되어 있다. 그리하여 혈육과의 이별과정과 가족에 대한 그리움과 안타까움, 억류지에서의 생활과 감회, 귀환의 고난 등 포로체험을 생생하게 볼 수 있다.

---

1 이채연, 「壬辰倭亂 捕虜 實記文學 硏究」, 부산대학교 박사학위논문, 1992, 21~22쪽.

가. 혈육과의 이별

임진왜란 중에 피랍되는 경우는 크게 혼자 피랍되는 경우, 가족이나 동료와 함께 피랍되는 경우로 나눌 수가 있다. 노인의 경우는 전황을 살펴보다 혼자서 잡혀 전자에 해당하고, 온 가족이 배로 피란을 떠났던 강항과 정희득은 후자에 해당한다. 홀로 피랍된 노인의 경우에는 가족과 떨어져 먼 타국에서 홀로 생활하여 가족을 그리워하고, 가족의 생사를 몰라 괴로워한다. 이때는 직접적으로 피랍으로 인해 가족과 이별을 하는 것은 아니므로 그리움과 괴로움의 정서만이 나타난다. 그런데 후자와 같이 가족이 함께 피란하던 중에 피랍된 경우에는 가족과의 이별 과정이 생생하게 실기에 기록되어 있다. 온 가족이 온전히 일본까지 가는 것은 거의 불가능했다. 피랍되는 과정에서 죽기도 하고, 이송 중에 일본군이 일부 가족을 갈라 놓거나 죽이며, 또한 해외체험 중 병에 걸려 죽기도 한다. 가족의 죽음을 이렇게 직접 보게 되고, 일본군에 의해 억지로 생이별하게 되는 비극적 상황과 그로 인한 고통은 강항과 정희득의 실기에서 볼 수 있다. 호남의 포로실기에는 당시 많은 조선 포로들이 겪었을 타의에 의한 가족과의 이별과 죽음이 형상화되어 있다.

강항의 경우 아버지가 다른 배를 타고 가다 아버지의 배와 멀어져, 가족이 피랍될 때 아버지는 면할 수 있었다. 하지만 다른 가족들은 함께 잡혔고, 잡히는 과정에서 강항의 어린 아들 龍과 첩이 낳은 딸 愛生이 죽었다. 그리고 이송 중 첩·처조부·큰형수·노비 등은 다른 배에 실려 강제로 이별하였고, 해외체험 중 조카들이 죽었다. 아래는 왜적에게 잡힐 때 자식들이 죽는 과정을 「섭란사적」에서 서술한 부분이다.

어린아이 龍과 첩의 소생 딸 愛生을 모래 밭에 버려 두었는데, 조수가 밀려 떠내려가느라 우는 소리가 귀에 들리더니 한참만에야 끊어졌다. 나는 나이가 30세에 비로소 이 아이를 얻었는데, 태몽에 새끼 용이 물 위에 뜬 것을 보았으므로 드디어 이름을 용이라 지었던 것이다. 누가 그 아이가 물에 빠져 죽으리라 생각했겠는가? 浮生의 온갖 일이 미리 정해지지 않은 것이 없는데, 사람이 스스로 깨닫지 못하는 모양이다.[2]

아이들의 나이는 나와 있지 않지만 모래 밭에 둔 아이들이 조수에 밀려 떠내려가는 것으로 보아 아직 걷지도 못하는 영아인 것으로 보인다. 더구나 30세에 龍을 낳았다고 했는데 1567년 출생인 강항은 피랍당시 31세, 만으로는 30세였으니 대략 태어난지 몇 달 되지 않았음을 추측할 수 있다. 왜적에게 잡혀있는 상태라 아무것도 하지 못하고 애처로운 자식의 울음소리만 듣다가, 그 소리가 끊겨 아이들이 죽었다는 것을 알았을 부모의 모습이 상상이 된다. 강항은 자신의 감정을 드러내지 않고 글을 쓰는 지라 온갖 일이 정해지지 않는 것이 없다는 것을 깨달았다고만 쓰고 있지만, 실제 일어났던 비극적인 일은 읽는 이로 하여금 먹먹한 마음을 갖게 한다.

「적중봉소」 등에서는 개인적인 일을 쓰지 않고 철저히 관료로서 기록한 강항은 「섭란사적」에서는 개인적인 일을 기록하는데, 「섭란사적」 또한 해외체험 중 일부 중요시한 일만 기록되어 있으며 요약적이다. 관료로서 최대한 자신의 모습은 감춘 것이다. 『금계일기』가 체험 당시 작성한 초고본이 전해지는 반면 『간양록』은 간행본만이 전해져 체험 당시의 원 저작을 알 수 없다. 강항이 조선에 돌아온 후 여러 차례 수정을 하였을 것이라 생각되는데, 그 과정에서 개인적인 부분은 많이 생략되고 관료로서 말하고자 한 부분이 강조되었을 것이다.

강항은 일본에 있는 동안 조국을 위한 정보 탐색에 힘썼지만 야만의 나라에 포로로 잡혀가 사대부로서 죽지 않았다고 하여, 오랜 시간 동안 全節을 의심받고 적대적 시선을 받았다.[3] 나라의 죄인이지만 조금이나마 나라

---

2 稚子龍及妾女愛生, 遺置沙際, 潮回浮出, 呱呱滿耳, 良久而絶. 余年三十, 始得此兒, 方娠夢見兒龍浮水中, 遂以爲名. 孰謂其死於水中也. 浮生萬事莫不前定, 而人自不悟矣. -姜沆, 『看羊錄』, 「涉亂事迹」

에 도움이 되고 벌을 받겠다는 마음으로 작성했던 「적중봉소」와 「적중문견록」의 정보마저 임금과 관료들에게 제대로 인정을 받지 못했고,[4] 귀환 후 환로가 막혔던 강항으로서는 『간양록』에 더욱 관료로서 자신의 전절을 알 수 있게 기록하려 하였을 것이다. 그러다 보니 자연스레 한 집안의 구성원으로서 개인적인 일과 감정은 기록에서 삭제될 수밖에 없었을 것이다. 그런데 이런 강항조차도 가족과의 이별과 죽음에 대해서는 기록하여 당시 포로들의 혈육과의 처절한 이별을 보여준다.

이외에도 중형의 여덟 살 난 아들 可憐이 바닷물을 마시고 병이 나자 왜적이 바다에 던져 죽고, 일본에 있는 동안 숙형의 딸 禮嫄과 중형의 아들 可喜가 4일 간격으로 병사한다. 강항은 조카를 형들과 물가에 매장하

---

3 全節에 대한 적대적 시선에 관해서는 박세인의 논문(「睡隱 姜沆의 시문학 연구-內傷의 표출 양상과 치유적 형상을 중심으로-」, 전남대학교 박사학위논문, 2009, 37~45쪽) 참조.

4 아래는 강항이 귀한한 직후인 1600년 6월 15일 『선조실록』의 기록으로, 강항의 보고를 의심하는 임금의 태도를 볼 수 있다.(밑줄은 필자 강조)
상이 이르기를, "우리나라도 정탐할 수 있는가?" 하니, 답하기를, "대담한 자가 없으면 어렵습니다. 강항이 나왔으니 틀림없이 적의 실정을 알 것입니다." 하였다. 상이 이르기를, "강항이 어찌 능히 알겠으며 그의 말을 어찌 다 믿을 수 있겠는가." 하니, 李恒福이 답하기를, "어리석은 백성들이 들은 것과는 다를 것입니다." 하였다. 상이 이르기를, "그에게 하문하였으나 動兵의 여부는 알 수 없다고 하였다. 정원이 들은 바는 어떠하였는가?" 하니, 승지 閔中男이 아뢰기를, "형세로 보아 동병하지 않을 듯하다고 합니다." 하였다. 상이 이르기를, "형세란 무엇을 말하는가?" 하니, 민중남이 답하기를, "왜적 중 家康이란 자가 있는데 淸正과는 다르다고 합니다." 하였다. 상이 이르기를, "강항이 잘 모른 것이다. 왜적의 간사한 꾀는 그 부하 졸개도 오히려 모르는데 강항이 어떻게 알 수 있겠는가." 하였다.(上曰, 我國亦可爲偵探乎. 對曰, 無膽大者, 難矣, 姜沆出來, 必知賊情矣. 上曰, 姜沆何能知之, 其言亦何盡信乎. 恒福曰, 異於愚民之所聞. 上曰, 問之, 則動兵與否, 不能知之云. 政院所聞如何. 承旨閔中男曰, 以勢觀之, 似不動兵云. 上曰, 勢者何謂也. 閔中男對曰, 賊有家康者, 與淸正相異云矣. 上曰, 沆不能知矣. 彼賊奸謀, 其下卒, 猶不知, 姜沆何能知乎) -『宣祖實錄』, 宣祖 33年(1600) 6月 15日.

고, 형제의 자녀 여섯 중 세 명은 바다에 빠져 죽고, 두 명은 왜의 땅에 죽고, 작은 딸 하나만이 남았다고 기록한다. 아이들이 죽어서 아무것도 모르는 것이 부러울 따름이라고 감정을 감추지만, 개인적인 일은 감추는 강항이 죽은 아이들의 이름까지 반드시 기록한 것을 통해서 감춰둔 슬픔을 읽을 수 있다. 이외에도 강항은 왜적에 의해 강제로 헤어졌던 첩을 실은 배와 나중에 스쳐지나가다 애타게 영광 사람을 부르짖는 첩의 하소연을 듣고, 이후 밤마다 통곡을 하다 밥을 먹지 않고 첩이 죽었다는 것을 후에 들었다고 기록하고 있다.

강항은 관료로서 조정에 올린 글인 「賊中封疏」에서 개인적인 상황은 적지 않고 당시 피랍 상황을 간단히 설명하였다. 그런데 짧은 설명에서도 포로들의 비극을 생생하게 읽어낼 수 있다.

> 적은 신이 士族임을 알고서 신과 형·아우를 일제히 船樓에 결박하고, 배를 돌려 무안현의 한 바다 모퉁이로 끌고 갔습니다. 그곳에는 적선 6백, 7백 척이 두어 리에 걸쳐 가득 차 있었고, 우리나라 남녀가 왜놈과 더불어 거의 반반씩 되었는데 이 배 저 배에서 부르짖어 우는 소리가 바다와 산을 진동하였습니다.[5]

위는 「적중봉소」의 기록으로, 바다에서 피랍될 때의 상황이다. 「섭란사적」에서 자식들의 죽음 등 개인적인 상황을 기록하였지만 위에서는 그러한 내용이 생략된 채 사족이라서 끌려갔다고만 기록되어 있다. 그리고 이후 적선 6~7백 척이 무안 앞바다에 가득 차 있고 우리나라 사람이 일본군과 거의 반반씩 될 정도로 많이 잡혀있었음을 설명하였다. 강항은 많은 수의 조선인들이 포로로 끌려가는 상황을 설명하기 위해 위와 같이 서술하였겠지만, 위에서 그 많은 수뿐만이 아니라 울음소리가 산과 바다를 진동

---

5 賊認臣爲士族也, 齊縛臣及兄弟於船樓, 回船至務安縣一海曲. 賊船六七百艘, 瀰滿數里許, 我國男女與倭幾相半, 船船呼哭, 聲震海山.-姜沆, 『看羊錄』, 「賊中封疏」

시킬 만큼 울부짖는 포로들의 애처로운 상황을 볼 수 있다. 이 울음은 잡힌 것에 대한 슬픔이기도 하지만, 가족과 이별하고 가족의 죽음을 보았던 아픔의 대변이기도 할 것이다. 다른 이들도 강항과 마찬가지로 가족이 온전히 살기는 힘들었을 것이기 때문이다.

정희득도 왜적에게 잡힐 때 어머니와 형수, 아내와 누이동생이 바다에 빠져 자결하였고, 아버지와 다섯 살·세 살의 어린 두 아이는 왜적이 바닷가에 내려 놓아 헤어져야 했다. 더구나 정희득의 아내는 자결할 때 만삭의 몸이었다. 정희득과 정경득 형제 또한 왜적에게 묶여 있는 상태라 아무것도 하지 못한 채 그 과정을 지켜봐야만 했다.

> 배가 七山 앞 바다에 이르렀는데, 갑자기 적선을 만났다. 사공의 놀란 고함소리에 온 배에 탔던 사람이 창황실색하여 어쩔 줄을 몰랐다. 어머님 李氏께서 형수 朴氏와 아내 李氏, 시집 안 간 누이동생에게 이르기를, "추잡한 왜적이 이렇게 닥쳤으니 횡액을 장차 예측할 수 없구나. 슬프다, 우리 네 부녀자가 자처할 방도는 죽음 하나만이 생사 간에 부끄럽지 않을 뿐이다." 하시니, 아내가 말하기를, "집에서 난을 처음 당했을 때, 일찍이 가장과 더불어 함께 죽기를 약속했지요. 저의 결심은 이미 정해 있습니다." 하고는 낯빛도 변함없이 늙은 아버님께 하직을 고하고, 나를 돌아보며 이르기를, "지성이면 하늘도 감동한다 하오니 당신은 조심조심 몸을 아껴 형제분 함께 아버님을 모시고 꼭 생환토록 하시오. 이것이 바로 장부의 할 일이다. 간절히 비옵니다." 하였다.
> 드디어 어머니·형수님·누이동생과 더불어, 앞을 다투어 바다에 몸을 던졌다. 우리 형제는 賊徒가 배 안에 묶어 두어 죽으려야 죽을 수도 없었으니, 망극하고 통곡할 뿐이었다. 法浦에서 피란하던 배가 당초에는 바둑판 벌여 있듯 했었는데, 어찌하여 우리만이 이 지경에 이르렀는가? 하늘을 부르짖고 땅을 쳐, 간장이 찢어질 듯하였다.[6]

---

6 船到七山大洋中, 忽遇賊船. 萬卒驚呼, 一船人蒼黃失色, 罔知所措. 母夫人李氏謂邱嫂朴氏. 妻李氏, 未笄妹曰, 賊醜此到, 禍將不測, 嗟吾四婦女自處之道, 無出一死, 將無愧於幽明之間矣. 妻曰在家亂初, 曾有與夫同死之約, 吾計已定, 神色不變, 告訣

위는 왜적을 만나 잡히고 어머니와 아내 등이 자결한 『월봉해상록』 1597년 9월 27일 일기의 전문이다. 자결 직전 어머니와 아내의 마지막 말이 생생하게 실려 있고 간장이 찢어질 듯하다는 정희득의 당시 감정이 기록되어 있다. 가족들의 죽음을 눈 앞에서 지켜봐야 하고, 가족들과 헤어질 때 아무것도 할 수 없었던 당시 포로들의 고통이 느껴지는 부분이다.

1603년에 경상도 의성의 유학자 申屹(1550~1614)이 임진왜란 동안 경상도 지역에 있었던 사적을 정리한 『亂蹟彙撰』에도 절의로 집안 사람들이 목숨을 끊은 것에 대한 기록이 있다. 하태규는 『난적휘찬』에 대해서 중간에 가필 윤색이 되지 않았다는 전제 하에 '임진왜란 직후에 당시 알려져 있던 내용을 수집하여 엄정한 고증을 거쳐 정리한 것으로서 후대의 윤색이 거의 없이 당시의 상황을 있는 그대로 전해주는 당대의 자료'[7]라고 평가하였다. 이렇듯 『난적휘찬』은 당시 상황을 그대로 전해주는 중요 자료임에도 본인의 직접 경험이 아닌지라 '왜적을 꾸짖는 소리가 입에서 끊어지지 않다가 죽임을 맞이했다'와 같이 전해들은 사실을 제시할 수밖에 없었다.[8] 그런데 위의 정희득의 경우 본인의 직접 체험을 일기체로 기록했기 때문에 자결 당시의 상황을 생생하게 볼 수가 있다. 신흘은 한 집안에서

老親而顧謂余曰, 至誠感天, 竊願卿卿愼重自愛, 與兄衛親, 必圖生還, 此是丈夫之事, 至祝至祝. 遙與母嫂妹爭先投海. 吾兄弟則賊徒縛置船中, 求死不得, 罔極罔極, 痛哭痛哭. 法浦避亂之船, 初如布置, 而奈何吾獨至於斯哉! 叫天扣地, 肝摧腸裂. -鄭希得, 『月峯海上錄』, 「海上日錄」, 1597年 9月 27日.

7 하태규, 「城隱 申屹의 생애와 '亂蹟彙撰'」, 『역주 난적휘찬』, 역락, 2010, 222쪽.

8 개령에 사는 引儀 崔縉의 처 나씨는 산에 있다가 왜적을 만났는데, 왜적을 꾸짖는 소리가 입에서 끊어지지 않다가 죽임을 맞이했다. 나씨는 부장 應奎의 딸로 일찍이 婦道로써 명성이 있었는데, 끝내 열행으로 죽었다고 한다. 고성에 있는 羅應壁과 응규는 형제 사이이다. 아들과 며느리 세 사람도 역시 절의에 죽었으니, 한 집안에서 여러 사람이 이와 같이 절의에 죽은 것은 세상에 아주 드문 경우이다.(開寧居引儀崔縉妻羅氏, 在山遇賊, 賈不絶口死. 羅氏, 部將應奎女也, 嘗以婦道聞, 竟死於烈云. 固城有羅應壁與應奎, 爲兄弟也. 子婦三人, 亦死節, 一門之內, 死絶者如此, 世所罕有者也)-申屹, 『亂蹟彙撰』, 1592年 5月 29日.

여러 사람이 절의에 죽은 것은 아주 드문 경우라고 하였는데, 정희득의 기록 덕분에 드문 상황의 생생한 현장을 볼 수가 있는 것이다.

강항이 가족의 죽음과 이별의 상황을 서술하고 이후 더 이상 언급하지 않는 데 반해, 정희득은 끊임없이 가족에 대한 그리움과 애정, 슬픔을 표현하여 당대 혈육과 이별한 포로들의 심정을 직접 볼 수가 있다.

> 둘째 아이 생일이다. 생각하니 그놈이 이날 처음으로 어미 배에서 떨어졌더니, 이제는 부모를 잃고 어느 곳에서 외로이 헤매는가? 하늘 끝에서 죽고 삶을 알 길이 없구나. 지난 일을 생각하니 내 마음 꺾어질 듯하다.9

위는 『월봉해상록』 1598년 10월 26일 일기의 전문으로, 작은 아이의 생일에 아이의 생사를 알지 못해 괴로워하는 아버지의 심정을 직접 볼 수 있다. 정희득은 일기뿐 아니라 자신이 해외체험 중에 겪었던 많은 일상에 대해 시를 남기는데, 이러한 시들에서도 슬픈 감정을 표출한다.

訴以哀懷許以食	슬픈 마음 하소연하며 밥을 주어 먹었나니
孤魂亦識遠人饑	당신의 넋도 먼 나그네의 주림을 알았구려
夢中欲說無窮恨	꿈속에서 끝없는 한 다 말하려 하였는데
嗟爾曉鷄何負爲	슬프다 너 새벽 닭아 왜 잠을 깨우는가
夢中言笑似平時	꿈속의 말과 웃음 평시와 다름없어
細吐心中無限悲	마음속 무한한 슬픔 낱낱이 털어 놓네
做得一場琴瑟樂	한바탕 부부의 즐거움 일으켜 놀다가
覺來孤枕淚漣洏	깨어나니 외로운 베갯머리 눈물이 홍건10

위는 〈죽은 아내가 밥을 주는 꿈을 꾸고(夢見亡妻食我以飯覺卽悲感【三

---

9 次兒生日也. 念渠今日, 始離母胎, 今失父母, 何處孑子. 天涯存沒, 無路聞知. 往事思來, 我心如摧.─鄭希得, 『月峯海上錄』, 「海上日錄」, 1598年 10月 26日.
10 鄭希得, 『月峯海上錄』, 「卷二」, 〈夢見亡妻食我以飯覺卽悲感【三首】〉

首)〉라는 정희득 시 제1수와 제2수이다.[11] 이 시에서는 죽은 아내에 대한 그리움을 읽을 수가 있다. 가족들과 이별하고 적국에서 억류생활을 하면서 눈물 마를 날 없는 정희득에게 아내가 차려 주는 따뜻한 밥을 먹는 것은 크나큰 소망일 것이다. 과거에는 평범한 일상이었을 그 일은 이미 아내가 죽고, 적국에 잡혀 있는 현재에는 결코 이루어질 수 없는 일이다. 정희득은 꿈에서나마 그 일을 이루어, 아내에게 자신의 슬픈 마음을 하소연하면서 밥을 먹고, 평상시 같이 웃고 말하며 마음 속 한을 털어 놓고 위로받는다. 하지만 잠은 깨고 현실로 돌아와 새벽 닭을 원망하고, 눈물을 흘린다. 임진왜란으로 사랑하는 아내를 잃은 한 남자의 슬픈 마음이 한 편의 시에 잘 표현되어 있다.

임진왜란 기간 중에, 그리고 전쟁이 끝난 후에 사절로서 일본에 다녀온 이들의 일기가 남아 있다. 전쟁 후에 포로들의 쇄환을 주요 임무로 한 사절은 1643년까지 있었는데, 포로들에 대한 기록을 볼 수 있는 이들의 일기를 표로 정리하면 아래와 같다.

순번	저자	사행록	사행연도	일기 기록 기간
1	黃愼 (1560~1617)	日本往還記	1596	1596년 8월 3일 ~1596년 12월 9일
2	慶暹 (1562~1620)	海槎錄	1607	1607년 1월 12일 ~1607년 7월 17일
3	吳允謙 (1559~1636)	東槎上日錄	1617	1617년 7월 4일 ~1617년 10월 18일

---

11 죽은 아내가 밥을 주는 꿈을 꾼 일은 1598년 1월 18일 일기에 짧게 실려 있다. 꿈에 죽은 아내를 보았다. 슬픈 회포를 하소연하며 밥 한끼를 권하는 것이 완연히 평일과 같았다. 깨고 나니 비창한 심회 견딜 길 없다.(夢見亡妻. 訴以哀懷, 勸以一飯, 宛如平日, 覺來不堪悲愴之懷)-鄭希得, 『月峯海上錄』, 「海上日錄」, 1598年 1月 28日.

4	李景稷 (1577~1640)	扶桑錄	1617	1617년 7월 4일 ~1617년10월 18일
5	姜弘重 (1577~1642)	東槎錄	1624 ~1625	1624년 8월 20일 ~1625년 3월 26일 (5월 7일, 11일, 16일 부기)
6	金世濂 (1593~1646)	海槎錄	1636 ~1637	1636년 8월 11일 ~1637년 3월 9일
7	黃㦿 (1604~1656)	東槎錄	1636	1636년 10월 6일 ~1637년 2월 25일
8	작자미상	癸未東槎日記	1643	1643년 2월 20일 ~1643년 11월 8일

이들의 기록이 있어 조선으로 돌아오지 못하고 일본에 살고 있는 포로들의 모습과 일부 포로들이 사절과 함께 귀환하는 과정을 볼 수 있지만, 공식적인 사행 중인 관료가 제삼자의 눈으로 기록한 것이라 포로체험을 자세히 살피기에는 한계가 있다. 관료는 국가의 일을 수행하는 과정에서 보게 되는 포로들의 모습만을 기록하기 때문이다.

한 예로 위의 사행록 중 임진왜란 기간 중에 일본에 다녀온 황신의『일본왕환기』를 보면, 전쟁 중인 1596년에 직접 일본에 갔음에도 불구하고 포로에 대한 기록은 단 4번 나온다. 명의 책봉사인 楊方亨과 沈惟敬을 따라 일본에 사신을 다녀온 황신의 사행록에는 1596년 8월 3일부터 12월 9일까지, 윤8월을 포함하여 5개월 여의 일기가 윤8월 5일 단 하루만 빠지고 날마다 기록되었음에도 불구하고 단 4일간의 기록에서만 포로들의 모습을 확인할 수 있는 것이다.

이날은 맑았다. 서리 邢富壽의 아들 彦吉이 난리 초두에 사로잡혀 왜장을 따라 여기에 왔었는데, 그는 돌아가고 싶어 하는 뜻이 자못 간절하므로, 역관 李彦瑞가 은 3냥을 주어 사서 배에 태웠다. 통신사는 배에서 잤다.[12]

---

12 是日晴. 書吏邢富壽之子彦吉被擄於亂初, 隨倭將到此, 渠頗切欲歸之意, 譯官李彦瑞

　황신의『일본왕환기』중 1596년 9월 8일, 9월 9일, 9월 14일, 12월 8일
의 일기에 포로들에 대한 기록이 있는데 위는 9월 14일 일기의 전문이다.
9월 8일에는 울산 사람으로 잡혀 온 사람이 일본인들이 통신사를 모두 죽
이려한다는 소문을 알려 주었다는 간략한 기록이 그날 일기의 끝에 실려
있고, 9월 9일에는 여러 포로들이 다투어 와서 통신사를 보고 함께 배를
타고 돌아가려 하였으나, 일본인 주인들이 화친이 이루어지지 않으면 죽
이려 한다는 말을 듣고 많이 돌아가 20여 명을 배에 태웠다는 기록이 있
다. 12월 8일에는 일기의 말미에 포로인 童子 한 명을 데려가 달라고 하
는 내용이 실려 있다. 이를 통해 사절을 통한 귀환 과정을 볼 수 있지만,
피랍, 가족과의 이별 등 포로들의 구체적인 체험은 보기가 힘들다. 이에
반해 호남의 포로실기에서는 비극적인 포로체험 전 과정을 볼 수가 있는
것이다.

　강항, 정희득 등이 배를 타고 피란을 떠난 것은 가족과 함께 하기 위해
서였다. 육로가 막혀있기도 했지만 왜적들이 배를 타고 일본에서 조선을
침략했기 때문에 바다도 안전한 곳이 아니었다. 더구나 바다는 풍랑을 만
날 위험도 내포하고 있어 육로보다 더 위험했다. 하지만 이들이 위험을 감
수하고 배를 탄 것은 늙은 부모님과 어린 아이들이 걸으면서 피란을 떠나
기 힘들기 때문에, 온 가족이 함께하기 위해서였다. 그러나 이들의 희망은
깨어지고, 오히려 온 가족이 함께 왜적에 잡히고 왜적에 의해 죽거나 헤어
지는 고통을 겪었다. 이들의 실기에는 이러한 이별의 과정, 이별 후의 심
정 등이 생생하게 표현되어 있어 임진왜란 포로들이 혈육과 이별할 때 느
꼈을 고통을 현대에까지 전해준다.

　給銀三兩, 贖之載船. 通信使船宿.－黃愼,『日本往還記』, 1596年 9月 14日.

나. 억류지에서의 생활

포로들의 일본에서의 억류생활이 힘들었을 것이라는 것은 누구나 생각할 수 있다. 그러나 그들이 일본에서 구체적으로 어떻게 살았으며, 어떤 심정으로 지냈는지는 호남의 포로실기를 통해서 알 수 있다. 또한 이들의 직접적인 포로로서 일본체험은 본인들의 삶뿐만 아니라 당대 일본에 얼마나 많은 포로들이 있었으며, 그들이 어떻게 살아가고 있었는지를 보여주기도 한다.

먼저 전쟁 중에 얼마나 많은 사람들이 일본에 잡혀갔는지를 다음의 기록 등을 통해 확인할 수 있다.

> 이곳에 당도해 보니 우리나라 남자와 여자로 전후에 사로잡혀 온 사람이 무려 천여 명인데, 새로 붙잡혀 온 사람은 밤낮으로 마을 거리에서 떼 지어 울고 있으며, 먼저 온 사람은 반쯤 왜 사람에 귀화하여 돌아갈 생각이 이미 없어져 버렸습니다. 신이 넌지시 탈출하여 서쪽으로 달아나자고 깨우쳐 보았으나 호응하는 사람이 없었습니다.[13]

위는 『간양록』 중 「賊中封疏」의 기록으로, 강항이 일본 大津城에 도착한 이후에 보게 되는 포로들의 모습이 실려 있다. 이 성에만 잡혀 온 사람이 천여 명에 이른다는 것을 알 수 있고, 떼 지어 울고 다니는 조선인들의 괴로움을 볼 수 있다. 또한 먼저 온 사람이 반쯤 귀화하여 조선으로 돌아갈 생각이 없어졌다는 것을 통해 임진왜란 초기부터 사람들이 잡혀왔음을 알 수 있다.

이렇게 일본에 잡혀 온 후 괴로워하는 사람들의 기록은 『월봉해상록』 중 「自賊倭中還泊釜山日封疏」에서도 볼 수 있다. '정유년에 삼남에서 포

---

13 既至則我國男女前後被擄來者, 無慮千餘人, 新來者晨夜巷陌, 嘯哭成群, 曾來者半化
爲倭, 歸計已絶. 臣暗以挺身西奔一事開諭, 莫有應者. ─姜沆, 『看羊錄』, 「賊中封疏」

로된 사람은 그 수가 임진년보다 10배나 되었습니다. 새벽마다 밤마다 골
목길에서 떼를 지어 울부짖어, 왜도들이 욕질하고 두들겨도 막을 길이 없
었습니다. 혹은 배를 훔쳐 도망가다가 발각되어 죽임을 당한 자도 여기저
기 있었습니다'[14]라고 하여 정유년 재침 때 임진년의 10배가 될 정도로 대
대적으로 사람들을 납치했음을 알 수 있다.

정희득의 일기 부분을 보면 더 구체적으로 일본에 있는 조선인들의 모
습을 볼 수 있다.

> 槐山을 만났다. 그는 괴산 사람이기 때문에 괴산이라 부르며, 임진년에 잡혀
> 올 때는 나이 8세였는데 이제는 이미 14세가 되었다. 스스로 말하기를 '양반
> 집 아들'이라 하며 나를 보고 눈물을 흘렸다. 나도 따라서 눈물이 옷깃을 적
> 셨다.
> 다리 위에서 河天極을 만났다. 아파성 아래 길다란 강이 있고, 강 위에 홍예
> 다리[虹橋]가 있는데, 다리 위에서는 매양 열 사람을 만나면, 8~9명은 우리나
> 라 사람이다. 하군은 진주의 이름난 족벌인데, 외양간의 심부름을 하고 있었
> 다. 우리나라 사람들은 달밤이면 다리 위에 모여, 혹 노래도 부르고 휘파람도
> 불며, 혹은 회포도 말하고 한숨지어 울부짖기도 하다가 밤이 깊어서야 헤어
> 진다. 이 다리 위에는 백여 인이 앉을 만하다.[15]

위의 글은 정희득『월봉해상록』1598년 3월 4일 일기의 전문으로 임진
년에 8세의 어린 나이로 잡혀와 살고 있는 괴산 사람을 만나고, 진주의 이

---

14 丁酉年三南被擄之人, 其數十倍於壬辰. 晨夜巷陌, 呼哭成羣, 倭徒訽打而莫能禁. 或
　有竊船逃還, 事泄被誅者, 比比相接.－鄭希得, 『月峯海上錄』, 「自賊倭中還泊釜山日
　封疏」

15 逢槐山. 槐山乃槐山人, 故名曰槐山, 壬辰被擄入來時年八歲, 今已十四. 自云士族家
　子, 而見我流淚. 我亦爲之沾衣. 橋上逢河天極. 阿波城下有長江, 江上有虹橋, 橋上
　每逢十人, 八九我國人也. 河君晉州名族, 服倭廄蕘之役. 我國人月夜聚橋上, 或歌或嘯,
　或論懷抱, 或呻吟哭泣, 夜深而罷. 此橋上可坐百餘人.－鄭希得, 『月峯海上錄』, 「海上
　日錄」, 1598年 3月 4日.

름난 족벌이지만 지금은 외양간에서 일을 하고 있는 하천극을 만나는 것
이 나온다. 이를 통해 일본군이 어린 아이까지 잡아갔다는 것과, 조선에서
는 이름난 가문의 양반이었지만 일본에서는 외양간에서 일을 하며 힘겹게
살아가는 조선 사람들의 삶을 알 수 있다. 또한 조선 사람들이 홍예다리에
모여 서로의 아픔을 위로한다는 것과 다리 위에서 만나는 사람 열 명 중
8~9명이 조선 사람이라는 것을 통해 일본에 잡혀 온 사람들의 수를 짐작
할 수 있다.

조선인들은 자신들을 피랍한 장수의 지배지로 끌려갔는데, 각각 다른
곳에 억류된 강항과 정희득이 많은 수의 조선인에 대해 기록한 것을 통해
당시 일본의 다양한 지역에 조선인들이 잡혀 와 있었음을 추측할 수 있다.
또한 정희득이 조선으로 돌아오는 과정에서 郎古耶城에 머물렀을 때 '거리
에서 만나니 태반이 우리나라 사람이었다'[16]라고 서술하였고, 대마도에 도
착한 이후에도 '만나는 사람의 반은 잡혀온 사람이었다'[17]라고 서술하여,
잡혀 온 사람들의 수를 짐작케 한다.

강항, 노인, 정희득은 억류 중 이송으로 인해 66주 중 이들이 경험한 곳
은 경유지인 대마도를 제외하고 伊豫州, 阿波州, 和泉州, 攝津州, 山城州
등 5곳이다. 이들이 경험한 지역은 일본의 서남부라서 일본의 동북부까지
는 미치지 못했지만 산성주가 일본의 중앙에 위치해 있어 일본 열도의 절
반 정도까지는 미쳤다. 그리하여 일본 다양한 지역에 억류된 포로들의 삶
을 볼 수 있다.

아래는 『간양록』의 말미에 실린 당대 일본 지도와 현대에 임진왜란 당
시 66주를 표시한 지도로, 당시에 강항, 노인, 정희득이 체험한 일본의 지
역을 확인할 수 있다.

---

16 市上逢人, 太半我國之人. -鄭希得, 『月峯海上錄』, 「海上日錄」, 1598年 12月 10日.
17 逢人半是被擄人. -鄭希得, 『月峯海上錄』, 「海上日錄」, 1598年 12月 21日.

『간양록』의 말미에 실린 당대 일본 지도[18]

앞서 정희득의 일기를 통해서도 짐작할 수 있지만, 일본에 잡혀 온 조선 사람들은 어떻게 살았는지를 더 구체적으로 살펴보도록 하겠다. 이는 먼저 임진년 등 전쟁 초기에 잡혀 와서 일본에 몇 년간 머무르는 사람들의 모습을 통해 알 수 있다.

① 임진·계사 연간에 우리나라 사람이 많이 어린 아이로서 잡혀가서 이제 장성한 나이로 精勇하고 强悍하기가 본시 왜놈보다 나은데, 정유년 재침 때 이들 중에 적을 따라온 자가 무척 많았지만, 본국으로 도망해온 자는 적고, 적국으로 도로 들어간 자는 많았습니다. 신은 보기만 하면 꾸짖어 말하기를 '이미 고국에 갔으면 도망해 숨기가 쉬운데, 다시 적국에 돌아왔

---

18 지도에 표시된 지역

  1. 對馬島 : 임진왜란 당시 일본체험 포로들의 경유지. 정희득 재억류.

  2. 伊豫州 : 大津城-강항 1차 억류, 浮穴-노인 1차 억류

  3. 阿波州 : 德島城-정희득 억류

  4. 和泉州 : 日根-노인 2차 억류. 이곳에서 탈출

  5. 攝津州 : 大坂城-강항 2차 억류

  6. 山城州 : 伏見城-강항 3차 억류

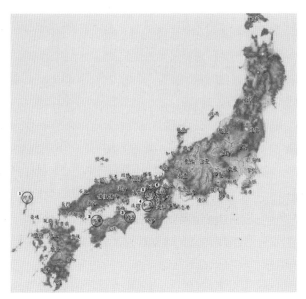

일본 戰國時代의 지도[19]

으니 이것이 차마 할 짓인가?' 했더니, 대답하기를 '우리들이 약속을 맺고 빠져 달아나면 우리나라 복병이 보고는 쫓아오는데, 큰 소리로 부르짖기를 「우리는 포로 됐다가 도망해 오는 사람이다.」 해도 쫓는 자가 더욱 빨리 달려오니 부득이 倭陣으로 들어갈 수밖에요. 만일 왜진에까지 미처 가지 못하면 모두 머리를 베어 갖고 가지요. 이것은 우리 군사가 首級을 바쳐 공을 청하려는 생각에 불과하니 어찌 아니 원통하겠소? 우리들이 왜인의 심부름을 하는 것이 어찌 본심으로 그러하겠소? 죽음이 두려워서 할 뿐이지요' 하였습니다. 간혹 叛民으로서 스스로 왜진에 투항해온 자는 신을 원수같이 보기에 문답도 해 볼 수 없었습니다.[20]

---

19 http://www.sengokujidai.net/sengokumap.html(戰國時代ネット)

20 壬癸年間, 我國之人, 多以童稚被搏, 今以年壯, 精勇强悍, 甚於元倭, 丁酉入寇時, 此類隨賊者甚夥, 而逃還本國者小, 還入賊國者多. 臣見必責之曰, 旣到故國, 逃匿甚易, 而重還賊國, 是可忍乎. 答曰, 我等結約脫走, 則我國伏兵見而追之, 高聲疾呼曰我是被搏人逃還者云, 而追者益急, 不得已還入倭陣. 或不及於倭陣, 則皆斬頭持去. 此不過我軍獻馘要功之意, 豈不冤痛哉. 我等爲倭之用者, 豈本心然也. 出於恐死而已云.

② 우리나라 남자로서 前後에 잡혀온 자가, 포 쏘기도 익히고 칼 쓰기도 익히
며, 배 부리는 것도 익히고 달리기도 익혀서, 强壯하고 용맹하기 진짜 왜
놈보다 나으니, 비록 우리나라에서 10년 동안 훈련해도 이러한 정예는 쉽
게 얻을 수 없을 것입니다. 이제 만일 모조리 찾아 모으면 무려 3~4만 명
은 되겠고, 늙고 약한 여자는 그 수가 갑절이나 될 것입니다.[21]

①과 ②는 모두 정희득의 「自賊倭中還泊釜山日封疏」 기록으로 조선에
서 잡혀 온 남자들이 체계적인 군사 훈련을 받고, 실제 정유재란 때 전쟁
에 투입되어 조선까지 다녀왔음을 알 수 있다. 하지만 조선까지 갔으나 그
들은 일본으로 다시 돌아온 경우가 많았는데, ①에서 조선인이어도 모두
일본군으로 간주하고 목을 베는 조선군 때문에 일본군으로 돌아올 수밖에
없는 상황을 볼 수 있다. 또한 ②에서 정희득은 일본에 있는 조선의 남자
를 3~4만으로 추정하고, 여자는 그 수가 갑절이나 된다고 하여 당시 약
10만이 넘는 조선인이 일본에 있음을 짐작하게 한다. 정희득의 짐작인지
라 정확하다고 할 수 없지만, 대략 추측은 가능하게 한다.

이외에 정희득 일행이 귀환하는 중 대마도에서 안정되게 살고 있는 박
수영을 방문한 기록에서는 전쟁 초기에 끌려 와 일본에서 안정된 삶을 사
는 사람을 볼 수 있다.[22] 박수영은 처자가 있고 생계도 풍족할 만큼 안정

而間有叛民之自投倭陣者則仇視臣, 不得問答矣. -鄭希得, 『月峯海上錄』, 「自賊倭中
還泊釜山日封疏」

21 又況我國男子之前後被擄者, 習於放炮, 習於用劍, 習於舟楫, 習於馳走, 强壯勇悍, 勝
於眞倭, 雖使我國十年訓鍊, 如此精銳, 不可易得. 今若盡數搜括, 則無慮三四萬名,
而老弱女子, 厥數倍之. -鄭希得, 『月峯海上錄』, 「自賊倭中還泊釜山日封疏」

22 박수영의 집에 가 보니 처자가 있어 한 살림을 차렸고, 생계도 풍족했다. 스스로
말하기를, '내 집은 建春文 밖에 있었소' 하는데 백발이 이미 성성했다. 차를 끓여
내오고 대접이 극진했다. 왜 풍속에 손이 오면 반드시 차를 끓여 대접한다.(往見
朴壽永, 壽永有妻子, 爲一家計, 家計豐足. 自謂吾家京中建春門外, 而白髮已蕭蕭矣.
烹茶以進, 接待懃厚. 倭俗客至則必煮茶茗以待之)-鄭希得, 『月峯海上錄』, 「海上日
錄」, 1599年 1月 5日.

된 삶을 살고 있고, 차를 끓여주는 왜인의 풍속에 이미 젖어 있을 만큼 일
본에 적응하면서 살고 있다. 이를 통해 전쟁 초기에 잡혀 온 사람 중 일부
는 일본에 적응하여 안정되게 살고 있음을 알 수 있다. 하지만 박수영 같
이 안정되게 생활한 사람은 많지 않았던 것으로 보인다.

> ① 仲源은 바둑 두기를 좋아하고, 子平은 시 짓기를 좋아하였는데, 이것으로
> 소일하다가는 간혹 손을 잡고 통곡할 때도 있었다. 잡혀 온 사람들은 모
> 두가 왜놈에게 끌려 그 외양간의 심부름을 하고 있는데, 우리들은 다행히
> 면했다.[23]
> ② 李丞祥을 만났다. 그는 담양 사람으로 뭍에서 왜병에게 잡혔는데, 아내와
> 생이별을 하고 어린 자식은 적의 칼에 죽는 것을 목도했으며, 자신은 왜
> 인의 외양간 심부름을 하고 있는데, 그 괴로움을 견디기 어렵다고 했다.
> 슬픈 사연이 만 가지였다.[24]
> ③ 종일토록 책을 베꼈다. 말하자면 글품을 팔아서 얻은 은전으로 배를 사서
> 환국할 계획을 하자니, 이 짓 말고는 다시 한 푼을 마련할 길이 없는 것이
> 다. 그래서 부득이 그 괴로움을 참아야 했다.[25]
> ④ 신이 갖가지 계획으로 돌아갈 것을 도모하였으나 수중에 돈 한 푼이 없기
> 에 마지못해 왜승에게 글씨품을 팔아 은전 50여 개를 얻었습니다.[26]

①과 ②는 정희득의 일기로 조선인들이 외양간에서 일을 하며 괴롭게
지내는 것을 알 수 있다. 특히 ①에서 '잡혀 온 사람들은 모두 왜놈에게
끌려 그 외양간의 심부름을 하고 있는데, 우리들은 다행히 면했다'라는 기
록을 통해 대부분의 조선인들이 노비처럼 일을 했으며, 정희득과 같이 학

---

23 仲源喜圍碁, 子平好吟詩, 以此消日, 而間或握手痛泣. 被擄之人, 皆使於倭, 服其廝
　養之役, 而我等則幸免矣. -鄭希得, 『月峯海上錄』, 「海上日錄」, 1598年 2月 11日.
24 逢李丞祥. 丞祥潭陽人也, 被擄於陸倭而與妻生離, 目見弱子死於賊刃, 渠則使倭廝薪之
　役, 不堪其苦云. 悲辭萬端. -鄭希得, 『月峯海上錄』, 「海上日錄」, 1598年 2月 25日.
25 終日寫册. 蓋備書得銀錢, 爲買船還國之計, 此途之外, 更無一錢可圖之路. 故不得已
　堪耐其苦. -鄭希得, 『月峯海上錄』, 「海上日錄」, 1598年 9月 21日.
26 臣百計謀歸, 手無一錢, 不得已備倭僧書, 得銀錢五十餘. -姜沆, 『看羊錄』, 「賊中封疏」

문적 지식이 있는 양반들은 이를 면했음을 알 수 있다. 그러나 노동을 면했다고 해서 편하게 먹고 살 수 있었던 것은 아니다. ③과 ④의 글을 보면 정희득과 강항 모두 수중에 돈이 전혀 없어 조선으로 돌아갈 배를 구하기 위해 글품을 팔아서 돈을 벌어야 했다. 그러나 고된 노역을 하는 사람들보다는 시간적 여유가 있었기에 이들은 일본에 대한 자료도 수집할 수 있었고, 실기를 작성할 수도 있었다. 또한 승려 등 일본인뿐만 아니라 일본에 있는 조선인들과도 교유할 수 있었다. 아래의 「涉亂事迹」 기록을 통해 조선인과의 교유를 볼 수 있다.

> 복견에 당도하자 왜적은 우리 가족을 太倉의 빈 집에 데려다 두고서 늙은 왜인 市村으로 하여금 맡아 지키게 하였다. 우리나라 士人인 동래 金禹鼎·하동 姜士俊·姜天樞·鄭昌世·함양 朴汝楫·태안 全時習·무안 徐景春 등이 다 사로잡혀 온 속에 끼어 있어, 연일 찾아와서 만났다.[27]

이상에서 보았듯이 당시 포로들은 외양간의 심부름을 하는 등 노비처럼 사는 사람들이 많았고, 정희득이 대마도에서 만난 박수영 같이 안정되게 생활하는 사람도 일부 있었다. 강항, 노인, 정희득 등은 양반으로서 노동을 면할 수 있었고, 가족과 함께 지낼 수 있었으며, 심지어 정희득의 경우에는 노비들의 시중까지 받을 수 있었지만 이들의 삶도 결코 평안한 것은 아니었다. 이들은 일본인, 조선인 등과 교유하면서 시간적 여유가 있어 기록정신을 바탕으로 실기를 작성할 수도 있었지만, 조선으로 돌아갈 여비를 구하기 위해서는 글품을 팔아 돈을 벌어야 했다. 또한 일본인을 설득해 조선으로 돌아가기 위해 억지로 시를 지어야 했고, 기약없는 억류생활 중 때로는 탈출을 시도하다 죽을 고비를 넘기도 하였다. 이들의 실기에는

---

27 至伏見, 賊將吾家屬, 安頓於空家太倉中, 令老倭市村者典守之. 我國士人東萊金禹鼎, 河東姜士俊, 姜天樞, 鄭昌世, 咸陽朴汝楫, 泰安全時習, 務安徐景春等, 皆在擄中, 連日來見.-姜沆, 『看羊錄』, 「涉亂事迹」

이러한 억류지에서의 생활과 감회가 담겨 있다.

> ① 닭이 울자 제물을 차려놓고 슬피 부르짖었다. 망극하고 망극하다. 만 리의
> 冤魂은 아시는지 모르시는지! 놀란 바람, 급한 비가 지난해의 이날과 흡사
> 하다. 어찌하여 전후의 날씨는 이렇게도 꼭 같이 참담한가. 하늘을 부르고
> 땅을 치니 간장이 마디마디 꺾어진다.[28]
> ② 밥을 지어서 여러 친구를 모아 대접했다. 이것은 돌려가며 밥상을 차리는
> 것인데, 仲源이 먼저 했기 때문에, 나도 이제 갚음으로 마련한 것이다. 모
> 두 말하기를, "돌아가는 배는 거센 바람이 좋지 않으니, 반드시 동풍을 기
> 다려야 하겠소." 하기에, 내가 말하기를, "노력하고 밥 많이 먹다가 환국
> 할 것이지, 오는 봄 기다리자 하지 마오." 하였다.[29]

일본에 잡혀 있다고 해서 사람들은 조선에서의 관습을 버리지 않았다.
힘든 삶 속에서도 그들은 유교적 전통을 지키는데, 이는 제사를 지내는 것
에서 확인할 수 있다. ①은 정희득의 『월봉해상록』에 실린 1598년 9월 27
일 일기의 전문으로, 어머니와 아내가 자결한지 정확히 1년 되는 날의 기
록이다. 닭이 울자 제물을 차려놓고 슬피 부르짖는 정희득의 모습을 볼 수
있다. 정희득은 큰 누이동생의 기일에도 혈육이 다 죽어 제사를 지내주지
못할까 걱정하여 제사를 지내주기도 한다. 강항의 경우에도 「섭란사적」에
서 어머니의 기일에 제사를 지내는 것을 볼 수 있는데, 여기에는 축문 전
체가 실려 있기도 한다.

조선 포로들은 이렇게 억류생활 중에도 제사를 지냈고, 같은 처지의 사
람들끼리 서로의 아픔을 나누기도 하였다. 이들은 서로 만나고 편지를 전

---

28 鷄鳴設奠哀呼. 罔極罔極. 萬里冤魂, 知耶否耶, 驚風急雨, 恰似去年今日. 是何前後
氣像, 一般慘怵. 叫天扣地, 寸腸摧裂-鄭希得, 『月峯海上錄』, 「海上日錄」, 1598年
9月 27日.

29 作飯會諸友饋之. 蓋輪設飯菜, 而仲源先行, 故余今答設. 皆曰還帆不可以嚴風, 必待
東風云. 余曰, 努力加餐還國, 莫待來春.-『月峯海上錄』, 「海上日錄」, 1598年 10月
7日.

할 정도의 자유는 가지고 있었는데, 정희득의 경우 다른 지역에 있는 노비의 편지를 받기도 한다. 위의 ②는 『월봉해상록』에 실린 1598년 10월 7일 일기의 전문으로, 정희득이 밥을 지어 여러 친구들을 대접하는 상황이 실려 있다. 억류되어 있는 열악한 상황이지만 이들은 돌아가며 밥을 지어 서로 대접하면서 아픈 마음을 나누고 귀환을 꿈꾸었음을 알 수 있다.

그리고 이들은 때로 힘을 모아 탈출을 시도하기도 하였다. 탈출의 전 과정은 노인의 『금계일기』에서 가장 잘 볼 수 있으며, 강항의 경우에도 탈출을 시도하다 죽을 고비를 넘기기도 하였다. 아래는 강항의 『간양록』 중 「섭란사적」에서 첫 번째 탈출을 시도하다 잡히는 상황에 대한 서술이다.

> 열 걸음도 못 가서 한 왜적이 卒倭 두 사람을 거느리고 졸지에 와서 우리들을 보고 말하기를, "도망하는 조선 사람들이다. 칼을 받아라." 하므로, 우리들은 목을 내밀고 칼날을 받으려고 하자, 적은 졸왜로 하여금 붙잡아 끌게 하였다. 우리들이 板島 市門 밖에 당도하니, 긴 나무 십여 개에 죽은 사람의 머리를 많이 달아 놓은 것이 있었다. 바로 적중의 藁街였다. 우리들을 그 아래에 앉히고 목을 벨 시늉을 하더니, 한 왜적이 칼을 끌어 당겨 정지시키고 우리들을 성중으로 보냈다.[30]

위는 강항이 1차 억류지였던 대진성에 있었던 때의 일로, 일본 승려가 배로 탈출을 도와주겠다고 하여 기뻐하며 그를 따라가다 위와 같이 왜적들에게 잡힌다. 왜적이 칼로 목을 베려하는 것을 두 번이나 겪고, 강항은 다시 대진성으로 보내진다. 강항은 담담하게 상황만을 서술하지만, 칼이 목 앞에까지 오는 위험한 상황을 볼 수가 있다. 이후 강항은 3차 억류지인

---

30 十步之內, 忽逢一倭賊, 領卒倭二人猝至, 見吾等曰, 朝鮮人亡走者也. 承之以劍. 吾等引頸受刃, 賊令卒倭扶曳. 回至板島市門外, 有長木十餘條, 多懸死人頭, 乃賊中藁街也. 置吾等于其下, 爲斫頭之狀, 有一賊援劍止之, 乃送吾等于城中. ‒姜沆, 『看羊錄』, 「涉亂事迹」

복견성에서도 글품을 판 돈으로 배를 사서 탈출을 꾀하다가 다시 잡혀 통역들은 모두 죽고 자신들은 감금되는 일을 겪는다. 비교적 안정되게 지내지만 결코 귀환을 포기하지 않는 조선 포로들의 의지를 볼 수가 있다.

강항은 일본에 주자학을 전파시킨 인물로, 복견성에서 舜首座 및 赤松廣通과 교유하고 그들에게서 일본에 대한 정보를 얻었다. 首座는 승려의 직위 명칭으로 순수좌의 이름은 藤原惺窩이고, 적송광통은 순수좌의 후원자이자 문인이다. 이들은 강항이 귀환할 때 배를 구해주는 등 강항을 돕는데, 강항이 복견성에 있는 동안 주자학을 전수받은 순수좌는 일본 주자학의 開祖가 되었다. 이러한 강항의 주자학 전파에 관해서는 많은 학자들이 연구를 하였고, 강항이 일본 주자학에 끼친 영향에 대해서는 하나같이 인정을 하고 있다.[31] 그리고 순수좌의 문집인 『藤原惺窩文集』에는 시 〈題菊花圖答姜沆〉, 편지 〈簡朝鮮姜沆〉·〈問姜沆〉·〈答姜沆〉 등이 있어 두 사람의 교유의 흔적을 볼 수 있으며, 강항이 쓴 〈五經跋〉도 실려 있다. 하지만 강항의 『간양록』에는 이들에게 써 준 글과 학문적 전수 과정이 나와있지 않다.

강항 등은 일본 억류지에서 많은 일본인들을 만났고 그들에게 시를 써

---

31 松田甲, 「藤原惺窩と姜睡隱の關係」, 『韓日關係史研究』, 朝鮮總督府, 1929 ; 阿部吉雄, 「藤原惺窩の儒學と朝鮮-姜沆の彙抄十六種の新調査にちなんで-」, 『朝鮮學報』 12, 朝鮮學會, 1958 ; 阿部吉雄, 『日本朱子學と朝鮮』, 東京大學出版會, 1965 ; 辛基秀·村上恒夫, 『儒者姜沆と日本』, 明石書店, 1991 ; 村上恒夫, 『姜沆-儒教を伝えた虜囚の足跡-』, 明石書店, 1999 ; 姜在彦, 「江戸儒學と姜沆」, 『일본학』13, 동국대학교 일본학연구소, 1994 ; 박균섭, 「姜沆이 日本 朱子學에 끼친 影響」, 『일본학보』37, 한국일본학회, 1996 ; 이동희, 「睡隱 姜沆의 愛國精神과 日本에의 朱子學 전파」, 『유학사상연구』12, 한국유교학회, 1999 ; 최대우·안동교, 「姜沆의 衛道정신과 일본에서 유학전수」, 『호남문화연구』38, 전남대학교 호남문화연구소, 2006 ; 桂島宣弘, 「姜沆と藤原惺窩-十七世紀の日韓相互認識-」, 『전북사학』34, 전북사학회, 2009 ; 박맹수, 「수은 강항이 일본 주자학 발전에 끼친 영향-후지와라 세이카와의 관계를 중심으로-」, 『도서문화』35, 목포대학교 도서문화연구소, 2010 등.

주고, 글을 베껴주는 등의 일을 하였다. 노동을 하지 않는 이들을 일본에서 억류하고 있는 이유도 바로 이러한 학문적인 도움을 위해서였다. 하지만 강항은 일본인과의 교유에 대해서 그들에게 정보를 얻고, 어쩔 수 없이 시를 써 주는 등의 일을 간략하게 서술하였고, 정희득 또한 자신의 감정 서술에 대해 치중하여 일본인과의 교유에 대해서는 구체적인 서술을 하지 않았다. 노인의 『금계일기』에서도 조선인, 중국인과 탈출을 준비하는 과정에 집중하여 일본인의 모습은 탈출을 방해하는 요소 정도로만 기록되어 있다. 이는 일본인과의 교유는 어쩔 수 없이 일어나지만, 이에 대해 부정적인 조선인 포로들의 인식을 보여주는 것이다. 하지만 조선 포로들과의 교유 등은 잘 나타나 있어 일본 속 당대 조선 포로들의 모습을 다양하게 볼 수가 있다.

다. 귀환의 고난

임진왜란 중에 9~14만여 명에 이르는 사람들이 전쟁 포로로 타국으로 잡혀갔지만 6,300여 명만이 고국으로 귀환했다. 10명 중의 1명도 되지 않은 수만이 조선으로 돌아올 수 있었던 것이다. 그렇다면 호남의 포로실기 작자들은 어떻게 고국으로 돌아왔던 것일까? 포로로 일본에 갔던 조선 사람들이 본국으로 귀환한 경위는 자력 귀국, 대마도를 매개로 한 송환, 조선 사절 來日 때의 송환 등 세 가지 유형으로 나눌 수 있다.[32] 자력 귀국의 대표적인 예로는 중국으로 탈출하여 다시 조선으로 돌아온 노인을 들 수 있으며, 강항 일행의 경우도 이에 해당된다. 강항 일행은 몰래 탈출한 것이 아니라 전쟁이 끝난 후 적장이 내보내줬지만 길을 알아보고 배를 구하는 등은 모두 강항 일행의 힘으로 한 것이었다. 이는 「涉亂事迹」에서 '적장 좌도가 守倭를 불러 우리집에 대한 防守를 늦추라고 하니, 守倭는

---

32 요네타니 히토시, 「사로잡힌 조선인들-전후 조선인 포로 송환에 대하여-」, 『임진왜란 동아시아 삼국전쟁』, 휴머니스트, 2007, 89쪽.

곧 나가라고 말하였다. 그래서 바로 舜首座를 찾아가 보고서 돌아가기에
편리한 길을 알아보았다'33라고 기록한 것을 통해 확인할 수 있다.

정희득 일행도 강항 일행과 마찬가지로 전쟁이 끝나고 적장 가정의 허
락을 받아 귀환길에 오른다. 하지만 대마도에서 6개월 가량을 억류당하게
되고, 대마도주의 승인을 받아 돌아오게 되어 대마도를 매개로 한 송환에
해당된다. 조선으로부터 쌀 등의 생필품 공급과 무역으로 살아온 대마도
는 조선과의 관계단절이 계속되는 것을 현실적으로 견딜 수 없었고, 1599
년부터 사신을 보내어 포로를 송환하는 등의 성의를 보이면서 계속하여
화의를 구하였다.34 정희득 일행도 이러한 대마도의 이익을 위해 억류당했
다가 조선으로 보내지게 된 것이다. 이는 『선조실록』의 기사를 통해서도
확인할 수 있다.

> 또 지난해 왜장이 전라도를 함락할 때 豊臣茂成이 귀국 사람을 잡아 왔었는
> 데, 지난 겨울에 무성을 떠나 陌島에 도착한 무리 柳澳【처 郭氏 및 처제】·鄭
> 喜35得·鄭慶得【자녀】·鄭憕·朱顯男·鄭好仁·柳汝宏·柳汝寧·林得悌【처】·
> 柳興男·鄭好禮【여자 4인】를 지금 배편으로 보냅니다. 금후로 두 나라가 우
> 호관계를 맺으면 떠나간 자나 도망간 자, 또는 이곳에 있는 자들을 반드시 배
> 로 내보낼 것인데, 이 사실 또한 예조 대인에게 전달하면 좋겠습니다.36

위는 일본이 조선 조정에 보낸 書契의 마지막 부분이다. 정희득 등을

---

33 賊將佐渡, 招守倭使寬吾家防守, 守倭敎令卽出去. 乃往見舜首座, 求利涉之路. -姜沆,
  『看羊錄』,「涉亂事迹」
34 최관,『일본과 임진왜란』, 고려대학교출판부, 2004, 125쪽.
35 希의 오기.
36 又前年倭將陷全羅道之日, 豊臣茂成捉貴國人來, 去冬辭茂成, 到陌嶋之徒柳澳【妻郭
  氏及妻弟】, 鄭喜得, 鄭慶得【女子】, 鄭憕, 朱顯男, 鄭好仁, 柳汝宏, 柳汝寧, 林得悌
  【妻】, 柳興男, 鄭好禮【女四人】, 今附于船尾以送之. 自今以往, 兩國屬和, 則或辭去
  者, 或逃去者, 又在此地者, 必差船送之, 是亦達禮曹大人則好矣. -『宣祖實錄』, 宣祖
  32年(1599) 7月 14日.

배편으로 보낸다고 알리면서 이후로 두 나라가 우호관계를 맺으면 일본에 있는 조선 사람들을 배로 돌려보낼 것이라고 하고 있다. 이처럼 조선 사람들을 고국으로 돌려보내는 데는 조선과의 국교를 회복하고자 하는 의도가 있었고, 정희득 일행은 그 초기 사례로 조선으로 오게 된 것이다. 이후 조선과 일본의 국교가 회복되고 조선에서 보낸 사신들을 따라 일부 조선인들이 고국으로 돌아올 수 있었다.

조선으로의 귀환은 일본에 억류되었던 포로들이 가장 꿈꾸었을 일이다. 하지만 아무리 간절히 원했던 일이라 해도 귀환의 과정은 결코 쉽지 않다. 몰래 탈출하는 것은 당연히 어렵고, 일본인의 허락을 얻기도 어려운데다가, 일본인의 허락을 얻더라도 배와 뱃사공을 구해 항해하는 과정 또한 많은 고난을 동반한다. 호남의 포로실기에는 다양한 귀환의 과정과 그 과정에서의 고난이 곡진하게 형상화되어 있다.

강항의 경우는 일본인의 허락을 얻은 후, 순수좌 등의 도움으로 큰 고난 없이 부산으로 돌아왔다. 물론 돌아오는 과정에서 여러 가지 일이 있었겠지만, 1600년 4월 2일에 귀환길에 올라 5월 19일에 부산에 도착하였으니 비교적 짧은 시간에 순탄하게 돌아온 것이라 할 수 있다.

그런데 노인과 정희득의 귀환은 쉽지 않았다. 노인의 경우 일본인 몰래 중국인의 도움을 받아 중국으로 탈출하였는데, 준비 과정에서 일본인들이 배를 수색한다하여 탈출이 무산될 뻔하는 등 어려움을 겪었다. 미리 거룻배를 타고 작은 섬에 숨어있다가 중국배에 옮겨 타는 데에 성공하고, 풍랑으로 고생하기도 하면서 11박 12일에 걸친 항해 끝에 중국 복건성에 도착한다. 그런데 겨우 중국에 왔음에도 중국에서는 바로 보내 주지 않아 최귀문을 쓰며 귀환을 하소연하여야 했다. 노인의 『금계일기』에는 중국으로의 탈출 준비 과정과 항해, 중국에서 다시 보내달라고 하소연하는 과정 등이 나타나있어, 당시 귀환의 고난 속에서 포로들이 겪었을 마음 고생을 볼 수가 있다.

나는 눈물을 흘리며 말하기를, "자유로이 움직이지도 못하고, 또 쉽게 돌아가
지도 못하면, 마침내 이 지방의 귀신이 되고 말 것이니, 또 비옵건대, 여러
재상은 어질고 관용하는 마음으로 자세히 살펴서 빨리 돌려 보내기로 결정을
하십시오." 하였다. ······ "남쪽 사람은 노래 부르며 춤을 추는데, 북쪽 사람
은 근심한다는 말이 바로 이를 말하는 것입니다. 다만 장군께 바라는 것은
천박한 포로로서 목숨을 걸고 고국으로 돌아가려는 것은 고향으로 빨리 가서
죽은 부모의 백골을 거두려고 하는 정상임을 곰곰이 생각해 보십시오." 하고,
슬픈 눈물을 흘리니, 장군도 얼굴을 가리고 눈물을 흘렸다.[37]

중국에 머무르면서 귀환이 허락되기를 기다리는 노인의 애절한 마음은
최귀문에 가장 잘 나타나는데, 위와 같이 중국 관료들과의 대화 속에서도
볼 수가 있다. 위는 1599년 4월 27일 일기의 일부로, 세 번째 최귀문을 올
리고 난 후 포정이 재촉하지 말라고 하자 노인은 위와 같이 빨리 보내달
라고 하소연한다. 돌아가서 부모님의 백골을 빨리 거두고자 눈물까지 흘
리는 노인과 노인에 감화되어 함께 눈물 흘리는 중국인의 모습을 통해 귀
환을 기다리는 포로들의 애절함을 볼 수가 있다. 중국에 머무르는 동안 중
국인들의 도움 속에 안정되게 지내지만 귀환이 확정되지 않아 노인의 마
음은 괴로울 수밖에 없었다.

강항, 노인, 정희득은 1597년 재침입에 피랍되었지만 정희득은 일본에
머무른지 1년여 만에 귀환을 허락받아 가장 빨리 귀환길에 오른다. 그런
데 귀환하는 과정에서 누구보다 많은 어려움을 겪는다. 중국 항해에 비하
면 짧은 뱃길이지만 대마도로 향하는 중에 풍랑으로 인한 어려움을 여러
차례 겪는다. 또한 당초에 일본의 뱃사공들이 부산까지 가기로 약속을 하
였지만, 광풍이 불어 뒤집힐 뻔하고 적이 패해서 일본으로 돌아왔다는 것

---

37 我流涕曰, 然則擁滯未易歸, 終爲此域鬼耶, 更祝僉相, 仁恕曲察, 早決轉送也. ······
南人歌舞北人愁者, 政謂此也. 惟願將軍, 潛思俘賤, 萬萬死固還父母之國, 而催歸故
山, 欲襲亡親白骨之情地, 困墮悲淚, 將軍亦掩面墮淚. -魯認, 『錦溪日記』, 1599年 4
月 27日.

을 듣고는 정희득 일행을 일기도에 내려놓고 돌아가 버린다. 새로 배를 사서 겨우 도착한 대마도에서는 포로 쇄환을 통해 조선과의 국교를 재개하려는 대마도의 계략에 의해 다시 억류된다. 이전에 탈출 시도를 하지 않았던 정희득은 대마도에서 몰래 탈출 시도까지 한다.

① 아침에 馬花島에 이르니, 역시 찬기 땅이다. 풍우에 막혀 그대로 묵었다. 앉아서 보니 높다란 소나무는 낙락히 솟아 있고 가는 빗발은 소소히 뿌린다. 지난해 이날에 昌原에 있다가 비로소 배를 타고 들어왔는데, 생각을 더듬으니 심사가 갑절이나 처량하다. 이날 밤 광풍을 만나 배가 거의 침몰할 뻔했다. 주머니의 돈을 털어 앞마을에 가 술을 사서 왜놈 뱃사람을 달랬다.[38]

② 들으니, 우리나라 소금 장수가 이 섬 한 모퉁이에 와 있는데 스스로 한 마을을 이루어 산다고 한다. 더불어 도망갈 계책을 세우고자 하여 가만히 회백을 소금 장수 마을로 보냈더니, 그날 안에 돌아오지 못했기 때문에 수직하는 왜인에게 발각되었다. 온갖 수작으로 위협하고 욕하면서 그들은 나와 중겸을 소금 장수 마을까지 휘몰고 갔다. 마침 큰비가 오는데 우비도 없고 신도 못 신은 채 험준한 자갈길을 종일토록 가고 가니 고생이 이루 말하기 어려웠다. 스스로 생각하니 죄 많은 이 몸이 아직 죽지 못하고, 천만가지 생각과 계획이 매양 마귀의 훼방을 당하니, 다만 하늘을 우러러 탄식할 뿐이었다.[39]

위의 ①은 『월봉해상록』 1598년 11월 26일 일기로 대마도를 향하는 중의 기록이다. 광풍을 만나 배가 거의 침몰할 뻔하고, 주머니를 털어 술을

---

38 朝, 到泊馬花島下, 亦讚歧境也. 阻風雨留宿. 坐看危松落落, 細雨蕭蕭. 去年此日在昌原, 始登船入來, 想來心緒倍覺悽然. 是夜遇狂風, 船幾覆沒. 取囊中錢, 買得前村酒, 勞船倭輩.-鄭希得,『月峯海上錄』,「海上日錄」, 1598年 11月 26日.

39 聞我國鹽商來住一隅, 自成一村而居. 欲與之謀逃遷, 潛送晦伯於鹽村, 而其日未及還, 故守直倭覺之. 多般恫辱, 驅我及仲謙往鹽村. 時大雨而無雨具無足鞋, 崎嶇石路, 終日行行, 艱苦難狀. 自念多罪此身, 尚今不死, 千思萬計, 每被魔戲, 只仰天悲嘆矣.-鄭希得,『月峯海上錄』,「海上日錄」, 1599年 閏3月 20日.

사서 뱃사람들을 달래는 등 귀환 과정의 고난이 나타나 있다. 정희득 일행
은 목숨을 걸고서라도 계속 항해를 해서 고국으로 가야 하지만, 일본인 뱃
사람들은 돈을 보고 하는 일로 목숨을 걸고서까지 항해하려고는 하지 않
았을 것이다. 정희득은 이렇게 부족한 돈을 써가며 뱃사람들을 달래야 했
다. 이후 11월 29일에는 암초에 걸려 배가 전복될 뻔한 위험을 겪고, 12월
2~5일에는 큰 바람에 이동하지 못하는 등 정희득 일행의 고생스런 노정이
계속된다. ②는 1599년 윤3월 20일 일기의 전문으로 조선에서 온 소금 장
수가 이룬 마을에 사람을 보내 도망갈 계책을 세우려다가 왜인에게 들켜
고통을 겪는 정희득의 모습을 볼 수 있다. 어려움 속에서 겨우 대마도에
도착하였지만 몇 달이 지나도 귀환이 확정되지 않자 위와 같이 탈출 계획
을 세운 것이다. 하지만 계획은 들키고, 정희득은 비오는 날에 우비도 없
이 자갈길을 맨발로 끌려가는 고통을 겪고 있다.

정희득 일행은 대마도에 6개월 가량 억류된 후, 중국 사신들의 도움 속
에 조선으로 귀환하게 된다. 하지만 관직이 없었던 이들은 부산에 도착한
이후 자신들의 힘으로 고향으로 돌아가야 했다. 1599년 7월 3일에 부산을
출발하여 7월 20일에 함평에 도착하기까지, 조선에서의 노정이 하루도 빠
짐없이 『월봉해상록』에 실려 있다. 그리하여 형이 다리를 다쳐 고생하고
식량이 없어 구걸하는 등 고통스런 조선 노정을 볼 수가 있다.

임진왜란이 끝난 후 포로를 쇄환하는 것을 주요 임무로 했던 통신사들
은 부산에 도착한 후 포로들과의 관계가 끝이 난다. 그렇기에 통신사 기록
을 통해서는 부산에 도착한 이후 포로들이 어떻게 고향으로 돌아갔는지를
볼 수가 없다.

① 쇄환인 등에게 분부하여 부산의 여염집에 흩어져 머물면서 조정의 처치를
　기다리도록 하였다.[40]
② 부산에서 발행할 때에 쇄환인 등이 서로 이끌고 따라오며 말 앞에서 통곡

---

40 分付刷還人等, 散接釜山閭家, 以待朝廷處置 - 慶暹, 『海槎錄』, 1607年 7月 3日.

하였다. 아마 배 안에서는 주방에서 공궤하였는데, 부산에 와서는 의뢰할 곳이 없고, 고향으로 가고자 해도 또 길을 알지 못하여서이리라. 이 때문에 울부짖으며 따라오니, 정경이 지극히 가련하였다. 行中의 나머지 양식을 덜어내어 각기 5일간 양식을 주어 보내고, 그 살던 고을에 關文을 써서 각기 그 사람에게 부쳤다.[41]

위의 ①은 1607년 일본에 다녀온 경섬 『해사록』의 1607년 7월 3일 일기의 마지막 기록이다. 부산으로 데려온 포로들을 여염집에 머물게 하면서 조정의 처치를 기다리게 했다는 것이 포로들에 대한 조선에서의 기록 전체이다. ②는 1624~1625년에 일본에 다녀온 강홍중 『동사록』의 1625년 3월 7일 일기의 일부로, 포로들이 부산에 도착한 후 국가에서 전혀 대책을 세워주지 않자 사신 일행의 길 앞에서 하소연하는 것을 볼 수 있다. 이후 3월 15일에 강홍중은 조정에 포로들이 하소연한 상황을 보고한다.[42] 강홍

---

41 自釜山發行時刷還人等, 相率追來, 慟哭於馬前. 蓋船中則自行廚供饋, 而及到釜山, 無所依賴, 欲尋故鄉, 又不知路, 以此號泣追來, 情事極可憐也. 除出行中用餘, 各給五日糧而送之, 各其所居處, 幷作關文, 各付其人. -강弘重, 『東槎錄』, 1625年 3月 7日.

42 상이 이어서 저들의 사정을 물으므로 세 사신이 각기 일기에 실린 바와 같이 보고들은 것을 대답하였다. 내가 또 나아가 아뢰기를, "쇄환한 사람을 감언이설로써 이리저리 달래어 겨우 데리고 왔는데, 올 때에는 行中의 주방에서 공궤하였지만, 부산에 와서는 의뢰할 곳이 없어서 신 등이 길을 떠나 상경하던 날, 거개 따라 오며 말 앞에서 울며 호소하였습니다. 그 정경을 생각하매 지극히 가련하여, 행중에서 쓰고 남은 쌀을 덜어내어 각기 5일분 양식을 주어 보냈습니다. 현재 일본에 있는 사람들이 만약 이들이 본토에 돌아와서 낭패한 정상을 듣는다면, 이 뒤에는 비록 쇄환하려 하더라도 반드시 용이하지 않을 것입니다. 또 쇄환인 가운데 수십 명은 포 쏘는 데에 능숙하니, 만약 서울로 데려와 料布를 넉넉히 주고 別隊로 삼아, 훈련도감 포수를 가르치면 좋을 듯하옵니다." 하였다. 상은 다만 포수 한 가지 일에 대하여 답하기를, "그러하다면 매우 좋은 일이다." 하고, 곧 훈련도감을 시켜 상경하게 하여 별대로 삼게 하였다.(自上仍問彼中事情, 三使臣各對以所聞見, 如日記所載. 余又進奏曰, 刷還人口, 甘言游說, 百般開喩, 僅得刷來, 來時則以行廚饋之, 及到釜山, 無所依賴, 臣等離發上京之日, 舉皆追來, 號泣馬前. 想其情事, 極爲可憐,

중은 이 일이 일본에 있는 사람들에게 알려진다면 뒤에는 쇄환하기가 쉽지 않을 것이라 말하면서, 쇄환한 포로들 중 포 쏘는 데 능숙한 사람이 있으니 별대로 삼아 훈련도감 포수를 가르치도록 하자고 제안한다. 인조 임금은 포수를 별대로 삼는 것은 바로 시행하지만, 나머지 대책에 대해서는 언급하지 않는다.

마지막으로 쇄환활동을 하여 14명의 포로를 데리고 온 1643년 사절의 경우에는 인조 임금이 양곡을 주어 굶어 죽는 일이 없도록 하라고 명령하는 등 정부의 대책이 구체적이다.[43] 그런데 이는 전쟁이 끝나고 40여 년이 지난 후의 일로 그 이전, 특히 종전 전후에 돌아온 사람들이 어떻게 고향으로 돌아갔는지는 제대로 알기 어렵다. 또한 쇄환의 업무를 띠고 간 사절들이 데려온 포로들조차 제대로 된 국가의 도움이 적었던 것으로 보아, 개인적으로 귀환한 사람들의 경우 자신들의 힘으로 고향으로 돌아가야 했음을 짐작할 수 있다. 기록이 부족하여 짐작할 수밖에 없었던 귀환 포로들의 조선에서의 노정은 『월봉해상록』을 통해서 자세히 볼 수 있다. 조선에서의 노정뿐 아니라 임진왜란 포로들의 귀환 전 과정은 호남의 포로실기가 가장 자세하게 담고 있는 것이다.

2. 작자의 신분에 따른 다양한 시각

실기는 작자 본인의 직접적인 체험을 기록한 사실적이며 현장성 있는

除出行中用餘米, 各給五日粮, 而大槪方在彼中之人, 若聞此輩還土狼狽之狀, 則後雖欲刷來, 必不易也. 且刷還人中數十餘名, 善爲放砲, 若上京優給料布, 作爲別隊, 敎訓鍊都監砲手則似好矣. 上只答砲手一事日, 若然則極好矣. 卽命訓鍊都監使之上京作隊)−姜弘重, 『東槎錄』, 1625年 3月 25日.

43 쇄환 피로인에 대한 조선 정부의 대책에 대해서는 민덕기의 논문(「임진왜란에 납치된 조선인의 귀환과 잔류로의 길」, 『한일관계사연구』20, 한일관계사학회, 2004, 139~143쪽) 참조.

문학 장르이다. 실기에 대해 이채연은 '실존 인물이 역사의 현장에서 직접 겪은 체험의 실상을 傳, 記, 錄과 같은 문체로 기록·표현한 것으로 역사와 같은 사실지향적인 서술태도를 보이면서도 이성보다도 감성에 호소하는 生體驗 중심의 서사문학'이라고 정의하였다.[44] 실기는 이렇듯 실존했던 인물이 직접적인 체험을 서술하므로 사실지향적이지만 당대 그 자리에 있었던 사람만이 알 수 있는 사실과 극한 상황에서의 감정이 서술되어 있어 역사기록에는 없는 감동을 지닌다. 또한 같은 경험을 했다 하더라도 '사건을 바라보는 기록자의 개인적인 시각이 개입되기 때문에 기록성보다는 문학성이 우선'[45]된다. 호남의 포로실기 작자들은 비슷한 경험을 하였지만, 개인적인 시각이 있기 때문에 각각 다른 특성을 가질 수 있었다.

호남의 포로실기 작자들은 해외체험 당시 자신들이 처했던 입장, 자신들이 집중한 상황에 따라 시각을 달리하여, 세 편의 실기는 다양한 시각을 보여 준다. 사람마다 다른 성품을 가지고 있기 때문에 각각의 글은 다를 수밖에 없다. 하지만 같은 조선의 선비로 비슷한 나이이며, 호남지역의 인물이자 기혼자인 이들이 관료, 학자, 자연인 등 신분에 따라 다른 서술 내용을 보여준다는 것은 의미 있는 일이다.

강항, 노인, 정희득은 모두 당대 조선 선비들이 그러했듯이 유학을 공부한 유학자이다. 하지만 강항은 해외체험 당시 관료로서 자신의 입장에 집중하였고, 정희득은 가족을 잃은 한 개인으로서의 입장에 집중하였기에 학자의 입장에서 실기를 서술한 것은 노인에게서 볼 수가 있다. 또한 한 개인으로서 자신의 슬픔, 가족과 동료들에 대한 애정에 집중한 인물은 정희득이다. 해외체험 당시 국가나 학문에 얽매이지 않고 자기 자신에 집중하였으므로, '사회나 문화에 속박되지 아니한, 있는 그대로의 사람'이라는

---

44 이채연, 『壬辰倭亂 捕虜實記 硏究』, 박이정, 1995, 51쪽.
45 서종남, 「朝鮮朝 '國文日記' 硏究-'山城日記'와 '화성일기'의 深層的 考察-」, 성신여자대학교 박사학위논문, 1994, 7쪽. 이는 일기에 대한 서종남의 설명이지만, 일기도 실기의 범주 중 하나로 실기에 대한 설명에도 해당된다.

사전적 의미를 가진 '자연인'으로 정희득의 신분을 표현하였다. 이들은 같은 경험이더라도 입장에 따라 다르게 표현하여 당시 포로들의 다양한 시각을 볼 수가 있다.

가. 관료의 사환의식

강항은 1567년 5월 17일 아버지 姜克儉과 어머니 永同 金氏의 넷째 아들로 영광군 남면 류봉리(현 불갑면 금계리)에서 태어났다.[46] 그의 삶은 크게 네 시기로 나뉘는데, 고향에서 출사를 준비하던 修學期(출생~26세), 과거 급제 이후 관료생활을 하던 仕宦期(27~30세), 일본에서 포로생활을 하던 被擄期(31~34세), 생환 이후 고향에서 생활하고 생을 마친 遁世期(34~52세) 등으로 나눌 수 있다.[47] 그는 임진왜란 기간 중에 약 4년간의 짧은 관직 생활을 하다가 포로가 되어 해외체험을 하였다.

강항은 22세인 1588년 진사시에 합격하였고, 전쟁 중이던 1593년 27세의 나이로 문과에 급제하였다. 校書館正子로 관직을 시작하여 28세에는 承政院假郎으로 20여 차례 편전에 입시하여 선조에게 칭찬을 받기도 하였다. 30세 봄에 成均館典籍에 제수되었고 工曹佐郎을 거쳐, 같은 해 겨울에 刑曹佐郎이 되었다. 그리고 31세인 정유년 봄에 휴가를 내고 잠시 고향에 내려와 있던 중 정유재란을 겪게 된다. 강항은 정유재란 당시 分戶曹로서 남원에 머물러 있던 李光庭의 요청으로 종사관이 되어 군량미를 모으고

---

46 강항의 생애와 관련하여서는 尹舜擧가 지은 〈行狀〉, 『湖南節義錄』의 〈異域全節〉, 박세인의 논문(「睡隱 姜沆의 시문학 연구-內傷의 표출 양상과 치유적 형상을 중심으로-」, 전남대학교 박사학위논문, 2009, 14~22쪽) 참조.

47 채승훈, 김동준은 수학기와 사환기를 구분하지 않았으나 4년간의 짧은 사환기간이 길 하지만 강항에게 이 기간은 중요하였다. 특히 사환기에서 피로기로 바로 연결되기 때문에 그는 포로 해외체험 기간 동안 관료로서 자신의 신분을 결코 잊지 않았고, 일본에 있는 동안에도 관료로서 역할에 집중하였다. 그리하여 수학기와 사환기를 구분한 박세인의 견해를 따랐다.

운반하는 일을 하였다. 군량미를 모았을 때 일본군이 남원성을 함락하여 군량미를 조달할 수 없었고, 이에 영광으로 돌아와 순찰사 종사관인 金尙 雋과 함께 의병 2백 명을 모아 항전을 하려 하였다. 하지만 전황이 불리해지자 김상준과 의병들이 흩어져 버렸고, 강항도 가족과 함께 배를 마련하여 피란을 떠났다.

강항은 임진왜란 기간 중에 관직 생활을 시작하여 약 4년간의 짧은 기간을 관직에 있었다. 하지만 관료로서 군량미를 모으고, 의병을 모집하던 중 어쩔 수 없이 피란을 떠나게 되고 또 일본을 체험하게 된 그로서는 해외체험 기간 동안에도 신하로서의 사명감을 져버릴 수 없었다. 그리하여 일본에 있는 동안 일본을 정탐한 내용을 疏로 작성하여 조선으로 보내는 등 관료로서 조정을 위한 일을 하고자 노력한다. 관직 생활 중 전쟁이라는 불가항력적인 상황에 의해 적국에 끌려가게 된 강항은 해외체험을 하는 도중에도 사환의식을 항상 지니고 있었고, 『간양록』의 많은 부분은 신하로서의 사명감 속에서 쓰여진 것이다.

강항의 사환의식은 피란과정에서도 드러나는데, 배로 피란을 떠나면서 강항은 형제들과 어디로 향해갈 것인지를 의논한다. 혹은 배를 버리고 육지로 올라가자 하고, 혹은 黑山島로 들어가자고 하는데, 강항은 통제사 이순신에게 가자고 제안한다.

① 배 안에 있는 장정이 두 배를 합치면 거의 40여 명에 달하니, 통제사에게 붙어서 싸우기도 하고 후퇴하기도 하는 것이 설사 성공을 못하더라도 떳떳하게 죽을 수 있을 것이다.[48]

② 의복이 갖추어지지 못하고 粢盛(제수)이 조촐하지 못해도 오히려 제사를 못 모시는 법인데, 하물며 왜적이 주는 남은 음식으로 감히 昭告의 정성을 바치겠는가? 그렇지만 차마 그저 넘길 수도 없어서 간략히 메 올리는 의식을 갖기로 하고, 가진 물건을 팔아서 제수를 장만하여 祝하였다.[49]

---

48 舟中壯士合兩船幾四十餘人, 可附統制使, 且戰且退, 不成, 不失明白死.-姜沆, 『看羊錄』, 「涉亂事迹」

①은 「섭란사적」에서 피란 도중 항로를 상의한 내용을 기술한 것이다. 통제사에게 가서 전쟁에 참여하여 혹 실패하더라도 떳떳하게 죽겠다는 강항의 의도를 잘 볼 수 있다. 이후 이들의 논의를 들은 뱃사공이 가족들을 데리러 가기 위해 항로를 바꾸어 아버지가 탄 배와 멀어지고, 아버지의 배를 찾으러 다니다 왜적에게 잡혀 원래의 의도를 이루지 못한다. 대신 일본에 억류되어 있는 동안, 일본에서 할 수 있는 관료로서의 일을 찾아 일본에 대한 정보를 탐색하고 계책을 제시하여 다양한 문체로 체계적으로 정리를 하였다.

또한 포로로 일본체험은 특별한 체험인지라 노정이나 가족의 죽음 등의 개인적인 일을 서술하긴 하지만 간략하게 제시하거나 감정을 숨긴 채 상황만을 보여준다. 강항도 정희득과 같이 일본에서도 어머니의 제사를 지내는 것을 ②의 「섭란사적」에서 볼 수 있다. 정희득은 어머니의 제사, 생신, 누이동생의 제사 등에 슬픈 마음만을 하소연 한다.[50] 이와 달리 강항

---

49 衣服不備, 粢盛不潔, 尙不以祭, 況以倭賊之餘, 敢申昭告之誠. 猶不忍虛度, 略修薦儀, 賣枕供具祝.-姜沆, 『看羊錄』, 「涉亂事迹」

50 닭이 울자 제물을 차려놓고 슬피 부르짖었다. 망극하고 망극하다. 만 리의 冤魂은 아시는지 모르시는지! 놀란 바람, 급한 비가 지난해의 이날과 흡사하다. 어찌하여 전후의 날씨는 이렇게도 꼭 같이 참담한가. 하늘을 부르고 땅을 치니 간장이 마디마디 꺾어진다.(鷄鳴設奠哀呼. 罔極罔極. 萬里冤魂, 知耶否耶. 驚風急雨, 恰似去年今日. 是何前後氣像, 一般慘悷. 叫天扣地, 寸腸摧裂)-鄭希得, 『月峯海上錄』, 「海上日錄」, 1598年 9月 27日.
어머니의 생신날이다. 전을 차려놓고 통곡하니 애달프고 애달프다. 슬피 부르짖으며 이르기를, "까마귀의 反哺하는 정성은 빗나가고, 結草하여 은혜를 갚고자 하던 마음 한이 되었네. 머나먼 타향에서 잔 올리니 하찮은 정성이나 절박하오니 만 리의 외로운 혼령이시어 기꺼이 왕림하소서." 하였다.(乃慈母粹辰. 設奠慟哭, 罔極罔極. 哀號曰, 誠違烏哺, 恨結草心. 天涯一酌, 微忱雖切, 萬里孤魂, 其肯來臨)-『月峯海上錄』, 「海上日錄」, 1598年 3月 26日.
바로 큰 누이동생의 기일이다. 아마도 그 혈육이 변란 이후로 한 사람도 생존한 이가 없으리라 싶어, 간략한 제수를 차려 놓고 울었다. 누이동생의 둘째 딸이 나이 아홉인데, 나를 따라와 외롭게 지내니 가엾고 슬픈 회포 형언할 수가 없다.(乃

은 왜적이 주는 남은 음식으로는 昭告의 정성을 바칠 수 없지만, 차마 그
냥 넘길 수 없어 제를 지낸다고 하여 어머니의 제사를 지내면서도 일본에
대한 적개심을 드러낸다. 왜적이 주는 남은 음식으로 어쩔 수 없이 제사를
지내는 것은, 자신도 원하지 않지만 어쩔 수 없이 왜적이 주는 음식을 먹
고 살아가고 있음을 의미하는 것이기도 하다.

강항은 이러한 관료로서의 의식과 노력을 바탕으로 글을 작성하여,『간
양록』을 통해 임진왜란 당시 66주에 대한 정보, 일본의 장수들, 풍신수길
사후 일본의 상황, 대마도의 僞使 및 일본에서의 위치, 일본인의 성품과
일본에 대해 잘못 알고 있는 정보, 일본의 군사제도 및 성읍 등 다양한 정
보를 조선에서 알 수 있었다. 하지만 강항이 기록한 일본에 대한 정보는
당시의 복잡한 전후 사정들 때문에 진위를 신뢰받지 못해 정계에 충분히
수용될 수 없었고, 全節의 진정성도 의심을 받았다.[51] 이후 강항은 사람들
의 비판에 상처를 받고 고향인 영광에서 강학을 하며 생을 마쳤다.

강항이 살아있을 때에는 포로 생활에 대해 비판을 받고, 그의 실기 또
한 인정을 받지 못하였지만 후대에 『간양록』은 일본에 대한 대표적인 저
서로 읽혔던 것으로 보인다. 후대인의 기록에서 『간양록』을 언급한 것을
볼 수 있는데, 다음은 그 대표적인 예이다.

① 町이란 餘田이다. 『좌전』에는 "井衍·沃町·原防(襄公 25년조)이다."했
   고, 杜氏의 注解에는 "땅을 井田같이 반듯하게 하지 못하는 것은 별도로
   작은 이랑을 만들고 町이라 했다." 하였다. 姜沆이 지은 『看羊錄』에는
   "일본 田制는 1구가 1間(우리나라 5척 길이와 같다)이며, 55간이 1정이고
   36정이 1리(1리는 우리나라 10리와 같다)이다." 하였다.[52]

長妹忌辰也. 意謂其骨肉自變亂以來, 無一生存, 故具薄饌, 奠而哭之. 長妹之第二女
年九歲, 隨我伶仃, 悲憐愴悼之懷, 不可形言)-『月峯海上錄』,「海上日錄」, 1598年 3
月 16日.

51 박세인의 논문(「睡隱 姜沆의 시문학 연구-內傷의 표출 양상과 치유적 형상을 중
심으로-」, 전남대학교 박사학위논문, 2009, 42~43쪽) 참조.

②『吾妻鏡』은 일본 역사책의 이름이다.『看羊錄』【姜沆이 지었다】에는, "오
처경이란 나의 잘잘못이 곧 나의 아내에게 나타나므로, 나의 아내를 관찰
하면 나의 잘잘못을 알 수 있다. 그러므로 국사의 명칭을 삼는다" 하였
다. 상고하건대, 또 일본에 吾妻라는 고을 이름이 있다.53

위의 ①은 丁若鏞(1762~1836)의『經世遺表』권9에 실린 「地官戶曹」
〈魚鱗圖說〉의 일부이다.『경세유표』는 국가체제, 즉 法制의 개혁안을 禮
라는 개념 속에서 이야기하고 있는 책으로,54 정약용은 町을 설명하면서
『간양록』의 기록을 언급하고 있다.『간양록』의 「적중봉소」〈왜국팔도육십
육주도〉에 弘法大師가 지도 뒤에 쓴 기록을 강항이 옮겨 적은 것이 있는
데, 이는 일본의 지리와 인구에 대한 간단한 설명이다. 이 부분의 註에 '왜
인은 우리나라의 5척 정도를 1間이라고 하는데 55칸이 1町이 되고, 36정
이 1里가 된다. 왜의 1리는 우리나라의 10리 길이와 같음'55이라고 강항이
설명을 덧붙였는데, 정약용은 이 註의 내용을 예로 들고 있는 것이다.

②는 李德懋(1741~1793)의『靑莊館全書』권59〈盎葉記〉6에 실린『吾
妻鏡』에 대한 설명 전체이다.〈앙엽기〉는 백과사전적인 자료집으로서 372
개 항목의 방대한 기사에 대해 제가의 학설을 인용하여 비평적으로 기술
하고 있다.56 이덕무는 일본 역사서인『오처경』을 설명하면서 일본에 吾

---

52 町者餘田也. 左傳云, 井衍沃町原防, 襄二十五年, 杜注云, 地不得方正如井田, 別爲
　小頃曰町也. 姜沆看羊錄云, 日本田制, 以一區爲一間, 如我邦五尺之長, 五十五間爲
　一町, 三十六町爲一里, 一里, 如我邦十里.-丁若鏞,『經世遺表』卷9,「地官戶曹」,
　〈魚鱗圖說〉
53 吾妻鏡, 日本史名. 看羊錄【姜沆撰】曰, 吾妻鏡者, 吾之得失, 卽形于吾妻, 觀於吾妻,
　可見吾之得失, 故以爲史名云. 案吾妻, 又有日本縣名.-李德懋,『靑莊館全書』卷59,
　〈盎葉記〉6
54 이유진,「丁若鏞 '經世遺表'의 硏究」,『한국사상사학』14, 한국사상사학회, 2000,
　80쪽.
55 倭人謂我國五尺長許爲一間, 五十五間爲一町, 三十六町爲一里. 倭中一里, 猶我國十
　里之長.-姜沆,『看羊錄』,「賊中封疏」

妻라는 고을 이름이 있다는 것 외에는 모두 강항의『간양록』에 실린 내용을 그대로 옮겨 적고 있다. 실제『간양록』의 「적중봉소」〈왜국팔도육십육주〉 시작 부분에서 강항은 일본 國史의 編年 및『오처경』을 얻어 보았다고 기록하였는데, 이『오처경』이 무엇인지를 註에 설명한 것이 바로 위의 내용과 모든 어구가 완벽하게 일치한다.

이 외에도 李瀷(1681~1763)은『星湖僿說』에서 신숙주의『해동제국기』와 강항의『간양록』을 상고하여 백제의 臨政太子가 일본으로 간 일을 살폈고, 安鼎福(1712~1791)은『東史綱目』의 〈怪說辨證〉에서『간양록』에 신라 사람 日羅가 일본에서 신으로 추앙받는 일이 기록되어 있는 것과 임정태자 관련 기록을 제시하였다. 정약용, 이덕무, 이익, 안정복은 모두 조선 후기의 실학자이다. 실증적인 학문을 중시하는 이들이 강항의『간양록』을 註까지 자세하게 보고 근거로 삼은 것을 통해, 조선 후기에『간양록』을 일본에 대한 중요한 정보를 제공하는 자료로 인정하고 있음을 알 수 있다.

전쟁 중에 강항과 같이 사환의식을 가지고 국가를 위해 일을 한다는 것은 조선의 선비로서 당연한 일이다. 하지만 모든 관료들이 이순신과 같이 나라를 위해 목숨을 바친 것은 아니다. 최근 신해진은 임진왜란, 정묘호란(1627년), 병자호란(1636년) 등 조선 시대 전쟁 관련 실기류를 번역하고 해제하여 잘 알려지지 않았던 다양한 전쟁 실기 작품이 학계에 알려지고 있다.[57] 그 중 경상도 지역의 임진왜란 사적을 기록한 申仡(1550~1614)의『亂蹟彙撰』에는 안동부사 鄭熙績이 군사를 이끌고 왜적에 대항하러 갔다가 식구들만 데리고 도망간 일, 조정이 도망간 수령들을 불러들여 모으기

---

56 박문열, 「靑莊館 李德懋의 生涯와 著述」,『인문과학논집』6, 청주대학교 인문과학연구소, 1987, 25쪽.

57 신흘 저/신해진 역,『역주 난적휘찬』, 역락, 2010 ; 최명길 저/신해진 역,『병자봉사』, 역락, 2012 ; 김상헌 저/신해진 역,『남한기략』, 박이정, 2012 ; 어한명 저/신해진 역,『강도일기』, 역락, 2012 ; 남급 저/신해진 역,『남한일기』, 보고사, 2012 ; 안방준 저/신해진 역,『호남의록 · 삼원기사』, 역락, 2013 등.

에 급급하여 너그럽게 용서하라는 교지를 내린 일 등이 기록되어 있다. 또 병자호란 때 강화도로 들어가려는 피란민들의 모습을 경기도 김포 통진 나루에서 목격하고 기록한 魚漢明(1592~1648)의 『江都日記』에는 강화도 피란과 수비의 책임을 맡았던 檢察使 金慶徵이 피란 온 鳳林大君, 빈궁마마보다는 자기 가족을 챙기는 행태가 비판적으로 기록되어 있다.

전쟁이라는 급박한 상황 속에서는 인간 본연의 마음이 드러나게 마련이다. 안동부사 정희적, 검찰사 김경징과 같이 자신의 직무를 쉽게 버리는 관료들이 실제 있어 왔다. 그렇기에 전쟁 중에 사환의식을 가지고 나라를 위한 일을 하는 것을 신하로서 당연하다고 하여 소홀히 여겨서는 안 된다. 강항은 포로로 잡혀 있는 상황 속에서도 나라를 위한 정보를 수집하고 계책을 제시하는 소를 작성하며, 일본에 대한 자세한 글을 남겼다. 그리하여 호남의 포로실기가 사환의식을 가진 관료의 국가를 위한 기록까지 풍부하게 담게 하였다. 그 저변에 깔린 그의 의식 또한 충분히 인정받아야 할 것이다.

나. 학자의 중국문화 관심

노인은 1566년에 나주 하의리에서 아버지 魯師曾과 어머니 全州 李氏의 둘째 아들로 태어났다.[58] 어려서 외종숙인 羅恒에게 수학하고, 南塘 金光運에게 經禮를 배웠다. 또한 〈行狀〉과 『호남절의록』의 기록에는 나와 있지 않지만 『금계일기』를 보면 困齋 鄭介淸을 스승으로 모셨음을 알 수 있다. 1582년 17세에 進士가 되고, 20세에 천거되어 別提를 제수 받았다. 별제는 조선시대 여러 관서의 정·종 6품 관직으로, 녹봉을 받지 못하는 무록관이라 대과에 급제하고 관직에 올라 녹을 받은 강항과는 다른 상황

---

58 노인의 생애와 관련하여서는 李教源이 지은 〈行狀〉, 『湖南節義錄』의 〈異域全節〉, 노기욱의 논문(「錦溪 魯認 硏究」, 조선대학교 석사학위논문, 2001, 4~6쪽) 참조.

이었다. 노인은 月沙 李廷龜(1564~1635)와 道義之交를 맺었는데, 23세 때 〈性情體用之說〉을 주고 받은 것을 통해 성리학을 깊이 공부했음을 알 수 있다. 임진왜란이 일어나자 노인은 의병으로서 권율의 휘하에서 전쟁에 참여하였으며, 1597년 정유재란 때 남원성이 함락되자 이를 권율에게 보고하러 가다가 화살에 맞고 포로가 되었다. 그리고 1599년 3월 17일 중국으로의 탈출에 성공하고, 중국을 경유하여 다음해 1월에 조선으로 돌아왔다.

노인도 조선의 선비로서 임금의 신하라는 마음을 가지고 있었다. 그는 최귀문에 귀환 이유로 나라를 위한 마음을 토로하기도 하고, 꿈에 임금을 뵙고 시를 짓기도 한다. 하지만 일본을 벗어나 생명의 위험이 없는 상태에서 유학의 본 고장인 중국을 경험하게 되면서 노인은 나라를 위한 마음만으로 글을 쓰지 않는다. 중국인들과 교유하고 강학에 참여하면서 노인은 조선에서 공부했던 유학이 본 고장에서는 어떻게 강학되고 제도화되었는지를 보면서 유학자적인 관심을 보인다. 그렇기에 『금계일기』에서는 유학자적 의식 속에서 중국인과 교유하며 학문과 중국 제도에 대해 관심을 표출하는 서술 내용을 확인할 수 있다. 이러한 서술 내용은 문과에 급제하고 녹을 받는 실제 관직에 있었던 강항과는 다른 입장이었기 때문에 담을 수 있었던 것으로 보인다. 또한 정희득과 같이 자신의 슬픔, 가족에 대한 그리움 서술이 거의 없는 것도 학자의 입장에서 생활하고 글을 썼던 노인의 시각이 반영된 것이다.

중국에 도착하기 전까지 노인도 조선으로의 탈출을 꿈꾸는 여느 포로와 다름이 없었다. 또한 중국에서도 가을이 되면 보내 주겠다는 확답이 있기 전까지, 최귀문을 통해 보내달라고 사정하는 것에서 당시 포로들의 귀환 의지를 볼 수가 있다. 그러나 가을이 되면 보내 주겠다는 확답을 받은 1599년 5월 10일 이후, 특히 유학의 본고장에서 강학에 참여한 5월 12일 이후의 일기에서는 학문과 중국의 제도 등 중국문화에 관심을 갖고 서술한다. 강학의 과정을 구체적으로 묘사하고, 경학에 대해 묻고, 중국의 제

도에 대해 물은 후 대답을 자세하게 실은 것에서 조선 유학자의 관심을
볼 수 있다. 다음은 중국에서 학문을 익히게 된 노인의 학자적 마음이 직
접 드러난 부분이다.

> 불행히 저의 스승이신 困齋 鄭介淸 선생은 일국의 斯文으로서 단명하여 일찍
> 작고하여 항상 대들보가 꺾이었음을 슬퍼하였고, 매양 스승이 없어 갈피를
> 못잡아서 울곤 하였습니다. 그래서 비록 병란으로 분주한 중에도 洙泗를 배
> 웠고, 혹은 濂洛의 땅을 아득히 생각하였는데, 어찌 오늘날 꼭 죽다 살아난
> 나머지 여기까지 올 줄 알았겠습니까? 千古에 한번 있을 기이한 기회일 뿐만
> 아니라 옛사람의 窮達의 운수를 만난 것 같으니, 이것은 이른바 出幽遷喬라
> 는 것입니다. …… 또 明道堂으로 들어가도록 추천해 주시어 외람되이 여러
> 군자들과 더불어 매일 훌륭한 풍도에 의거하여 강의에 참석하여 도움을 받게
> 하시어, 이미 止修(止於至善·修身爲本)의 학문을 들으니, 황홀함이 마치 공
> 자의 집안을 친히 보는 것과 같아, 몸이 비록 저녁에 죽더라도 조금도 유감이
> 없겠으므로, 모르는 겨를에 감격하여 이렇게 감사를 드리는 바입니다.[59]

위의 글은 1599년 5월 15일에 포정사 서종악에게 쓴 편지의 일부분이
다. 서종악은 중국에 있을 때 노인을 도와준 대표적인 인물로, 양현사서원
의 강학에 참여할 수 있게 해 주고, 책과 돈을 선물로 주며, 노인이 아팠
을 때는 의관과 약을 보내 주기도 한다. 『금계일기』에는 노인이 중국생활
중 썼던 글 8편이 일기 속에 게재되어 있는데, 그 중 세 편은 서종악에게
쓴 감사의 편지이다. 첫 번째 편지는 1599년 5월 11일에 쓴 것으로 유학
의 의리를 토론한 서종악의 저서 『閩中答問』과 은 2냥을 보내준 데 대한
감사의 편지이다. 두 번째 편지는 5월 15일에 쓴 것으로 양현사서원에서

---

59 不幸而某之師困齋鄭先生以一國斯文, 短命早死, 常痛樑摧, 每切泣歧. 雖奔走乎兵亂
　之中, 或游乎洙泗之濱, 或緬想乎濂洛之境, 那知今日萬死之餘, 親到乎此哉. 非徒千
　古之一奇會, 似值古人窮亨之數, 此所謂出幽遷喬者. …… 又薦入明道堂, 猥與諸君
　子, 連日倚玉, 參講受益, 已聞止修之學, 怳然如親見孔夫子之門墻, 身雖夕死, 少無
　餘憾, 不覺感激, 只此以謝.-魯認, 『錦溪日記』, 1599年 5月 15日.

학문을 할 수 있게 한 데 대한 감사의 편지이고, 세 번째 편지는 6월 7일에 쓴 것으로 의관과 약을 보내 병을 고쳐준 데 대한 감사의 편지이다.

위의 인용된 부분에 앞서 노인은 과거 공부에 매달려 글을 외고 詞章을 학습하였으며, 또 師友와 더불어 講磨하여 학문을 조금 알았다고 설명한다. 그리고 위의 글과 같이 곤재 정개청 선생이 죽은 후 스승이 없어 울 정도로 괴로웠다 하여 학문에 깊은 뜻을 둔 노인의 마음을 볼 수가 있다. 〈행장〉 등에는 정개청에게 배웠다는 기록이 없지만, 정개청이 1582년 나주훈도를 역임하고, 1588년 곡성현감을 지내는 등60 1590년 사망 전에 호남 지역에서 활동했던 시기가 노인의 수학기와 일치하여 노인이 찾아가서 배울 수 있는 기회가 있었을 것으로 보인다. 또한 후대 사람이 쓴 〈행장〉보다 직접 쓴 『금계일기』의 기록이 더욱 신뢰성이 높다. 위에서 노인이 유일한 스승으로 정개청의 이름을 거론한 것에서 가장 큰 스승으로 모셨음을 알 수 있다.

이어서 노인은 정개청이 1590년 사망한 후 전쟁 중에도 洙泗를 배우고, 濂洛을 아득히 생각하였다고 말한다. 수사는 중국의 洙水와 泗水를 가리키는 말로, 공자가 이 근처에서 강학 활동을 하였다하여 이후로는 공자의 도를 지칭하는 것으로 사용되었다. 염락은 宋나라 때 학자인 周敦頤와 程顥・程頤를 대표하여 부르는 것으로, 이들이 살던 지역 명칭이 각각 濂溪와 洛陽인 데서 유래하였고, 이후 전하여 성리학에 밝은 학자들이 많은 지역을 가리킨다. 곧 노인은 임진왜란이라는 전쟁의 소용돌이 속에서도 유학을 공부하고, 또 성리학의 본 고장인 중국을 생각하였던 것이다. 이러한 마음이 바탕에 있었기 때문에 노인은 중국으로 탈출을 하였고, 중국에서 양현사서원의 강학에 참여하게 되자 위의 인용문 마지막과 같이 공자의 집안을 친히 보는 것과 같아 저녁에 죽더라도 유감이 없을 정도로 감격하게 된 것이다. 서종악에 대한 감사의 마음을 과장되게 서술한 면도 있지만

---

60 『愚得錄』 附錄 上에 실린 洪重三의 〈事實〉 참조.

노인은 강학 참여를 진심으로 기뻐한 것으로 보인다. 이는 개인적인 일기에 강학 과정을 구체적으로 기록한 것 등을 통해 알 수 있다.

이와 관련하여 김진규는 노인의 한시에 나타난 유교적 관념을 언급하면서 '당시의 사대부적 절대 이념이란 점과 포로의 신분에서 오는 죄책감의 반사 작용으로 볼 때 납득이 가는 것'이라고 하였다.[61] 사대부적 절대 이념이라는 전자에 대해서는 동의하나 죄책감의 반사 작용이라는 후자에 대해서는 반대한다. 강항의 『간양록』에는 죄책감의 반사 작용이 많이 반영되었지만, 노인의 경우에는 순수한 학자적 관심이 큰 것으로 보이기 때문이다. 노인의 순수한 학자적 관심은 아래와 같은 예에서 대표적으로 볼 수가 있다.

> 맑음. 명도당 뒤에 있는 별채인 新德齋에서 黃大晉 수재와 王繼皐 수재가 책상을 바로하고 책을 읽고 있는데, 좌우의 서가에 책들이 가득 차 있고, 『孔子家語』 35권이 책상 위에 놓여 있다. 내가 묻기를, "우리나라에서는 상·하권으로 된 『공자가어』만 볼 수 있는데, 오늘 보니 이렇게 여러 권으로 되어 있으니, 아마도 후세에 그 뜻을 부연하여 양을 늘린 것이 아닙니까?" 하니, 수재들이 웃으면서 말하기를, "상·하권으로 된 것은 요점만 절약한 것이고, 지금 이것은 全帙로서 공자께서 평생 동안 날마다 쓴 글이 여기에 들어 있는 것입니다." 했다.[62]

위는 1599년 5월 27일 일기의 전문으로, 『공자가어』의 권이 조선과 다른 것에 대해 묻는 내용이 일기의 전체이다. 『공자가어』가 조선에는 상·하 두 권인데 중국에 35권이 있는 것을 보고 후세에 부연한 게 아니냐고

---

61 김진규, 「임란 포로 일기 연구-'금계일기'를 중심으로-」, 『새얼어문논집』10, 새얼어문학회, 1997, 107쪽.

62 晴. 明道堂後別間新德齋黃秀才大晉王秀才繼皐二人, 正榻開卷, 左右圖書, 牙籤滿架, 而家語共三十五卷, 置于案上. 我問曰, 我國則只見家語上下卷, 今日之見, 則如是其多數, 無乃後世之衍義耶. 秀才笑曰, 上下卷則只是節要, 而今此全秩, 則夫子平生日記書, 在于此矣. -魯認, 『錦溪日記』, 1599年 5月 27日.

묻는 것은 포로의 신분에서 오는 죄책감보다는 순수한 유학자로서의 관심
이 앞선 것으로 보인다. 강항은 관료인 자신이 포로가 되었다는 죄책감의
반사 작용에서 일본의 제도를 구체적으로 살피고 장단점을 파악한 후 조
선의 계책을 제시하였다. 하지만 노인은 경학, 중국의 세법, 군사제도 등
에 대해서도 중국인의 설명을 자세하게 제시하여 알고자하는 욕구만을 충
족시켰을 뿐이다.

강항의 경우 「적중봉소」, 「적중문견록」, 「예승정원계사」 등을 조정에
바치기 위해 썼고, 「섭란사적」의 경우에도 누군가가 읽는다는 것을 생각
하고 작성을 한 것으로 보인다. 또한 초고가 간행되기까지 강항 자신이나
후손에 의해 독자를 고려한 첨삭이 있었을 것임을 짐작할 수 있다. 그런데
노인의 『금계일기』는 초고본으로, 누군가에게 보여주기보다는 자신의 순
수한 기록정신이 반영된 것이다. 후에 사람들에게 보여주고자 할 수도 있
지만 아마도 그때는 작자에 의한 수정, 편집을 가하고자 했을 것이다. 노
인이 자기 손으로 바로 기록한 초고본이기 때문에, 중국문화에 대한 순수
한 유학자적 관심이 더욱 반영될 수 있었다. 그리고 그로 인해 포로의 학
자적 시선까지 볼 수가 있는 것이다.

다. 자연인의 개인적 情恨

정희득은 1575년에 함평 월악리에서 아버지 鄭咸一과 어머니 咸平 李
氏의 둘째 아들로 태어났다.[63] 정희득의 생애와 관련해서는 행장 등이 남
아 있지 않아 해외체험 기간을 제외한 다른 시기의 삶은 자세하게 알기

---

63 정희득의 생애와 관련하여서는 魏伯珪가 지은 〈忠孝傳〉, 朴光一이 지은 〈墓銘〉
참조. 생년과 관련하여 〈충효전〉에는 萬曆 癸酉(1573), 〈묘명〉에는 萬曆 乙亥
(1575)로 나와 있다. 본 논저에서는 함평군향토문화연구회와 진주정씨월봉공종중
회에서 1986년 『월봉해상록』의 번역・영인본을 출간하면서 〈머릿말(序)〉과 〈끝
말(跋)〉에 1575년생이라고 한 것을 따랐다.

어렵다. 다만 『월봉해상록』의 서두에 魏伯珪가 쓴 〈忠孝傳〉과 朴光一이 쓴 〈墓銘〉이 있어 간략하게 살필 수 있을 뿐이다. 『湖南節義錄』의 〈異域 全節〉에도 정희득의 일생에 대한 기록이 있지만 〈충효전〉, 〈묘명〉의 기록보다 소략하다.

정희득의 행적과 사람됨을 가장 잘 보여주는 것은 포로로서 해외체험을 자신이 직접 기록한 『월봉해상록』이다. 정희득은 해외체험 당시 아무런 벼슬도 하지 않은 상태였다. 물론 그도 조선의 선비이며 유학자였고, 1603 년에 진사과에 합격한 것으로 보아 관직에 오르는 것을 아주 외면한 것은 아닌 듯하다. 하지만 해외체험 당시 그는 관직과 거리가 먼 자연인으로, 본인의 슬픔, 가족과 동료에 대한 마음 등 개인적 情恨에 집중하였다.

1597년 피랍되기 전 정희득의 부모님은 모두 생존해 있었고, 정희득은 결혼한 몸으로 다섯 살, 세 살의 두 자식이 있었으며 아내는 임신을 한 상태였다. 피랍과정에서 어머니와 아내가 자결하고, 이송 중 아버지, 두 아이와 강제로 이별한 정희득은 해외체험 중 본인의 슬픔, 가족에 대한 그리움 등을 지속적으로 표출하였다.

① 꿈에 아버지를 가서 뵙고 두 아이도 보았다. 깨고 나니 두 줄기 눈물이 가슴을 적신다. 슬퍼서 견딜 수가 없다.[64]
② 아버지의 생신날이다. 생각건대 천지간에 나같이 불효한 사람이 뉘 있을까? 서쪽 하늘을 바라보니 눈물이 흘러내린다.[65]
③ 밤에 배앓이로 한잠도 못 잤다. 밤빛이 처량하여 슬픈 회포가 천 가락이다. 밤새워 울었더니 눈물이 외로운 베개를 흠뻑 적셨다.[66]

---

64 夜夢歸覲親庭, 見二兒. 覺來雙淚添臆. 悲不耐. ―鄭希得, 『月峯海上錄』, 「海上日錄」, 1598年 2月 14日.
65 乃父親粹辰. 言念天地間, 不孝之人如我者誰. 瞻望天西, 涕淚漣沛. ―鄭希得, 『月峯海上錄』, 「海上日錄」, 1598年 5月 18日.
66 夜以腹病不能暫寐. 夜色悽悽, 哀懷千緒. 終宵捫泣, 淚盈孤枕. ―鄭希得, 『月峯海上錄』, 「海上日錄」, 1598年 8月 1日.

④ 밤에 귀뚜라미 소리를 들었다. 온갖 감회가 가슴에 가득하거늘, 어찌 너조차 평상 밑에 들어와서, 다시금 한없는 나그네의 시름을 자아내어 외로운 베개에 눈물을 금치 못하게 하는가?[67]

위의 글은 모두 그날 일기의 전문으로, 본인의 슬픈 감정을 표현하는 것으로 일기의 전체를 채우고 있다. 정희득은 꿈에 가족을 보아서, 가족의 생일이어서, 몸이 아파서, 밤에 귀뚜라미 소리를 들어서 등 다양한 이유로 눈물을 흘리고 그 슬픔을 일기에 표현한다. 가족의 생일은 아버지, 어머니, 아내, 아이들 등 한 명도 빠지지 않고 생일을 기억하고 그날이 되면 슬픈 감정을 토로한다. 생일을 기억한다는 것은 運數에 대해 평상시에 관심을 가졌다는 것에 대한 반증이자, 가족들에 대한 마음이 얼마나 깊은 지를 보여 주는 것이다. 이러한 마음의 표현은 시에 있어서도 마찬가지이다.

客中星歲隙駒催	객지에서의 세월 순식간에 지나가니
此夕還添萬緒悲	오늘 저녁엔 만 갈래 슬픔이 더욱 더하다
極念劬勞生我德	낳느라 애쓰신 부모 은혜 생각하다
更思孩哭弄雛兒	또 칭얼대며 새 새끼 희롱하던 어린 것 생각나네
孤雲落日增新恨	외로운 구름 지는 해는 새로운 한을 더하고
樽酒斑衣憶舊時	항아리 술과 반의 옛시절 생각난다
宇宙中間一不孝	이 우주 사이에 불효한 한 자식
回首天末涕漣洏	하늘 끝에 머리 돌리니 눈물만 줄줄[68]

위의 시는 〈아버지의 晬辰에(父親晬辰有感)〉라는 제목의 시로 아버지의 생신에 느끼는 감회를 표현한 것이다. 만 갈래 슬픔이 더하여 부모님 은혜와 어린 아이를 생각하며 한스러워 하고, 불효한 한 자식이 눈물 밖에

---

67 夜聞蛩音. 百感中集, 何渠入床此時, 更惹無限客愁, 不禁孤枕之淚也. ─鄭希得, 『月峯海上錄』, 「海上日錄」, 1598年 8月 4日.

68 『月峯海上錄』, 「卷二」, 〈父親晬辰有感〉

흘릴 수 없는 심정을 확인할 수 있다. 정희득은 아내, 아이들의 생일에도
시를 지어 슬픈 마음을 표현하는 데 〈죽은 아내의 생일에(亡妻生日有感)〉,
〈둘째 아이의 생일에(次兒生日有感)〉 등의 시가 그것이다. 이러한 자연인
으로서 비극에 처한 자신의 情恨에 집중한 것은 『월봉해상록』 전반에 걸
쳐 드러나며, 『간양록』·『금계일기』와는 다른 서술 내용을 보여 준다.

　강항은 해외체험 당시 어머니는 이미 고인이셨지만 아버지는 살아계신
상태로 피란 중 헤어졌다. 또한 어린 자식들이 피랍 중 죽는 것을 직접 목
격했다. 노인은 해외체험 당시 부모님이 모두 살아계셨고, 자식들도 있었
으나 혼자 의병활동 중 피랍되었기 때문에 가족들의 생사를 알지 못했다.
하지만 이들은 관료로서의 입장, 학자로서의 입장에 집중하여 본인의 슬
픔이나 가족에 대한 그리움을 잘 표현하지 않는데, 정희득은 오로지 그것
에 집중한 것이다. 한 예로, 강항과 정희득은 모두 일본에 있으면서 조선
의 승전 소식을 듣고 지은 시가 실기에 실려 있다.

① 近聞天將建神功　　요즘 들으매 천장이 신이한 공을 세워
　　嶺外妖氣一掃空　　영남의 요사한 기운을 싹 쓸어 없앴다네
　　獨我孤蹤長夜裏　　나만은 외로이 긴 밤 속을 헤매는데
　　故山煙月太平中　　고향은 태평 속에 지내겠네[69]
② 聞道王師至　　소식을 듣자니 왕사가 와서
　　全湖半已平　　호남의 반은 하마 평정됐다고
　　吾君無疾病　　우리 임금 병환이나 없으시고
　　老父尙康寧　　늙은 어버이 상기 강녕하신지
　　鯨海天威動　　큰 바다에 천위 진동하자
　　蜂屯月暈成　　적의 진엔 달무리 졌네
　　哀情聞吉語　　슬픈 정 속에서 좋은 말 들어 보니
　　喜淚作河傾　　기쁜 눈물 하수가 내리쏟는 듯[70]

---

69 鄭希得, 『月峯海上錄』, 「卷二」, 〈因舌人聞天兵大捷倭奴北還〉
70 姜沆, 『看羊錄』, 「涉亂事迹」

제4장 호남 포로실기의 내용적 특징 ‖ 221

위의 ①은 정희득의 시 〈통역을 통해 天兵이 왜놈들을 크게 쳐부수고 북으로 돌아간다는 말을 듣다(因舌人聞天兵大捷倭奴北還)〉의 전문이고, ②는 강항의 시로 「섭란사적」에 제목 없이 실린 시 전문이다. 강항의 시는 1598년 1월 그믐 경에 명나라 군대가 이르러 울산의 일본군 절반이 죽고, 호남의 일본군 점령지도 순천만 남았다는 것을 듣고 지은 것이다. 두 시의 天將, 王師는 모두 명나라 군대를 가리키는 말로, 명나라 군대로 인해 승전한 일을 듣고 시를 지은 것이다. 두 사람 모두 승전을 접하고 기뻐서 시를 지은 것이겠지만, 정희득은 일본군을 없앴다는데 기뻐하기보다는 고향은 태평할 텐데 자신만 외롭다고 자신의 처지만을 한탄하고 있다. 이와 반대로 강항은 임금과 아버지를 먼저 생각한 후 기쁜 눈물이 하수가 내리 쏟는 듯하다고 강하게 기쁨을 표현한다.

강항은 승전 소식과 관련해 다른 한 편의 시도 「섭란사적」에 싣고 있는데, 일본군이 항복한다는 소식에 대해서 '외론 신하 비록 만 번 죽을지라도 / 백골엔 즐거운 흔적 있으리'[71]라고 자신이 죽을지라도 즐거울 것이라고 행복한 마음을 표현한다. 감정 표현이 없는 강항이 국가의 승전 소식에는 기쁨을 표현한 반면, 감정을 끊임없이 토로하는 정희득은 기쁨의 표현도 없이 자신의 처지만을 슬퍼하는 것이다. 곧 정희득의 감정 토로는 자기 자신에 관한 것에만 한정되어 있는 것이다. 장미경은 정희득의 시를 분석하면서 '자신의 슬픔을 동시대의 누구와도 견줄 수 없는 비극적인 것으로 인식한 정희득이 외부의 모든 상황을 자신이 처한 현실과 자신이 갖고 있는 슬픔의 관점에서만 바라보게 된 것이다'[72]고 하였는데, 승전의 소식에도 자신의 슬픔의 관점만 내세우는 것을 볼 수 있는 것이다.

이러한 이유로 『월봉해상록』을 통해서는 일본에 대한 다양한 정보도, 일반적인 충의 관념도 거의 볼 수 없다. 그러나 어머니를 잃은 아들·아내

---

71 孤臣雖萬死, 白骨有餘欣. - 姜沆, 『看羊錄』, 「涉亂事迹」
72 장미경, 「壬亂 被虜者의 捕虜體驗 漢詩硏究 - 鄭希得을 중심으로 - 」, 『한문교육연구』20, 한국한문교육학회, 2003, 280~282쪽.

를 잃은 남편의 처절한 슬픔, 아버지를 걱정하는 아들의 효성과 어린 자식들을 보고파하는 아버지의 애타는 마음을 볼 수가 있다. 관료와는 거리가 먼 자연인의 입장에 있으면서, 가족들의 생일을 일일이 기억하고, 그들을 꿈에 만날 만큼 사랑하는 마음이 컸던 감성적인 한 남자의 시각을 볼 수 있는 것이다. 또한 함께 포로체험을 하는 동료들에 대한 애정, 노비들에 대한 애틋함까지도 볼 수가 있다. 정희득은 강항이나 노인에 비해 가장 원초적인, 가족을 잃고 비극에 빠져 있는 감정에 충실한 인간 본연의 모습을 보여주고 있다. 이는 임진왜란기 포로들의 감정을 가장 잘 대변해 주는 것으로, 정희득이 있기에 임진왜란기 포로들의 情恨을 절절하게 볼 수가 있다.

3. 동아시아에 관한 재인식

조선은 지정학적 위치상 중국·일본과 끊임없이 관계하지 않을 수 없었고 동아시아 전쟁인 임진왜란은 그 관계가 가장 잘 드러난 사건이다. 일본은 중국, 곧 당시 명나라 침공을 목표로 조선을 침범하였고, 중국은 조선을 돕기 위해 군대를 보내고 일본과의 강화교섭을 주도하였다. 이렇듯 동아시아 삼국은 긴밀한 관계에 있었지만 조선 사람이 중국이나 일본을 경험하고 남긴 기록은 많지 않다. 사행록이나 표해록 작품으로 당대 조선인의 해외체험과 동아시아 인식을 볼 수 있지만 노정의 제약, 기간의 한계 등으로 단편적으로 기록 될 수밖에 없었다. 그렇기에 2~4년간 직접 해외에 머무르고, 억류 상태이긴 했지만 다양한 사람을 만날 수 있었던 이들이 남긴 실기는 임진왜란기 동아시아 인식을 파악할 수 있는 좋은 자료가 된다.

손승철은 한일관계사의 시기를 조선전기(1392~1592), 임란직후(1607~1635), 조선후기(1636~1810), 개항전기(1811~1872)로 정리하고 1592~1607년을 임진왜란과 강화교섭시기로 별도로 구분하였다.[73] 임진왜란 시기는 이렇게 별도로 구분될 만큼 격정적이면서도 동아시아 삼국에게 모두 중요한 시기이다.

중국은 노인만이 경험했고 『금계일기』에 중국체험 뒷 부분 기록이 멸실되었지만 임진왜란기 중국에 대한 인식을 볼 수 있으며, 강항과 정희득의 실기에는 중국 사신을 만나는 일이 기록되어 있어 결코 간과할 수 없다. 또한 대마도는 조선과 일본의 사이에 있는 지정학적 상황, 역사적인 사건들로 인해 일본의 한 지역으로만 파악해서는 안된다. 그리하여 중국까지 범위를 넓히고, 대마도의 특수성을 인정하여 일본 인식의 구체화, 대마도의 지정학적 상황 인식, 朝·中 관계의 확인과 극복 세 가지로 동아시아에 관한 재인식을 살폈다.

가. 일본 인식의 구체화

조선 전기 조선의 중앙관료는 일본에 대하여 전반적으로 부정적인 인식을 갖고 있다. 이는 중화주의적 세계관에 견인된 화이관적 인식, 기존의 신뢰하기 힘든 일본의 행태들, 일본인의 실리적이고 계산적인 속성에 대한 거부감이 작용한 것이었다.[74] 강항, 노인, 정희득 등도 이러한 부정적 인식을 당연히 지니고 있었을 터인데, 섬 오랑캐라고 무시했던 일본에 의해 조선이 짓밟히고 가족들이 죽고 자신들은 적국으로 끌려가게 되자 무시를 넘어 증오하게 된다. 그리하여 일본은 '추한 놈들'[75], '호랑이 아가리'[76], '한 하늘을 일 수 없는 원수'[77], '승냥이 굴'[78] 등으로 표현된다. 하지

---

73 손승철, 『조선시대 한일관계사 연구』, 경인문화사, 2006, 5쪽.

74 함영대, 「임란이전 조선 중앙관료의 일본인식」, 『한문학보』21, 우리한문학회, 2009, 3~4쪽.

75 하물며 이 왜가 얼마나 추한 놈들이며, 이 땅이 얼마나 먼 곳이며, 우리나라 신민에게 얼마나 원수진 놈들입니까?(況此倭何等醜奴, 此地何等絶域, 於我國臣民, 何等讐虜也)-姜沆, 『看羊錄』, 「賊中封疏」

76 호랑이 아가리에서 벗어났으니, 비록 죽더라도 오랑캐 땅에 묻히지 않고 중국의

만 호남의 포로실기 작자들은 일본을 증오하는 데에만 그치지 않고, 일본을 구체적으로 살피고 기록한다.

노인의 경우 일본에 1년 넘게 머물렀지만, 현전하는 『금계일기』의 일본생활은 1599년 2월 21일부터 3월 16일까지로 한 달이 되지 않기 때문에 일본 인식을 구체적으로 볼 수가 없다. 더구나 이때는 탈출 준비에 집중하는 시기였으므로 일기에는 온통 탈출 준비에 대한 기록이 실려 있다. 이와 반대로 강항은 일본에 2년 반 남짓 머물러 세 사람 중 가장 긴 일본 억류생활을 하였고, 억류 중 두 차례 다른 지역으로 이송되어 다양한 곳을 경험하고 다양한 사람을 만날 수 있었다. 더구나 해외체험을 할 당시 관료의 신분이었던 강항은 일본에 억류되어 있는 동안 관료로서 일본에서 할 수 있는 일을 찾아 일본에 대한 정보를 탐색하고 계책을 제시한다.

강항은 「적중봉소」에서 일본의 언문과 문자, 귀신 숭상의 풍속, 일본의 군사 제도, 일본 성읍의 장점, 일본 군사의 복장, 豊臣秀吉의 죽음 이후의 일본 정세 등 다양한 정보를 기록한다. 「적중문견록」에는 일본의 畿內 5국, 東海道 15국, 東山道 8국, 北陸道 7국, 山陰道 8국, 山陽道 8국, 南海道 6국, 西海道 9국 등 8도 66주 및 壹岐島와 對馬島에 대해 각각 관할군, 지역의 크기, 주요 산물, 등급 등에 대해 기록하고 강항이 일본에 있던 당시 상황까지 기록하였다. 또 조선에 침입했던 일본 장수들에 대해서는 가계, 성품, 왜인들의 평가까지 기록하는데 특히 풍신수길에 대한 기록이 자세하다. 강항은 오랑캐의 제도라 하여 무시하지 않고 일본 군사 제도, 성읍의 장점을 기록하고 이와 대비하여 조선의 문제점을 지적하며 계책을

귀신이 되게 되었으니, 이것만도 다행입니다.(只脫虎口, 雖死不葬蠻, 而當爲中國之鬼, 此則多幸)-魯認, 『錦溪日記』, 1599年 4月 20日.

77 임금은 욕받고 나라 망하니 한 하늘을 일 수 없는 원수(主辱家亡不載天)-魯認, 『錦溪日記』, 1599年 5月 7日.

78 머리를 승냥이 굴에 들이밀고도 農桑에만 마음이 있어, 사람을 만나면 매번 돌아가 농사지을 이야기를 한다.(奉頭狼穴, 一念農桑, 逢人每說歸耕)-鄭希得, 『月峯海上錄』, 「海上日錄」, 1599年 4月 26日.

제시하여 조선에 도움이 되고자 하였다. 또한 조선에서 알지 못했던 일본
의 풍습, 조선에서 잘못 알고 있는 일본에 대한 정보 등에 대해서도 직접
경험을 통해 얻은 새로운 정보를 제공하고, 기존에 단순히 현상만 알고 있
던 것에 대해 원인까지 파악하였다.

　　일찍이 왜장·왜졸에게 물어보기를, "살기 좋아하고 죽기를 싫어하는 것은,
사람이나 物이나 마음이 똑같은 법인데, 일본 사람들은 유독 죽기를 좋아하
고 살기를 싫어하는 것은 어쩐 일이냐?"고 하니, 모두 대답하기를, "일본에
있어서는 將官이 백성들의 利權을 장악하고 털끝 하나라도 백성에게 맡기지
아니하기 때문에, 장관의 집에 寄食하지 아니하면 衣食이 나올 길이 없으며,
이미 장관의 집에서 기식하는 이상에는 이 몸이 내 몸이 아닙니다. 한번 담
력이 부족하다고 소문나면 가는 곳마다 용납되지 못하고 佩刀가 精하지 못하
면 사람들이 열에 끼워 주지 아니합니다. 칼에 찔린 흔적이 얼굴에 있으면
용맹한 사나이라 지칭되어 중한 祿을 얻고, 칼 자욱이 귀 뒤에 있으면 달아나
기를 잘하는 자라 지칭이 되어 배척을 당합니다. 그러므로 衣食이 없어서 죽
을 바에는 적의 진중에 달려가서 싸우다 죽는 것만 같지 못합니다." 하였습
니다. 그렇다면 힘껏 싸우는 것은 실로 자신을 위한 謀策이요, 주장을 위한
計策이 아닌 것입니다. 대개 그 蛇虺의 독과 虎狼의 탐욕이 무력을 믿고 잔
인함을 즐기며, 그 떠들썩하게 싸우기를 좋아하는 마음이 오직 천성에서 얻
어지고 이목에 익혀진 것뿐만이 아니라, 법령이 따라서 얽어매고 상벌이 또
따라서 몰아붙이는 것입니다.[79]

　　위는 『간양록』 중 「적중문견록」의 일부분으로 죽음을 겁내지 않는 일

79　嘗問倭將倭卒曰, 好生而惡死, 人物同此心, 而日本之人, 獨好死惡生何也. 皆曰, 日
　　本將官權民利柄, 一毛一髮, 不屬於民, 故不寄口於將官之家, 則衣食無從出, 已寄口
　　於將官之家, 則此身非我身. 一名膽薄, 則到處不見容, 佩刀不精, 則人類不見齒. 刀
　　搶之痕在面前, 則指爲勇夫而得重祿, 在耳後, 則指爲善走而見擯斥. 故與其無衣食而
　　死, 不若赴敵而爭死. 力戰實爲身謀, 非爲主計也. 蓋其蛇虺之毒, 虎狼之貪, 阻兵安
　　忍, 囂然好戰之心, 不惟得之天性, 慣於耳目, 而其法令又從以束縛之, 賞罰又從驅使
　　之.－姜沆, 『看羊錄』, 「賊中聞見錄」

본인의 특성에 대한 기록이다. 강항은 직접 일본인들에게 왜 죽기를 좋아
하고 살기를 싫어하느냐고 묻는데, 이는 조선인들이 일본인에 대해 일반
적으로 가지고 있는 선입견에 입각한 질문이다. 일본인들이 싸우기를 좋
아한다는 것은 宋希璟(1376~1446)의 『日本行錄』, 申叔舟(1417~1475)의
『海東諸國記』, 金誠一(1538~1593)의 『海槎錄』 등 임진왜란 이전의 사행
기록에서도 볼 수가 있다.

　1420년 회례사로 일본에 다녀온 일을 시로 기록한 송희경의 『일본행록』
에는 '이곳에 사는 왜인들이 남녀노소·중·여승 할 것 없이 우리의 행차
를 보려고 찾아와서 날마다 뜰에 가득한데, 칼을 차고 들고 있는 자가 많
아서 나는 내심 두려움을 면치 못하였다'[80]라는 기록이 있어 칼을 휴대하
는 게 일상화된 일본인의 모습을 볼 수 있다. 1471년 왕명에 의해 일본,
琉球, 朝聘應接 등에 대해 일본에 사신 다녀온 경험을 바탕으로 기록한 신
숙주의 『해동제국기』에도 '그들의 습성은 강하고 사나우며, 무술에 精練하
고 舟楫에 익숙하였습니다'[81]라고 하여 일본인의 사나운 습성이 기록되어
있고, '남자는 머리털을 짤막하게 자르고 묶으며, 사람마다 短劍을 차고
다닌다'[82]라고 하여 칼을 휴대하는 것이 일상화되어 있음을 볼 수 있다.

　그런데 이들의 기록은 단지 현상만을 제시하였고, 그들이 왜 칼을 차고
다니는지, 왜 습성이 강하고 사나운지에 대해서는 언급이 없다. 반면에 강
항은 일본에 직접 머무르게 되고, 많은 일본인들을 만나게 된 상황을 활용
하여 원인을 직접 물어보고 그들의 대답을 기록한다. 강항은 자신이 설명
하지 않고 일본인들의 말을 제시함으로써 내용의 객관성을 확보하며, 싸
움을 좋아하는 일본인들의 습성이 법령의 영향도 있음을 인식한다.

80　居倭男女老少與僧尼, 求見我行, 日日盈庭者, 多執釖佩刀, 余未免內懼. ─宋希璟, 『日
　　本行錄』, 1420年 3月 4日.
81　習性强悍, 精於劍槊, 慣於舟楫. ─申叔舟, 『海東諸國記』, 「序」
82　男子斷髮而束之, 人佩短劍─申叔舟, 『海東諸國記』, 「日本國紀」, 〈國俗〉

① 추산해 보면 50년 전에 南蠻의 배 한 척이 표류되어 왜국에 도착했는데, 그 배에는 포탄 및 화약 등이 가득 실려 있었으므로, 왜인이 이때부터 포 쏘는 것을 배우기 시작했습니다. 왜인의 천성이 영리하여 배우기를 잘해서 40~50년 사이에 뛰어난 포수가 온 나라에 퍼졌습니다. 그러니 지금의 왜노는 옛날의 왜노가 아니요, 우리나라의 방어는 또 옛날의 방어가 아닙니다. 그렇다면 疆域의 근심은 전일보다 백 배나 더한 것입니다.[83]

② 우리나라 사람들이 매양 왜적은 符術을 잘하고 卜筮를 잘하고 天文을 잘보고 地理나 인물의 相을 잘 본다고 칭하고 있다. 그런데 탐문해 보니, 이른바 부술이라는 것은 전혀 들어보지 못했고, 이른바 복서라는 것은 단지 생년월로써 주역의 어느 괘에 해당한다 하여 그 한 괘 중의 卦爻 象象의 辭를 베껴서 묻는 자에게 주면, 묻는 자가 금은으로써 복채를 내며, 그 길흉을 물으면 대답하기를, 다 괘 안에 들어 있다 하며, 묻는 자는 예예 하고 물러가서 상자 속에 깊이 감추어 두고 남에게 발설하지 아니한다.[84]

위의 ①은 『간양록』 중 「적중문견록」의 기록이고, ②는 「예승정원계사」의 기록이다. ①에서 강항은 일본이 포를 잘 쏘게 된 과정을 설명하고 있는데, '왜인의 천성이 영리하여 배우기를 잘해서'라고 하여 일본인의 긍정적인 면모까지 거짓 없이 보여주려 한다. 그리고 이러한 결과로 일본이 포탄을 잘 쓰는 강한 나라가 되었으니 앞으로 남쪽을 대비하는데 힘써야 한다는 근거로 삼는다. ②에서는 일본인이 부술과 복서를 잘하고 천문을 잘보고 지리나 인물의 상을 잘 본다고 알고 있으나 이것이 전혀 잘못된 정보임을 밝혀 바로잡고 있다. 전쟁과 관련한 중요한 정보부터, 일본인 생활 풍속 중의 작은 정보에 이르기까지 직접 체험을 바탕으로 다양하고 구체

---

83 退計五十年前, 南蠻船壹艘漂到倭中, 滿載砲矢及火藥等物, 倭人從此學放砲. 倭性伶俐善學, 四五十年之間, 妙手遍一國. 今之倭奴, 非古之倭奴也, 而我國之防禦, 又非古之防禦, 則疆域之憂, 不可不百倍於前日.-姜沆, 『看羊錄』, 「賊中聞見錄」

84 我國之人, 每稱倭賊善符術, 善卜筮, 善觀天文, 善相地理及人物. 探問則其所謂符術, 絶然不聞, 所謂卜筮者, 只以所生年月, 當周易某卦, 謄書一卦中卦爻象象辭, 以遺來問者, 問者輒以金銀償卜償, 問其吉凶, 則答曰, 盡在其中, 問者唯唯而退, 珍藏篋笥, 不以宣泄.-姜沆, 『看羊錄』, 「詣承政院啓辭」

적으로 일본에 대해 기록하고 있는 것이다.

일본에 대한 정보를 수집하고 체계적으로 기록했던 강항의 노력은 조선 선비들에게 널리 알려졌다. 조선 전기에는 신숙주의 『해동제국기』가 대표적인 일본 관련 자료로 널리 읽힌 것처럼, 조선 후기에는 강항의 『간양록』이 널리 읽혔다. 李瀷(1681~1763)의 『星湖僿說』, 安鼎福(1712~1791)의 『東史綱目』, 李德懋(1741~1793)의 『靑莊館全書』, 丁若鏞(1762~1836)의 『經世遺表』에서 『간양록』의 기록을 근거로 삼은 점, 申維翰(1681~1752)의 『海游錄』, 趙曦(1719~1777)의 『海槎日記』, 李肯翊(1736~1806)의 『燃藜室記述』, 李圭景(1788~1856)의 『五洲衍文長箋散稿』에 『간양록』에 관한 기록이 있는 점, 1823년에 간행된 노인의 『금계집』에 『간양록』 말미에 실린 지도가 수록되어 있는 점[85], 1846년 간행된 『월봉해상록』 서문에서 『간양록』만 알려진 것을 아쉬워한 점 등에서 이를 확인할 수 있다. 『간양록』이 이처럼 널리 읽힌 것은 체계적이고 자세하게 일본의 정보가 수록되어 있다는 점에서 기인한 것이다.

정희득은 관료의 위치에 있지 않은 자연인이자, 누구보다 가족을 중시한 인물이었다. 그의 아내와 어머니는 피랍 당시 바다에 빠져 자결하였으며, 아버지와 어린 두 아이는 왜적이 바닷가에 내려 놓아 헤어지게 되었다. 정희득은 아버지와 자식들을 만나야 한다는 일념으로 힘든 일본 생활을 견뎌냈고, 결코 귀환을 포기하지 않았다. 그는 일본에 잡혀 온 사람들 중에서도 자신을 가장 비극적인 사람으로 인식하고, 개인적인 슬픔에 몰두하여 감정을 감추지 않았다. 해외체험 노정 동안 간절히 귀환을 희망하며, 실현되지 못하는 귀환에 극도의 슬픔을 표현하고, 귀환의지를 격정적

---

85 『간양록』에 수록된 일본지도는 이후 계속 모사 되면서 널리 보급되었다. 영조 연간에 제작된 것으로 보이는 규장각 소장의 『海東地圖』에도 이 지도가 그대로 모사되어 있고, 이외에도 다양한 지도첩에 수록되어 있음을 현존하는 지도로 확인할 수 있다.(오상학, 「조선시대의 일본지도와 일본 인식」, 『대한지리학회지』38, 대한지리학회, 2003, 37쪽)

으로 토로하였다. 그렇기에 정희득의 실기에는 강항처럼 일본에 대한 정보가 체계적으로 실려 있지 않지만, 자신이 겪은 구체적 일상사를 삽입하여 놓았다. 1년 넘게 일본에서 생활을 하였기에, 평상시의 일을 기록한 그의 일록에서 정희득이 직접 보고 경험한 일본 풍속을 볼 수 있다.

> 앉아 생각하니 이역[殊方]의 세월은 어느덧 바뀌었는데, 죽어서 이별하고 살아서 헤어진 정경이 못내 슬프다. 이날 崔德陽이 염병으로 죽었는데, 왜놈들이 다투어 칼을 시험한다며 시체를 갈라놓았다. 슬픈 사연을 두루 포로들에게 알려, 거두어 강가에 묻고, 제물을 바치고 울었다.[86]

위는 『월봉해상록』 1598년 1일 1일 일기의 전문으로, 정희득과 교유한 조선인 포로 최덕양이 죽은 날의 기록이다. 조선 포로인 최덕양이 염병으로 죽자 칼을 시험한다며 시체를 갈라놓는 상황이 나오는데, 동료의 죽음이 애통하고 시체의 훼손이 한스러워 기록했을 것으로 보인다. 그런데 이러한 기록을 통해 잔인함 이면에 전투 준비가 생활화된 일본인의 모습을 확인할 수 있다. 시체로 칼을 시험할 정도로 전투 준비가 일상화 된 일본이기에, 전투에 있어서는 그들을 얕잡아 보지 않고 대비해야 하는 경각심을 일깨워준다. 그리고 이는 단순한 칼 시험을 넘어 시체를 해부하는 것을 소개한 것이기도 하다. 현대적인 해부학까지는 아니지만 시체를 칼로 갈라놓음으로써 인간의 몸 속을 자연스레 알게 되고, 이러한 풍토는 이후 에도시대 해부학의 도입에도 좋은 바탕이 되었을 것이다.

정희득도 화이관을 가진 조선 선비였고, 일본이 일으킨 전쟁의 피해자였기에 일본에 대한 부정적인 인식을 가지고 있었다. 하지만 일상에서 보게 된 긍정적인 모습을 아주 감추지는 않았다.

---

86 坐念殊方歲色奄改, 死別生離, 情事罔極. 是日崔德楊以癘病死, 倭徒爭試劍, 形骸分處, 以哀辭遍諭諸擄人, 拾而埋之江上, 奠而哭之.-鄭希得, 『月峯海上錄』, 「海上日錄」, 1598年 1月 1日.

그 중은, 우리 형제의 어머니와 아내가 절개를 지켰고 부자가 서로 이별한 망
극한 실정을 듣고는, 제법 차탄하고 동정하는 기색이 있었다. 또 우리들을 무
척 후하게 대접하였으니, 끝까지 왜인의 복역을 면하고 마침내 놓여 돌아온
것도 모두 이 중과 長延 때문이었다.[87]

위는 1598년 1월 5일 일기의 일부로 일행을 후하게 대접하는 일본 승려
東首座의 모습을 볼 수 있다. 이 외에도 淸脾湯으로 염병을 치료하는 일본
풍속의 효험(1598년 1월 20일), 새해에 인사를 다니는 풍속(1599년 1월 1
일)을 기록하기도 한다. 정희득은 강항처럼 의도적으로 일본에 대한 정보
를 탐색하지 않았다. 하지만 일본에서 일상 생활을 하다보니 자연스레 일
본의 풍속 등을 보게 되었고, 기록하게 되었다. 그리하여 『월봉해상록』도
일본 미세사를 알 수 있는 귀중한 자료가 되었다.

호남의 포로실기는 일본에 대한 정보를 적극적으로 탐색하기도 하고,
일본에서 일상 생활을 하면서 자연스레 알게 된 일을 기록하기도 하여, 일
본에 대한 구체적인 인식이 가능하게 되었다. 일본인들은 임진왜란 때 6
개의 특수부대 圖書部, 工藝部, 捕虜部, 金屬部, 寶物部, 畜部를 통해 조선
의 서적, 지식인 등을 전문적으로 약탈하여 조선에 대한 정보는 일본에 풍
부하게 전해졌다. 강항과 같은 이들은 일본군에 의해 가족을 잃고 포로로
적국에 끌려가는 비극적인 상황에서 일본을 경험하였지만, 일본에서의 이
들의 기록이 있었기에 조선에서도 당대 일본에 대한 정보를 구체적으로
얻을 수 있었다.

---

87 其僧聞我兄弟母妻全節, 父子相離罔極之情, 有嗟嘆眷念之色. 且極厚遇我等, 終始得
　免倭家之服役, 而終使放還者, 皆此僧及長延之爲也. ―鄭希得, 『月峯海上錄』, 「海上
　日錄」, 1598年 1月 5日.

나. 대마도의 지정학적 상황 인식

대마도는 일본의 어떤 지역보다 조선과 깊은 관련이 있는 곳이다.[88] 지리적으로 조선과 가깝고 일본으로 들어가는 입구에 위치한 대마도는 여말선초에 왜구의 근거지로 인식되어, 1419년에 조선 조정이 17,000여 명의 병력을 이끌고 대마도를 정벌하기에 이르렀다. 이 사건으로 대마도는 조선의 속주로서 경상도의 관할에 두기로 하였지만 원점으로 회귀하였고, 조선과 대마도의 통교체제가 확립되었다. 이후 대마도는 왜구에서 이탈하였으며, 조선과 일본 사이에서 중립화정책을 취하였다. 그 결과 조일교역의 중계보급기지로서 무역 이익을 취하면서 양국외교의 안전판 역할을 하였다. 조선은 왜구를 막으려는 실리적인 목적에 의해 대마도와 교류를 하였고, 1510년 三浦倭亂과 같은 위기가 있었지만 대마도와의 교류를 지속하고 있었다.

그리고 임진왜란 발발 전, 조선과 일본의 사이에 낀 대마도는 전쟁을 막고자 노력하였다.[89] 풍신수길의 명으로 조선 사신을 일본에 파견하기 위해 노력하였는데, 그 결과 조선은 1590년 통신사를 파견하였다. 통신사가 귀국한 후 1591년 대마도주는 승려 현소 등을 조선에 파견하여 명나라 정복의 선봉장이 되라는 '征明嚮導'를 명나라에 들어가기 위해 조선의 길을 빌리고 싶다는 '假道入明'으로 속여서 조선과 교섭을 하여 전쟁을 막고자 노력했다. 그러나 전쟁을 막는 것은 불가능했고, 결국 대마도주는 조선의 지도를 풍신수길에게 헌상하는 등 조선에 대한 정보를 제공하고 조선침략의 길 안내역이 되었다.

이렇듯 대마도는 조선과 일본의 중간적 위치에서 양국과 모두 관계를

---

88 조선 전기 대마도와 조선의 관계는 하우봉의 논문(「조선 전기의 부산과 대마도」, 『부산과 대마도의 2천년』, 국학자료원, 2010, 135~146쪽) 참조.
89 임진왜란 발발 전 대마도의 움직임과 전쟁에서 역할은 최관의 저서(『일본과 임진왜란』, 고려대학교 출판부, 2004, 99~105쪽) 참조.

맺고 있었고, 통신사들이 그러했던 것처럼 포로들도 대마도를 경유하여 일본으로 끌려갔고 또 조선으로 귀환하였다. 강항도 해외체험 당시 대마도를 경유했지만, 『간양록』에 직접적으로 대마도 노정을 서술하지는 않았다. 그러나 일본의 정보 수집에 열중했던 강항은 다른 어떤 지역보다 방대하게 대마도에 대한 정보를 수집하여 기록하였다. 우선 「적중문견록」에서 대마도의 지정학적 상황을 다음처럼 기술한다.

> 그 토질은 척박하여 논이라곤 한 이랑도 없으며, 蔬菜・牟麥을 모두 다 沙石 위에 심으므로 길이가 두어 치에 지나지 못한다. 그러므로 평시에 있어서는 오직 우리나라의 關市를 통해서 생계를 유지한다. …… 그 여자들은 우리나라 의상을 많이 입고 그 남자들은 거의 우리나라 언어를 이해하며, 왜국을 말할 때는 반드시 일본이라 하고, 우리나라를 말할 때는 반드시 조선이라 하며 당초부터 아주 일본으로 자처하지 않는다.[90]

위에서는 척박한 환경으로 토산물이 부족하여 거리가 가까운 조선과 무역을 하고, 조선의 옷을 입고 조선의 언어를 이해하는 당대 대마도의 모습을 볼 수 있다. 실제 대마도는 89%가 산지이고 경작을 할 수 있는 면적은 2%에 불과하다. 그리고 대마도에서 부산까지 최단거리가 49.5km이고, 대마도에서 후쿠오카까지 최단거리가 132km로 위치적으로 조선에 더 가깝다.[91] 또한 일본과 조선 중 어디에도 속하지 않는 대마도의 중간자적 상황을 알 수 있다. 아래의 글에서는 살아남기 위해 이중적 전략을 쓰는 대마도의 상황이 더욱 잘 나타난다.

---

90 其土磽确, 水田無一畝, 蔬菜牟麥, 盡種之沙石之上, 長不滿數寸. 在平時, 只通我國之關市, 以資生理. …… 其女子多着我國衣裳, 其男子幾解我國言語, 稱倭國必曰日本, 稱我國必曰朝鮮, 未嘗專以日本自處.-姜沆, 『看羊錄』, 「賊中聞見錄」
91 정효운, 「대마도와 고대한일관계사」, 『부산과 대마도의 2천년』, 국학자료원, 2010, 15~16쪽.

대개 깊이 들어앉아 있는 왜들이 날쌔고 독하기는 하지만 심히 교활하지는 않았고, 우리나라와의 일에는 또한 東西를 알지 못하여, 전쟁한 지 8년이 되는 오늘까지도 우리나라 邊將들의 성명을 알지 못한다. 대마도의 왜들은 날쌔고 독하지는 못하지만 교활하기 그지없고, 우리나라 일에도 또한 두루 알지 못하는 것이 없다. 평시부터 섬 안의 영리한 아이들을 선택하여 우리나라 언어를 가르치고, 또 우리나라 書啓와 簡牘의 낮추고 올리는 곡절을 가르쳐, 비록 눈이 밝은 사람으로도 창졸간에 보면 선뜻 倭書인 것을 분간하지 못할 정도였다. 우리나라와 틈이 없으면 전적으로 內附할 생각을 갖고, 왜가 강성하면 우리나라를 팔아 嚮導가 되기를 자청하니, 그 흉악하고 간사한 음모가 이루 말할 수 없다.[92]

먼저 임진왜란 중 대마도의 역할에 대한 인식이 기록되어 있다. 강항은 일본 본토에 직접 억류되었던 경험을 바탕으로 본토의 일본인들이 조선의 장수들 이름조차 알지 못하는 상황을 보았다. 그는 대마도가 조선에 대해 속속들이 알고 있어서, 일본이 강성해지면 조선을 팔아 향도가 되기를 자청한다고 하였다. 그리고 영리한 아이들에게 조선의 말과 글을 가르쳐 僞書를 만든다고 비판하였다. 대마도는 어쩔 수 없는 상황에서 힘에 굴복하여 임진왜란에 참여하였지만, 강항은 대마도가 앞장섰다고 인식하였다. 그렇기에 위와 같이 비판적인 입장에서 대마도를 기록하였다. 하지만 이를 통해 조선과의 무역을 위해 조선의 언어를 가르치는 노력을 하며, 조선과 일본 사이에 끼여 힘의 상황에 따라 외교를 하는 대마도의 처지를 볼 수가 있다.

대마도를 일본 본토와 구분하여 보는 것은 강항만의 견해는 아니다. 일본 자체도 대마도와 일기도를 일본 본토인 8도 66주와 구분하였고,[93] 김성

---

92 大槪深處之倭, 銳毒有餘, 不甚巧詐, 於我國之事, 又不知東西, 交兵八年, 迄不識我國邊將姓名. 對馬之倭, 銳毒不足, 而巧詐百出, 於我國之事, 又無不周知. 自平時, 擇島中童子之伶俐者, 以敎我國言語, 又敎我國書啓簡牘之低昂曲折, 雖明眼者, 倉卒則不能辨爲倭書. 我國無釁則專意內附, 倭奴盛强則賣弄我國, 請爲嚮導, 其凶謀詐計, 不一而足. -姜沆, 『看羊錄』, 「賊中聞見錄」

일이나 정희득 같은 경우도 대마도를 조선의 東藩·附庸·藩屛으로 인식
하였다.[94] 이는 대마도가 지정학적 위치상 조선으로도, 일본으로도 자처하
기 힘든 상황을 반영한 것으로, 강항의 경우 당대 직접 경험을 통해 대마
도의 실제적인 현실을 살폈다는 점에서 의의가 있다.

대마도의 척박한 환경에 대해서는 임진왜란 이전에 조선을 다녀간 사람
들도 알고 있었다. 송희경은 예조에 올린 글에 '대체로 이 섬의 왜인들은
얼굴이 菜色이었으니 기근의 근심이 정녕 있습니다'[95]라고 기록하였다. 대
마도의 척박한 자연환경으로 인한 서민들의 궁핍한 생활을 菜色의 얼굴로
형상화하고 있다. 신숙주는 '사방이 모두 돌산[石山]이라 토지가 메마르고
백성들이 가난하여 소금을 굽고 고기를 잡아 팔아서 생활한다'[96]고 기록하
였다. 송희경은 굶주려서 누르스름한 얼굴빛을 보고 대마도 사람들의 가
난을 알았고, 신숙주도 돌산으로 싸인 지형으로 인해 대마도인들이 가난
하다고 자신이 보거나 들은 것을 언급한다. 그런데 대마도에서 6개월 가
량 억류생활을 한 정희득은 대마도인들의 고통을 직접 경험하여, 대마도
의 상황을 더욱 절실하게 알 수 있게 한다.

---

93 신숙주 『해동제국기』의 「일본국기」에도 〈8도 66주〉 다음에 별도로 〈대마도〉와
〈일기도〉 기록이 있고, 강항 『간양록』의 「적중봉소」 중 지도 뒤에 쓴 기록을 옮겨
놓은 것에 '일본이란 나라는 道가 8이고, 州가 66인데, 壹岐와 對馬는 그 속에 들어
있지 않다.(日本爲國, 其道八, 其州六十六, 壹岐對馬則不與焉)'라는 기록이 있다.
94 대저 이 섬이 우리나라와 어떤 관계에 있습니까. 대대로 우리나라의 혜택을 받아
우리의 동쪽 울타리가 되었으니, 의리로 말하면 임금과 신하요, 땅으로 말하면 附
庸입니다.(夫此島之與我國何如也. 世受國恩, 作我東藩, 以義則君臣也, 以土則附庸
也)-金誠一, 『海槎錄』, 「答許書狀書」
이 섬은 예로부터 우리나라 이웃 藩屛이라, 우리들은 이미 우리나라에 온 것이나
다름없이 여겼습니다.(此島自昔爲我國之隣藩也, 我等無異於已到我國)-鄭希得, 『月
峯海上錄』, 「海上日錄」, 1599年 閏3月 10日.
95 大抵此島倭奴多有菜色, 飢饉之患, 丁寧有之矣.-宋希璟, 『日本行錄』, 1420年 2月 28日.
96 四面皆石山, 土瘠民貧, 以煮鹽捕魚販賣爲生.-申叔舟, 『海東諸國記』, 「日本國紀」,
〈對馬島〉

여러 친구와 함께 쑥을 뜯었다. 이 섬에는 논은 한 뙈기도 없고, 왜인들도 칡
뿌리·고비뿌리를 캐어 아침저녁 끼니를 대는데 하물며 우리들이겠는가. 배
가 고픈 것을 견디지 못해 쑥을 뜯어 밥에 섞어 먹었다.[97]

위는 『월봉해상록』 1599년 2월 5일 일기의 전문이다. 대마도 사람들은
궁핍하여 칡뿌리로 허기를 달래고 있고, 포로인 정희득 등도 배가 고파 쑥
을 뜯어 먹으며 연명하고 있다. 이 기록으로 대마도의 궁핍한 생활을 실감
할 수 있는데, 이는 당시 조선에서 겪지 못했던 극한 상황을 묘사한 것이
다. 이전 일본 본토 아파주 덕도성에 억류되었을 때 정희득 일행은 일본
승려 동수좌 등의 도움으로 전혀 노동을 하지 않았다. 그런데 척박한 대마
도에서는 위와 같이 먹을 것을 직접 구할 수밖에 없었다. 송희경, 신숙주
등도 대마도에 논이 없고 가난한 상황을 기록하긴 하지만, 정희득의 직접
적인 짧은 경험은 대마도의 현실을 피부로 느끼게 한다.

강항은 대마도의 지정학적 상황을 정확히 파악하고, 여기에서 더 나아
가 앞으로 대마도에 대응할 계책을 제시한다.

오직 깊이 들어앉아 있는 왜놈들이 우리나라를 침범할 음모가 있을 때에는,
수시로 내왕하여 보고하도록 하고 공납하는 달에 구애받지 않도록 해준다면,
이놈들이 우리나라에 신임을 얻어 전일에 우리나라를 팔아먹은 죄를 보상하
려고 하여, 반드시 미리 와 말해 주며 예비하기를 청할 것이다. 왜들을 대비
하는 데는 대마도보다 중요한 곳이 없고 대마도를 대비하는 데에도 이 계책
보다 나은 것이 없다. 후일에 변방을 대비하는 장수 중에 이놈들의 정세를
잘 아는 사람이 국가를 위하여 이놈들에 대비할 적에는 반드시 선택할 바를
알게 될 것이다.[98]

---

97 與諸友採艾. 此島水田無一畝, 倭徒採葛根蕨根, 爲朝夕之資, 況我等乎. 不能忍飢,
採艾雜于飯食之.－鄭希得, 『月峯海上錄』, 「海上日錄」, 1599年 2月 5日.

98 惟深處之倭, 有犯順之謀, 則許令無時來告, 不拘貢獻之月, 則此奴欲取信於我國, 以
賞前日賣弄之罪, 計必前期來告, 請爲預備矣. 待倭奴莫先於對馬島, 待馬島無出於此
策.－姜沆, 『看羊錄』, 「賊中聞見錄」

위의 글은 『간양록』의 「적중문견록」에서 대마도에 대한 계책을 제시한 것 중 마지막 부분으로, 대마도의 열악한 재정 상황을 도와주면서 회유할 것을 주장하고 있다. 강항은 위에서 '우리나라를 팔아먹은 죄'라고 하여 대마도가 조선을 팔아먹었다고까지 생각하지만, 조선과 대마도가 지정학적 상황상 관계를 끊을 수 없을 것임을 정확하게 파악하였다. 그리하여 대마도를 상대할 계책을 구체적으로 제시하였다.

그는 먼저 대마도 사신이 올 때 부산·동래에서 집합하여 굳이 서울까지 올라가면서 비용을 낭비하고 조선의 허실을 알게 하지 말게 할 것과 대략의 토산품으로 예물에 응하게 할 것을 주장한다. 또한 그들이 가지고 온 특산품도 부산에서 처분하고, 그들이 공납하는 기일도 일정한 달을 정하고 선박도 미리 척수를 정하며, 그들이 머무는 곳을 철저히 지켜서 조선에 대한 정보를 알지 못하게 하고자 하였다. 그리고 마지막으로 위의 글과 같이 일본 본토에서 조선을 침범할 음모가 있을 때는 수시로 내왕하여 보고하도록 해야 한다고 주장하였다. 정보의 통제, 행동 반경 규제, 왜란 재발 방지책 등을 담고 있는 위의 주장은 실질적으로 조정에 도움이 될 만한 것이다.

일본이 조선을 침범할 시 대마도를 이중첩자로 활용하려는 의지는 노인도 가지고 있었다. 노인은 중국에서 자신을 도와주는 布政司 徐匡嶽과 대화하면서 '만약에 金帛으로써 그들의 욕심을 후하게 채워 준다면, 항상 對馬의 왜적들이 우리를 위한 간첩이 될 수 있습니다'[99]라고 한다. 일본을 경험했던 노인도 대마도가 이익이 된다면 일본 본토에 붙지 않고 조선을 위해 일할 수 있다는 것을 파악한 것이다.

호남의 포로실기 작자들은 척박한 토질로 인해 조선과의 무역을 통해 살아가고, 조선과 일본의 경계에서 삶을 도모할 수밖에 없는 대마도의 지정학적 상황을 정확히 인식하고 있다. 정희득과 노인의 실기에는 대마도

---

99 若以金帛, 厚中其慾, 常以對馬賊, 爲我之間牒.-魯認, 『錦溪日記』, 1599年 5月 16日.

에 대해 적은 내용이 담겨 있다. 하지만 정희득은 대마도에 6개월 가량을 머무르면서 대마도의 척박한 삶을 직접 경험한 일을 기록하여 대마도의 현실을 피부로 알 수 있게 하였고, 노인은 중국인과의 대화에서 대마도를 간첩으로 활용하고자 하여 대마도의 지정학적 상황을 파악하고 있는 것을 볼 수 있었다. 그리고 대마도에 대해 많은 정보를 파악한 강항은 전쟁에 앞장섰다고 생각하여 무조건 배척하는 것이 아니라, 앞으로도 대마도와의 관계를 끊을 수 없기 때문에 대마도를 상대할 계책을 구체적으로 제시하기도 한다. 일본 본토에서 조선을 침범할 음모가 있을 때 수시로 와서 보고하도록 해야 한다는 강항의 계책은, 대마도의 지정학적 상황을 정확히 인식하고 또 활용할 줄 아는 실용적인 방법이다.

호남의 포로실기 작자들은 일본에 대해 무조건적인 비판을 가하는 김성일과 달리, 일본에 의해 전쟁 포로로 끌려간 상황이었음에도 일본과 대마도를 객관적으로 바라보려 노력하였다. 특히 일본인의 장점 및 우리가 경계해야 할 점, 대마도를 활용할 방안 등을 제시하여 현실적으로 조선에 도움을 주고자 한 점을 주목할 만하다.

다. 朝·中 관계의 확인과 극복

조선인의 세계 인식에서 대표적인 사고방식은 중화주의적 세계관이다.[100] 이는 유교의 수용과 관련이 있는데, 조선의 개국과 함께 유교가 지배이념으로 채택되면서 중화주의적 세계관은 중심개념이 되었다. 조선은 중화주의적 華夷觀과 事大朝貢 체제에서 '夷狄'으로 분류되지만, 유교문화 면에서는 중국과 대등하거나 버금간다고 자부하면서 '華'로 자처하여, 스스로를 '小中華'로 보았다.

---

100 중화주의의 개념과 관련하여서는 하우봉의 저서(『조선시대 한국인의 일본인식』, 혜안, 2006, 19~21쪽) 참조.

영국의 작가이자 지리학자인 이사벨라 버드 비숍이 19세기 말 한국을 여행하고 쓴『한국과 그 이웃나라들』에는 1895년 1월 8일, 일본에 의해 강제적으로 '중국의 종주권을 폐기하고 조공을 일소하는 서약'을 하는 의식이 기록되어 있다. 동아시아와 관계가 없는 영국이라는 이방의 사람이므로 그 의식을 객관적으로 서술할 수 있었는데, 다음은 당시의 상황을 묘사한 것이다.

> 늙고 진중한 사람들은 이틀 전부터 식음을 전폐하고 탄식하였고, 흰 옷을 정제하고 검은 갓을 쓴 상당히 많은 군중들이 언덕 위에서 덕수궁의 마당에서 벌어지는 이 충격적인 광경을 내려다 보고 있었다. 군중들은 한 점 미소도, 한 마디 말도 없었다.[101]

식음을 전폐한 조선의 선비들과 한 점 미소도, 한 마디 말도 없는 당시의 광경은 20세기까지 중화주의적 세계관이 조선인의 의식을 관통하고 있었음을 대변해 준다. 위에서 보듯이 유교를 숭상한 조선의 선비들이 중화주의적 세계관을 견지하였음은 자명한 사실이다. 노인의『금계일기』에는 일본에서 중국으로 탈출한 후의 중국 노정이 기록됨으로써, 중화주의적 세계관을 바탕으로 한 조·중 관계의 실상을 직접 확인할 수 있다.

노인은 중국인들의 도움 속에서 일본을 탈출하여 중국으로 향했고, 중국에 도착한 1599년 3월 28일부터 다양한 중국인들과 교유를 하게 된다. 그는 중국 관리들의 보호아래 지내면서 관리들, 자신을 찾아온 수재(생원의 별칭)들과 교유하고 글 재주를 인정받아 5월 12일부터 兩賢祠書院의 강학에 참여하였다. 이러한 중국생활 중 노인은 중국인에게 쓴 글에서 중화주의적 세계관을 직접 표현한다.

중국인에게 '만일 여러분의 넓고 높은 사랑과 의리의 덕이 아니었다면,

---

101 이사벨라 버드 비숍 저/이인화 역,『한국과 그 이웃나라들』, 살림출판사, 2009, 288쪽.

어떻게 부모의 나라인 중국에 왔겠습니까?'[102] '목숨을 아껴 호랑이 굴속
에서 살다가 예의의 본거지인 중국에 억지로 건너왔습니다'[103]라고 말한
것에서 중화인 중국을 인정하고 존중하는 노인의 태도를 볼 수가 있다. 그
렇다면 중화문명의 중심지인 중국의 문화를 받아들인 조선의 문화적 위치
에 대한 자각은 어떠했을까?

> 엎드려 생각건대, 우리나라가 비록 동쪽 藩邦에 치우쳐 있으나 일단 箕子의
> 다스림이 있음으로부터 유교[吾道]가 동쪽으로 온 지 이미 오래되었습니다.
> 밝으신 임금과 성스러운 군주가 대대로 이어 내려오며 유교를 숭상하고 도를
> 중히 여기며, 서로 文治를 숭상하여 왔습니다. 그러므로 공자 같은 스승이 없
> 던 시대가 없었고, 시를 가르치는 학교가 곳곳에 우뚝하였으며, 예악 법도와
> 의관 문물을 한결같이 중국 제도를 준수하였으므로 참람되이 小中華의 이름
> 을 얻은 것이 사실입니다.[104]

노인은 유교가 유입된 후 유교를 숭상하고 중국의 제도와 문물을 본 받
는 조선을 '小中華'라고 표현하고 있다. 즉 중국문명을 받아들여 조선이
중국에 버금가는 문명지라는 의식이다. 빨리 조선으로 보내달라고 중국인
에게 사정하기 위해 중국에 대해 과장된 칭송을 하는 것이라 생각할 수도
있다. 하지만 유학의 본 고장을 경험하면서, 중국의 학자들과 교유하고 강
학에 참여하는 과정을 기록하고, 학문에 대해 묻고 토론하며, 중국의 제도
에 대해서도 관심을 갖는 것을 통해 진정 중화인 중국에 대한 관심과 유
교를 생활화한 조선에 대한 자부심을 볼 수가 있다.

---

102 倘非僉君弘仁高義之德, 何敢到此中華父母之國哉.－魯認, 『錦溪日記』, 1599年 4月
     5日.

103 儻生戴天於虎豺之窟, 强渡乎中華禮義根本之地.－魯認, 『錦溪日記』, 1599年 4月
     14日.

104 伏以弊邦, 雖僻在東藩, 一自箕聖之治, 吾道東者久矣. 明君聖主, 繼世而作, 崇儒重
     道, 相尙以文治. 故時中夫子, 無代無之, 而芝蘭之室, 在處巍然, 禮樂法度, 衣冠文
     物, 一遵華制, 僭得小中華之名, 亦素矣.－魯認, 『錦溪日記』, 1599年 5月 15日.

아래의 글은 양현사서원의 강학 과정을 기록한 『금계일기』 1599년 5월 25일 일기의 일부분이다.

내가 계단 위로 올라가 수재들과 같이 세 번 읍을 하니, 여러 재상들도 모두 세 번 답한 뒤에 의자에 가서 앉는다. 그때 군문이 中堂에 있는 주인격의 의 자를 세 번 사양하니, 이 행인도 세 번을 사양하다 주인 의자에 앉는다. 그러 자 군문 이하가 차례대로 좌우로 나누어 앉고, 여러 수재들도 좌우 전후로 모 두 외나무다리의 긴 걸상에 앉는다.[105]

이날의 일기에는 강학 과정이 순서대로 구체적으로 묘사되어 있는데, 위는 강학의 시작에서 賓禮를 행하는 부분이다. 『주자가례』의 빈례가 실 제 강학에서 행해지는 과정이 묘사되어 있어, 이에 대한 노인의 관심을 볼 수 있다. 노인은 자신이 배웠던 유교문화와 제도가 중국에서 어떻게 적용 되고 있는지를 직접 보고자 하였다. 그는 이외에도 초학자가 간절하게 공 부할 것, 서종악이 주장하는 도학, 『심경』, 『대학』의 경문, 『공자가어』의 권 수가 조선과 다른 이유 등과 중국의 과거 제도, 서원, 세법, 군사 제도, 상례 등에 대한 문답을 자세하게 기록한다.

노인은 전쟁 중에 포로로 일본에 잡혀가는 비극을 겪었으며 빨리 고향 으로 돌아가 부모님의 시신을 수습해야 한다는 급한 마음을 가지고 있었 지만, 전쟁의 위험과 일본인의 억류에서 벗어나 유학의 본 고장인 중국을 경험하게 되면서 유학자적 관심을 고양시킨다. 강항과 같은 관료의 입장 이 아니었던 노인은 사환의식이나 죄책감이 크지 않았으며, 정희득과 같 이 개인적 슬픔에만 몰두하지도 않았다. 그는 중화문명의 발상지에 가서 자신이 조선에서 습득했던 유교문화와 제도를 적용하고, 통용됨을 확인하 였다. 그러면서 조선이 중화문명 질서 속의 일원임을 재확인하였다. 그것

105 我進于階上, 亦如秀才之三揖, 則諸相皆三答以後, 進坐椅上, 而軍門三讓于中堂主 壁之椅, 則李行人亦三讓以後, 坐于主壁上椅, 而軍門以下, 亦以次序, 分坐左右, 諸 秀才則左右前後, 亦皆列坐于獨木長登床. -魯認, 『錦溪日記』, 1599年 5月 25日.

이 바로 '소중화'라는 표현이기도 하다.

또한 노인을 대하는 중국인들의 호의를 통해 조선을 인정하는 중국인의 모습도 볼 수가 있다. 중국인들은 노인을 만나기 위해 찾아오고, 유교적 예법에 따라 賓客으로 대접하며, 시를 청하고 감탄하기도 한다. 이러한 모습을 통해 '유교'라는 공통 요소를 갖는 문명국 조선을 인정하는 그들의 태도를 알 수 있다.

그런데 중화주의적 세계관을 바탕으로 한 조·중 관계의 확인은 중국을 직접 경험한 노인에게서만 볼 수 있는 것은 아니다. 일본을 체험하고 귀환한 강항과 정희득은 일본에서 중국 사신을 만나는 기회를 갖는다. 이 사신을 만나는 과정에서 강항과 정희득이 중국을 어떻게 보았는지를 알 수 있다.

① 나는 중국 차관 茅國科 · 王建功 등이 와서 沙蓋의 館에 있다는 말을 듣고서, 우리나라 사람 申繼李와 함께 그곳에 가서 문을 두드려 문지기에게 뇌물을 주고 들어갔다. 두 차관은 서쪽으로 향해 의자에 앉고 나에게는 의자 하나를 주어 동쪽으로 향해 마주 앉게 하고는 지극히 따뜻하게 대해 주고 차와 술을 내왔다. 나는 울면서 청하기를, "듣자하니 왜노가 배를 정돈하여 장차 行李를 호송할 모양인데 원컨대 배 안의 한 졸병을 삼아서 고국에서 刑을 받게 해주소서." 하였다.[106]

② 나를 하찮게 여기지 않고 갑자기 와 주시니 못내 감사하오. 우리들은 만리 밖 호랑이 굴에서 사방을 보아도 친한 사람이 없더니 이제 중국 대인을 만나니, 형제를 만난 것 같아 슬픈 감회가 한정 없소. 바다 건널 기일은 언제쯤이나 되는지요? 우리들과 함께 同船하는 일은 다시금 빌거니와 기억해 두어 힘껏 주선해 주시면 천만 다행이겠소.[107]

---

106 余因之聞天朝差官茅國科王建功等, 來在沙蓋之館, 與我國人申繼李, 往叩其門, 賂守者得入. 二差官坐倚床西向, 與我一倚床東向對坐, 極相溫, 進茶酒. 余請且泣曰, 聞倭奴整船格將送行李, 願備舟中一卒, 得以卽刑於故國. -姜沆, 『看羊錄』, 「涉亂事迹」

107 不以我爲無似, 遠屈華旆多謝. 我等萬里豺虎之穴, 四顧無所親, 今逢上國大人, 如見兄弟, 悲感罔涯. 渡海之期, 定在何日. 與我等同船事, 更乞記念力圖, 千萬幸甚. -

위의 ①은 『간양록』의 「섭란사적」에서 중국 사신을 만날 때의 기록이다. 강항은 관료로서 나라를 위한 정보를 탐색하여 체계적으로 기술하는데에 열중하고, 자신의 감정은 감추었다. 개인적인 일을 기록한 「섭란사적」에서 피랍될 때 어린 자식들이 물에 빠져 죽는 광경을 서술하면서도현상만을 보여주고 자신의 감정을 직접 표현하지 않는다. 그런데 그런 강항도 위의 ①에서 보듯이 일본 억류 중 중국 사신을 찾아가서는 눈물을흘린다. 중국 사신이 있다는 말을 듣고, 문지기에게 뇌물까지 주고 만나러가고, 울면서 데려가 달라고 하소연하는 것을 통해 중국에 대한 기대와 의지를 볼 수가 있다. 실제로 사신들은 강항을 데려가 주지는 못하지만, 강항이 쓴 「적중봉소」는 왕건공을 통해 조선 조정에 전해진다.

②는 『월봉해상록』 1599년 6월 8일자 일기의 일부이다. 대마도에 6개월 가량 재억류되어 있던 중, 중국 사신이 정희득을 찾아오자 정희득은 위와 같이 형제를 만난 것 같다하면서 함께 데려가 주길 하소연한다. 그리고결국 정희득 일행은 중국 사신 河應朝 · 王洋의 도움을 통해 조선으로 돌아온다. 그런데 정희득의 귀환에서 특별한 것은 중국 사신들이 정희득 일행을 데려가기 위해 노력을 한다는 것이다. 하응조와 왕양은 일본인들이배가 작아서 조선 사람은 뒤따라 보내겠다고 하자 큰 배 한 척을 가지고조선인과 함께 가야 된다고 요청하여 귀환이 승인된다.

노인도 중국 사람인 陳屛山과 李源澄의 적극적인 도움 속에 탈출에 성공하였고, 정희득도 중국 사신들의 적극적인 협조에 의해 귀환에 성공한다. 노인을 데리고 탈출하는 진병산과 이원징은 노인을 대동함에 다른 뜻이 없고 다만 노인의 '충성과 효성을 사랑할 따름'이라고 말한다.108 이렇듯 중국인들도 유학을 숭상하는 조선을 인정하고, 중화의 나라인 조선을

鄭希得, 『月峯海上錄』, 「海上日錄」, 1599年 6月 8日.
108 우리들이 그대를 대동함에 어찌 다른 뜻이 있겠습니까? 다만 그대의 충성과 효성
  을 사랑할 따름인데, 어찌 딴 것을 생각하겠습니까?(吾等之帶僱, 豈有他意. 只愛
  君之忠孝而已何念他哉)-魯認, 『錦溪日記』, 1599年 3月 16日.

돕기 위해 노력하는 것을 확인할 수 있다. 이는 중국인들이 책봉관계로 맺
어진 조선인의 救命에 힘을 쏟는 것으로, 이를 통해 당대 조·중 관계가
실제 현실에서 어떠했는지 볼 수 있다.

호남의 포로실기는 일본체험뿐만 아니라 노인의 직접적인 중국체험과
강항, 정희득이 일본에서 중국 사신을 만난 일을 기록하고 있다. 그리하여
중국 탈출에 성공한 후 중국 노정에서 중국의 학문과 제도에 관심을 갖고
기록하는 노인의 모습, 노인에 대한 중국인의 호의, 포로로 일본에 억류되
어 있으면서 중국인에게 도움을 청하는 작자들의 모습, 조선인을 돕고자
하는 중국 사신의 노력 등에서 조·중 관계의 실상을 확인할 수 있다. 그
리고 노인을 통해 중국과의 관계에 있어 소극적인 관점에만 머무르지 않
고, 중국에 버금가는 문명지로서 조선에 대한 자부심까지 볼 수가 있다.

제5장 호남 포로실기의 의의

호남의 포로실기는 네 가지 점에서 큰 의의를 가진다. 첫째, 임진왜란기 포로들의 해외체험을 생생하게 기록한 유일한 작품군이라는 점에서 의의가 있다. 임진왜란 때 9~14만에 이르는 사람들이 포로로 일본에 잡혀갔고, 이 중 6,300명 가량의 사람들이 조선으로 돌아왔다. 그런데 이 포로들이 직접 자신의 경험을 실기로 남겨 전해지는 것은 호남인이 쓴 이 다섯 편의 작품만이 유일하다. 더구나 체험을 가장 생생하게 기록할 수 있는 실기라는 장르로, 기억이 퇴색되기 전에 기록하여 포로체험 당시의 감정까지 엿볼 수가 있다.

柳夢寅(1559~1623)이 편찬한 『於于野談』에 노인의 해외체험 관련 설화가 실려 있어, 이를 통해서도 포로 해외체험의 전말을 볼 수 있다. 하지만 입에서 전해지던 이야기이므로 매우 짧고 사람들에 의해 각색되어 사실과 다른 부분도 전한다. 노인은 일본에 억류된지 2년도 되지 않아 중국으로 탈출을 하는데, 설화에는 6~7년을 머무르는 것으로 나온다. 또한 실제로 노인은 중국인의 도움을 받아 일본에서 중국으로 탈출하는데, 설화에서는 남만인의 상선을 타고 남만국으로 간다. 남만에서는 그릇을 구울 때 늙고 병든 사람을 불살라 기름을 내어 그것으로 그릇을 굽는다고 하여 비현실적인 이야기도 추가된다. 그리고 이후 남만에서 중국 복건으로 가서 여러 명승지를 관람한 후 조선으로 돌아온다. 이 설화에 묘사된 남만과 중국 노정은 새로운 세계에 대한 짧은 여행담으로, 포로의 고통은 전혀 볼 수가 없다. 『어우야담』에 노인의 해외체험 이야기 전말이 실려 있긴 하지만, 다른 이야기가 겹쳐지고 재구성된 이야기인지라 포로 해외체험의 고통을 볼 수가 없는 것이다.

둘째, 한국문학사에서 본격적인 실기문학을 보여 주고 있다는 점에서 의의가 있다. 실기는 전쟁과 같은 실제 역사적 현장을 체험한 사람이 자신의 직접 체험을 記, 錄 등으로 생생하게 기록한 것이다. 그리하여 역사 기록에는 없는 체험자의 감정까지 볼 수 있다. 임진왜란이라는 7년에 걸친 비극적인 전쟁은 실기 창작의 원인이 되어 우리문학사에 실기가 본격적으로 등장하였다. 종군, 포로, 피란, 호종 등 다양한 전쟁체험을 대상으로 실기가 기록되었는데, 이 중 가장 비극적인 내용을 담고 있으면서 또 완결된 구성을 가지고 있는 것이 호남의 포로실기이다.

포로는 피랍되는 과정에서 가족의 죽음과 생이별을 경험하게 되고, 해외에 억류되어 고향을 애타게 그리므로 비극적이라 할 수 있다. 또한 '피란-피랍 및 일본 이송-일본 억류-귀환'의 완결된 구성을 가지고 있어, 뜻 밖의 경험에 대한 생생한 기록임에도 짜임새와 완결성이 있다. 그렇기 때문에 호남의 포로실기는 임진왜란기 실기 중에서도 내용적인 면과 구성적인 면이 모두 갖추어져 있어, 우리 문학사에서 본격 실기문학의 모습을 잘 보여주는 것이다.

셋째, 다양한 형식과 내용을 표출한다는 점에서 의의가 있다. 호남의 포로실기는 노정의 차이와 작자 신분의 차이로 인해 다양한 면모를 갖는다. 강항은 관료의 위치에 있다가 피랍되어 해외체험을 하였으며, 일본에 2년 반이라는 가장 오랜 시간을 머무르되 두 번 이송이 되어 다양한 사람을 만날 수 있었다. 관료로서 나라를 위한 일을 하려하는 강항은 이렇게 일본에 오래 머물고 다양한 곳을 경험하는 노정을 활용하여 일본에 대한 정보를 적극적으로 탐색하고 疏, 錄 등으로 체계적으로 기록하였다.

정희득은 강항과 정반대의 경우로 관직과 거리가 멀었던 자연인의 입장에서 가장 짧은 기간 해외체험을 하였다. 일본 본토에 1년 남짓 머물러 비교적 빨리 귀환을 허락받았으나, 귀환하던 중 대마도에 6개월 가량 재억류되는 고통을 겪고 부산에 도착한 이후에도 고향인 함평으로 가는 힘든 육로 노정을 겪는다. 자연인으로 자신의 비극을 극대화하여 생각했던 정희득은 주로 자신의 情恨을 표출하였다. 그리하여 포로인의 심정을 절절하게 볼 수 있으며 고향집에 도착하기까지 포로 해외체험의 전과정을 볼 수가 있다. 더구나 정희득은 일기와 함께 460여 수에 달하는 많은 한시를 남겨 풍부한 해외체험 한시를 볼 수가 있다.

강항과 정희득 모두 온 가족이 배로 피란을 떠났다가 잡혀 일본으로 갔고, 일본에서 조선으로 돌아왔다. 그런데 노인은 이들과는 달리 혼자서 적을 관찰하다 잡혀가고 일본에서 조선이 아닌 중국으로 탈출을 하였다. 가족의 생사를 알 수는 없지만 해외체험 도중 가족의 죽음을 직접 지켜보지 않았던 노인은, 중국에서 안정되게 지내면서 학자적 관심을 갖고 중국을 기록한다. 조선으로의 출발이 확정되지 않을 때는 최귀문을 써서 귀환의 지를 표출한다. 그리고 가을이 되면 보내준다고 일정이 확정된 후에는 유학자적 관심을 가지고 중국의 학문, 제도 등에 대해 문답하고 강학의 과정을 구체적으로 묘사하기도 한다.

이렇듯 호남의 포로실기를 통해 관료, 학자, 자연인의 다양한 시각, 일본과 중국의 넓은 공간 체험을 다각도로 살펴볼 수 있는 것이다. 또한 포로체험의 시작인 피랍부터 억류 중 이송, 중국으로의 탈출, 귀환길의 대마도 억류, 조선 노정의 고난 등 당대 포로들이 겪었던 다양한 체험을 疏, 錄, 일기, 한시 등 다양한 문체로 볼 수가 있다.

넷째, 작품 서술 배경으로 일본과 중국이 다루어져서 문학 공간의 확장에 기여했다는 점에서 의의가 있다. 임진왜란은 조선, 일본, 중국이 주요 참여국이지만 조선인이 이들 나라를 경험하고 남긴 문학작품은 드물다. 또한 종군실기, 피란실기, 호종실기 등 다양한 전쟁실기가 창작되었지만 모두 국내를 배경으로 하고 있다. 강항, 노인, 정희득 등의 포로실기가 있음으로써, 임진왜란 실기 문학의 공간이 적국인 일본, 참전국인 중국까지 확장된 것이다.

호남의 포로실기는 실기 문학의 공간을 해외로 넓혔을 뿐만 아니라, 소설 문학 공간의 확장에도 기여를 하였다. 강항, 노인, 정희득 등의 포로로서 해외체험은 당시의 조선인들에게 큰 관심의 대상이 되었다. 이는 『어우야담』에 노인의 해외체험 이야기가 전해지는 것을 통해서도 확인할 수 있다. 편찬자인 유몽인이 1623년에 사망하였으니 임진왜란 직후 노인의 이야기가 널리 전해지고 있었던 것이다.

전쟁 중 가족들과 이별하고, 일본·중국에서 고통스런 억류생활을 하며, 여러 고난을 겪고 다시 조선으로 살아서 돌아온 이들의 경험은 어떤 허구적 서사보다도 극적이었다. 그렇기에 사람들의 관심이 클 수밖에 없었다. 천상의 세계, 가상의 세계가 아닌 실제 현실 세계에서 일어난 일이며, 더구나 자신들은 가기 힘든 해외를 다녀 온 일이기에 더욱 관심이 갔던 것이다.

그리하여 이들의 경험은 후에 「南允傳」, 「崔陟傳」 등 임진왜란 중 해외체험이 나타난 소설에도 영향을 주었던 듯하다. 「남윤전」의 경우 주인공 남윤이 포로로 일본으로 끌려갔다가, 중국으로 탈출하고 다시 조선으로 돌아오는 과정이 노인의 노정과 유사하다. 「남윤전」은 천상의 인물들이 직강한 이야기라서 傳奇的 요소가 강하지만, 「최척전」은 현실 세계만을 배경으로 하고 있다. 임진왜란 중 남편인 최척은 중국으로 가고, 아내인 玉英은 포로로 일본으로 간다. 이후 安南에서 부부가 만났다가 헤어지고, 결국 조선에서 재회한다. 복잡한 구성을 갖지만 모두 현실 세계를 배경으로 하며, 임진왜란 포로들이 경험했던 해외를 무대로 하고 있다. 이는 포로들의 해외체험이라는 현실 세계의 일만으로도 충분히 흥미로웠기에 가능했을 것이다. 이렇듯 호남의 포로실기는 국내에서 일본·중국 등 해외로, 천상의 세계에서 현실의 세계로 소설 공간의 확장에도 기여했다고 할 수 있다.

호남은 16세기 송순, 임억령 등 뛰어난 문인들이 활약했던 지역이자, 임진왜란 때 고경명, 김천일 등 많은 의병들이 일어난 지역이다. 그런 문학적, 정신적 풍토 속에서 성장하였기에 강항, 노인, 정희득 등은 포로로서 해외체험한 내용을 생생하게 기록한 포로실기를 남길 수 있었을 것이다. 그리고 호남인인 이들의 실기가 있기에 임진왜란이 일어난 지 420여 년이 지난 지금에도 당시의 포로들이 겪어야 했던 비극적인 경험과 애절한 심정을 볼 수가 있다. 더구나 이들의 실기는 한국문학사에서 본격적인 실기문학을 보여주며, 문학 공간의 확장에도 기여하여 문학적으로도 큰 의의가 있다. 5편이라는 적은 작품 수이지만 다양한 형식과 내용을 담고 있는 호남의 포로실기는 작품 내적으로도 훌륭한 실기 문학 작품이지만, 외적으로도 임진왜란 포로 해외체험을 실기로 기록한 유일한 작품군이라는 점에서 의의가 크다. 곧 호남의 포로실기이자 현전하는 임진왜란기 해외체험 포로실기의 유일한 작품군인 것이다.

호남의 포로실기에 대한 본 연구가 이 작품군의 문학성 연구에 일조하고, 호남의 다양한 실기문학에 대한 관심 확대에도 기여할 수 있기를 기대해 본다. 호남은 최부의『표해록』, 유희춘의『미암일기』등 훌륭한 실기문학을 보유하고 있는 지역이다. 호남의 실기문학의 총체적인 정리와 각 작품에 대한 개별적 연구를 추후 과제로 남겨 둔다.

참고문헌

1. 자료

姜沆, 『睡隱集』, ≪한국문집총간≫73, 민족문화추진회.

魯認, 『錦溪日記』, 나주목향토문화연구회 영인본.

魯認, 『錦溪集』, ≪한국문집총간≫71, 민족문화추진회.

鄭慶得, 『萬死錄』, 함평군향토문화연구회 · 진주정씨월봉공종중회 영인본.

鄭希得, 『月峯海上錄』, 전남대학교 중앙도서관 소장본.

鄭好仁, 『丁酉避亂記』, 함평군향토문화연구회 · 진주정씨월봉공종중회 영인본.

강항, 『간양록』, ≪국역해행총재≫II, 민족문화추진회, 1974.

강항 저/이을호 역, 『간양록』, 서해문집, 2005.

강항, 『국역 수은집』, 전라남도, 1989.

노인, 『금계일기』, ≪국역해행총재≫IX, 민족문화추진회, 1977.

노인, 『금계일기』, 나주목향토문화연구회, 1999.

노인 저/노기욱 역, 『임진 義兵將 魯認의 금계집 국역본』, 전남대학교출판부, 2008.

정경득, 『만사록』, 함평군향토문화연구회 · 진주정씨월봉공종중회, 1986.

정희득, 『해상록』, ≪국역해행총재≫VIII, 민족문화추진회, 1977.

정희득, 『해상록』, 함평군향토문화연구회 · 진주정씨월봉공종중회, 1986.

정호인, 『정유피란기』, 함평군향토문화연구회 · 진주정씨월봉공종중회, 1986.

『宣祖實錄』, 국사편찬위원회 조선왕조실록 홈페이지.

申叔舟, 『海東諸國記』, ≪국역해행총재≫I, 민족문화추진회, 1974.

金誠一, 『海槎錄』, ≪국역해행총재≫I, 민족문화추진회, 1974.

宋希璟, 『日本行錄』, ≪국역해행총재≫VIII, 민족문화추진회, 1977.

黃愼, 『日本往還記』, ≪국역해행총재≫VIII, 민족문화추진회, 1977.

慶暹, 『海槎錄』, ≪국역해행총재≫II, 민족문화추진회, 1974.

吳允謙, 『東槎上日錄』, ≪국역해행총재≫II, 민족문화추진회, 1974.

李景稷, 『扶桑錄』, ≪국역해행총재≫III, 민족문화추진회, 1975.

强弘重, 『東槎錄』, ≪국역해행총재≫III, 민족문화추진회, 1975.

金世濂, 『海槎錄』, ≪국역해행총재≫IV, 민족문화추진회, 1975.

黃屎, 『東槎錄』, ≪국역해행총재≫IV, 민족문화추진회, 1975.

저자미상, 『癸未東槎日記』, ≪국역해행총재≫V, 민족문화추진회, 1975.

趙曮, 『海槎日記』, ≪국역해행총재≫VII, 민족문화추진회, 1975.

申維翰, 『海游錄』, ≪국역해행총재≫ Ⅰ, 민족문화추진회, 1974.

權悏, 『燕行錄』, ≪국역연행록선집≫ Ⅱ, 민족문화추진회, 1976.

崔溥, 『錦南集』, ≪한국문집총간≫16, 민족문화추진회.

최부 저/서인범 · 주성지 역, 『표해록』, 한길사, 2004.

許筠, 『惺所覆瓿稿』, ≪한국문집총간≫74, 민족문화추진회.

李瀷, 『國譯星湖僿說』, 민족문화추진회, 1982.

安鼎福, 『國譯東史綱目』, 민족문화추진회, 1985.

李德懋, 『國譯青莊館全書』, 민족문화추진회, 1985.

丁若鏞, 『國譯經世遺表』, 민족문화추진회, 1978.

李肯翊, 『國譯燃藜室記述』, 민족문화추진회, 1982.

李圭景, 『(국역분류)五洲衍文長箋散稿』, 민족문화추진회, 1985.

鄭介淸, 『愚得錄』, ≪한국문집총간≫40, 민족문화추진회.

이희준 편/유화수 · 이은숙 역, 『계서야담』, 국학자료원, 2003.

이월영 · 시귀선 역, 『어우야담』, 한국문화사, 2004.

이월영 역, 『어우야담 보유편』, 한국문화사, 2001.

김동욱 역, 『국역동패락송』, 아세아문화사, 1996.

장효현 외 편, 『(校勘本 韓國漢文小說)傳奇小說』, 고려대학교 민족문화연구원, 2007.

김기동 편, 『(筆寫本)古典小說全集』, 아세아문화사, 1980.

루이스 프로이스 저/정성화 · 양윤선 역, 『임진난의 기록』, 살림, 2008.

케이넨 저/신용태 역, 『임진왜란 종군기』, 경서원, 1997.

신적도 저/신해진 역, 『역주 창의록』, 역락, 2009.

신흠 저/신해진 역, 『역주 난적휘찬』, 역락, 2010.

최명길 저/신해진 역, 『병자봉사』, 역락, 2012.

김상헌 저/신해진 역, 『남한기략』, 박이정, 2012.

어한명 저/신해진 역, 『강도일기』, 역락, 2012.

신해진 역, 『광산거의록』, 경인문화사, 2012.

남급 저/신해진 역, 『남한일기』, 보고사, 2012.

안방준 저/신해진 역, 『호남의록 · 삼원기사』, 역락, 2013.

김동수 역, 『호남절의록』, 경인문화사, 2010.

전라남도임란사료편찬위원회, 『湖南地方壬辰倭亂史料集(官邊資料篇)』 Ⅰ, 전라남도, 1990.

전라남도임란사료편찬위원회, 『國譯湖南地方壬辰倭亂史料集(民間 · 地方資料篇)』 Ⅱ, 전라남도, 1995.

전라남도임란사료편찬위원회, 『湖南地方壬辰倭亂史料集(民間‧地方資料篇)』Ⅲ, 전라남도, 1992.

전라남도임란사료편찬위원회, 『湖南地方壬辰倭亂史料集(湖南節義錄)』Ⅳ, 전라남도, 1990.

전남대학교 인문과학연구소, 『光州圈文集解題』, 광주광역시, 1992.

전남대학교 인문과학연구소, 『全南圈文集解題』Ⅰ‧Ⅱ, 금호문화, 1997.

전남대학교 호남한문고전연구실, 『春岡文庫目錄』, 전남대학교출판부, 2007.

전남대학교 호남한문고전연구실, 『20세기 호남 한문 문집 간명해제』, 경인문화사, 2007.

전남대학교 호남한문고전연구실, 『湖南地域 漢文文集 豫備目錄』, 한국학중앙연구원 2008년도 국학기초자료사업 '호남지역 한문문집 분류별 색인' 최종결과물, 2009.

전남대학교 호남한문고전연구실, 『호남지역 간행본 한문문집 간명해제』上‧下, 전남대학교출판부, 2010.

전북대학교 전라문화연구소, 『全羅文化의 脈과 全北人物』, 전라북도, 1990.

주희 저/임민혁 역, 『주자가례-유교 공동체를 향한 주희의 설계-』, 예문서원, 1999.

2. 단행본

강재언 저/이규수 역, 『조선통신사의 일본견문록』, 한길사, 2005.

곽재우 외 저/오희복 역, 『임진년 난리를 당하매』, 보리, 2005.

국립진주박물관 편/오만‧장원철 역, 『프로이스의 '일본사'를 통해 다시 보는 임진왜란과 도요토미 히데요시』, 부키, 2003.

금병동 저/최혜주 역, 『조선인의 일본관-600년 역사 속에 펼쳐진 조선인의 일본인식-』, 논형, 2008.

김균태 외, 『한국 고전소설의 이해』, 박이정, 2012.

김당택, 『한국 대외교류의 역사』, 일조각, 2009.

김상홍 외, 『동아시아 삼국의 상호 인식과 그 전환의 단초』, 문예원, 2010.

김시업‧마인섭 편, 『동아시아학의 모색과 지향』, 성균관대학교출판부, 2005.

김신중 외 편, 『호남의 시조문학』, 심미안, 2006.

김태준 외, 『임진왜란과 한국문학』, 민음사, 1992.

김태준, 『壬辰亂과 朝鮮文化의 東漸』, 한국연구원, 1977.

김태준, 『한국문학의 동아시아적 시각』2, 집문당, 2000.

나경수 외, 『광주 충효동 성안마을 사람들의 삶과 앎』, 심미안, 2007.

단국대 동양학연구소, 『동아시아 삼국의 상호 교류와 소통의 양면성』, 문예원, 2011.

동아시아고대학회, 『동아시아 역사인식의 중층성』, 경인문화사, 2009.

민족문화추진회 편, 『표점영인 한국문집총간 해제』3, 민족문화추친회, 1999.

박만규·나경수, 『호남전통문화론』, 전남대학교출판부, 1999.

박준규, 『호남 시단의 연구』, 전남대학교출판부, 2007.

부경대학교 대마도연구센터, 『부산과 대마도의 2천년』, 국학자료원, 2010.

소재영, 『壬丙兩亂과 文學意識』, 한국연구원, 1980.

소재영, 『한국문화의 동아시아적 탐색』, 태학사, 2008.

소재영·김태준 편, 『旅行과 體驗의 文學-일본편』, 민족문화문고간행회, 1985.

손승철 편, 『'海東諸國紀'의 세계』, 경인문화사, 2008.

손승철, 『조선시대 한일관계사 연구』, 경인문화사, 2006.

심경호, 『한문산문의 미학』, 고려대학교출판부, 1998.

우메사오 다다오 편/김양선 역, 『일본인의 생활』, 혜안, 2001.

이사벨라 버드 비숍 저/이인화 역, 『한국과 그 이웃나라들』, 살림출판사, 2009.

이우경, 『한국의 일기문학』, 집문당, 1995.

이장희, 『임진왜란사 연구』, 아세아문화사, 2007.

이채연, 『壬辰倭亂 捕虜實記 硏究』, 박이정, 1995.

이-푸 투안 저/구동회·심승희 역, 『공간과 장소』, 대윤, 1999.

임기중, 『연행록 연구』, 일지사, 2002.

장경남, 『임진왜란의 문학적 형상화』, 아세아문화사, 2000.

정두희·이경순 편, 『임진왜란 동아시아 삼국전쟁』, 휴머니스트, 2007.

정수원, 『일본문화 이해와 연구』, 제이앤씨, 2003.

정지용, 『17世紀 前期 無等山圈의 漢詩 硏究』, 경인문화사, 2011.

조동일, 『한국문학통사』3, 지식산업사, 2002.

최관, 『일본과 임진왜란』, 고려대학교출판부, 2004.

타이먼 스크리치 저/박경희 역, 『에도의 몸을 열다-난학과 해부학을 통해 본 18세기 일본-』, 그린비, 2012.

하우봉, 『조선시대 한국인의 일본인식』, 혜안, 2006.

한명기, 『임진왜란과 한중관계』, 역사비평사, 2001.

한일관계사연구논집 편찬위원회 편, 『동아시아 세계와 임진왜란』, 경인문화사, 2010.

한일관계사연구논집 편찬위원회 편, 『왜구·위사 문제와 한일관계』, 경인문화사,

2005.

한일관계사연구논집 편찬위원회 편, 『임진왜란과 한일관계』, 경인문화사, 2005.

한일관계사연구논집 편찬위원회 편, 『통신사·왜관과 한일관계』, 경인문화사, 2005.

한일문화교류기금 동북아역사재단 편, 『임진왜란과 동아시아세계의 변동』, 경인문화사, 2010.

황패강, 『壬辰倭亂과 實記文學』, 일지사, 1994.

內藤雋輔, 『文祿·慶長役における被虜人の硏究』, 東京大學, 1976.

辛基秀·村上恒夫, 『儒者姜沆と日本』, 明石書店, 1991.

阿部吉雄, 『日本朱子學と朝鮮』, 東京大學出版會, 1965.

有馬成甫, 『朝鮮役水軍史』, 海と空社, 1942.

村上恒夫, 『姜沆-儒敎を伝えた虜囚の足跡-』, 明石書店, 1999.

3. 논문

김경옥, 「수은 강항의 생애와 저술활동」, 『도서문화』35, 목포대학교 도서문화연구소, 2010.

김기빈, 「睡隱 姜沆 硏究-愛國思想과 文學世界-」, 성균관대학교 석사학위논문, 1985.

김기빈, 「壬亂時 被俘 文人의 體驗的 文學의 考察-'看羊錄'과 '月峯海上錄'을 중심으로-」, 『한국한문학연구』21, 한국한문학회, 1998.

김대현, 「光州·全南 漢詩 文學史」, 『光州·全南文學通史』, (사)한국지역문학인협회, 2011.

김동수, 「호남절의록의 사료가치 검토(1)」, 『역사학연구』44, 호남사학회, 2011.

김동준, 「睡隱 姜沆의 삶과 시」, 『한국한시작가연구』8, 한국한시학회, 2003.

김명식, 「看羊錄 硏究-戰爭文學的 觀點에서-」, 서울대학교 석사학위논문, 1982.

김명엽, 「'丁酉避亂記'를 통해서 본 鄭好仁의 被虜生活과 日本認識」, 전북대학교 석사학위논문, 2007.

김문길, 「東北亞에 있어서 対馬島 領土 硏究」, 『일본문화학보』45, 한국일본문화학회, 2010.

김문자, 「임진·정유재란기의 조선 피로인 문제」, 『중앙사론』19, 한국중앙사학회, 2004.

김미선, 「'看羊錄'의 여정에 따른 서술 방법」, 『도서문화』38, 목포대학교 도서문화연구소, 2011.

김미선, 「'錦溪日記'의 서술 특성과 작자 의식」, 『퇴계학과 유교문화』51, 경북대학교 퇴계연구소, 2012.

김미선, 「'月峯海上錄'의 서술 특성과 작자 의식」, 『고시가연구』30, 한국고시가문학회, 2012.

김미선, 「임진왜란 포로의 일본 체험 실기 고찰」, 『고시가연구』25, 한국고시가문학회, 2010.

김미선, 「임진왜란기 해외체험 포로실기 연구」, 전남대학교 박사학위논문, 2013.

김미선, 「임진왜란기 해외체험 포로실기의 동아시아인식」, 『한문학보』27, 우리한문학회, 2012.

김미선, 「崔溥 '漂海錄'의 기행문학적 연구」, 전남대학교 석사학위논문, 2006.

김선희, 「일본 주자학연구에 대한 一考察－姜沆 연구를 중심으로－」, 『일본문화연구』30, 동아시아일본학회, 2009.

김선희, 「포로 억류기를 통해 본 조선지식인의 '일본'을 향한 시선」, 『사림』34, 수선사학회, 2009.

김승환, 「동아시아 담론과 동아시아적 인식」, 『인문학지』27, 충북대학교 인문학연구소, 2003.

김은상, 「錦溪 魯先生史蹟」, 『錦浪文化論叢』, 한국민중박물관협회, 1981.

김정숙, 「조선후기 體驗과 想像의 日本－日本을 바라보는 다양한 시선들－」, 『한민족어문학』59, 한민족어문학회, 2011.

김정신, 「임진왜란 조선인 포로에 대한 기억과 전승－'節義'에 대한 顯彰과 排除를 중심으로－」, 『한국사상사학』40, 한국사상사학회, 2012.

김진규, 「임란 포로 일기 연구－'금계일기'를 중심으로－」, 『새얼어문논집』10, 새얼어문학회, 1997.

김진규, 「임란 포로 체험의 문학적 형상화 연구」, 동의대학교 석사학위논문, 1997.

김태영, 「'經世遺表'에 드러난 다산 經世論의 역사적 성격」, 『퇴계학보』129, 퇴계학연구원, 2011.

김태준, 「日本 新儒學의 成立과 朝鮮學者－壬亂前後의 朝鮮文化의 對日影響을 중심하여－」, 『명대논문집』8, 명지대학교, 1975.

김학권, 「鄭介淸의 生涯와 思想」, 『인문학연구』3, 원광대학교 인문학연구소, 2002.

김호종, 「西厓 柳成龍의 日本에 대한 認識과 그 對應策」, 『대구사학』78, 대구사학회, 2005.

노기욱, 「錦溪 魯認 硏究」, 조선대학교 석사학위논문, 2001.

노기욱, 「壬亂義兵將 魯認의 日·中遍歷과 對倭復讐策」, 『한국인물사연구』2, 한국인물사연구소, 2004.

노기춘, 「'湖南節義錄'의 板本考」, 『호남절의록』, 경인문화사, 2010.

도현철, 「고려말 사대부의 일본 인식과 문화 교류」, 『한국사상사학』23, 사상사회연구소, 2009.

민덕기, 「임진왜란에 납치된 조선인과 정보의 교류」, 『사학연구』74, 한국사학회, 2004.

민덕기, 「임진왜란에 납치된 조선인의 귀환과 잔류로의 길」, 『한일관계사연구』20, 한일관계사학회, 2004.

민덕기, 「임진왜란에 납치된 조선인의 일본 생활-왜 납치되었고 어떻게 살았을까-」, 『역사와담론』36, 호서사학회, 2003.

민덕기, 「임진왜란의 '前後처리'와 동아시아 국제질서의 변동」, 『한일관계사연구』36, 한일관계사학회, 2010.

박균섭, 「看羊錄에 나타난 日本敎育文化의 斷片」, 『논문집』28, 청주교육대학교, 1991.

박균섭, 「姜沆이 日本 朱子學에 끼친 影響」, 『일본학보』37, 한국일본학회, 1996.

박동욱, 「崔斗燦의 '乘槎錄'에 나타난 韓中 知識人의 相互認識」, 『동아시아문화연구』45, 한양대학교 한국학연구소, 2009.

박맹수, 「수은 강항이 일본 주자학 발전에 끼친 영향-후지와라 세이카와의 관계를 중심으로-」, 『도서문화』35, 목포대학교 도서문화연구소, 2010.

박문열, 「靑莊館 李德懋의 生涯와 著述」, 『인문과학논집』6, 청주대학교 인문과학연구소, 1987.

박세인, 「睡隱 姜沆과 17세기 초 호남 문학의 일면」, 『도서문화』35, 목포대학교 도서문화연구소, 2010.

박세인, 「睡隱 姜沆의 시문학 연구-內傷의 표출 양상과 치유적 형상을 중심으로-」, 전남대학교 박사학위논문, 2009.

박세인, 「睡隱 姜沆의 連作形 題詠詩 고찰」, 『고시가연구』25, 한국고시가문학회, 2010.

박창기, 「戰爭과 文學 그리고 삶」, 『일본어문학』35, 한국일본어문학회, 2007.

방기철, 「'月峯海上錄'을 통해 본 鄭希得의 일본 인식」, 『한국사상과문화』47, 한국사상문화학회, 2009.

방기철, 「睡隱 姜沆의 일본인식」, 『한국사상과문화』57, 한국사상문화학회, 2011.

방기철, 「朝日戰爭期 朝鮮人의 對日認識」, 건국대학교 박사학위논문, 2007.

변동명, 「姜沆의 筆寫本 '看羊錄' 考察-靈光 內山書院 所藏本을 중심으로-」, 『아시아문화』12, 한림대학교 아시아문화연구소, 1996.

福田殖, 「姜沆과 藤原星窩」, 『퇴계학논총』4, 퇴계학부산연구원, 1998.

서인원, 「朝鮮初期 歷史認識과 領域認識-'東國輿地勝覽'을 중심으로-」, 『역사와 실학』35, 역사실학회, 2008.

서종남, 「朝鮮朝 '國文日記' 研究-'山城日記'와 '화성일기'의 深層的 考察-」, 성신여자대학교 박사학위논문, 1994.

소재영, 「壬亂被虜들의 海外體驗-錦溪日記・看羊錄・海上日錄을 중심으로-」, 『겨레어문학』9・10, 겨레어문학회, 1985.

소재영, 「韓國 戰爭文學의 回顧와 展望」, 『우리문학연구』17, 우리문학회, 2004.

손승철, 「'해동제국기'를 통해 본 15세기 조선지식인의 동아시아관-약탈의 시대에서 공존・공생의 시대로-」, 『사림』41, 수선사학회, 2012.

손승철, 「조선시대 한일관계사료의 소개」, 『한일관계사연구』18, 한일관계사학회, 2003.

송일기・안현주, 「睡隱 姜沆 編撰 '看羊錄'의 校勘 研究」, 『서지학보』38, 한국서지학회, 2009.

신동규, 「'海東諸國紀'로 본 中世日本의 國王觀과 日本國王使의 성격」, 『한일관계사연구』27, 한일관계사학회, 2007.

신승운, 「한국문집 정리의 현황과 과제」, 『국학연구』2, 한국국학진흥원, 2003.

신현승, 「17세기 한 조선 지식인의 일본 인식-강항의 '간양록'을 중심으로-」, 『일본사상』17, 한국일본사상사학회, 2009.

심민정, 「조선 전기 對日 交隣體制-일본 사신 접대를 중심으로-」, 『민족사상』4, 한국민족사상학회, 2010.

오상학, 「조선시대의 일본지도와 일본 인식」, 『대한지리학회지』38, 대한지리학회, 2003.

오세영, 「한국전쟁문학론 연구」, 『인문논총』28, 서울대학교 인문학연구원, 1992.

오종일, 「姜沆의 충절정신과 儒學의 對倭 傳授로 본 그 위상」, 『공자학』22, 한국공자학회, 2012.

유권석, 「壬丙兩亂期 人物傳의 悲劇性 研究-金德齡・林慶業・李舜臣의 傳을 중심으로-」, 우석대학교 박사학위논문, 1997.

유영옥, 「陵參奉職 수행을 통해 본 頤齋 黃胤錫의 仕宦의식」, 『동양한문학연구』24, 동양한문학회, 2007.

유인희, 「壬・丙 兩亂期 戰爭詩歌 研究」, 숙명여자대학교 석사학위논문, 2008.

윤인현, 「海上錄'과 '丁酉避亂記' 研究-일본풍물 및 일본인 인식과 선비精神 중심으로-」, 『한문학논총』32, 근역한문학회, 2011.

윤치부, 『韓國 海洋文學 研究-漂海類 작품을 중심으로-』, 건국대학교 박사학위논문, 1992.

이규배, 「임진왜란의 기억과 조선시대의 일본인식-반일감정의 단초를 찾아서-」, 『동북아시아문화학회 국제학술대회 발표자료집』, 동북아시아문화학회, 2008.

이동근, 「壬亂戰爭文學'研究-文學에 反映된 應戰意識을 中心으로-」, 서울대학교 석사학위논문, 1983.

이동근, 「임진왜란과 문학적 대응」, 『관악어문연구』20, 서울대학교 국어국문학과, 1995.

이동희, 「睡隱 姜沆의 愛國精神과 日本에의 朱子學 전파」, 『유학사상연구』12, 한국유교학회, 1999.

이민주, 「'주자가례'의 조선 시행과정과 가례주석서에 대한 연구」, 『유교문화연구』16, 성균관대학교 유교문화연구소, 2010.

이민호, 「壬辰倭亂期 姜沆의 賊中生活과 日本儒學」, 『학술논총』9, 단국대학교 대학원, 1985.

이승연, 「조선조에 있어서 '주자가례'의 '절대성'과 그 '변용'의 논리」, 『퇴계학과 유교문화』20, 경북대학교 퇴계연구소, 1992.

이유진, 「圓仁의 入唐求法과 동아시아 인식」, 『동양사학연구』107, 동양사학회, 2009.

이유진, 「丁若鏞 '經世遺表'의 研究」, 『한국사상사학』14, 한국사상사학회, 2000.

이을호, 「丁酉避亂記 解題」, 『호남문화연구』5, 전남대학교 호남문화연구소, 1974.

이채연, 「看羊錄'의 實記文學的 特徵」, 『한국문학논총』13, 한국문학회, 1992.

이채연, 「實記의 文學的 特徵」, 『한국문학논총』15, 한국문학회, 1994.

이채연, 「壬辰 實記의 創作動因과 性格」, 『수련어문논집』20, 부산여자대학교 국어교육학과 수련어문학회, 1993.

이채연, 「壬辰倭亂 捕虜 實記文學 研究」, 부산대학교 박사학위논문, 1992.

이채연, 「壬辰倭亂과 捕虜實記」, 『문화전통논집』창간호, 경성대학교 향토문화연구소, 1993.

이채연, 「朝鮮前期 對日 使行文學에 나타난 日本認識」, 『한국문학논총』18, 한국문학회, 1996.

이채연, 「韓·日 實記文學에 나타난 임진왜란 체험의 형상화 전략」, 『한국문학논총』22, 한국문학회, 1998.

이해준, 「睡隱 姜沆과 內山書院의 문화콘텐츠 활용」, 『도서문화』35, 목포대학교 도서문화연구소, 2010.

이희재, 「강항이 본 일본」, 『한국교수불자연합학회지』15, 한국교수불자연합회, 2009.

임미양, 「朝鮮前期 對馬島 貿易에 관한 硏究」, 창원대학교 경영대학원 석사학위논문, 2003.

임채명, 「朝鮮 文士들의 詩文에 나타난 日本 認識과 交流 樣相-주로 壬亂 前까지의 對日 관계를 중심으로-」, 『한문학논집』23, 근역한문학회, 2005.

임채명, 「朝日 兩國의 漸移地帶 對馬島 硏究-朝鮮前期 詩文에 투영된 형상을 중심으로-」, 『동아시아고대학』14, 동아시아고대학회, 2006.

임치균, 「看羊錄」 연구-사실 제시와 체험의 형상화-」, 『정신문화연구』83, 한국학중앙연구원, 2001.

임형택, 「19세기말 20세기초 동아시아 세계관적 전환과 지식인의 동아시아 인식」, 『대동문화연구』50, 성균관대학교 대동문화연구원, 2005.

임형택, 「壬辰·丁酉戰亂의 시적반영-호남 의병장 林懽의 '習靜遺稿'-」, 전남대학교 호남한문고전연구실 29차 학술발표회, 2006.

장경남, 「丙子胡亂 實記와 著作者 意識 硏究」, 『숭실어문』17, 숭실어문학회, 2001.

장경남, 「壬亂 實記文學과 傳의 관련양상」, 『숭실어문』15, 숭실어문학회, 1998.

장경남, 「壬亂 實記文學에 서술된 윤리규범의 면모」, 『숭실어문』14, 숭실어문학회, 1998.

장경남, 「壬亂 實記文學의 敍述 特徵 硏究」, 『숭실어문』13, 숭실어문학회, 1997.

장경남, 「壬亂 實記의 장르적 性格 硏究」, 『국어국문학』116, 국어국문학회, 1996.

장경남, 「壬辰倭亂 實記文學 硏究」, 숭실대학교 박사학위논문, 1997.

장경남, 「임진왜란 실기의 소설적 수용 양상 연구」, 『국어국문학』131, 국어국문학회, 2002.

장경남, 「임진왜란기 포로 체험 문학과 가족애」, 『한국문화연구』14, 이화여자대학교 한국문화연구원, 2008.

장경남, 「韓·日 從軍 實記文學 比較 硏究」, 『우리문학연구』17, 우리문학회, 2004.

장미경, 「상상과 체험의 전쟁시」, 『우리어문연구』24, 우리어문학회, 2005.

장미경, 「宣祖朝 전쟁 체험 한시 연구-尹斗壽·鄭文孚·權韠·鄭希得을 중심으로-」, 고려대학교 박사학위논문, 2003.

장미경, 「壬亂 被虜者의 捕虜體驗 漢詩硏究-鄭希得을 중심으로-」, 『한문교육연구』20, 한국한문교육학회, 2003.

정길수, 「한국 고전소설에 나타난 '中華主義'」, 『국문학연구』15, 국문학회, 2007.

정다함, 「'事大'와 '交隣'과 '小中華'라는 틀의 초시간적인 그리고 초공간적인 맥락」, 『한국사학보』42, 고려사학회, 2011.

정다함, 「朝鮮初期 野人과 對馬島에 대한 藩籬·藩屛 認識의 형성과 敬差官의 파견」, 『동방학지』41, 연세대학교 국학연구원, 2008.

정봉래, 「戰爭文學論」, 『비평문학』5, 한국비평문학회, 1991.

정영문, 「통신사행록에 나타난 '대마도'」, 『온지논총』27, 온지학회, 2011.

정은영, 「조선 후기 통신사와 조선중화주의-사행기록에 나타난 대일 인식 전환을 중심으로-」, 『국제어문』46, 국제어문학회, 2009.

정일균, 「다산 정약용의 '心經'론-'心經密驗'을 중심으로-」, 『사회와역사』73, 한국사회사학회, 2007.

정장식, 「1636년 通信使의 日本認識」, 『일본문화학보』6, 한국일본문화학회, 1999.

정장식, 「癸未(1643년)通信使行과 日本認識」, 『일본문화학보』10, 한국일본문화학회, 2001.

정장식, 「壬辰倭亂前의 對日本認識」, 『일본문화학보』2, 한국일본문화학회, 1997.

정장식, 「壬辰倭亂後의 對日本認識」, 『일본문화학보』4, 한국일본문화학회, 1999.

정창운, 「한국학 연구와 문집정리의 필요성」, 『한국학연구』26, 인하대학교 한국학연구소, 2012.

정충권, 「'看羊錄'의 被虜 체험 글쓰기와 그 문학교육적 의미」, 『고전문학과 교육』17, 한국고전문학교육학회, 2009.

정훈식, 「月峯海上錄'과 '蘇武傳'」, 『문창어문논집』38, 문창어문학회, 2001.

조태성, 「漆室 李德一의 '憂國歌' 28장에 나타난 憂國의 양상」, 『고시가연구』18, 한국고시가문학회, 2006.

채승훈, 「睡隱 姜沆의 詩世界 硏究」, 경상대학교 교육대학원 석사학위논문, 2002.

최강현, 「한국 기행 문학 소고」, 『어문논집』19, 안암어문학회, 1977.

최대우·안동교, 「姜沆의 衛道정신과 일본에서 유학전수」, 『호남문화연구』38, 전남대학교 호남문화연구소, 2006.

최재호, 「戰爭實記의 새로운 분류방법 모색 試論-壬亂 戰爭實記를 中心으로-」, 『퇴계학과 유교문화』45, 경북대학교 퇴계연구소, 2009.

최한선, 「兵亂 後의 時代狀況과 憂國時調」, 『시조학논총』12, 한국시조학회, 1996.

최한선, 「嶺湖南士林과 錦南 崔溥」, 『고시가연구』27, 한국고시가문학회, 2011.

추형주, 「임진왜란기 국외 체험 소재 서사문학 비교연구」, 조선대학교 교육대학원 석사학위논문, 2011.

하우봉, 「동아시아 국제전쟁으로서의 임진전쟁」, 『한일관계사연구』39, 한일관계사학회, 2011.

하우봉, 「조선 전기 부산과 대마도의 관계」, 『역사와경계』74, 부산경남사학회, 2010.

하태규, 「壬亂期에 있어서 全北人의 倡義活動-'湖南節義錄'의 分析을 중심으로-」, 『전라문화논총』3, 전북대학교 전라문화연구소, 1989.

한문종, 「朝鮮初期의 倭寇對策과 對馬島征伐」, 『전북사학』19 · 20, 전북대사학회, 1997.

한예원, 「16세기 사화기에 있어서 호남학문의 형성과 전개양상」, 『고시가연구』14, 한국고시가문학회, 2004.

함영대, 「임란이전 조선 중앙관료의 일본인식」, 『한문학보』21, 우리한문학회, 2009.

홍원식, 「주자학의 요람, 福建 武夷書院」, 『오늘의 동양사상』12, 예문 동양사연구원, 2005.

姜在彦, 「江戶儒學と姜沆」, 『일본학』13, 동국대학교 일본학연구소, 1994.

桂島音弘, 「姜沆と藤原惺窩-十七世紀の日韓相互認識-」, 『전북사학』34, 전북사학회, 2009.

那波利貞, 「月峯海上錄攷釋」, 『朝鮮學報』21 · 22, 朝鮮學會, 1961.

內藤雋輔, 「文公家礼の信奉者としての 魯認」, 『錦浪文化論叢』, 한국민중박물관협회, 1981.

石原道博, 「月峯海上錄について」, 『朝鮮學報』23, 朝鮮學會, 1962.

阿部吉雄, 「藤原惺窩の儒學と朝鮮-姜沆の彙抄十六種の新調査にちなんで-」, 『朝鮮學報』12, 朝鮮學會, 1958.

阿部吉雄, 「林羅山の儒學と朝鮮」, 『朝鮮學報』10, 朝鮮學會, 1956.

長節子, 「'錦溪日記'小紹介」, 『朝鮮學報』56, 朝鮮學會, 1970.

長節子, 「朝鮮役における明福建軍門の島津氏工作-錦溪日記より-」, 『朝鮮學報』42, 朝鮮學會, 1967.

松田甲, 「藤原惺窩と姜睡隱の關係」, 『韓日關係史研究』, 朝鮮總督府, 1929.

中村榮孝, 「'月峯海上錄'について」, 『朝鮮學報』25, 朝鮮學會, 1962.

찾아보기

김미선

1980년 12월 전남 진도군 출생
전남대학교 국어국문학과 및 동 대학원 졸업(문학박사)
전남대학교 국어국문학과 강사
전남대학교 호남한문고전연구실 연구원
주요 논저로 박사학위논문 「임진왜란기 해외체험 포로실기 연구」 외에 「매헌 이성의 '연행
일기' 고찰」, 「看羊錄'의 여정에 따른 서술 방법」, 「錦溪日記'의 서술 특성과 작자 의식」,
「月峯海上錄'의 서술 특성과 작자 의식」, 「임진왜란기 해외체험 포로실기의 동아시아인식」
등이 있다.

호남의 포로실기 문학

초판 인쇄 : 2014년 2월 7일
초판 발행 : 2014년 2월 17일

저　자 : 김미선
펴낸이 : 한정희
펴낸곳 : 경인문화사
주　소 : 서울특별시 마포구 마포동 324-3
전　화 : 02-718-4831~2
팩　스 : 02-703-9711
이메일 : kyunginp@chol.com
홈페이지 : http://kyungin.mkstudy.com

값 19,000원
ISBN 978-89-499-1008-6　93810
ⓒ 2014, Kyung-in Publishing Co, Printed in Korea
* 파본 및 훼손된 책은 교환해 드립니다